KB042909

소설 읽기의 이론과 실제
소설의 시대

소설 읽기의 이론과 실제

소설의 시대

초판 1쇄   2010년 12월 10일

지은이   김한식
펴낸이   류종렬

펴낸곳   미다스북스
주간   이종수
관리   오선희
마케팅   임호
등록   2000년 12월 12일 제10-2085호
주소   서울시 마포구 동교동 156-2 마젤란 21   707호
전화   02-322-7802-3
팩스   02-333-7804
홈페이지 www.midasbooks.co.kr
전자주소 midasbooks@hanmail.net

ISBN 978-89-89548-50-8   93800
값   17,000원

소 설 읽 기 의 이 론 과 실 제

소설의
시대

김한식 지음

미다스북스

소설의 시대가 있었다면 19세기에서 20세기에 이르는 백여 년간을 꼽아야 할 것이다. 지구적으로 볼 때 이 시기는 자본주의가 제국주의로 발전해 가는 '장기 19세기'에 해당한다. 양차대전 이후에도 재미있고 의미 있는 소설이 많이 발표되기는 했지만 아무래도 소설이 자신의 시대라고 주장하기에는 부족한 감이 있다. 우리나라의 경우는 시기가 조금 늦어 20세기 후반까지 소설이 자신의 시대를 영위했던 것 같다. 이 책은 그 소설의 시대에 대한 기록이다.

소설 읽기에 왕도는 없다. 많은 작품을 읽고 자기만의 독서 방법을 깨우치는 것이 가장 좋은 방법이다. 하지만 어떻게 하면 소설을 재미있게 잘 읽을 수 있는지 고민해 볼 필요는 있다. 인내심만 믿고 무턱대고 달려드는 것도 미련한 일이기 때문이다. 이 책의 목표는 소설을 보는 여러 가지 관점과 소설을 감상하는 다양한 방법을 살펴보는 데 있다. 중요한 소설 이론을 가능한 쉽게 설명하고, 중간 중간 소설 읽기의 실제를 보여주려 하였다.

이 책에는 대학 강의에 적당한 교재를 만들고 싶었던 필자의 욕심도 함께 들어 있다. 한 번의 강의에 적당한 내용과 분량으로 각 장을 나누었고 각 장에는 소설 이해의 기본이 되는 개념들을 제목으로 달았다. 시대 순서대로 구성하지는 않았지만 제시한 작품을 통해 자연스럽게 소설사의 중요한 매듭을 짚으려 했다. 대표 작가들의 대표 작품과 시대적 특성을 잘 보여주는 작품을 함께 배치하여 시대에 대한 이해가 가능하도록 하였다.

욕심이지만 이 책 한 권으로도 소설사를 조망할 수 있을 것이라 생각한다.

소설은 한국문학과 외국문학의 구별 없이 다루려 했으나 한국문학 작품이 다수가 된 것은 어쩔 수 없었다. 다른 연구자의 시각과 작품 평을 인용 없이 사용한 경우가 있다면 그것이 독특한 관점이 아니라고 생각했기 때문이다. 다양한 소설들 중 사실주의 소설을 전범으로 두고 다른 소설들을 설명하려 하였다. 서구의 소설이 사실주의로 시작되었고, 우리 소설들 역시 사실주의 전통에 깊이 뿌리박고 있다는 것이 우리의 기본적인 생각이다. 물론 사실주의 자체보다는 그것의 다양한 변화에 더 큰 비중을 두었다.

분석과 감상의 관계를 어떻게 볼 것인가는 문학 공부에 늘 따라다니는 질문이다. 둘이 같아야 함에도 불구하고 분리되는 경우를 자주 볼 수 있다. 아무리 내용을 잘 이해하더라도 거기에서 감정의 떨림을 얻을 수 없다면 좋은 독서라고 할 수 없다. 큰 감동을 받았더라도 구체적인 내용을 이해하지 못하면 감상을 전달하거나 지속할 수 없다. 분석과 감상이 함께 해야 하는 이유이다. 이 책이 소설에 대한 논리적 분석과 작품에 대한 감상적 접근에 모두 도움이 되었으면 좋겠다.

책을 내고 나면 조금의 만족과 그보다 열배는 큰 부끄러움이 찾아온다. 원고를 출판사에 넘길 때마다 내가 더 잘 할 수 있는 일이 무엇일까 생각하게 된다. 20세기에 살던 이상(李箱)은 19세기적인 것을 조롱했다. 나도 이제 20세기적인 것에 대해 말하기를 멈추고 싶다. 그러기 위해서는 다른 말을 찾아야 할 터인데, 그게 그리 쉽지 않아 보인다. 여하튼 지금 내 자리에서 고민해 볼 밖에 없다.

내년에는 즐거운 일이 많았으면 좋겠다.

2010년 가을을 보내며   김 한 식 씀

목차

01 정의

소설의 정의는 귀납적이다

그리스인들이 형이상학적 삶을 누리던 원은 우리들의 그것보다 훨씬 작다. 그렇기 때문에 우리는 그 원 속에서 우리가 머물러 살아갈 장소를 결코 발견할 수 없는 것이다. 좀 더 정확히 말하자면, 그 자체의 완결성이 그리스인들의 삶의 선험적 본질을 이루고 있던 그 원은 우리들에게는 이미 폭파되어 버리고 만 것이다. 따라서 우리는 완결된 하나의 세계에서 더 이상 숨을 쉴 수가 없게 되었다. 우리는 정신의 생산성을 만들어 낸 것이다. (G.루카치, 『소설의 이론』)

소설에 대해 묻는 방법

"소설이란 무엇인가?"라는 물음은 마치 "인생이란 무엇인가?", "행복이란 무엇인가?"라는 질문처럼 대답하기 어렵다. 대답하기 어려운 정도를 넘어 정답을 찾기는 애초에 불가능한 질문인지도 모른다. 또, "소설이란 무엇인가?"라는 질문은 실제 소설을 읽는데 큰 도움을 주지 못하는 경우가 많다. 왜냐하면 철학이나 수학과 달리 문학(소설)은 실제 독서를 통해 만들어진 저마다의 기준에 의해 추상되고 정의되는 성질을 가지고 있기 때문이다. 본질을 직접 묻는 이런 식의 질문들은 사람들에게 질문의 대상이 자신들과 상관없는 철학적이며 선험적인 것이라는 인상을 줄 위험도 있다. 그런 의미에서 맥락 없이 직접적으로 주어지는 "소설이란 무엇인가?"라는 질문에 대한 답은 가능한 피하는 것이 현명할 일인지도 모른다.

군이 본질에 직접 다가가려는 의도가 아니더라도 소설을 명확히 정의하기는 쉽지 않다. 지역, 민족마다 소설의 전통이 다르고 소설로 유통되는 텍스트 사이의 차이도 매우 크기 때문이다. 근대소설의 발생지라 할 수 있는 서구도 단일한 소설 전통을 가지고 있지는 않다. 리얼리즘적 전통을 중시하는 관점으로 서술된 서구 문학사에서는 발자크, 스탕달, 디킨즈 등의 작품이 소설사의 중심을 차지하는 것이 일반적이다. 그들의 작품이 '정통 소설'로 인정받고 있는 셈이다. 세 작가에 한정한다면 그들의 작품에서 다루어지는 현실의 내용이나 그 현실을 다루는 방법은 많은 공통점을 가지고 있다. 이 작가들의 소설은 산업 혁명, 프랑스 혁명 등의 혼란기를 살아가는 평범한(귀족이나 자본가가 아닌) 인물을 주인공으로 하여 그들이 사회와 부딪치면서 겪어야 하는 어려움을 중심 내용으로 한다.

그러나 시각을 조금만 넓히면 같은 유럽에서도 이들의 작품과 판이하게 다른 소설이 존재하며 그것들 역시 동등하게 '명작'으로 대접받고 있음을 알 수 있다. 도스토예프스키, 카프카, 제임스 조이스의 작품들은 앞에 예를 든 작가들의 작품들과 매우 다른 형식과 내용을 가지고 있다. 또, 카프카와 제임스 조이스의 차이 역시 작지 않다. 도스토예프스키의 소설을 다른 작가들의 그것과 비교하는 작업의 어려움은 그의 소설을 읽어본 사람이라면 누구나 짐작할 수 있을 것이다. 작가들 사이의 이런 차이를 인정하면서도 그들 작품이 '훌륭한' 소설이라는 점에 이의를 제기하는 비평가들은 별로 없다.

앞의 두 경향은 시기적 구분과 일치하기도 한다. 앞서 이야기한 작가들이 19C 유럽 소설 전통을 대표한다면 카프카 등의 작품은 20C 초반 유럽 소설을 대표한다고 할 수 있다. 20C 후반에서 21C에 이르는 유럽 소설의 전통은 또 다르게 형성되고 있으리라 짐작할 수 있다. 그런데 문학에서는 시기적으로 뒤에 놓이는 작가나 작품이 앞선 시대의 그것을 전부 혹은 온전히 대신하지는 않는다. 사회적으로 새로움을 수용하는 시간이 필요할 뿐 아니라 과거의 이야기 관습에서 벗어나는 일은 생각보다 간단한 일이 아니다.

유럽지역 밖으로 관심을 돌리면 '소설'(소설로 불리는 작품들)의 본질을 정의하려는 시도는 더 큰 어려움에 빠지게 된다. 라틴 아메리카를 대표하는 작가인 G. 마르케스와 J. L. 보르헤스의 소설들은 서구의 리얼리즘 전통을 계승한 작품들에 익숙한 독자들을 충분히 당황하게 만든다. 그러면서도 그들의 작품들은 20세기를 대표하는 소설로 세계문학사에 우뚝 서 있다. 마르케스의 『백년동안의 고독』에서는 200년 동안 아무도 죽지 않는다든지, 죽은 사람이 다시 살아난다든지 하는 일이 자연스럽게 벌어진다. 가족 관계가 복잡할 뿐 아니라 가족의 이름도 비슷비슷해서 인물들의 성격을 구분하기조차 쉽지 않다. 그러나 콜롬비아의 역사가 작품의 배면에 드리워져 있어 독자들은 도저히 사실로 믿을 수 없는 사건과 인물들에서도 '그럴듯함'을 느끼게 된다. 환상적이다 못해 허황된 느낌을 주는 이야기 요소가 많이 포함되어 있지만 세부의 사실 여부를 문제 삼을 수 없는 소설이다. 이에 비해 아르헨티나 출신 보르헤스의 짧은 소설들은 독자에게 철학서를 읽을 때 못지않은 지식을 요구한다. 번역자가 붙인 친절한 각주가 없이는 소설의 내용을 이해하기 어려울 뿐 아니라 각주를 통해 알게 된 소설가의 지적 편력에 기가 질릴 때도 있다. 그의 소설에 지속적으로 등장하는 우주, 기억, 도서관, 미로 등의 상징들을 추적하는 것도 평범한 독자들에게는 쉬운 일이 아니다. 지적이고 추상적인 가상의 세계를 배경으로 하는 경우가 많기 때문에 그의 소설에서 아르헨티나의 현실은 그리 중요하지 않다. 보르헤스 소설의 이런 특징들은 20세기 후반 유행한 포스트모더니즘 사조에 지대한 영향을 미친 것으로 알려져 있다.

굳이 남미에 한정하지 말고 극동지방을 살펴보아도 구체적인 소설의 모습이 얼마나 다양한지 확인할 수 있다. 그 대표적인 예로 단편소설의 주류화를 들 수 있다. 서구에서는 장편소설에 비해 부차적인 양식으로 취급되는 단편소설이 한국, 일본 등에서는 소설의 주류를 형성하고 있으며, 장편소설 작가보다 단편소설을 잘 쓰는 작가들이 '소설가'로 대접받는다. 실제로 우리나라 고등학교 '문학'에서 다루는 소설들은 대부분 단편이다. 김동인, 나도향, 현진건, 이효석 등 근대소설사 초기의 많은 작가들은 주로 단편으로 알려져 있다. 반대로 장편소설은 자주 '통속'이나 '대중'의 혐의를 받곤 한다.

대학생들에게 인기가 높은 밀란 쿤데라나 무라카미 하루키, 움베르토 에코 등의 소설도 독특한 '개성'으로 인기를 모으고 있는데, 이들 소설들 역시 고전적 의미의 소설들을 보는 기준으로는 설명하기 어려운 요소들을 많이 가지고 있다. 인터넷 소설 등 최근 우리나라의 베스트셀러 소설들을 살펴보아도 이전과 다른 감성과 문체를 쉽게 발견할 수 있다. 독자들이 이미 주어진 소설이라는 틀에 맞추어 작품을 선택하지 않는다는 사실을 이런 예들로도 쉽게 확인할 수 있다.

한 소설 이론가의 말을 그대로 인용하자면 "소설이란 무엇인가?"에 대한 정의가 있다면 그것은 소설이 꼭 그렇다는 말이라기보다 "소설은 마땅히 그래야 한다 또는 소설이 그랬으면 좋겠다."라는 주장에 가까운 것이다. 그만큼 소설은 고정된 양식이 아니며 한 두 마디로 쉽게 정의될 수 있는 양식도 아니다. 내가 어제 읽은 소설의 특성이 개인에게는 소설의 일반적 특성이 되고, 그것이 오늘 새롭게 읽은 소설에 의해 수정되기도 하는, 그런 과정의 반복이 소설을 정의하는 가장 좋은 방법이다.[1]

소설에 대한 잠정적 정의

그렇다고 "소설이란 무엇인가?"라는 질문이 무용한 것만은 아니다. 소설을 읽고 감상하는 일이 막연하다고 느껴질 때 이 질문에 대한 답을

---

1 사실 사물이나 현상에 대한 정의 또는 그것에 대한 지식은 모두 과거에서 시작한다. 우리는 보통 과거를 통해 현재를 이해하고 현재를 통해 미래를 예측한다. 따라서 미래 역시 과거 속에 들어 있다고 해도 틀린 말이 아니다. 학문과 지식의 은유인 미네르바의 올빼미는 소설 공부에도 잘 맞아 떨어진다.

되새길 수 있다면 실제 독서에 도움이 될 수 있기 때문이다. 따라서 소설 읽기에 절대적인 권위를 행사할 목적이 아니라면 나름대로 유용한 정의를 시도해 보는 것도 나쁘지는 않다. 그것이 잠정적이고 주관적이라는 전제를 인정하는 한에서 말이다.

"소설이란 무엇인가?"라는 질문이 실제 소설 읽기에 도움이 되기 위해서는 질문 자체를 바꾸어 볼 필요가 있다. 시간과 공간을 모두 생략해 버린 듯한 "소설이란 무엇인가?"라는 추상적인 질문을 "지금까지 소설은 어떠했고 앞으로 소설은 어떻게 변할 것인가?"로 대체하는 것이 바람직하다. 주어진 정의를 찾는 방식이 아니라 경험에 의해 정의를 추론해내는 방식을 선택하자는 뜻이다. 이렇게 질문을 바꾼다면 소설을 대하는 데 있어 조금은 개방적인 태도를 가질 수 있게 된다.

그럼 수정한 질문을 우리 소설에 적용해보자. 그러기 위해서는 오래 전부터 전해온 소설(혹은 소설과 근접한) 문학 양식을 살펴보고 그것을 정의했던 글들을 찾아서, 예전에는 사람들이 소설에 대해 어떻게 생각했고 그 생각이 어떻게 변화해서 현재에 이르렀는가를 살펴보는 일이 유용하다. 여기서는 가장 넓은 의미의 정의에 해당하는 "소설은 이야기다"에서 시작하여 "근대적 가치를 다루는 허구이다"라는 좁은 의미의 정의에 이르는 과정을 살펴보도록 하자.

이야기와 관련하여 소설은 다음의 네 가지 정도로 정의할 수 있다.

  ⅰ) 소설은 이야기이다.
  ⅱ) 소설은 가치 있는 이야기이다.
  ⅲ) 소설은 허구로 된 가치 있는 이야기이다.
  ⅳ) 소설은 근대적 가치를 다루는 허구로 된 이야기이다.

i 에서 iv로의 변화는 역사적으로 소설이 완성되어온 과정이기도 하다. 이런 변화를 통해 소설은 일반적 의미의 이야기에서 벗어나 자신의 독특한 특성을 만들어냈다고 할 수 있다. 시대에 맞는 변화를 시도하면서 동시에 예전 이야기의 특성을 유지해오고 있는 것이 소설인 셈이다. 그럼 이야기는 무엇인지, 가치 있는 이야기는 무엇인지 그리고 소설에서 허구는 무엇인지, 근대적 가치는 무엇을 말하는지를 차례로 알아보아야 하겠다.

   i) 소설은 이야기이다.

   이야기는 시간과 공간으로 세계를 인식하는 인간의 기본적인 사유 방식과 관계된다. 원시시대부터 인간은 시간을 인식하고 그것에 지배받으며 살아왔다. 짧게는 해가 떠서 해가 지고 다시 날이 밝아오는 하루의 반복에서, 길게는 태어나서 자라고 늙고 병들어 죽는 생의 반복까지 시간은 인간의 상상력을 직접 지배하는 가장 중요한 환경이었다. 이야기는 시간을 통해 세계를 만나고 인식하는 인간 활동과 밀접히 연관되어 있다. 쉽게 말해 자연현상을 시간과 함께 설명하면 그것이 이야기가 되었던 것이다. 시간과 함께 현상이나 사건을 설명한다는 말은 시간을 주관적으로 인식한다는 말도 된다. 자연의 시간은 균등하게 흐르지만 인간이 느끼는 시간은 결코 균등하지 못하다. 하루만 해도 스물 네 시간으로 나눌 수 있고, 열 두 시간으로 나눌 수 있으며, 오전과 오후 둘로 나눌 수도 있다. 끼니에 따라 셋으로 나누는 것이 가능하며 새벽이나 해질 무렵 등을 더하여 대여섯으로 나눌 수도 있다. 자연의 시간뿐만 아니라 인간의 삶도 임의로 분절할 수 있다. 이야기는 일어난 사건을 분절하여

설명하는 데서 시작한다.[2]

　어릴 적 어른들에게서 듣던 옛날이야기나 동화들은 비교적 단순한 이야기에 속한다. 전집으로 책장에 꽂아두고 읽던 위인전도 사실은 어떤 사람에게 발생한 일들을 시간 순서에 맞추어 엮어놓은 '이야기'였다. 역사책에 등장하는 인물들의 구체적인 행적도 이야기를 통해 우리에게 알려진다. 단군신화조차 예외는 아니다. 환인이 환웅을 땅으로 내려 보냈고 곰은 바람대로 사람이 되었는데, 이 환웅과 웅녀 사이의 신성한 결혼을 통해 단군이 태어나셨다는 '이야기'이다. 역시 시간의 경과에 따른 인물의 만남과 헤어짐의 구조에서 한 치도 벗어나지 않는다.

　ii) 소설은 가치 있는 이야기이다.

　그런데 사람들이 모든 이야기에 흥미를 느끼는 것은 아니다. 누가 이야기를 열심히 듣는다면 그 이야기를 듣는 나름대로의 이유가 있게 마련이다. 그 이유가 굳이 대단한 것일 필요는 없다. "소설은 가치 있는 이야기이다"에서 '가치'라는 말은 이야기를 상대방에게 들려줄 만한 이유, 상대방의 이야기를 들어줄 만한 이유에 해당한다. 가치는 지적(知的)인 것과 관계될 수 있고 정적(情的)인 것과 관계될 수도 있다. 감정의 정화이거나 위안일 수도 있다. 이야기가 가진 가치란 실생활에 꼭 필

2　공간의 확대를 근대 사회의 중요한 특징으로 지적하는 이들이 많다. 사실 근대 이전 사회에서 한 사람이 체험할 수 있는 공간은 매우 좁았다. 농경사회에서는 기본적으로 먼 곳을 여행할 기회나 방법이 없었다. 결혼도 이웃 마을 사람과 했으며, 고향을 떠나는 경우는 좋은 일 때문보다는 나쁜 일 때문일 경우가 많았다. 공간이 제한되면 그만큼 시간의 변화에 민감해지게 된다. 옛 이야기가 주로 막연한 지역을 배경으로 해서 전개되는 이유가 여기에 있다.

요하다거나 정신적 쾌락을 준다는 등의 좁은 의미로 해석될 수도 있다. 하지만 호기심을 채워주는 가벼운 흥미 역시 이야기의 중요한 가치이다. 말하자면 삶의 조건을 확인하게 만들어 주거나, 깨달음을 얻게 하거나, 현실적 좌표 설정에 도움을 주는 다양한 계기들을 아울러 이르는 말이 이야기에서의 '가치'이다.

이야기에서 얻을 수 있는 '가치'는 시대에 따라 개인에 따라 다를 수 있다. 조선시대 유교적 전통에서 문학(소설을 포함한)이 수양이나 교양의 방법이었다는 사실은 잘 알려져 있다. 그러나 현대사회에서 수양을 위해 문학 작품을 읽는 사람은 많지 않다. 또, 작품을 읽는 방법 역시 시대나 개인에 따라 다르다. 『홍길동전』을 읽는 어떤 독자는 적서차별이니 관리의 부패니 하는 사회적 문제에 관심을 가질 수 있다. 다른 독자는 기상천외하고 황당무계하기까지 한 주인공의 도술에서 무협지를 읽을 때 느낄 수 있는 상상의 쾌감을 느낄 수도 있다. 율도국 건설이란 유토피아의 꿈을 공상으로나마 함께 즐기는 독자도 있을 것이다. 어떤 작품을 예로 들어도 이런 설명에는 어려움이 없다. 『허생전』을 읽으면서 독자들은 허생이 양반을 혼내주는 장면에서 통쾌함을 느끼다가도 조선 경제의 규모를 비판하는 데서 씁쓸함을 느낄 수도 있다. 현대소설인 『무정』이나 「표본실의 청개구리」, 『태평천하』도 크게 다르지 않다.

이렇듯 대부분의 이야기는 어떤 가치를 가지고 있는데, 작품에서 그 가치는 가능성으로 존재한다. 가능성인 한에서 가치는 쉽게 얻을 수 있는 가치와 추출에 상당한 노력을 필요로 하는 가치로 나눌 수 있다. 가치의 종류도 물론 다양하다. 크게는 일상생활에 큰 영향을 주지 않는 가치와 일상을 바꾸어놓을 만큼 현실에 밀착한 가치로 나눌 수 있다.[3] 윤리나 공공의 이익에 봉사하는 가치와 그렇지 않은 가치로 구분하는 것도 가능하다. 이 경우에도 소설의 '가치'는 좋은 독자를 만났을 때 완성된다.

근대인들의 이야기

독자들에게 '가치'를 느끼게 하는 이야기는 처음과 끝이 비교적 잘 정리되어 있다. 이야기하는 사람이 시작한 말을 마무리 없이 끝내거나 맥락 없이 말을 꺼내 두서없이 떠들어댄다면 듣는 사람들은 그 이야기를 이해하기 어려울 것이다. 이해하기 어려운 이야기에서 의미나 가치를 찾아내기란 쉽지 않다. 소설도 마찬가지다. 어차피 한사람의 인생이나 사건의 전말을 한 편의 이야기 안에서 모두 전달하는 것이 불가능하다면, 이야기꾼은 메시지를 전달하는데 필요한 요소들을 조리 있게 선택해야 한다. 시작과 끝의 시간적 거리가 멀면 독자의 집중력을 떨어뜨릴 위험도 있다. 압축적이면서도 상세하게 이야기를 전달하기 위해서도 시작과 끝은 명확하게 정리되는 것이 좋다. 물론 이야기 자체가 시작과 끝을 명확하게 정리할 수 없는 성질을 가지고 있다면 정리되지 않은 채로 이야기를 남겨놓는 것 역시 효과적인 시작과 마무리 방법이 될 수 있다.

---

3 과거의 경우 소설과 현실의 관계는 그 작품의 가치를 판단하는 매우 중요한 기준이었다. 삶의 구체적인 좌표를 제시해 주지 못하는 소설은 가치 없는 것으로 취급되기도 하였다. 나아가 현실의 사실적 재현을 결정적인 가치로 여기기도 했다. 소설을 대하는 이런 진지한 태도는 현재에도 유용하다. 그러나 가볍고 통속적인 재미에 대해 과거에 비해 많이 너그러워진 것도 사실이다.

iii) 소설은 허구로 된 가치 있는 이야기이다.

　　꾸며낸 이야기와 실제 벌어졌던 이야기를 명확히 구분하는 관습은 그리 오래 되지 않았다. 이야기의 재미나 가치에 초점을 맞출 경우 그 이야기가 사실인지 꾸며낸 것인지는 그리 중요한 문제가 아니었다. 예전에는 꾸며낸 이야기를 사실처럼 전달하는 예도 많았다. 어떤 이야기가 사실이라는 또는 사실일 수 있다는 근거가 제공되면 교훈적인 효과를 거두는 데 유리하다고 생각했던 것이다. 지금도 전설에 많이 남아 있는 사실 확인의 어색한 결말은 대표적인 예이다. "○○에 가면 아직도 그 사건의 흔적이 남아있다"든지, "그 뒤부터 그곳을 ×××라고 부르게 되었다"든지 하는 말들이 그것이다.
　　"소설은 허구이다"라는 정의는 근대소설로 오면서 매우 중요한 의미를 갖게 되었다. 소설에서 허구는 개연성을 확보하기 위한 중요한 개념으로 정립되었기 때문이다. 실생활에서 흔히 경험하듯 개인이 겪었던 이야기들이 반드시 많은 사람들에게 공감을 주는 것은 아니다. 거짓보다 믿기 어려운 사실도 많고 실제 사실들이 일반인들의 보편적 관심에서 벗어난 특수한 경험에 그치는 경우도 많다. 오히려 "꼭 사실은 아니어도 사실이라고 짐작될만한" 꾸며낸 이야기가 더 그럴듯한 때가 있다. 보편에 가까운 경험을 다루어야 한다는 근대적 인식이 사실보다 허구가 더 보편적이라는 생각을 받아들이게 된 것이다. 따라서 현대소설에서 허구는 '거짓'이나 '터무니없음'과는 근본적으로 다른 개념이 된다.

iv) 소설은 근대적 가치를 다루는 허구로 된 이야기이다.

중세적인 계급이 없어지기까지 '허구로 된 가치 있는 이야기'는 문학의 변두리에 위치했다고 할 수 있다. 여전히 믿기 어려운 황당한 이야기가 널리 유행했고, 그 이야기의 주인공은 대개 영웅이거나 그에 준하는 평범하지 않은 인물이었다. 이 시기 지식층에게는 시가(詩歌) 등이 중요한 문학 장르였다. 이야기는 풍속을 해치고 시간을 빼앗는, 하층 계급들이나 좋아하는 저질 오락거리로 평가되기 십상이었다.

허구로 된 이야기(소설)가 문학의 중심으로 들어온 것은 근대 이후이다. 소설 양식의 부각은 산문이 근대의 복잡한 현실 문제를 다루는 데 가장 적절한 양식이라는 사실과 관계된다. 서구의 경우 산업혁명, 프랑스 혁명 이후, 우리의 경우는 1900년대 이후 본격적인 소설의 시대가 열렸다. 귀하거나 비범한 귀족·영웅을 다루던 이야기가 도시나 농촌의 평범한 사람 혹은 사람들을 다루는 양식인 '소설'로 본격적인 발전을 보게 된다. 최근 소설의 인물들은 말할 것도 없거니와 근대소설의 출발이라 불리는 『무정』에서도 인물들은 평범하고 사건은 일상적이다. 주인공인 "경성학교 영어교사 이형식"은 재능이 있기는 하지만 재산도 없고 지위도 높지 않은 고아 출신 청년이다. 김동인의 「감자」 역시 복녀라는 가난한 여인이 타락하는 과정을 보여주는 이야기이다.

개인 혹은 개인들의 가치를 이야기의 중심에 둔 것이 소설이고, 작품의 인물들 뿐 아니라 독자들 역시 평범한 개인임을 인정하면서 소설은 창작되고 유통된다. 여기서 가치는 현실적 개인의 가치로 모아진다. 영웅적 인물, 접근하기 어려운 공간과 시간은 소설과 어울리지 않는다. 만약 현대소설의 개인이 영웅이고자 한다면 영웅이 아닌 사람이 영웅

인 체하는 데서 생기는 현실적인 문제가 독자들에게는 더 큰 관심의 대상이 될 것이다.[4]

살펴본 바와 같이 "소설은 근대적 가치를 다루는 허구로 된 이야기이다"라는 네 번째 정의가 현대소설을 설명하는 데 가장 적절하다. 그렇다고 소설을 이 정의만으로 설명하기는 곤란하다. 이야기의 역사가긴 만큼 이전의 이야기 전통이 현대소설에서 완전히 사라졌다고 보기는 어렵기 때문이다. 현대소설 작가가 자신의 고민을 드러내기 위해 옛이야기를 그대로 사용한다고 해서 그것이 고전소설이 되는 것은 아니다. 그것이 우리의 현재적 삶에 관심을 가지고 현실적 삶의 가치를 문제 삼는다면 당연히 현대소설로 불리게 된다. 앞서 정리하기는 했지만여전히 '근대적 가치'라든지 '허구'에 대한 합의가 이루어졌다고 보기도어렵다. 민족 단위, 국가 단위로 소설적 환경이 다르고 구성원들의 가치지향도 매우 다르기 때문이다.

소설과 이야기

소설은 이야기이고 대부분의 독자는 소설이 알아듣기 쉬운 이야기이기를 바란다. 그러나 소설이 이야기를 전달하는 방법은 전통적인이야기 전달 방식과 많이 다르다. 형식으로 볼 때 현대소설은 서술보다는 묘사를 선호하고, 사실 전달에 만족하지 않고 사고의 흐름까지 전달

4 대표적으로 우화 소설을 어떻게 볼 것인가를 생각해 보자. 조지 오웰의 『동물농장』에는 다양한 동물들이 등장하는 데 그들은 지능을 가지고 있으며 논쟁하고 투쟁한다. 『동물농장』은 보통 전체주의에 대한 알레고리로 평가되지만 예전 소설 또는 부족한 소설로 취급되지는 않는다. 역사소설에 대해서도 유사한 관점을 적용할 수 있다.

한다. 이는 낭독에 적합한 형식이었던 이전 이야기와 현대소설이 본질적으로 구분되는 면이기도 하다. 그렇더라도 소설 읽기의 기본은 이야기의 중심을 놓치지 않는 것이다. 이야기를 중심으로 다른 요소들을 함께 읽을 때 다양한 의미를 종합적으로 이해하는 의미 있는 독서가 될 수 있다.

이번 장에서 우리는 일반적인 이야기에서 출발하여 현대소설에 이르는 길을 대략 살펴보았다. 소설이 이야기의 하나이고 시대적 조건에 의해 새롭게 변화된 이야기라는 점을 강조하였다. 그러나 이런 포괄적인 정의로 소설의 본질에 접근했다고 말하기는 어렵다. 이러저러한 개념으로 소설의 주위를 탐색해 본 것에 지나지 않는다. 처음에 전제한 대로 우리는 소설의 본질에 대해 섣불리 답하려 들지 말고 다양한 작품들에 대한 감상과 분석을 통해 현재의 소설이 어떤 모습을 하고 있는지 살펴보아야 한다.

소설 이론을 조금이라도 접해본 사람은 현대소설이 그렇게 간단하지 않다는 것을 이미 알고 있을 것이다. 사실 이번 장에서는 플롯, 모방, 구성, 화자, 시점, 반영, 형상, 묘사, 서술, 의식의 흐름, 리얼리즘, 모더니즘, 담론, 다성성 등의 개념들에 대해 별 설명을 하지 않았다. 그런데 소설 이론에 자주 등장하는 위와 같은 개념들은 실상 이야기를 전달하는 방법, 또는 이야기의 효과를 다양하게 만드는 방법에 지나지 않는다. 이것들은 누가 말하는가 또는 어떻게 말하는가, 이야기는 어떻게 만들어지는가의 문제 안에 모두 수렴된다. 소설을 깊이 이해하기 위해 모두 필요한 개념들이지만 그 개념들에 주눅이 들 필요는 없다. 이제 다음 장에서는 '이야기'에 대해 더 살펴보고 많은 이야기 중에 소설이 특별한 가치를 갖게 된 이유에 대해 생각해 볼 것이다.

02 기원

소설의 기원은 이야기이다

이야기는 문학의 영역을 훨씬 넘어서는 현상이다. 뿐만 아니라 그것은 우리가 현실을 파악하는 하나의 본질적인 구성 분자이기도 하다. 우리가 말을 익히고 난 이후 우리가 죽을 때까지 줄곧 우리는 무엇보다도 가정에서, 이어 학교에서, 그리고 많은 만남과 독서들을 통해 이야기들 속에 파묻혀 지내왔다. (미셸 뷔토르, 『새로운 소설을 찾아서』)

이야기의 편재성

59번째 생일과 60번째 생일 사이에는 1년의 시간적 거리밖에 없지만 두 생일이 갖는 사회적 의미에는 커다란 차이가 있다. 19살과 20살의 생물학적 차이는 별 게 아니지만 사회적 대우의 차이는 비교할 수 없을 만큼 크다. 이 밖에도 작은 시간의 차이에 큰 의미를 부여하는 일은 우리 주위에서 흔히 발견할 수 있다. 취학이나 취업, 결혼이나 출산과 같이 개인의 차이가 존재하는 시간의 결절도 많다. 그러면 왜 우리 인간들은 작은 시간의 차이에 큰 의미를 부여하는 것일까? 왜 이런 일은 대부분의 인류 공동체에서 공통된 현상으로 나타나는 것일까?

자연의 시간은 균질(均質)적이지만 그것을 인식하는 인간의 감각은 균질적이지 않다는 사실은 분명하다. 인간은 시계처럼 균일하게 나누어진 시간을 느끼지 못한다. 인간에게 시간은 매우 심리적인 부분이기도 하다. 우리가 이제 말하고자 하는 '이야기'는 실제 시간과 시간을 인식하는 감각 사이의 거리에서 발생한다. 균질적인 시간을 분절해서 인식할 수 있는 인간의 능력이 끊임없이 이야기를 만들어 가는 것이다. 시간에 대한 이러한 인식은 이야기꾼으로 하여금 긴 시간 동안 벌어진 일을 짧게 정리할 수도, 짧은 시간 동안 벌어진 일을 길게 늘일 수도 있게 만들었다. 이야기 능력을 통해 인간은 현재의 사건이 바로 앞 시간에 벌어졌던 일의 결과가 아니라는 사실을 알 수 있게 되었고, 같은 시간에 벌어지는 혼란스러운 일들도 나름의 질서에 맞추어 정리할 수 있게 되었다.

이야기에서 시간의 역할은 절대적이다. 예전이나 지금이나 인간이 세계를 인식하는 기본적인 수단은 시간과 공간이기 때문이다. 공간 이동이 현재처럼 자유롭지 않은 예전에는 시간에 대한 인식이 특히 중요한 의미를 가지고 있었다. 해가 떠서 해가 지는 짧은 시간의 분절에서 시작하여 계절의 변화와 같은 비교적 긴 시간의 변화, 그보다 더 길게는 한 사람이 태어나 죽게 되는 시간의 흐름까지 인간들은 시간의 변화와 함께 달라지는 세계와 인간을 직접 느끼면서 살았다. 이런 생활 리듬에서 시간은 모든 인과의 기본 요소였다고 할 수 있다.[1]

실제 우리가 일상에서 접하게 되는 이야기의 종류는 매우 다양하다. 따라서 이야기를 군이 소설처럼 사건을 산문의 언어로 기록한 것으로 한정할 필요는 없다. 인간의 모든 활동에는 이야기가 포함되어 있게 마련이다. 언어·문자 활동은 물론 일상적·비일상적 인간 행동의 전후를 엮어도 모두 이야기가 될 수 있다. 인간 활동이 이야기라기보다는 인간이 세계를 인식하는 방법이 이야기와 관계된다고 할 수 있다.

예술에 한정한다면 영화나 연극, 무용 등에도 이야기가 포함되어 있다. 각각의 장르가 고유한 예술적 특징을 가지고 있지만 그것을 이해하는 기본적이고 손쉬운 방법은 내용에 포함되어 있는 이야기를 이해하는 것이다. 자신보다 앞서 영화를 관람한 친구에게 영화 내용을 물으면 그 친구는 아마도 영화의 줄거리를 먼저 이야기 할 것이다. 비록 이야기가 차지하는 비중이 그리 크지 않은 경우라도 줄거리 이해는 영화를 이해하기 위해 꼭 필요하다. 〈로미오와 줄리엣〉을 연극으로 볼 때 중심 이야기를 이해하지 못한다면 연극을 이해하는 데 큰 어려움을 겪게 될 것

---

1 이런 관점에서 많은 이야기가 전기의 형식을 띠는 것은 매우 자연스럽다. 시작과 끝은 탄생과 죽음이고 그 과정을 내용으로 하는 이야기가 전기이다. 사람 뿐 아니라 사물이나 사건을 다룰 경우도 마찬가지이다. 일의 시작과 끝, 이유와 과정을 다루는 것처럼 자연스러운 이야기는 없다.

이다.[2] 크리스마스 때마다 연례행사처럼 공연되는 〈호두까기 인형〉은 분명 무용이지만 '이야기'로도 잘 알려져 있다. 왜 인형이 군인이 되어 소녀를 지키기 위해 싸우는지, 나쁜 '놈'들은 어디에서 온 것인지 알고 보아야 무용수의 표현이 갖는 의미를 더 잘 이해할 수 있다.

문학으로 좁혀도 이야기의 편재성은 쉽게 확인할 수 있다. 희곡이나 시는 소설과 함께 지배적인 문학 장르인데 그것을 읽는 독자들은 무의식중에 이야기를 구성하게 된다. 희곡에서는 스토리 라인이, 시에서는 시적 정황이 이야기에 해당된다. 영화의 시놉시스도 장면으로 이해하기 어렵거나 정리되지 않은 '이야기'이다. 일기나 반성문 등의 수필 장르들은 보통 시간 순서에 따라 중요한 기억을 나열한다. 이는 소설보다 더 일반적인 이야기 구성 방식이라 할 수 있다.

그렇다면 소설의 이야기는 어떤 과정을 통해 현재의 모습을 갖추게 되었는가? 이에 대한 온전한 답을 내리기는 어렵겠지만 이번 장에서는 소설 이전의 이야기들과 소설 외의 이야기들을 살펴보도록 하겠다.

신화의 세계

이제 문학으로 생각을 모아 보자. 시간의 순서를 따라 서술되는 이야기 중 오래된 것으로는 신화, 전설, 민담을 들 수 있다. 흔히 설화라는

---

2 쑥스러운 이야기이지만 나는 대학 입학 전까지 「로미오와 줄리엣」이 소설인 줄 알았다. 초등학교 시절 서점에서 사서 읽은 「로미오와 줄리엣」은 이야기 책 형식으로 되어 있었고, 그 책으로도 이야기를 이해하는 데 아무런 문제가 없었다. 물론 대사의 분위기를 느끼거나 인물들의 행동을 상상하는 데는 문제가 있었겠지만 이야기만으로도 충분히 재미있다고 생각했다.

이름으로 묶기도 하는 이 '옛날' 이야기들은 현재까지 이야기의 원형으로 남아 있다. 기본적인 이야기 재료를 제공한다는 점에서뿐만 아니라 원형적인 상상력의 저장고라는 점에서도 중요한 의미를 갖는다. 현대 소설에서도 간간이 발견할 수 있지만 중세 이전의 이야기들에서 설화적 상상력은 매우 중요하게 작용하였다.

우리나라의 대표적 신화라고 할 수 있는 '단군 이야기'는 『삼국유사』에 다음과 같이 기록되어 있다.

아득한 옛날이다.

천상의 세계를 다스리는 상제에게는 환웅(桓雄)이란 서자가 있었다. 그는 매양 지상을 내려다보며 인간의 세계를 다스려보려는 욕망을 품어오곤 했다. 아버지 환인은 그 아들의 뜻을 알아챘다. 그리곤 아래로 지상의 세계를 굽어보았다. 아름답게 펼쳐진 산과 강과 들 – 그 가운데서 삼위태백이란 산, 그곳이 널리 인간을 다스려 이롭게 할 만한 근거지로 적합하다고 생각되었다. 그는 곧 아들 환웅에게 부하 신을 거느리고 가서 지상을 다스릴 직권을 부여하는 뜻으로 천부인 세 개를 주어 내려가 다스리게 했다.

환웅은 천상의 무리 3천명을 이끌고서 천공을 헤쳐 태백산 꼭대기에 있는 신단수(神檀樹) 아래로 내려왔다. 그리고 그곳을, 세상을 다스릴 근거지로 삼고서 신시(神市)라고 불렀다. 신시를 연 환웅, 이가 곧 환웅천왕(桓雄天王)이다. 그는 '바람의 신'과 '비의 신'과 '구름의 신'들을 거느리고서 농사며, 생명이며, 질병이며, 형벌이며, 선악이며, 인간에게서의 3백 60여 가지의 일들을 주재하여 인간 세상을 다스려 갔다.

이때, 곰 한 마리와 호랑이 한 마리가 같은 동굴에 살고 있었다. 그런데 이들은 늘 신웅(神雄), 즉 환웅천왕에게 와서 사람이 되고 싶다고 기원했다. 신웅은 이들에게 신령스러운 쑥 한 줌과 마늘 스무 개를 주며 말했다.

"너희들은 이것을 먹어라. 그리고 백 날을 햇빛을 보지 않으면 소원대로 사람의 몸으로 바꾸어지리라."

곰과 호랑이는 쑥과 마늘을 받아먹고 금기(禁忌)에 들어갔다. 삼칠일을 금기하여 곰은 마침내 사람의 몸, 그것도 여자의 몸으로 탈바꿈했다. 그러나 성질이 눅지 못한 호랑이는 금기를 제대로 견뎌내지 못했고, 따라서 사람의 형체를 얻지 못했다.

곰에서 변신된 여인, 즉 웅녀(熊女)는 다른 또 하나의 간절한 욕망을 느꼈다. 아이를 갖고 싶었다. 하나 그녀와 짝이 될만한 이가 없어 웅녀는 매일 신단수 아래에 와서 빌었다 - 부디 아기를 갖게 해 달라고. 이에 웅녀의 애뜻한 소원을 받아들여 환웅은 얼른 사람으로 화신, 그녀와 혼인했다. 이 웅녀의 아들이 단군왕검이다. 단군왕검은 나라를 열었다. 평양성을 도읍으로 하고 조선(朝鮮)이라 불렀다. 이것은 중국의 요제(堯帝)가 즉위한 지 50년인 경인년(庚寅年)의 일이었다. 뒤에 단군왕검은 도읍을 백악산(白岳山) 아사달(阿斯達)로 옮겼다. 그곳은 일명 궁홀산(弓忽山)이라고도 하고 또 금미달(今彌達)이라기도 했다. 그리고 단군왕검은 1천 5백 년간 나라를 다스렸다.

신화는 사람들이 신성하다고 여기는 이들이 펼치는 신성한 이야기를 말 한다. 인간보다는 특별한 능력을 가진 신들이나 그와 유사한 자격을 가진 영웅들의 이야기인 셈이다. 신화는 국가나 민족의 기원이나 개국을 설명하기 위해 후세 사람들에 의해 만들어졌을 가능성이 높다. 창작의 성격이 이런 만큼 이야기의 진실성 여부는 그렇게 중요하지 않으며 특정 집단의 믿음이나 자부심이 더 중요한 의미를 갖는다. 많은 신화들이 천지창조에서 시작하여 자신들의 민족이 가진 정통성 혹은 위대함을 주장하는 것으로 마무리된다.

위에 인용한 단군 신화 역시 신화의 일반적인 특징을 그대로 가지고 있다. 신화를 통해 우리 민족의 직접 조상이 단군이며 단군은 웅녀와 환웅의 아들이라는 것을 알 수 있다. 단군의 아버지 곧 우리 민족의 할아버지 격인 환웅은 비록 사람의 형상을 하고 나타났지만 상제 환인의 아들이다. 환웅과 단군에 의해 우리 민족 최초의 나라가 열린 것은 물론, 환웅은 인간세계에 내려와 농사며, 생명이며, 질병이며, 형벌이며, 선악 등 3백 60여 가지의 일들을 주재하여 인간 세상을 다스렸다고 한다. 단군 신화 외의 우리 신화로는 동명성왕 신화나 해모수 신화 등이 있다.

신화의 또 다른 특징으로 집단의 무의식을 담고 있다는 점을 들 수 있다. 한 사람의 창작이 아니라 오랜 세월을 거쳐 집단의 심리 또는 역사가 이야기로 구조화 된 것이 신화이다. 그래서 때로 신화는 집단의 심리나 역사를 읽는 코드 역할을 한다. 위에 인용한 단군신화 역시 내용을 하나하나 점검해 보는 일은 마치 수수께끼를 푸는 일처럼 흥미롭다. 환웅은 왜 장남이 아니고 서자인가? 왜 하필 곰과 호랑이가 환웅을 찾아왔다고 했을까? 또 곰은 사람이 되고 호랑이는 되지 못한 이유는 무엇일까? 동굴 안에서의 시련은 무슨 의미가 있을까? 등의 질문은 우리 조상들의 생각을 살펴보는 데 유용한 호기심들이다.

동양의 신화로는 중국 신화나 인도 신화가 잘 알려져 있다. 중국 신화에 등장하는 神農氏, 蚩尤, 堯, 舜, 禹 등은 우리 역사서에도 자주 인용되고 있어서 낯설지 않다. 인도의 신화 역시 방대한 양과 규모를 가지고 있어 매우 흥미롭다. 브라흐마, 비슈누, 시바, 라마, 크리슈나 등은 비교적 잘 알려진 신의 이름이다. 서양의 신화로는 그리스 신화와 북유럽 신화가 잘 알려져 있다. 그리고 동방의 메소포타미아 신화는 구약성서의 토대가 되는 히브리 신화의 근간을 이루었다고 한다. 이집트 신화 역시 흥미로운 서사구조를 가지고 있다. 악의 신 세트와 선한 신 오시리스, 그들의 죽음과 부활은 역동적인 이야기를 만들어낸다. 태양의 신, 지옥의 신, 지혜의 신 등 다양한 종류의 신이 등장하기도 하다. 이들 신화는 세계의 창조와 발전에 대해 전체적으로 설명하고 있다는 점에서 비교적 완전한 형태를 띠고 있는 이야기들이다.

근대 이후 서양의 기술과 문화가 세계적 표준으로 부각되면서 그리스 신화와 히브리 신화는 한 민족의 신화를 넘어 세계적 신화가 되었다. 특히 그리스 신화는 세상을 지배하는 신들의 싸움과 질투 등 인간 감정을 그대로 보여줌으로써 현재의 인간을 설명하는 원형적 이미지로 사용되곤 한다. 프로이트는 그리스 신화의 인물 외디푸스의 이야기를 원용하여 그의 정신분석에서 중요한 개념으로 사용하였다. 밀랍으로 새의 깃털을 붙여 만들었다는 이카루스의 날개(또는 그의 비행)는 유한한 능력의 인간이 가지게 되는 무한한 꿈과 그것의 좌절을 상징적으로 보여준다. 오르페우스의 사랑, 나르시스의 자기도취, 에로스의 화살, 헤라클레스의 활 등은 자주 활용되는 문학적 상징이다. 앞서 예를 든 신화 외에도 비교적 간단한 구조를 가진 신화는 세계 곳곳에 셀 수 없을 만큼 많이 존재한다.[3]

---

3 신화에 등장하는 캐릭터를 현대에 되살려 사용하는 경우도 자주 볼 수 있다. 괴물 거인 트롤, 머리 셋 달린 개 케르베로스, 상반신은 사람이고 하반신은 말인 켄타우로스, 수많은 머리를 가진 괴물 히드라와 메두사 등은 모두 서양 신화에 등장하는 잘 알려진 캐릭터 들이다. 신화는 요즘 많이 이야기하는 문화콘텐츠에서 중요한 자리를 차지하고 있다.

전설과 민담

전설과 민담은 신화에 비해 신성함이 상대적으로 적은 이야기이다. 전설이 역사적 사실이나 자연물에 관계되어 있는 이야기라면 민담은 아무런 제약 없이 자유롭게 만들어진 이야기라고 할 수 있다. 각 고장마다 존재하는 독특한 지명은 전설이 담겨 있는 그릇이라고 할 수 있다. 으슥한 산 속에 존재하는 깊은 못에는 한을 품고 자살한 동네 처녀 이야기 한 두 가지쯤은 담겨 있는 것이 보통이고, 하루에 넘기 어려울 정도의 깊은 산 속에는 호랑이를 만나 구사일생으로 살아난 사람들의 무용담이 몇 가지는 남아 있게 마련이다. 욕심 많은 부자가 사는 마을이 하루아침에 홍수로 물에 잠기고 마을에 살던 착한 사람은 의인에 의해 목숨을 건질 수 있었다는 이야기는 전국 곳곳에 퍼져 있다. 전설은 마을과 산천이 품어도 좋을만한 이야기로, 오랜 세월동안 전해져 내려왔거나 주변으로 퍼진 것이다. 전설은 일상과 유리되어 있지는 않지만 인간의 생로병사와 깊이 관련된 진지하고 무게 있는 제재를 주로 다룬다. 전설에서는 피하기 어려운 운명이나 잊지 못하고 가슴 속에 담아두게 되는 기구한 사연들을 많이 볼 수 있다.

전설과 달리 민담은 굳이 자연이나 집단에 기대지 않고도 인간들의 구체적인 삶 속에 있을법한 일들을 조금 가공하여 만들어낸 이야기이다. 민담은 신화와 전설과 같이 집단적 성격을 갖지는 않지만, 일반적인 인간의 특성을 이야기의 근거로 삼기 때문에 듣는 재미 면에서는 앞의 둘에 떨어지지 않는다. 신화가 신성하고 전설이 비장하다면 민담은 가볍고 유쾌한 쪽에 속한다. 이야기의 규모도 한 집단이나 인물의 일생에 걸쳐있기보다는 재미있는 에피소드 중심으로 소박하게 엮이는 것이 보통이다. 방귀 잘 뀌는 며느리나 바보 총각 이야기, 어리석은 도깨비 이야기나 어리숙한 도적 이야기는 흔히 접할 수 있는 민담이다. 신화와 전설에 비해 기층성이 강한 이야기이기도 하다.

신화, 전설, 민담 등의 이야기는 그 고유성을 신뢰하기 어려울 정도로 세계적 편재성을 보인다. 신데렐라와 콩쥐팥쥐 이야기는 지역 차이에도 불구하고 다른 뿌리를 가지고 있다고 하기에는 너무 닮아 있다. 계모와 성질 고약한 언니가 들어와 선량한 여동생을 구박한다는 점, 계모가 이루기 어려운 과제를 부여하지만 동물들의 도움으로 과제를 해결하고 결국 귀한 남자와 결혼하게 된다는 점은 서로 같다. 아동용으로는 내보이기 어려운 잔혹한 결말로 마무리된다는 점도 유사하다. 서양과 동양의 차이를 느낄 수 있을 정도의 세부 차이가 존재할 뿐 같은 서사의 골격을 가지고 있다.

다음은 세계적으로 널리 퍼져 있는 이야기 중 하나이다.

옛날 이 세상에는 큰물이 져서 세계는 전부 바다로 화(化)하고 한 사람의 생존한 자도 없게 되었다. 그 때에 어떤 남매 두 사람이 겨우 살게 되어 백두산 같이 높은 산의 상상봉(上上峰)에 표착(漂着)하였다. 물이 다 걷힌 뒤에 남매는 세상에 나와 보았으나 인적(人跡)이라고는 구경할 수 없었다. 만일 그대로 있다가는 사람의 씨가 끊어질 수밖에 없으나 그렇다고 남매간에 결혼을 할 수도 없었다. 얼마 동안을 생각하다 못하여 남매가 각각 마주 서 있는 두 봉 위에 올라가서 계집아이는 암망(구멍이 뚫어진 편의 맷돌)을 굴려 내리고 사나이는 수망을 굴려 내렸다. (혹은 망대신 청솔가지에 불을 질렀다고도 한다.) 그리고 그들은 각각 하느님에게 기도를 하였다. 암망과 수망은 이상하게도 산골 밑에서 마치 사람이 일부러

포개 놓은 것 같이 합하였다. (혹은 청솔가지에 일어나는 연기가 공중에서 이상하게도 합하였다고도 한다.) 남매는 여기서 하느님 의 의사를 짐작하고 결혼하기로 서로 결심하였다. 사람의 씨는 이 남매의 결혼으로 인하여 계속하게 되었다. 지금 많은 인류의 조상 은 실로 옛날의 그 두 남매라고 한다.[4]

홍수 신화 혹은 홍수 전설은 웬만큼 오랜 역사를 가지고 있는 문명 권에는 고르게 퍼져 있는 이야기이다. 세부적인 내용은 차이가 있지만 위의 남매 이야기는 성경에 나오는 노아의 방주 이야기나, 그리스 신화 의 데우칼리온과 퓌라 이야기와 닮아 있다. 어느 이야기가 먼저 만들어 진 것인지 그것이 어떤 경로를 통해 주변으로 퍼지게 된 것인지를 확인 하는 일은 매우 어려운 작업이 될 것이다. 다만 우리는 인간의 상상력이 라는 것이 무한정 뻗어나갈 수 있는 것이 아니라는 사실을 확인할 수 있 을 뿐이다. 또, 옛사람들에게 이야기라는 것이 현재의 자기를 확인하기 위해 필요했을 것이라는 짐작을 해볼 수 있다.

실제 일어났던 일을 기록한 역사 역시 매우 중요한 이야기이다. 역 사는 현실이지만 기록으로 남겨질 때는 하나의 이야기가 된다. 그것도 특별한 구조를 지닌 이야기이다. 오래된 이야기 뿐 아니라 현재의 역사 도 재미있는 이야기가 될 수 있다. 평전이나 위인전은 그 사실성을 의 심하지 않아서 그렇지, 그 사실성을 의심하기만 한다면 한 편의 잘 짜 인 이야기로 손색이 없다. 역사서인 사마천의 『사기』는 동양 어느 서적 과도 비교할 수 없는 이야기의 보고로 평가된다. 인물이 인물과 만나 사 건을 만들고 그 사건이 어떤 결과를 낳는 것이 이야기인데, 역사는 이

---

4 1923년 8월 11일 함흥부 하동리 김호영씨 담(談); 손진태,『한국민족설화의 연구』

런 요소를 충분히 가지고 있다. 실제 지어낸 이야기보다 더 실감나는 역사도 많다.

앞에서도 말했듯이 옛이야기가 중요한 이유는 그것이 현재의 우리 의식에서 사라지지 않고 여전히 영향을 미치고 있기 때문이다. 반복되는 것과 변화하는 것, 보편적인 것과 특수한 것을 나눌 수 있다면 반복되는 특별하지 않은 삶에 대해 이해하는 데 옛 이야기가 갖는 유용성은 여전히 크다. 인간과 자연, 인간과 사회의 관계를 이해하는 데도 원형적 모델을 제공해 준다고 할 수 있다. 사회가 복잡해지고 다양해졌다고 해도 이야기의 형태가 꼭 그만큼 많아졌다고 할 수는 없다. 비록 현재의 이야기 속에 언급되지는 않았다 하더라도 반복되는 이야기의 이해는 현재의 이야기를 이해하는 데 매우 중요하다.

이야기의 공시적 유형

구조를 중심으로 볼 때 사라지기도 하고 새롭게 만들어지기도 하는 여러 이야기의 유형을 같은 평면에 놓고 비교해 보는 일이 가능하다. 이야기 구조라는 데 초점을 맞출 경우 신화나 소설과 같이 전통적인 서사 양식 이외의 것들까지 비교의 대상으로 삼을 수 있다. 비평가 N.프라이는 『비평의 해부』에서 플롯의 유형으로 이야기를 나누어 각각 로망스, 비극, 희극, 아이러니(또는 풍자)라는 네 개의 범주를 설정하였는데 이야기의 특성을 이해하는데 많은 도움을 주는 분류이다.

프라이에 의하면 플롯에 의해 구분한 네 가지 이야기는 서로 대립되거나 중복된다. 네 가지 이야기 유형 중 희극과 비극, 로망스와 아이러니는 구조상 짝을 이룬다고 할 수 있다.[5] 비극은 희극과 대립하고 로망스는 아이러니와 대립한다. 로망스는 이상적인 것과 어울리고 아이러니는 현실적인 것과 어울린다. 희극은 한 쪽 끝에서 풍자와 서로 어울리고, 다른 한 쪽 끝에서는 로망스와 어울린다. 로망스는 희극적일 수도 있고 비극적일 수도 있다. 비극적인 것은 상위 로망스에서부터, 씁쓸한 그리고 아이러니를 품고 있는 리얼리즘으로 확대될 수 있다. 이 네 가지 플롯은 계절과도 어울리는데 희극이 봄이라면 여름은 로망스 가을이 비극이라면 겨울은 아이러니와 풍자라고 한다.

네 가지 이야기가 갖는 구성의 특징은 구체적인 장르나 작품을 통해 확인할 수 있다. 우선 희극은 비교적 단순한 구성을 갖는다. 그 예를 하나 들어보자. 지위나 재력에서 별 내세울 것이 없는 한 남자가 아름답고 귀한 젊은 여인과 결혼하고 싶어 하는데 어떤 장애에 부딪치게 된다. 이때의 장애는 대개 양친의 반대라는 형식으로 나타난다. 그러나 결말 가까이 와서 어떤 역전이 일어나, 주인공은 결국 그 젊은 여성을 아내로 맞이할 수 있게 된다. 이때 젊은이가 신분을 숨기고 있었거나 뜻밖의 행운으로 부자가 되는 경우도 상상할 수 있다. 일반적으로 희극은 웃음을 동반하는 경우가 많다고 알려져 있는데 플롯으로서의 희극은 해피엔딩을 향한 여정 정도로 이해 할 수 있다. 현재는 텔레비전 드라마나 할리우드 로맨틱 코미디에서 흔히 볼 수 있는 플롯이다.

---

5 비극과 희극은 원래 극에 사용하는 개념이지만 프라이는 서사문학의 일반적인 특징을 기술하기 위해 이 용어를 사용한다고 밝혔다. 로망스나 아이러니 역시 장르의 이름을 서사 구조 일반에 사용하는 것이라고 하였다. 이야기가 소설 등의 몇몇 양식에 한정되는 것이 아니라고 보면 이해를 돕기 위해 이런 친숙한 명칭을 사용하는 것도 좋다고 할 수 있다.

로망스에 있어서 플롯의 본질적인 요소는 모험이다. 모험이므로 로망스는 자연히 연속적이고 과정적인 형식을 취한다. 로망스는 드라마보다는 소설에서 자주 나타나는 형식이라고 할 수 있다. 가장 소박한 형식에 있어서의 로망스는 결코 성장하지도 않고 나이도 먹지 않는 중심인물이 하나의 모험이 끝나면 다음 모험을 계속하는 끝이 없는 형식을 취하는 것이다. 로망스의 완벽한 형식은 편력이 성공적으로 끝나는 형식을 취하며, 이 완벽한 형식에는 세 개의 주요한 단계가 있다. 즉, 위험한 여행과 준비단계의 작은 모험, 이어지는 생명을 건 투쟁(보통 주인공이든 적이든 어느 한 쪽이 죽지 않으면 안 되는 싸움) 그리고 마지막으로 주인공의 개선이다. 로망스의 예를 들기는 그리 어렵지 않은데, 오래된 이야기로는 오디세우스의 모험, 헤라클레스나 페르세우스의 모험 등을 들 수 있다. 중세 기사의 편력기나 모험소설 역시 로망스의 형식이라고 할 수 있다. 〈인디아나 존스〉와 같은 영화도 전형적인 로망스 플롯을 활용한 작품이다. 영화 〈반지의 제왕〉을 프로도를 중심으로 읽는다면 어렵지 않게 로망스 구조를 발견할 수 있다.

비극의 주인공은 근대인들과 비교해 보면 영웅에 가깝다. 그러나 그의 배후에는 관객과 정반대의 위치에 있는 어떤 존재가 있으며, 이 존재와 비교하면, 그는 하찮은 존재에 불과하다. 이 어떤 존재는 신, 운명, 우연 등이다. 아니면 이 모든 것이 종합된 것일 수도 있다. 전형적인 비극의 주인공은 운명의 수레바퀴의 정점에 있으며, 그러기에 지상의 인간 사회와 천상의 보다 위대한 존재의 중간에 위치하고 있다. 비극의 주인공들은 인간들이 사는 세계에서는 최고의 위치에 있기 때문에 그들은 불가피하게 권력을 휘두르는 존재가 될 수밖에 없다. 원형적인 인물로는 그리스 신화에 등장하는 외디푸스를 들 수 있다. 외디푸스는 테바

이의 왕이지만 신탁에 의해 특별한 운명에 빠져들게 되고, 탁월한 능력에도 불구하고 처참한 운명에 빠져들게 된다. 비극의 플롯을 다룬 고대의 이야기가 운명에 의해 무너져가는 인물을 다루었다면 셰익스피어 이후의 비극 이야기에서는 인물의 성격적 결함이나 욕망이 스스로를 비극으로 몰고 가는 경우가 많다. 햄릿의 머뭇거림이나 멕베스의 우유부단, 오셀로의 의심 등은 좋은 예가 될 것이다.

비극과 아이러니는 운명에 의한 몰락이라는 면에서 유사한 점이 많다. 그러나 아이러니는 유별나게 예외적인 주인공을 필요로 하지 않는다. 대체로 아이러니 그 자체가 목적이 될 때는, 주인공이 초라하면 초라할수록 아이러니는 더욱 통렬한 것이 된다. 비극에서 특유의 숭고미와 장중함을 느낄 수 있는 이유는 이야기에 영웅성이 섞여 있기 때문이다. 비극의 주인공은 보통 비상한, 때로는 신의 목표와 대략 비슷한 목표를 움켜쥐고 있으며, 그러기에 그 애초의 영광스러운 비전은 비극의 결말이 어떻든지 간에 완전히 사라지지는 않는다. 그러나 아이러니의 주인공에게 비전은 잡을 수 없거나 잡아도 금새 사라져 허망한 것이 되기 쉽다.

아이러니의 중심을 이루는 원리는 로망스의 패러디라고 할 수 있다. 즉 로망스의 형식을 한층 현실적인 내용에 적용하면 그것이 의외로 아이러니에 딱 들어맞는다. 로망스에서는 누가 주인공의 생활비를 책임지는가를 묻는 사람은 없다. 그러나 아이러니에서는 생활비 때문에 절도나 살인이 벌어지기도 한다. 아이러니와 풍자의 주된 차이는 풍자가 공격적인 아이러니라는 점이다. 풍자의 도덕적인 규범은 비교적 명료하며, 그 규범에 비추어서 그로테스크한 것과 부조리한 것이 측정된다. 완전한 독설 또는 욕설은 비교적 아이러니가 부족한 풍자이다. 다른 한편 독자가, 작가의 자세가 어떤지 인물의 자세를 어떻게 받아들여야 할지 확신을 갖지 못할 때, 우리는 비교적 풍자의 요소가 부족한 아이러니를 보게 된다. 풍자는 적어도 겉보기의 공상, 즉 독자가 그로테스크하다고 인식하고 있는 어떤 내용과, 그리고 적어도 암시적인 어떤 도덕적인 기준을 요구하고 있다.

인물의 위치를 기준으로 이야기를 정리해도 재미있는 대조를 볼 수 있다. 봄에 비교되는 희극은 어려움에서 시작한 인물이 바라는 결과를 얻어내는 상승 구조로 되어 있다. 여름에 비교되는 로맨스는 고귀한 인물의 고귀한 여행이다. 따라서 본질적 의미에서 추락이나 상승은 존재하지 않는다. 가을에 해당하는 비극은 높은 곳에 있던 인물이 낮은 곳으로 떨어지는 구조이다. 겨울에 해당하는 아이러니는 로맨스와 반대로 낮은 곳의 인물이 상승에 실패하는 이야기이다.

옛 이야기와 새로운 이야기

만화의 경우도 재미있는 이야기로 읽을 수 있다. 게임도 이야기가 뒷받침 되는 경우 참가자들의 흥미를 배가시킬 수 있다. 이야기하기는 인간의 본능 중 하나이다. 흔히 '말 잘하는 사람'이라고 할 때 그 말은 구체적으로 이야기를 의미한다. 재미있고 자상한 사람도 이야기를 잘 하는 사람인 때가 많다. 우리는 이야기 속에서 살고, 이야기하기 위해 산다고 해도 지나친 말이 아니다.

소설은 근대인들의 이야기 본능을 충족시켜주는 대표적인 양식이다. 그런데 불행하게도 우리가 지금 향유하고 있는 소설 양식은 서양에서 전래되어 온 것이다. 과거의 이야기 전통이 없는 것은 아니지만 지난 100년의 역사에서 소설의 자리는 서구-일본을 통해 수입된 novel이 차지하고 말았다. 이는 근대 자체가 서구에서 들어 온 것이라는 사실과 비교하면 그리 특별한 일도 아니다. 물론 그렇게 들여온 소설 자체가 다양할 뿐 아니라 필요에 맞게 여러 방식으로 토착화된 만큼 우리 소설에 개성이 없다고 말할 수는 없다. 근대와 소설에 관한 한 전 지구적인 영향 관계가 긴밀하게 맺어져 있다고 보아야 한다.

소설만큼 시대와 긴밀한 연관을 맺으면서 발전한 양식도 드물다. 내용과 형식 모두가 시대의 환경에 크게 영향을 받아왔다. 정확히 말하면 시대를 경험하고 고민하는 인간의 정신을 담아내는 역할을 충실히 해왔던 것이다. 내용이 시대의 현실 자체라고 하면 형식은 세계와 의식의 묘사 방식 또는 세계의 재현 방식이라고 할 수 있다.

03 구조

소설 읽기의 실제 1

단편소설 자세히 읽기

단편소설은 어떻게 구성되어 있으며 어떻게 읽어야 하나? 소설 읽기에 정답이란 애초에 존재하기 어렵겠지만 기왕에 잘 알려진 작품의 분석을 통해 현대 한국 단편 소설의 특색을 살펴보는 것이 이번 장의 목표이다. 대상 작품은 김승옥의 「무진기행」과 황석영의 「삼포 가는 길」이다. 두 편 모두 대중적으로 성공한 소설들일 뿐 아니라 소설 미학적으로도 높은 평가를 받는 작품들이다. 이들은 장편소설과 구분되는 단편만의 특징을 잘 보여주기도 한다.

「무진기행」의 구조

남의 이야기를 들을 때도 그렇지만, 소설을 가장 쉽게 읽는 방법은 누가 언제 무엇을 했는가를 확인하는 것이다. 그것을 알면 세세한 부분들까지는 몰라도 작품의 전체 윤곽은 파악할 수 있게 된다. 대부분의 이야기들은 인물 A가 인물 B를 만나 사건 C를 만드는 구조를 택하고 있다. 그 형식이 복잡해지더라도 이 기본 구도는 유지되는 것이 보통이다. 인물 A와 인물 B가 만나지만 사건 C가 분명하지 않을 수 있고, 인물 A는 분명한데 인물 B가 구체적으로 보이지 않을 때도 있다. 이런 경우에도 인물 A만으로는 존재할 수 없는 것이 이야기이다. A, B, C의 관계가 애매한 소설이 적지 않지만 이러한 구도에서 완전히 벗어난 소설도 실상 많지 않다.[1]

김승옥의 「무진기행」은 윤희중이라는 인물이 무진(霧津)이라는 곳에서 2박 3일 동안 체류하며 겪은 사건과 생각들을 중심으로 전개되는 소설이다. 사흘 동안에 희중은 옛 친구를 만나고 성묘를 다녀오고 하인숙이라는 여자를 알게 된다. 마지막 장면에서 희중은 급한 연락을 받고 계획보다 이르게 무진을 떠난다. 이 소설의 서술자는 처음부터 끝까지 한 인물을 추적하는 형식을 취하고 있다. 무진에 들어와서 무진을 떠날 때까지 2박 3일 동안 희중이 했던 일을 순서대로 정리하면 다음과 같다.

---

1 독백 형식의 소설 역시 서술자나 인물 하나만으로 존재하지는 않는다. 사건이 제시되거나 갈등이 제시되는 방법이 다를 뿐이다. 서술자나 인물에 집중되어 있기는 해도 다루는 내용은 다른 인물이나 사건과의 관계 속에서 발생한 일이다. 그것이 내면화되거나 간접화되었다고 말할 수는 있어도 사건의 본래 구조가 근본적으로 다르다고 말하기는 어렵다.

① 희중은 버스를 타고 고향인 무진으로 간다.

② 희중은 이모 댁에서 저녁을 먹고 신문을 사기 위해 신문지국으로 간다.

③ 희중은 중학교 후배인 교사 박의 방문을 받는다.

④ 희중은 박을 따라 세무서장 조의 집을 방문한다.

⑤ 희중은 조의 집에서 음악선생 하를 만난다.

⑥ 희중은 식전에 어머니 산소에 다녀오다 익사한 여인의 시체를 본다.

⑦ 희중은 세무서장 조의 사무실에 간다.

⑧ 희중은 방죽에서 하선생을 만난다.

⑨ 희중은 전보를 받고 급히 상경한다.

「무진기행」은 '무진으로 들어옴(①)-무진에서 지냄(②~⑧)-무진을 떠남(⑨)'이라는 희중의 이동 경로를 따르고 있어 시작과 끝이 분명한 소설이라는 느낌을 준다. 무진 안에서 벌어진 사건을 중심에 두고 무진에 들어오고 나가는 사건을 처음과 끝에 배치한 구조이다. ①과 ⑨사이의 이야기 줄거리는 그리 복잡하지 않다. 우리가 흔히 알고 있는 이야기 독서는 시간 순서에 따라 인물이 걸어간 길을 추적하는 것이면 족하다. 이 소설의 사건들도 시간에 따라 순차적으로 벌어지고 있다.

그런데, 현대소설은 위와 같이 주인공의 행적을 따라가는 것만으로는 이해하기 어려운 장치들을 작품 곳곳에 마련해 두기도 한다. 작품의 내용을 풍부하게 이해하기 위해서는 행위의 순서를 아는 것 못지않게 그때그때 벌어지는 구체적 행위나 사건이 작품에서 어떤 의미를 갖는지 알 필요가 있다. 위의 아홉 장면이 하나의 사진이라고 보면 사진을

순서대로 나열하는 것 못지않게 그 사진에 어떤 내용이 담겨있는지 아는 것이 중요하다는 의미이다.[2]

　구체적으로 각 장면에서 무슨 일이 벌어졌는지 첫 장면을 예로 들어 알아보자. ①은 소설의 시작 부분인데, 주인공 윤희중은 버스를 타고 무진으로 들어가고 있다. 무진은 서울에서 기차를 타고 광주역에서 내려 다시 버스를 타고 한참 가야 하는 곳이다. 그런데 ①은 무진으로 들어가는 희중의 행동과 생각을 보여주는 데 그치지 않고 작품 전체의 내용을 축약시켜 놓은 듯한 인상을 준다. 그가 무진으로 가는 이유와 무진이라는 곳의 의미가 암시되어 있기 때문이다.

　무진으로 가는 버스 안에서 희중은 무진의 명산물에 대해 생각한다. 무진에 명산물이 없다는 두 농사관계 전문가들 말에 자극을 받아 자신이 이해하는 무진에 대해 되돌아보는 것이다. 두 사람의 대화에 따르면 무진은 어촌이라 부르기에는 바다가 형편없이 멀고 농촌이라 부르기에는 변변한 평야를 가지고 있지 못한 곳이다. 그러면서도 오륙 만 명이나 되는 사람들이 살아가는 곳이다. 이러한 조건을 들어 그들은 사람들이 '그럭저럭' 살아가는 명산물 하나 없는 곳으로 무진을 정리한다. 이런 내용의 대화를 듣던 희중은 무진의 명산물로 안개를 떠올린다. 밤이 되면 "이승에 한에 있어서 매일 밤 찾아오는 여귀가 뿜어내 놓은 입김"과 같이 무진을 감싸는 안개가 무진의 명품이라는 것이다. 여기서 우리는 '무진'이 실제 지명일 필요가 없음을 알 수 있다. '霧津', 즉 안개에 싸인 항구라는 이름은 소설의 제재와 관련하여 작가가 만들어낸 가상 지

2　한 장의 사진에 얼마나 많은 의미가 담겨 있는지 우리는 잘 알고 있다. 인물의 시선이나 표정, 그가 입고 있는 옷의 종류에서 여러 가지를 느낄 수 있다. 함께 사진을 찍는 동료를 무시하고 있는지, 사진 찍는 일을 못마땅해 하고 있는지 아닌지, 날씨가 추운지 더운지를 한 장의 사진을 통해 알 수 있다.

명일 가능성이 높다. 「삼포 가는 길」의 '森浦'가 숲이 있고 포구가 있는 고향 섬의 이미지로 만들어낸 단어인 것처럼.

안개에 대한 초반의 언급 때문에 '무진' 자체가 작품에서 중요한 의미를 가지고 있음을 짐작하기는 그리 어렵지 않다. 무진의 안개는 인간들의 생활에도 큰 영향을 미친다. 희중의 이후 행적을 통해 구체적으로 드러나지만 멀쩡한 낮의 생활이 밤이 되면 달라질 수 있는 곳이 무진이다. 소설에 따르면, 저녁의 안개는 모든 것을 가리고 덮고 때로 용서해주기 때문이다. 겉보기와 다른 많은 일들이 무진의 안개 속에서는 쉽게 이루어진다. 희중은 무진에서는 어떤 짓을 해도 좋다고 생각하고 또 행동한다. 실제 소설의 사건들은 희중이 아무 책임감 없이 만나는 일들의 나열이다. 외부에서 모르는 사람이 보면 '그럭저럭' 살아가는 곳이고 아는 사람이 보면 밤과 낮의 '양면'이 존재하는 곳이 바로 무진인 셈이다.

①에는 희중이 무진을 찾은 이유와 무진에서 무슨 일이 벌어질 것인지 암시하는 서술들이 많다. 그는 "무진에서는 항상 자신을 상실하지 않을 수 없었던 과거의 경험"을 생각하고, "무진에 오기만 하면 내가 하는 생각이란 항상 그렇게 엉뚱한 공상들이었고 뒤죽박죽이었던 것이다. 다른 어느 곳에서도 하지 않았던 엉뚱한 생각을, 나는, 무진에서는 아무런 부끄럼 없이 거침없이 해내곤 했었다"고 회상한다. 이런 그가 무진을 찾는 이유는 "문득 한적(閑寂)이 그리울 때"이다. 이는 무진의 안개와 더불어 무진이라는 공간에 대한 규정이기도 하다.

「무진기행」의 주제

이렇듯 작가는 「무진기행」의 서두에서 이후에 벌어질 내용들을 미리 보여준다. 하지만 독자의 입장에서 첫 장면을 한 번 읽고 이런 모든 내용을 알아내기는 쉽지 않다. 작품 전체를 읽고 나서야 첫 장면의 의미가 비로소 이해될 수 있다. 반대로 앞에서 읽은 내용을 기억해야만 뒷부분의 내용을 이해할 수 있는 경우도 많다. 친구가 들려주는 '사연'을 들을 때도 듣는 사람의 정리가 필요하듯이 소설을 읽을 때 우리는 전후의 맥락과 의미를 함께 고려해야 한다. 앞과 뒤가 서로를 참고해야 하기 때문에 소설을 풍부하게 읽기 위해서는 그때그때 작품을 향해 "왜?"라는 질문을 계속 던지는 것이 좋다. 첫 장면에 왜 이런 표현이 나오는지, 마지막 장면의 의미는 앞서 읽었던 부분의 의미와 어떻게 연관되는지 등을 물으면서 독서에 임해야 한다. 이런 질문은 "소설의 주제는 ○○○이다." 또는 "주인공의 성격은 ○○○하다"를 아는 만큼 중요할 수도 있다.

앞서 첫 장면을 분석하면서도 드러나지만 ①에서 ⑨까지의 사건들을 간추려 읽는 것으로 작품의 내용을 충분히 이해하기는 어렵다. ①에서 ⑨까지의 사건들에 끊임없이 개입하는 또 다른 윤희중의 사건이 작품에서는 매우 중요하기 때문이다. 작품 곳곳에서 희중은 자신의 과거를 회상하고, 현재를 그 회상의 연장으로 이어 붙인다. 과거의 자신을 현재의 인물들에게 투영하고 현재의 행위를 과거의 경험으로 합리화시키기도 한다. 희중에게 무진은 과거와 현재가 엄격히 구분되는 공간이 아니다. 희중에게 무진은 늘 그렇게 변하지 않고 고여 있는 곳이다. 그렇기 때문에 희중은 쉬고 싶을 때 부담 없이 무진으로 내려오곤 했다.

과거의 사건은 현재의 인물들을 판단하는 데 결정적인 정보를 제공한다. 희중이 무진에서 만난 사람은 중학교 교사 박과 세무서장 조, 그리고 음악선생 하인숙이다. 이들과 희중은 만나서 무언가를 한다. 그런데 그 행동으로 인물들의 성격을 파악하기에는 사건들이 지나치게 단편적이다. 박선생의 경우 하인숙을 좋아하지만 그것을 잘 드러내지 않는다. 박선생에 대한 인상은 희중의 기억을 통해 구성된다. 희중에게 박은 부끄러움을 많이 타는 문학청년의 이미지로 남아 있고, 현재도 그 부끄러움과 섬세함은 여전히 남아 있다. 조의 성격을 드러내기 위해 조의 어린 시절에 대한 희중의 기억이 동원되기도 한다. 하인숙은 윤희중의 모습이 직접 투영된 인물이다. 서울에 데려가 달라고 매달리다가는 돌연 무진을 떠나기 싫다고 말하고 '어떤 개인 날'이라는 아리아와 '목포의 눈물'이라는 유행가를 함께 부르기도 하는 인물이 하인숙이다. 이러한 양면성은 현재의 하인숙만으로는 쉽게 설명되지 않는다. 희중과 하인숙의 동일시를 통해 설명하기 어려운 혼란과 양면성이 설명될 수 있다. 희중이 자신의 이중성을 무진의 이중성으로 돌리듯, 서술자나 독자는 하인숙의 이중성도 무진의 탓으로 돌릴 수 있게 된다.

이렇게 소설 속 이야기는 하나의 큰 줄기와 그 줄기에 개입해 들어오는 다른 이야기들이 얽혀서 하나의 작품으로 완성된다. 물론 「무진기행」의 이야기는 참과 거짓을 따질 필요가 없는 허구이다. 그 허구가 가치 있는 것이 되기 위해서는 희중이 단순히 그저 그런 짓을 저지르기 위해 무진을 다녀온 한 장년의 남자에 그쳐서는 안 된다. 희중의 행위나 기억들 또는 그가 만난 사람으로부터 독자가 어떤 '가치'를 느낄 수 있을 때 「무진기행」은 좋은 작품이 된다. 희중이 무진에 가서 저지르는 도덕적으로 무책임한 행위들이 모두 이해될 수 있을 만큼 소설이 전달해 주는 가치 있는 메시지가 있어야 한다.

그러면 이제 「무진기행」이 전달하는 주제에 대해 생각해보자.

    ⅰ) 사람들은 현실적 삶에서 이루지 못하는 욕망의 배설을 꿈
       꾼다. 무진은 사람들의 마음속에 있는 그런 배설의 공간이다.
    ⅱ) 인간은 누구나 양면성을 가지고 있는데 이 소설은 그 양면
       성을 보여준다.
    ⅲ) 인간은 누구나 무의식의 공간으로 도피하려 하지만 결국 현
       실로 돌아올 수밖에 없는 것이 현대인의 운명이다. 그것을 일
       깨워주는 소설이다.
    ⅳ) 이 소설은 젊음의 방황과 같은 하나의 일탈을 보여준다. 그
       일탈의 카타르시스를 느끼게 해주는 소설이다.

임의대로 네 가지로 주제를 뽑아보았는데, 어떤 것도 만족스럽지
는 못하다. 그럴듯한 주제이긴 하지만 작품 전체를 설명해주는 데는 부
족하다는 생각이 든다. 굳이 위의 네 가지가 아니라 어떤 주제도 작품을
완벽하게 설명해주지는 못할 것이다. 작품의 진정한 의미는 읽어나가는
동안에 떠오르는 많은 인상들과 감정들의 총합이기 때문에 몇 줄의 요
약이나 주제로 단순화 될 수 없는 것이다. 따라서 어느 경우라도 작품의
주제로 뽑아낸 내용들은 '현재의 수준'에서 '잠정적' 의미를 갖게 된다.
이야기를 따르는 것 말고도 「무진기행」을 '분석'할 수 있는 방법은
많다. 어떤 경우에도 분석 과정에서 잊지 말아야 할 것은 독서에서 '분
석'은 감상보다 선행되어서는 안 된다는 점이다. '분석'의 각 내용들은
'감상'에 기여한다는 사실을 전제로 한다. 분석을 못한다고 해서 작품
감상이 불가능한 것은 아니다. 소설 독서에 있어서는 분석이 감상에 도

움이 될 수 있지만 감상이 분석을 따르기는 어렵다.

여기서는 1인칭 서술자의 효과나 작품 전반에 두드러지는 감각적 언어의 사용 등에 대해서 알아보자. 이에 대한 답은 이미 한 것이나 같다. 우리는 알게 모르게 이야기를 따라가는 과정에서 자연스럽게 이것들을 감안했기 때문이다. 1인칭 서술자의 선택은 이야기를 어떤 방향으로 이끌어갈 것인가, 어떤 효과를 낼 것인가와 관계된다. 「무진기행」의 모든 사실은 윤희중의 의식을 통해 전달된다. 어떤 일이 벌어지는 것을 발견하는 것도 '나'이고 그것에 의해 유발된 생각을 전달하는 것도 '나'이다. 과거의 사건이 현재에 개입하는 것도 '나'의 기억을 통해서이다. 소설에 여러 인물이 등장함에도 불구하고 문제의 핵심에 늘 '나'가 있다는 느낌은 유지된다. 이런 종류의 소설은 격렬한 사건의 전달보다 개인의 의식 변화 등을 전달하기에 적당하다.

버스의 털커덩거림이 더하고 덜 하는 것을 나는 턱으로 느끼고 있었다. 나는 몸에서 힘을 빼고 있었으므로 버스가 자갈이 깔린 시골길을 달려오고 있는 동안 내 턱은 버스가 껑충거리는데 따라서 함께 덜그럭거리고 있었다. 턱이 덜그럭거릴 정도로 몸에서 힘을 빼고 버스를 타고 있으면, 긴장해서 버스를 타고 있을 때보다 피로가 더욱 심해진다는 것을 알고 있었지만 그러나 열려진 차창으로 들어와서 나의 밖으로 드러난 살갗을 사정없이 간지럽히고 불어가는 유월의 바람이 나를 반수면 상태로 끌어넣었기 때문에 나는 힘을 주고 있을 수가 없었다.

철공소에서 들리는 쇠망치 두드리는 소리가 잠깐 버스로 달려들었다가 물러났다. 어디선가 분뇨 냄새가 새어 들어왔고 병원

앞을 지날 때는 크레졸 냄새가 났고 어느 상점의 스피커에서는 느려 빠진 유행가가 흘러나왔다.

그들은 책가방이 주체스러운 모양인지 그것을 뱅뱅 돌리기도 하며 어깨 너머로 넘겨들기도 하며 두 손으로 꺼안기도 하며, 혀끝에 침으로써 방울을 만들어서 그것을 입 바람으로 훅 불어 날리곤 했다.

평소에 우리가 익히 알고 있던 사실을 섬세하게 표현해주거나 무심코 스쳐 지나던 사실들을 새삼스럽게 일깨워주거나 할 때 우리는 일종의 즐거움을 느낀다. 위의 세 글이 모두 그런 즐거움을 준다고 할 수 있다. 첫 예문은 한가한 버스 창가에서 시원한 초여름 바람을 맞으며 시골길을 달릴 때의 기분을 잘 표현한다. 아무 생각 없이 버스의 진동에 몸을 맡기고 있는 상태를 쉽게 짐작할 수 있다. 굳이 긴장이 필요 없는 상태에서 느끼는 약간의 피로까지 작가는 잘 표현해 낸다. 긴장해서 버스를 탈 때와 힘을 빼고 버스를 탔을 때의 차이도 우리는 알고 있다. 두 번째 예문에서는 차안으로 들어오는 소리와 냄새를 차례로 말한다. 망치소리가 멀어지는 것을 "달려들었다가 물러났다"고 한다거나 "냄새가 새어 들어왔다"고 한 표현은 언어의 일상적인 쓰임이 아니지만 인물의 느낌을 확실하게 전달해준다. 세 번째 예문에서는 학생들이 무의식적으로 하는 행동을 섬세한 관찰을 통해 묘사하고 있다. 그것도 매우 감각적인 언어들을 사용한다. 이런 식으로 감각에 의지한 표현이 많은 소설은 이야기 구조를 파악하기 어려운 경우가 많다. 「무진기행」은 이런 특성을 충분히 이해하며 읽어야 하는 소설이다.

「삼포 가는 길」의 구조

1970년대 초에 발표된 황석영의 소설 「삼포 가는 길」도 인물들의
행위를 따라가면 다음과 같이 단순한 에피소드의 연속으로 정리된다.

① 겨울 새벽 일자리를 잃은 영달과 정씨가 만난다.
② 둘은 월출까지 동행하기로 하고 함께 길을 간다.
③ 정씨와 영달은 찬샘에 있는 서울식당에 들어 아침을 먹는다.
④ 그들은 감천 가는 길에서 백화를 만난다.
⑤ 영달과 백화가 괜한 일로 말다툼을 벌인다.
⑥ 세 사람은 허물어져 가는 토방에서 몸을 녹인다.
⑦ 영달은 눈길을 걷다 고랑에 빠진 백화를 업는다.
⑧ 역에 도착하자 영달은 아쉽지만 백화를 보낸다.
⑨ 정씨와 영달은 삼포가 달라졌다는 소식을 듣는다.

이 소설은 하층민들의 힘겹지만 진솔한 삶을 감동적으로 그려낸 소
설로 알려져 있다. 주요 인물은 정씨, 영달, 백화 이렇게 셋이다. 줄거리
를 따라가 보면 떠돌이 막노동자인 영달과 정씨가 기차역으로 가던 중
백화를 만나 하루를 함께 걸었다는 정도로 정리되는 이야기이다. 걸어가
면서 몇 번의 다툼도 있지만 위기라고 할 만한 결정적 사건은 벌어지지
않는다. 이동의 시작과 끝이 제시되어 소설 전체 구조는 안정감을 준다.[3]

3 이러한 구조를 가진 소설을 흔히 여로형 소설이라고 부른다. 길의 시작에서 출발해
길이 끝나면서 이야기가 마무리되는 소설이다. 다른 성격의 인물들이 길을 가면서 겪
게 되는 다양한 에피소드들이 주요 사건이 된다. 길은 흔히 인생에 비유되기도 한다.
여로를 다룬 이야기는 영화에서도 자주 볼 수 있다.

인물들에 대한 정보는 한 사람의 의식을 통해 걸러져 표현되는 것이 아니라 인물들 간의 짧은 대화나 회상을 통해 조금씩 드러난다. 이 소설에서 정씨, 영달, 백화가 어떤 사람인지 알기 위해서는 ①에서 ⑨에 흩어져 있는 이야기의 조각들을 하나씩 차례로 맞추어보아야 한다. 그 과정이 어렵다면 난해한 소설이 될 것이고 지나치게 쉽다면 싱거운 이야기가 될 것이다. 「삼포 가는 길」은 그 조각들이 잘 짜 맞추어진 소설에 속한다. 현재의 이야기가 일관되게 진행되면서 인물들의 과거가 무리 없이 현실 이야기에 개입한다.

「삼포 가는 길」의 각 장면에서 얻어낼 수 있는 정보들을 중요한 것만 모아보면 다음과 같다. 번호는 위의 이야기 전개 순서에 맞춘 것이다.

(1) 영달과 정씨는 같은 공사판 노동자이다. 둘의 첫 만남에서 독자는 정씨는 삼포라는 고향이 있고, 영달은 돌아갈 고향이 없는 떠돌이 신세임을 알 수 있다.

(2) 정씨의 이력이 드러난다. 십 년 전 고향을 떠났고 교도소에 있다 나온 사람이다. 그는 고향에 대한 그리움이 크다. 정씨는 타관 사람인 영달이 삼포에 정착하지 못할 것이라고 말한다.

(3) 찬샘에서 백화가 야반도주한 사연을 듣는다. 영달의 사연이 정씨와의 대화를 통해 알려진다. 영달은 대전서 옥자와 지난해 살림을 차렸다가 생활 문제로 헤어진 사연을 말한다. 영달이 잠시나마 가정을 꾸몄던 그때를 몹시 그리워하고 있음을 알 수 있다.

(4) 백화와 영달, 정씨가 만난다. 영달이 백화에게 시비를 건다. 영달의 장난기와 백화의 녹녹치 않은 성격을 알 수 있다.

(5) 영달이 술집에서 도망 나온 백화를 놀린다. 이에 백화는 더욱 위악적으로 대응한다.

(6) 정씨와 영달은 토방에서 백화의 지난 이야기를 듣는다. 술집으로 흘러들어온 사연과 주변의 불행한 사람을 막연히 동정했던 백화의 인간미가 드러난다. 백화는 열심히 불을 피우는 영달에게 호감을 보인다.

(7) 영달은 도랑에 빠져 발을 다친 백화를 업는다. 영달은 쇠약하게 느껴지는 백화를 업으면서 대전의 옥자가 생각나 눈물을 비친다. 백화에 대한 영달의 감정도 좋아진다.

(8) 영달은 호감을 가지고 있음에도 불구하고 백화를 따라가지 않는다. 자신이 뜨내기 신세임을 확인하며 삼포로 가기로 결정한다. 백화는 영달에게 자신의 본명이 이점례임을 밝히고 떠난다.

(9) 삼포에 다리가 놓이고 공사판이 벌어졌다는 소식을 듣자마자 정씨는 영달과 같은 뜨내기가 된다. 영달은 정씨에게 홀가분하게 삼포로 가자고 한다.

「삼포 가는 길」에서는 줄거리의 전개, 즉 누가 무엇을 했느냐보다 그 사이사이에 드러나는 과거의 사연이 중요한 의미를 갖는다. 각 사건 진행에 과거의 기억이 개입한다는 점에서 「무진기행」과 유사하다 할 수 있다. 개인의 의식이 아니라 인물의 구체적인 언술이나 회상을 통해 과거가 드러난다는 점 때문에 「무진기행」보다 명확하게 내용이 전달되는 소설이다. 「무진기행」이 한 사람의 경험에 많이 치우쳐 있는 것에 비하면 이 소설은 세 사람을 고르게 다루고 있는 편이다. 작품의 배경이 되는 시간은 「무진기행」보다 짧아서 하루, 그것도 새벽에서 저녁까지이다.

위의 정보들을 종합해보면 각 인물들의 과거 행적과 그들의 현재 상태, 나아가 이들의 삶을 어렵게 만드는 시대상황 등을 알 수 있다. 영달은 뜨내기 노동자이다. 지난 해 대전에서 아이까지 가질 뻔했지만 가난을 이기지 못해 사랑하는 여인과 헤어진 뼈아픈 경험을 가지고 있다. 교양이 있다거나 윤리 의식이 강한 인물은 아니지만 소설이 진행함에 따라 독자들은 현재의 상황이 그를 더욱 '건달'로 만들어가고 있음을 알 수 있다. 정씨는 노동판에서 살아 갈 수 있는 여러 가지 기술을 가지고 있는 '삼포'가 고향인 일용 노동자이다. 그가 자랑하듯이 삼포는 농지나 어자원이 모두 풍부한 땅이다. 그런 좋은 고향을 떠나온 사연이 소설에 구체적으로 명시되어 있지는 않지만 그가 '큰집'에 오래 있었다는 사실과 고향을 떠난 이유가 관계있으리라는 짐작은 할 수 있다.

백화는 가난 때문에 어린 나이에 고향을 떠나 여기 저기 술집과 사창가를 전전한 여인이다. 젊은 시절에는 제법 돈을 만질 수도 있었지만 가련한 사람에 대한 '사치스런' 동정심으로 '좋은' 시절을 그냥 흘려보냈다. 이제는 몸도 마음도 황폐해져 고향으로 돌아가려는 중이다. 거칠어 보이는 그녀의 성격은 이런 과거 행적으로 어느 정도 설명된다.

이처럼 세 사람의 인물은 모두 고향을 상실한 사람들이며 고향 상실의 이유는 개발(정씨)이거나 가난(백화) 또는 운명(영달)이다. 도드라지게 강조하고 있지는 않지만 이들을 도시로 내모는 1970년대 초반 산업화의 문제점이 작품의 배경으로 드리워져 있다. 현재는 하층민에 속해 있지만 원래 품성은 선하지도 악하지도 않은 평범한 사람들이었다. 그들의 삶을 어렵게 만든 데는 개인의 탓보다는 환경의 탓이 커 보인다.

이런 이유로 「삼포 가는 길」은 소설 외적인 문제로 상상력을 넓혀서 이해할 소지가 많은 작품이다. 「무진기행」의 인물 윤희중의 체험과 비교해보면 세 인물의 체험은 시대의 보편적 체험과 가깝다고 할 수 있다. 인물들의 과거는 사회적인 문제와 깊이 연관되어 있기도 하다. 앞서 말한 대로 이들에게는 살아가는 하루하루가 문제이다. 특히 일용직 노동자에게는 힘겨운 계절인 겨울이 작품의 배경으로 제시되어 전달의 효과를 더 높여 준다. 정신의 문제보다 생활의 문제가 전면에 부각되기 때문에 독자들이 인물들에게 느끼는 공감의 폭은 더 커진다.

마무리 부분에서 이 소설은 고향 또는 유토피아의 상실을 말하고 있다. 이것은 앞으로도 삶이 나아지리라는 보장이 없다는 생각과도 연관된다. 세 인물이 대표하는 당시 뜨내기들의 미래에 대해 작가는 어느 정도 비관적 인식을 보여준 셈이다. 「무진기행」의 구조가 무진에 한번 들렀다가 다시 서울로 돌아가는 회귀형인데 비해 「삼포 가는 길」의 구조가 어딘가로 떠나야 하는 길의 구조인 것도 이런 주제의 차이에서 기인하는 것이라 할 수 있다.

그럼에도 불구하고 이들 세 사람의 저변에 흐르고 있는 건강한 인간성은 매우 바람직하고 아름다운 가치로 형상화되어 있다. 영달과 백화의 관계에서 그것이 두드러진다. 기차를 타고 먼저 고향으로 떠나면서 백화는 자신의 본명을 영달에게 알려준다. 이점례라는 촌스러운 이름을 알려주면서 백화는 더 이상 과거의 자기가 아니고 싶다는 의지를 드러낸 것이다. 동시에 영달에 대한 깊은 신뢰를 표현한 것이기도 하다. 백화가 권하고 스스로 백화에게 호감을 가지고 있으면서도 영달은 백화를 따라가지 않고 뜨내기로 남는다. 백화를 따라 농촌으로 가더라도 자신이 그곳 생활을 견딜 수 없을 것이라 생각하기 때문이다. 영달은 자신과 같은 뜨내기가 술집 작부 출신의 백화와 한 곳에 머물며 행복하게 살 가능성이 없다는 것을 알고 있다. 둘의 관계는 어찌 보면 순수하고 따뜻하지만 이런 관계를 오래 유지할 수 없는 것이 냉엄한 현실이기도 하다. 이런 냉엄한 현실은 건강한 인간성을 쉽게 드러낼 수 없게 만들지만, 그런 속에서 발견되는 인간미는 풍요 속에 넘쳐나는 따스함 이상으로 아름답다는 느낌을 준다. 작품의 시작부터 끝까지 눈과 얼음, 추위가 반복해서 묘사되는데, 이런 배경 역시 작품의 주제를 부각하는 데 적절히 기여하고 있다.

04 근대

소설은 근대의 문학이다

다시 말해서 고전적 교양소설에서 역사의 의미는 '이 종족의 미래'에 있는 것이 아니라, 제한되고 상대적으로 흔한 개인의 삶이라는 보다 좁은 영역 내에서 드러나야 한다. 여기 관련된 것은 이 '상징적 형식'의 선험적 조건이다. 우리가 좋아하든 그렇지 않든, 상황은 이렇다. 그러므로 소설은 하나의 비평으로 존재하는 것이 아니라 일상생활의 문화로서 존재한다. 이는 결코 소설의 가치를 떨어뜨리는 것이 아니며, 소설은 이러한 존재의 형식을 조직하고 '세련되게' 하여, 일상을 좀더 생기 있고 흥미롭게 ─혹은 발자크의 말을 빌리자면 매혹적인 것으로 만든다. (프랑코 모레티, 『세상의 이치』)

소설의 탄생 배경

옛날이야기들은 그 세부를 달리하여 지금까지 중요한 이야기 재료로 활용되고 있다. 이런 오래된 이야기와 '근대소설' 또는 '현대소설'이라고 부르는 새롭게 만들어진 이야기 형식 사이에는 여러 가지 차이가 있다. 다른 문학 양식과 마찬가지로 소설의 내용과 형식은 그 소설이 만들어진 시대의 특성을 그대로 반영하고 있기 때문이다. 소설이 만들어진 사회적 특성을 간단히 정의 내리는 것은 불가능하겠지만 경제적으로는 자본주의, 정치적으로는 공화주의, 사회적으로는 개인주의를 소설을 탄생하게 한 가장 중요한 환경으로 꼽을 수 있을 것이다.

이전 시대와 비교할 때 자본주의 사회는 개인이 보호막 없는 사회와 전면적으로 만나는 시대이다. 중세까지 개인은 경제외적인 여러 관계에 의해 자의든 타의든 자신의 집단 안에서 규정된 지위를 부여받게 되어 있었다. 그러나 자본주의 사회에서의 개인은 경제적인 강제 외의 다른 구속들에서 비교적 자유롭게 되었다. 타고난 계급으로 인간을 규정하던 사회적 관계는 해체되고 개인들의 관계는 원칙적으로 평등한 관계로 재편되었다. 사회에 대한 의무는 물론 개인과 개인 사이의 책임에서도 자유로워졌다.

근대는 태생에 의해 규정되는 신분제적 계급을 무너뜨렸다. 왕이 통치하고 귀족이 다스리며 사제들이 지배 계급으로 군림하는 사회에서 보통 사람이 민족국가를 다스리는 '임시' 책임을 떠맡는 공화제 사회로 변화한 것이다. 이제 군대나 학교의 관리도 귀족이나 사제가 아닌 시민들이 맡게 되었다. 물론 당장 모든 인간이 평등한 권리를 갖게 된 것은 아니었지만 자격 있는 시민들의 권리는 다른 모든 가치보다 우선시 되었다. 대통령이든 국회든 통치 기관이 아니라 시민의 대표 기관이라는 생각이 퍼졌으며 이러한 생각은 이전 사회와 다른 사회 체제를 만들어 갔다. 공공의 이익이 정치적으로 구현되어야 할 이상으로 부각되기 시작한 것도 근대에 이르러서이다.

하지만 자본주의 사회는 이전에 없던 새로운 계급 대립을 낳게 되었다. 자본가 계급과 노동자 계급의 대립이 그것이다. 자본을 가진 사람과 그렇지 못한 사람으로 계급이 구분되었으며 사회를 움직이는 물질의 힘이 노골적으로 드러나게 되었다. 나아가 모든 가치를 상품이 갖는 교환가치로 판단하기 시작하였다. 물질과 정신이 교환 가능한 상품으로 취급받게 되었고, 이에 따라 인간 개개인은 인격이라는 고유의 가치로 평가되기보다는 다른 상품과의 비교를 전제로 한 교환가치를 가진 '상품'으로 평가되었다. 생산력을 소유하지 못한 개인은 끝없이 떠돌 수밖에 없으며 그 안에서 느낄 수도 있는 외로움, 슬픔, 소외감 등의 감정은 교환될 대상을 찾지 못하는 한에 있어 무용한 것이 되고 만다.

이렇게 시장에 내맡겨짐으로 해서 개인은 사회와 전면적으로 만나게 되었다. 개인은 행복하거나 불행하거나 스스로가 자신의 운명을 개척해 나갈 수밖에 없는 상황에 처하게 되었다. 자본주의 사회의 개인들은 원칙적으로 누구의 지배도 받을 필요가 없으며 다른 개인들의 권리를 침해할 자격도 없다. 공화정에 참여하여 자신의 의지로 법률을 만들어갈 수 있는 반면에 자신의 의지와 무관하게 정해진 질서라도 그것을 따르지 않는다면 일신조차 보존하기 어렵게 되었다. 자본주의 사회의 인간들은 아무 곳에도 얽매이지 않은 대신 스스로 자신의 운명을 만들어나가야 하는 '자유로운' 개인들인 셈이다.[1]

---

1 사회 또는 공동체라는 관점에서 볼 때 초기 자본주의가 가진 비인간적인 면은 많은 지

그런데 자유롭고 평등한 듯한 사회에서 개인은 언제나 초라하며 끊임없이 좌절을 맛보게 된다. 사회는 개인이 감당하기에 너무 큰 괴물이고 이에 비해 그들이 만나는 날마다의 삶은 규칙도 없고 질서도 없는 난삽한, 때로는 비열한 것이다. 하루하루의 삶 속에서는 이상(理想)으로 제시되던 모든 조건들이 의미를 잃어버리고 자신이 만나는 구체적인 일상만이 진실로 인정받을 수 있게 된다. 이런 조건은 필연적으로 '개인주의'를 낳게 된다. 사회에서 뿐 아니라 소설에서도 개인주의는 세계와 인간의 관계를 새롭게 정립할 것을 요구하였다.

소설은 이러한 개인주의자와 혁신적인 새 지침을 최대한도로 반영하는 문학 형식이다. 예전의 문학 형식들은 주로 진리의 검증을 전통적인 시행방식과 일치시켰던 그들 문화의 일반적인 경향을 반영하였다. 예를 들어 고전문학과 문예부흥기의 서사시들은 과거의 역사나 우화에 근거를 두고 있었으며 작가가 이를 취급하는 공과는 주로 이 장르 안에서 용인된 모델들로부터 뽑아낸 문학적 데커럼 literary decorum 이란 견해에 따라 판단되었다. 이러한 문학적 전통주의는 소설에 의해서 처음이자 가장 강력하게 도전을 받았는데 소설의 주된 판단기준은 항상 독특하고 그러므로 새로운 개인적 경험의 진실이었다. 따라서 소설은 지난 몇 세기 동안 독창성과 새로운 것에 유례없는 가치를 부여했던 문화를 논리적이며 문학적으로 전달하는 매개물이었다. (이안 왓트, 『소설의 발생』)

식인·학자들에게 절망과 비판의 대상이 되었다. 약자에 대한 보호, 공동의 가치 실현이라는 면에서 자본주의는 방향을 잃고 달리기만 하는 불을 실은 전차처럼 보였다. 이런 자본주의의 폐해를 줄이기 위한 여러 시도들이 있었는데 그 대표적인 것으로 다양한 방식의 사회주의 실험을 들 수 있다. 현실 사회주의권이 붕괴하고 신자본주의가 득세하고 있는 현재에도 '사회'를 살려야 한다는 진보적인 목소리는 끊이지 않고 있다.

예문의 내용은 전통과의 결별과 개인주의가 현대소설의 탄생을 가져 왔다는 말로 정리할 수 있다. 이는 데카르트가 말한 진리 추구와 관련된 근대의 성격과 맥을 같이 하는 평가이다. 데카르트는 근대에서 진리 추구는 개인적인 문제로 여겨지고 있으며 논리적으로 과거의 전통적 사상과 독립되어 있다고 주장했다. 전통적 사상과의 결별에 의해 진리에 도달하기가 수월해졌다는 말도 하였다. 여기서 진리의 주체는 개인이다. 위 글에 의하면 소설은 "개인주의자와 혁신적인 새 지침을 최대한도로 반영하는 문학 형식"이다. 또 "소설의 주된 판단기준은 항상 독특하고 그러므로 새로운 개인적 경험의 진실"이다.

현재의 사고방식으로는 전혀 새로울 것이 없는 소설의 이러한 특징은 과거의 문학과 비교해 볼 때 획기적인 변화였다. 서구에서 소설과 비교할 수 있는 이야기 양식이 고대 서사시와 중세 로망스라면 우리 소설의 경우 고전소설이 여기에 해당한다. 그렇다면 고전소설과의 비교를 통해 변화의 정도를 짐작해 볼 수 있을 것이다.

근대소설과 고전소설

그리 멀리 갈 것도 없이 친근한 판소리계 소설들을 예로 들어보자. 『심청전』의 주인공 심청이나 『춘향전』의 주인공 춘향이 지키려고 한 가치는 유교 사회의 윤리 덕목인 효와 절개였다. 그들은 자신이 지켜야 하는 윤리 덕목 때문에 여러 가지 어려움을 겪지만 결코 신념이 흔들리거나 행동에 주저하는 법이 없다. 그들에게 있어 지켜야 할 덕목은 너무나도 확실했고, 그것을 지키지 않고 얻을 수 있는 어떤 가치도 세상에는 존재하지 않는다. 말하자면 선택의 폭이 너무 좁았던 셈이고, 이에 비해 선택이 불러일으킬 결과는 너무나 분명하였던 것이다.

그러나 이러한 윤리적 행동이 심청과 춘향 자신의 입장에서 고민되고 선택된 것이라고 볼 수는 없다. 효나 절개는 그들이 만든 가치가 아니었지만 그들에게는 받아들이느냐 받아들이지 않느냐의 선택만이 놓여 있었다. 그들이 살았던 시대는 개인이 그런 덕목에 도전할 수 없었을 뿐 아니라 그런 생각을 하는 것조차 용인되지 않았다. 물론 이는 작품이 창작되고 유통되던 당시의 현실 전체를 의미하지는 않는다. 현실에서는 시대의 가치에서 일탈한 경우를 자주 볼 수 있었을지 모른다. 그러나 그러한 예외적인 경우가 문학 작품 안으로 수용될 만큼 의미 있게 받아들여지지는 않았다.

이렇게 보면 춘향과 심청이 목숨을 걸고 지키려 한 시대의 가치들은 개인이 배제된 사회적 가치들이었다고 볼 수 있다. 위의 예문에서 말한 "진리의 검증을 전통적인 시행방식과 일치시켰던 그들 문화의 일반적인 경향을 반영"하는 소설이었던 셈이다. 개인의 행동이 정당한지 아닌지를 판단하는 기준은 '전통' 혹은 '시대 윤리' 등의 집단적이고 추상적인 것에 한정되어 있었다. 「콩쥐팥쥐」에서 콩쥐가 미련하다 싶을 만큼 계모의 구박을 견디어내는 힘도 여기에 있었고, 흥부와 놀부의 관계 역시 이런 구도에서 설명된다.[2] 이런 소설이 창작되고 유통될 때는 모든

---

2 고전 소설의 내용을 현재의 가치로 재구성하는 작업이 자주 이루어진다. 현재의 관점에서 과거를 다시 평가하는 작업이 중요하지 않다고 할 수는 없지만 고전이 탄생한 시대적 조건을 무시하지는 말아야 한다. 심청이 자신의 목숨을 아까워하거나 흥부가 놀부의 장자 권리에 불만을 갖는 경우를 생각해보자. 춘향이 두 남자 사이에서 어느 쪽을 선택할 것인지 고민하는 장면을 떠올려도 좋다. 그나마 고전이 가지고 있던 흥미마저 떨어질 것임에 틀림이 없다.

사람이 마땅히 지켜야 할 덕목이 확실히 존재했는데, 그 윤리의 덕목이 개인이 지향하는 가치 덕목과 분리되지 않았던 것이다. 고전소설의 마무리가 대부분 권선징악(勸善懲惡)인 이유도 이러한 데서 찾을 수 있다. 동시대의 윤리를 착실히 따르는 사람이 이를 수 있는 길은 마땅히 가장 행복한 길이어야 했다. 사람들에게 나아갈 방향을 제시해주는 대로 이끌린 사람의 마지막이 불행이라면 공통의 가치는 아무런 힘도 발휘하지 못할 것이기 때문이다.

널리 알려진 옛 이야기인 그리스 서사시의 경우도 이와 크게 다르지 않다. 신들과 인간의 관계라든지 인간이 처한 어쩔 수 없는 운명은 개인의 '성격'보다 이야기 전개에 결정적 영향을 미친다. 비록 인간을 많이 닮아 있지만 신들과 인간의 관계는 역전될 수 없는 것이고 신들의 실수는 인간의 운명을 바꾸어 놓기도 한다. 인간의 경우도 영웅들의 삶에 가려진 '미천한' 이들의 삶은 전혀 중요하지 않고, 거론의 가치도 없어 보인다. 오디세우스는 죄 없는 많은 사람들을 죽이고도 아무런 징벌을 받지 않았지만 신 앞에 거만했다는 이유로 20년 동안 집에 돌아가지 못하고 바다를 떠돌았다. 이런 황당한 이야기는 현재로서는 만화나 무협지에서나 볼 수 있는 상상력으로 치부될 수 있을지 모른다. 그러나 신과 인간의 관계를 진지하게 받아들였던 시대의 사람들은 이야기가 비록 진실은 아닐 수 있지만 그것을 진실로 받아들여야 했거나 그렇게 믿고 살아가는 것이 크게 도움이 된다고 생각했다.

보통 사람들의 일상생활에 대한 소설의 진지한 관심은 두 가지 중요한 일반적인 조건들에 의존하고 있는 것 같다. 사회는 모든 개인이 그 사회의 진지한 문학의 적절한 주체로서 고려되기에 충분하도록 모든 개인의 가치를 존중해야 한다. 또 보통 사실들 가운데에는, 다른 보통 사람들, 즉 소설 독자들이 관심의 대상이 되기 위해서 그들에 대한 상세한 설명을 할 수 있도록 충분히 다양한 믿음과 행동이 존재해야만 한다. 소설의 존재를 위한 이 조건들 중 그 어느 것도 아주 최근까지 대단히 폭넓게 획득된 것 같지는 않다. 그것은 이 조건들 둘 다 '개인주의'라는 용어로 표시된 방대하고 복잡한 상호 의존적 요인들에 의해 성격 지워진 사회의 발생에 의존하고 있기 때문이다. (이안 왓트, 『소설의 발생』)

앞의 예문에 이어지는 위의 예문 역시 말하자면 소설의 발생 조건을 정리한 것이라 할 수 있다. 여기서 "보통 사람들의 일상생활에 대한 소설의 진지한 관심"이라는 구절은 '개인주의'가 소설 속에서 발현되는 양상을 말한다. 사회의 공통된 가치를 추종하는 것이 아니라 모든 개인의 가치가 존중되는 속에서 소설이 탄생했다는 말이다. "다른 보통 사람들, 즉 소설 독자들이 관심의 대상이 되기 위해서 그들에 대한 상세한 설명을 할 수 있도록 충분히 다양한 믿음과 행동이 존재해야만 한다"는 지적은 소설의 형식과도 관계된다. 개인을 둘러싼 이야기가 다른 사람들에게 관심을 끌 수 있는 것이어야만 한다는 조건은 현대소설에서도 엄격하게든 느슨하게든 지켜져야 한다는 것이다.

그런데 공통된 윤리 의식이 결여된 이런 개인들의 삶은 사회 이념을 대표할 수 없다. 개인과 사회의 만남은 어떤 식으로든 불화를 만들어내게 된다. 개인과 사회의 불화는 많은 경우 개인의 좌절로 끝나게 된다. 개인의 힘이 미약하다는 점과 개인으로는 사회 전체를 알기조차 쉽지 않다는 점에서 이는 당연한 일이다. 근대는 동시대의 윤리를 따르면 그것이 당연히 편안한 삶을 찾는 것이었고, 그 길을 따라가면 다른 고민이 필요하지 않았던 그런 시대는 분명 아닌 셈이다. 나와 타인을 묶어줄 끈은 매우 미약하고, 그것마저 쉽게 확인할 수 없는 것이 근대인의 냉엄한 현실이다.

이처럼 현대소설은 우리에게 공통된 윤리가 없다는 생각, 적어도 현재가 그것이 이상적으로 실현되는 사회는 아니라는 생각을 전제하고 출발한다. 여기에는 철없이 세계와 대결하려다 실패하는 개인이 있고, 깊은 좌절 때문에 안으로만 침잠하여 사회와의 정상적인 관계를 도모해보지도 못하는 개인도 있다. 어떤 인물들은 그런 자신의 처지를 자각하지 못하고 끝내 미망 속에서 헤어나지 못한다. 그런 인물이 탄생한 것이 근대라면 그런 인물이 이야기의 주인으로 자리 잡은 것이 소설이라 할 수 있다.

한국 소설의 출발

앞서 살펴 본 대로 소설의 발생은 자본주의, 개인주의와 불가분의 관계를 가진다. 우리 소설도 자본주의, 개인주의와 출발을 같이 한다고 말할 수는 있다. 그러나 근대화 초기에 경험한 강제 개항, 식민지화라는 역사적 상황은 서구와 다른 소설적 환경을 조성하였다. 그 때문에 자본주의와 개인주의 모두 서구적 의미와는 다른 방향으로 발전하게 된다. 자생적으로 이룬 자본주의가 아니었기에 우리에게는 자본주의보다는 반봉건(反封建)의 문제가 더 시급한 것으로 보였고, 개인 역시 산업화 시대의 고립된 개인이라기보다는 민족 구성원으로서 책임을 다해야 하는 개인이었다. 이런 개인의 성격은 식민지 시대 내내 우리 소설을 규정하는 중요한 요소가 된다.

우리 문학사에서 첫 번째 근대소설로 평가되는 작품은 이광수의 『無情』이다. 『무정』이 어떤 이유에서 근대소설로 평가되는지를 살펴보면서 우리 '근대소설'의 내용에 접근해 보도록 하자.

잘 알려진 대로 『무정』이 발표된 때는 1917년이다. 이 해는 국치(國恥)가 있은 지 7년째 되는 해이고, 고종의 인산(人山)이 있기 이태 전, 즉 3.1운동 이년 전이다. 이 시기 청년들은 서양을 배우기 위해 일본 유학을 떠났고, 유학생들 잡지인 『학지광』이 활발히 간행되던 시기이기도 하다. 최초의 동인지로 알려진 『창조』가 1919년에 처음 발간될 것이고 김동인, 주요한, 염상섭, 현진건, 이상화, 전영택 등은 2~3년 뒤에 문학 활동을 시작하게 된다. 『무정』 이전에는 주로 신소설이 창작되었고, 그 외에도 각종 야담이나 전(傳), 번안(飜案)소설이 유통되었다. 유학생들은 우리말로 쓰인 소설 외에 일본어로 된 책들을 많이 읽었을 것으로 짐작되는데, 일본의 소설이나 일본어로 번역된 외국 문학 역시 우리 소설에 지대한 영향을 끼쳤다고 할 수 있다. 물론 『무정』이 전의 소설과 비교해 완벽하게 새롭다거나 이후의 소설에서 개선될 점이 없을 정도로 '근대'적 성격을 완전하게 갖추고 있었다고 말하기는 어렵다. 그렇더라도 근대소설로 가는 길에 중요한 분기점이 되는 소설을 한 편 꼽으라면 『무정』은 가장 유력한 작품이다.

소설 『무정』의 줄거리는 대략 다음과 같다.

경성학교 영어교사 이형식은 김목사의 집에서 그의 딸 김선
형에게 영어를 가르친다. 형식은 선형에게 호감을 느끼고 집으로

돌아오는데 집에는 어린 시절 가깝게 지내던 박영채가 와 있다. 박영채는 어린 형식을 돌보아 준 박교장의 딸인데 지금은 기생이 되어 있다. 형식은 영채로부터 그 동안의 어려웠던 이야기를 듣는다. 영채는 형식을 자신의 지아비로 생각하고 온갖 어려움을 참아 왔는데 기생이라는 신분 때문에 형식에게 이런 자신의 마음을 전하지 못한다. 혼란스러운 형식 역시 자신의 마음을 정리하지 못해 영채를 그냥 돌려보낸다. 얼마가 지나 영채는 부도덕한 교육자 배학감, 김현수에게 정조를 유린당하게 되는데, 신우선이라는 친구와 함께 형식은 그 현장을 보게 된다. 정조를 유린당한 영채는 죽기로 결심하고 대동강을 찾아가지만 기차 안에서 만난 유학생 병욱의 말을 듣고 새로운 희망을 품게 된다. 죽으러 떠난 영채를 찾아 평양에 다녀온 형식은 선형과 결혼하기로 하고 유학을 준비한다. 영채는 병욱의 집에 머물면서 음악을 공부해 새롭게 살아갈 뜻을 세우게 된다. 병욱과 영채는 유학을 떠나기 위해 기차를 타고 부산으로 향하고, 그 기차가 경성역에 도착했을 때 결혼한 형식과 선형 역시 기차에 오르게 된다. 어색하게 만난 이들은 서로의 꿈 등을 확인하고 삼랑진까지 동행하게 된다. 이때 삼랑진에는 큰 홍수가 나서 난민이 발생하였고 기차마저 지날 수 없는 사태가 벌어진다. 이에 기차에 탄 젊은이들은 형식의 주도로 삼랑진에서 수재민을 위한 음악회를 열어 주변 사람들을 위로한다. 조선의 비참한 현실을 본 형식은 동행을 독려하여 음악회를 열어 조선 젊은이의 책임을 새삼스럽게 다지며 유학길에 오른다.

이전 소설(이야기라고 해도 좋다)들과 구분되는 『무정』의 특징을 간단히 살펴보면 다음의 세 가지 정도로 정리할 수 있다.

우선 『무정』에는 이전 소설의 주인공이었던 영웅적 인물이 아닌 평범한 개인이 주인공으로 등장한다. 『무정』의 첫 문장은 "경성학교 영어 교사 이형식은 오후 두 시 사 년 급 영어 시간을 마치고 내리쪼이는 유월 볕에 땀을 흘리면서 안동 김장로 집으로 간다"이다. 이형식의 직업은 영어 교사이고 시간은 유월 오후이며 그는 김장로 집을 향해 움직이고 있다. 이형식은 교사라는 직업을 가지고 있어서인지 다른 사람을 교육하는 자리에 서려는 경향을 보이지만, 다른 이들에 비해 타고난 능력을 가지고 있지는 않다. 그는 뛰어난 가문과 혈통을 자랑하는 인물이기는커녕 남의 도움으로 자란 고아이다. 경제적인 능력도 보잘 것이 없어서 김장로 집의 실내 장식을 보고 적지 않게 놀라기도 한다. 이형식의 뛰어난 면이라고는 남들보다 선진 지식을 많이 접했다는 점, 도덕적으로 흠 잡을 데가 없다는 점 정도이다. 영웅이 일반적으로 주어진 현실의 한계를 극복하고 자신에 맞는 현실을 만들어내는데 비해 이형식은 주어진 현실에 어떻게 적응할 것인가, 어떻게 자신의 의지대로 현실을 개선할 것인가를 고민한다. 이때도 형식은 개인이 아닌 '우리'를 강조한다. 주인공이 아닌 다른 인물들의 경우도 영웅적이지 않기는 마찬가지이다. 일상에서 흔히 볼 수 있는 평범한 조연들이 주인공 이형식을 받쳐 주고 있다.

둘째 다양한 표현 방법을 사용하고 있다. 『무정』의 시간과 공간은 매우 구체적이다. 완전하지는 않지만 현대 구어체에 가까운 문장을 사용한 점, 대화체를 어색하지 않게 삽입하여 사용한 점 역시 이전 소설에 비해 크게 달라진 내용들이다. 독자가 인물을 이해하는 방법은 인물의 행위와 사고를 통해서인데, 『무정』은 행위와 사고를 고르게 표현하고 있다. 과거와 현재의 교차 표현이라든지 다양한 인물들을 초점화 한 것도 이전 소설에 비해 앞선 점이다.

셋째 다양한 성격의 인물이 등장하고, 뚜렷한 주제의식을 가지고 있다.『무정』의 주요 등장인물은 이형식, 박영채, 김병욱, 김선형, 김장로, 신우선, 김현수, 배학감 등이다. 이들 모두가 뚜렷한 성격을 가지고 있는 것은 아니지만 이형식, 박영채, 김병욱, 신우선, 배학감 등은 나름대로 시대적 의미를 구현해 낸 인물들이다. 단순히 개성을 가지고 있다는 수준을 넘어 비판과 옹호(褒貶)가 가능한 인물들이며, 그 시대에 있을법한 그럴듯한 인물들이다. 이형식과 어색한 삼각관계를 이루고 있는 박영채와 김선형의 대비 역시 주목할 만하다. 이들 두 인물의 비교는 개화주의자인 박교장과 김장로의 비교이기 때문이다. 또,『무정』은 동시대의 이념을 실현하고자 하는 구체적인 주제를 표현하고 있다. 그것이 개인의 희생 또는 도덕적 이상에 의해 실현될 수 있는 문제인가에는 의문이 들 수 있지만, 식민지 지식 청년이 처한 조건들을 개선하려는 인물들의 의지는 나름대로 '현재성'을 가진 것이라 평가할 수 있다.[3]

물론『무정』을 근대소설로 평가하는 데는 여러 가지 문제가 남아 있기는 하다. 동시대 작가라 할 김동인 이후 최근에 이르기까지『무정』또는 이광수에 대한 평가가 긍정과 부정으로 뚜렷이 나뉘어져 온 것도 이 때문이다. 여기서는 근대소설의 조건을 온전히 갖추는 일이 한 작품이 감당할 수 있는 능력 밖이라는 점을 생각하여 긍정적인 면을 부각하려 하였다.

---

3 『무정』은 당시 총독부 기관지였던『매일신보』에 연재된 소설이다. 20대 초반의 이광수에게 유력 신문의 연재가 허락된 것 자체가 지금으로서는 놀라운 일이다. 이광수는 『무정』이전에도『매일신보』에 여러 편의 글을 싣는데, 그 글들에 대한 사측의 평가가 나쁘지 않았던 것 같다.『무정』의 줄거리는 형식 이야기와 영채 이야기로 나누어지는 듯한 인상을 준다. 연재소설이 자주 보여주는 이야기의 혼란인지, 계획된 구도였는지는 따져봐야 하겠지만 형식 이야기가 갖는 주제에 영채 이야기의 흥미가 더해져 식민지 시대 내내『무정』은 베스트셀러의 지위를 유지한다.

『무정』에 의해 시작된 한국 근대소설은 김동인에 이르러 현실이 사상된 '미학주의'로 흘렀으나 염상섭에 이르러 다시 현실성을 회복한다. 객관 현실의 탐구와 인물의 자기 성찰이라는 소설의 기능을 적절히 수행했다고 할 『만세전』이 나온 것은 1923년이다. 이후 현진건, 나도향, 이기영 등의 작가를 거쳐 1930년대는 다양한 경향의 작품이 풍부하게 등장하게 된다. 이 시기에 이르면 본격적으로 '개인'에 대해 고민하는 소설이 등장하고, 식민지 현실에 대한 깊이 있는 천착도 이루어지게 된다.

소설과 개인

소설이 이전 이야기들과 구분되는 가장 중요한 특징은 '개인'이 이야기의 주인이 되었다는 데 있다. 이때 개인은 사회와 전면적으로 만날 수밖에 없는 자본주의 시대의 산물이고, 외면적으로는 자유로운 인간이다. 반드시 따라야 할 윤리는 없지만 적응하지 못하면 아무런 보호도 받을 수 없는 환경 아래서 개인은 소외되고 고독하며 비극적일 수밖에 없다. 그러한 인물이 몸으로 부딪치는 과정을 다룬 것이 소설의 이야기이다.

우리 소설도 발생에 있어 서구와 전혀 다른 과정을 거쳤다고 말할 수는 없다. 반면에 역사적 환경의 특수성이 소설 형성에 지대한 영향을 미친 것도 부정할 수 없는 사실이다. 이번 장에서는 우리 소설의 근대적 성격을 『무정』을 중심으로 살펴보았다. 주로 고대소설과의 차이를 전제하고 『무정』의 특질을 살펴 본 것이었다. 그렇다고 이 소설이 우리 소설의 전형적인 성격을 보여준다고 주장하지는 않았다. 『무정』의 의미는 그 자체가 갖는 완결성이 아니라 다양한 가능성과 한계를 통해『무정』 이후의 여러 가지 길을 열었다는 데 있다.

소설은 산문으로 자유롭게 쓴 글이다. 그래서 겉으로 보면 아무런 제약도 형식도 없어 보인다. 하지만 소설의 이야기를 잘 뜯어보면 나름대로 구조를 가지고 있음을 알 수 있다. 그것이 인물의 성격으로 정의되는 것이든, 이야기의 순서로 해서 생긴 것이든 소설은 나름대로 고유한 특성을 가지고 있는 것이다. 다음 장에서는 소설의 특징을 허구와 개연성, 그리고 플롯이라는 개념을 통해 알아본다.

05 허구

소설은 개연성 있는 허구이다

모사소설(摹寫小說)은 소위 권징(勸懲)과는 그 성질을 완전히 달리하며 그 주의
는 오로지 세태를 베껴 내는 데에 있다. 그렇기 때문에 인물을 만들 때에도 또 줄거
리를 만들 때에도 앞에서 말한 주안을 체현하여 오로지 가공의 인물로 하여금 가공
세계에서 활동하도록 하여 진(眞)에 육박하려고 힘쓰는 소설이다. 예를 들면 시인
이 노래를 지어 진경(眞景)을 베껴 진정(眞情)을 토로하고, 화공이 물감을 가지고
화조산수(花鳥山水)를 그리고, 조각가가 끌을 가지고 사람이나 짐승의 형태를 조각
하는 것처럼 오로지 진에 육박함을 주로 하여 일정한 줄거리를 마련하고 열전을 설
정하여 인정세태를 천착하는 것이다. (쓰보우치 쇼요, 『소설신수』)

거짓과 허구

소설은 허구(虛構, fiction)로 되어 있다는 말을 자주 한다. 허구는 거짓으로 꾸민 것, 사실이 아닌 것이라는 의미로 사용되기도 하는데, 소설 논의에서 허구는 일상적 의미의 '거짓'과는 층위를 조금 달리한다. 구체적 시간과 공간 속에서 실제로 벌어진 일이 아니라는 뜻은 가지고 있지만, 현실에서는 벌어질 수 없는 일이라든지 허무맹랑한 상상이라는 의미와는 전혀 상관이 없는 개념이다. 작가의 경험과 상상력에 의해 '꾸며져' 사실보다 더욱 현실적인 느낌을 만들어 내도록 만드는 것이 소설에서 말하는 허구이다.

사실 소설에서 실제 벌어진 이야기와 허구의 차이는 본질적인 것이 아니다. 독자에게 미치는 영향이나 설득력 면에서는 사실보다 허구가 더 효과적일 때가 많다. 실제 벌어진 흥미진진한 이야기 중에는 믿기 어려운 일이 있는 반면에 허구의 이야기는 비록 꾸며낸 것이지만 언젠가 어디선가 꼭 벌어졌을법한 일이라는 인상을 주기 때문이다. 생각 없이 산 복권에 당첨되어 빚을 갚았다든지, 비오는 날 산행을 하다 벼락을 맞는다든지, 또 수십 년 전에 헤어진 친구를 광화문 네거리에서 우연히 만났다든지 하는 일들은 현실에서 간혹 일어날 수 있다. 그러나 우리 주변 어디선가 분명히 벌어지고 있음에도 불구하고 그런 일들은 보편적으로 일어나는 사건으로 받아들이기 어렵다. 현실을 받아들이더라도 우연이나 운명이라는 거창한 말을 붙이곤 한다. 이에 비해 허구는 경험이나 사건을 보편적으로 받아들일 수 있도록 만들어 준다.[1]

---

1 사실과 허구의 관계는 쉽게 정리하기 어렵다. 이 둘은 각각의 소설에서 다양한 방식으로 작용하기도 한다. 사실에 기초하여 약간의 인과를 가미한 소설이 있는가 하면

어떤 복권이 당첨될 수 있는 확률은 벼락을 열 번 맞을 확률과 같다고 한다. 하지만 추첨을 해 보면 복권을 사는 수많은 사람 가운데서 누군가는 당첨이 되고 나머지 사람들은 당첨되지 않는다. 그렇다면 심리적으로 복권을 산 사람들에게는 복권이 당첨되거나 당첨되지 않을 확률 두 가지만이 존재하는 셈이다. 현실 세계에서의 심리적 확률은 통계수치와 달리 50%가 될 수 있다. 누군가는 당첨되고 누군가는 당첨되지 않는다. 이것이 현실의 논리이고 많은 실제의 이야기들은 이러한 현실 논리를 따른다. 다른 한편으로 우리는 그런 행운이 보통 사람들에게 쉽게 일어나지 않는다는 것을 알고 있다. 이런 생각은 현실 세계에서보다 소설 세계에 더 강하게 작용한다. 소설은 꾸며낸 이야기이기 때문에 현실의 이야기보다 엄격한 인과성을 요구하는 것이다. 실제 옆 집 아저씨가 복권에 당첨되었다는 사실은 쉽게 믿을 수 있지만 소설 속 주인공이 복권에 당첨되어 벼락부자가 되었다는 이야기는 쉽게 믿으려 하지 않는 것이 소설의 독자들이다.

이렇듯 소설의 허구는 사실보다 더 사실을 지향한다. 독자들로부터 그럴듯하다는 인상을 얻어내려 노력하기도 한다. 태생적으로 소설은 다수의 독자들을 대상으로 한 신문 등의 인쇄매체를 통해 발전된 양식이기 때문에 많은 사람들의 동의를 구하려는 성질을 갖게 된 것이다. 보편을 향한 독자들의 열망은 실제 개인이 분산·고립되어 있다는 사실에 근거하기도 한다. 공통의 경험이나 공통의 가치가 사라져 버렸기 때문에 독자들은 구체적인 사건과 인물을 통해 동시대를 살고 있는 다른

허무맹랑한 공상으로만 이루어진 소설도 많다. 실제 벌어진 일을 가감 없이 기록하고자 하는 의지로 써진 소설도 없지 않다. 물론 이 경우에도 작가나 서술자가 개입한 이야기는 사실과 같을 수 없다. 그렇다면 소설과 역사 기록의 차이도 애매해 질 수 있다. 사실과 허구의 문제는 '서사'라는 큰 범위에서 고민되기도 하는 어렵고 큰 과제이다.

인물들의 감성 내지 내밀한 삶을 보고 싶어 하는 것이다. 허구가 만족시켜야 하는 이런 조건을 개연성이라고 한다.

소설의 개연성

사전적 의미에서 개연성(蓋然性, probability)은 절대적으로 확실하지는 않으나 아마 그럴 것이라고 생각되는 성질을 말한다. 논리학에서는 수량적으로 측정할 수 있는 수준에서 그럴 것이라고 생각되는 정도를 말한다. 수학적인 의미에서의 확률, 철학적인 의미에서의 확실성이 개연성과 관련된 개념이라 할 수 있다. 문학, 특히 소설에서 개연성은 독자들이 느끼는 그럴듯함 정도로 풀이된다. 비평에서는 개연성이 있다, 또는 개연성이 없다는 판단으로 많이 쓰인다.

일반적으로 소설에서의 그럴듯함은 현실에서의 그럴듯함과 큰 차이가 없지만, 때에 따라 소설은 소설 밖에서는 사실로 받아들이기 어려운 사실들을 사실로 받아들일 것을 요구하기도 한다. 즉 현실에서는 일어나기 어렵거나 믿어지지 않는 일이 소설 속에서 펼쳐진다 해도 소설의 주제 등과 어울릴 경우 굳이 문제를 삼지 않는다. 허구가 보편성을 얻기 위해 사실의 평균을 추구할 필요가 없듯이, 개연성 역시 사실과의 부합이 결정적인 문제는 아니라는 뜻이다. 개연성을 막연히 보통 사람의 보편적 상황을 다루는 것으로 해석할 수도 없다. 많은 '보통' 중에서도 어떤 인물과 상황이 선택되어야 하는 것은 어쩔 수 없는 일이기 때문이다.

그렇다면 개연성을 현실과의 관계로만 생각하는 것은 일면적일 수 있다. 현실과의 관련 외에 작품 내부에서 그려지는 핍진성이 중요한 요 .
소로 작용한다. 동시대를 살아가는 다양한 사람들과 사건들을 다루되
그것들이 전체 사회 안에서 어느 위치를 차지하고 있는지를 이면에서
아우르는 통합의 힘을 가지고 있을 때 소설은 핍진하다는 느낌을 주게
된다. 비록 현실과의 직접적 연관이 미약하다고 할지라도 작품에서 문
제 삼고 있는 주제가 갖는 설득력이 힘을 가질 수 있다면 작품은 또 다
른 현실성을 갖게 되는 것이다.

　　다음은 매우 파격적인 예에 속한다.

　　　어느 날 아침 게오르그 잠자가 불안한 꿈에서 깨어났을 때,
　　그는 자신이 침대 속에 한 마리의 커다란 해충으로 변해 있는 것
　　을 발견했다. 그는 갑옷처럼 딱딱한 등을 대고 누워 있었는데, 머
　　리를 약간 쳐들면 반원으로 된 갈색의 배가 활 모양의 단단한 마디
　　들로 나누어져 있는 것이 보였고, 배 위의 이불은 그대로 덮여 있
　　지 못하고 금방이라도 미끄러져 내릴 것만 같았다. 나머지 몸뚱이
　　크기에 비해 비참할 정도로 가느다란 다리가 눈앞에서 힘없이 흔
　　들거리고 있었다.
　　　'어찌 된 일일까?' 그는 생각했다. 결코 꿈은 아니었다. 약간
　　좁긴 해도 제대로 된 사람 사는 방이라 할 수 있는 그의 방은 낯익
　　은 네 개의 벽으로 둘러싸여 있었다. 옷감 견본 꾸러미가 풀려져 있
　　는 책상 위쪽에는 - 잠자는 외무 사원이었다 - 그가 얼마 전에 화
　　보 잡지에서 오려내 금박으로 된 멋진 액자에 끼워 넣은 그림이 걸
　　려 있었다. 그 그림은 한 숙녀의 초상화였는데, 그녀는 모피 모자를
　　쓰고 모피 목도리를 두른 채 꼿꼿이 앉아, 팔목까지 오는 무거운 모
　　피 토시를 바라보고 있는 사람에게 쳐들고 있었다. (카프카, 「변신」)

잘 알려진 카프카 소설 「변신」의 첫 부분이다. 하룻밤을 자고 일어나니 주인공은 벌레가 되어 있었다. 첫 단락에서는 주인공 '그'가 벌레가 되어 버린 자신의 몸을 확인하고 있으며, 둘째 단락에서는 자신의 방을 확인하고 있다. 과학적으로, 아니 상식적으로 생각할 때 사람이 해충이 되는 것은 절대 불가능하다. 현실에서 이를 진실이라고 주장할 사람은 아무도 없을 것이다. 그러나 사람이 어떻게 벌레가 될 수 있느냐에 의문을 제기하고 그것을 이 작품에서 중요한 문제로 지적한다면 「변신」은 소설로서의 설득력을 전혀 가질 수 없게 된다. 그러나 실상 소설의 중심은 다른 곳에 있다. 작품 전체의 주제에 비추어 볼 때 사람이 해충이 될 수 있는지 없는지는 그리 중요하지 않기 때문이다. 가족의 생계를 책임지던 한 세일즈맨이 하루아침에 벌레가 되었을 때 그를 두고 벌어지는 가족들의 반응이 이후 소설 전개에서 중요한 의미를 갖는데, 벌레로의 변신은 어쩔 수 없는 상황에 처한 가족들의 태도를 보여주기 위해 작가가 극단적인 상황으로 설정한 것에 지나지 않는다. 실제 이 작품에서는 자신들을 부양해온 아들, 또는 오빠에 대한 가족들의 감정이 연민에서 짜증으로, 이어 미움으로 변해 가는 과정이 잘 묘사되어 있다. 벌레가 되어서도 가족들의 생계를 걱정하고, 자신의 처지가 타인에게 미칠 부정적 영향에 대해 염려하는 주인공의 심성도 독자에게 깊은 인상을 준다. 결국 가족들의 바람(?)대로 벌레가 죽게 되는데, 죽은 벌레를 두고 밖으로 나선 가족들이 새삼스럽게 신선한 공기에 활력을 느끼는 장면은 삶이란 무엇인지까지 생각하게 만든다. 이런 소설의 내용으로 볼 때 게오르그 잠자가 해충이 된 사실은 '결정적'으로 작품의 완성을 해치거나 핍진성에 손상을 준다고 보기 어렵다.

일반적으로 소설이 감동을 주기 위해서는 독자의 경험과 상상력

사이에서 이야기가 전개되어야 한다. 비록 소설이 허구이기는 하지만 사실의 구체적인 모습을 리얼하게 전달하는 소설이 있고 작가의 상상력이 시대 전체의 상상력을 앞서가는 경우도 있다. 최서해의 「홍염」이나 「기아와 살육」과 같은 소설은 실제 벌어졌을 법한 일보다 더욱 극적이고 과격하게 이야기가 전개되는 소설이다. 이에 비해 아동물로 잘 알려진 쥘 베른의 『해저 2만리』에 등장하는 노스틸러스 호는 잠수함이 없던 당시 독자들에게는 허무맹랑한 이야기였을지 모르지만 호기심 많은 독자들에게는 특별한 재미를 전달해 주었다.[2] 판타지로 불리는 양식 역시 경험보다는 상상력에 무게를 두는 소설이다.

　좋은 소설로 평가되는 작품들은 경험과 상상력의 한쪽만을 강조하기보다는 양자의 장점을 골고루 수용한 경우가 많다. 구체적인 경험을 표현해 내면서도 독자의 상상력을 자극하고 보편적인 인간성의 문제를 취급한다. 리얼리즘 소설 이론에서는 이를 개별성과 보편성의 관계로 정리하기도 한다. 즉 소설에서 다루는 현실이 어차피 개별적인 데 한정될 수밖에 없다고 보면 개별을 선택하고 다룸에 있어 시대의 본질적인 영역과의 관계를 염두에 두고 최소한 그것의 특성을 보여줄 수 있는 문제를 다루어야 한다는 것이다.[3]

　위 기준에 따른다면 구체적인 인물을 통해 보편적인 문제가 표현되었다는 느낌을 줄 수 있어야 좋은 소설이라 할 수 있다. 그럴듯함이

2　물론 쥘 베른의 잠수함은 현재의 잠수함과 여러 면에서 다르다. 비행기가 그렇듯 물속을 다니는 배라는 상상력이 현실화되었다는 점에서 재미있는 이야깃거리이긴 하다.

3　이는 주로 전통적인 리얼리즘 소설의 견해를 따른 것이다. 모더니즘이나 이후의 포스트모더니즘 소설에서는 현실을 어떻게 인식하고 표현할 수 있는지를 다양한 방식으로 고민했으며, 현실의 재현 가능성 자체를 의심하기도 한다. '현대' 소설을 이해하는 데 매우 중요한 문제인 것은 사실이지만 여기서는 현실과 재현의 문제 등을 직접 다루지는 않는다.

개인의 취향을 넘어 보편적인 동의를 얻을 때 최대한의 설득력을 확보하게 된다. 모든 사람이 경험할 수 있는 일은 애초에 없겠지만 구체적인 경험이 만들어낼 수 있는 동의의 범위는 의외로 넓어서, 꼭 그 인물이 아니어도 누군가 겪을 수 있는 보편적인 일이었다는 생각을 하게 만드는 경험이 있다. 좋은 소설은 그러한 경험을 발견하거나 만들어낸다. 물론 여기에서 말하는 보편이 수치상의 평균과 꼭 일치하는 것은 아니다. 따라서 잘 쓴 소설은 여러 권의 사회과학 서적을 통해 얻을 수 있는 지식보다 생생하고 역동적이라는 느낌을 준다. 거기에 문학적 감동을 동반하기 때문에 소설이 독자에게 미치는 영향은 배가된다.

개별성과 보편성

독서 과정에서도 개별성이 보편성을 획득하게 되는 과정을 보는 일은 무척 흥미롭다. 무엇을 다루는가 못지않게 어떻게 다루는가가 소설에서 중요한 문제라고 볼 때, 작품이 개별성을 통해 보편성 쪽으로 접근해 가는 과정은 작가의 능력과 소설의 완성도를 평가할 수 있는 좋은 기준이 된다. 사실 개별성과 보편성은 따로 떨어져 생각할 수 없는 것이고 소설 밖에 원래부터 있었던 것도 아니다. 소설을 통해 각각의 특성이 만들어지고 부각되기도 한다. 소설과 소설 외적인 배경을 연결시키는 것도 중요하지만 소설 안에서 그것들이 어떻게 작용하고 전개되는가를 보는 일도 중요하다.

1970년대 창작된 이문구의 연작 소설 『우리 동네』는 위의 설명에 잘 부합한다. 각각의 작품은 구체적이고 개별적인 사건을 다루지만 주제는 시대의 보편적인 문제를 건드리고 있다. 여러 단편 중 가장 잘 알려진 「우리 동네 김씨」를 살펴보자.

이 소설은 크게 두 가지 에피소드로 구성되어 있다. 첫 번째는 가뭄을 이기지 못한 김씨가 양수기로 이웃 마을 저수지 물을 허락 없이 끌어 쓰다 그 마을 청년들, 전기회사 직원과 벌이는 논쟁이고, 두 번째는 민방위 훈련장에서 현실적이지 못한 교육을 실시하는 부면장과 김씨가 다투는 사건이다. 작품 전반부를 보면, 자기 논에 물을 대기 위해 도전(盜電)과 도수(盜水)를 감행하는 김씨는 불법 행위로 인해 곤경에 처하게 된다. 전기회사 직원과 이웃 마을 청년들이 김씨를 곤경에 빠뜨리게 한 사람들인데, 이들에게 한참 공격을 당하고 있을 때 김씨를 구해 준 것은 때마침 다가온 민방위 훈련이었다. '국가'의 부름은 논쟁을 뒤로 미루는 좋은 핑계가 된다. 김씨는 민방위 훈련장에서 부면장의 연설을 듣게 되는데, 부면장의 토지 계산법인 '헥타르' 단위가 못마땅한 김씨는 부면장의 말을 비아냥거려 끝내 훈련장을 웃음바다로 만들어버린다. 농촌 현실에 무지한 행정기관의 태도를 비꼬는 것이다. 비교적 심각한 주제를 다루고 있음에도 불구하고 소설의 독특한 문체는 독자들로 하여금 웃음을 자아내게 한다.[4]

이 소설에서 다루는 농촌 현실은 '김씨'의 특별한 경험이다. 그러나 김씨의 경험은 1970년대 당시 우리 농촌의 보편적인 모습을 보여주기도 한다. 도전(盜電)과 도수(盜水)를 해야 하는 농민의 현실과 그런 현

---

4 제목을 「우리 동네 김씨」라고 지은 이유도 생각해 보면 재미있다. 특정 지명이 아닌 '우리 동네'라고 한 것은 김씨의 문제가 어느 곳에 한정되는 문제가 아니라는 의미로 이해할 수 있다. 이름을 구체적으로 써주지 않고 '김씨'라는 성만 드러낸 이유도 같은 맥락으로 보인다. 말하자면 『우리 동네』는 장삼이사(張三李四)들의 이야기인 셈이다. 그리고 이 연작에 "우리 동네 박씨"는 없다. 이유도 짐작할 만하다.

실에 대한 약간의 이해도 갖고 있지 못한 행정 관료들의 대비가 가장 먼저 눈에 띤다. 새마을 운동과 100억불 수출 달성이라는 박정희 시대의 경제 개발 목표는 외형상으로 큰 성과를 거둔 것처럼 보인다. 그러나 겉으로 드러난 화려함과는 달리 당시 농촌은 과거의 문제와 새롭게 부각된 문제를 함께 해결해야 하는 어려운 상황에 처해 있었다. 경제 개발에도 불구하고 여전히 가난한 농촌 현실이 앞의 문제였다면 전통의 파괴와 혼란 그리고 개발에서의 소외는 뒤의 문제에 해당할 것이다.

이런 보편적 의미를 끌어내는 김씨의 행동은 중요한 시대적 의미를 갖게 된다. 우선 도전과 도수는 김씨의 욕심이 불러낸 결과가 아니다. 농사꾼으로 살아온 김씨가 벼를 말려 죽일 수 없다는 간절한 마음에서 마지못해 선택한 행동이었다. 민방위 훈련장에서의 논란도 그저 웃음을 유발하는 소극(笑劇)에 그치지는 않는다. 한창 농사철에 왜 필요없는 소집을 하는지, 소집을 했으면 긴요한 일을 해야지 왜 형식적으로 시간만 보내려 하는지가 문제된다. 이 소설은 더 나아가 이런 문제점이 단순히 민방위 훈련에만 한정되는 것이 아니라 당시의 정책들 일반으로 확대될 수 있다는 암시를 준다. 따라서 「우리 동네 김씨」는 비록 김씨 한 사람의 하루를 보여주고 있지만 동시대의 사회 현실에 대해 성실하게 문제 제기를 하고 있는 소설이다.

또 소설집 『우리 동네』는 김씨와 유사하지만 다른 인물들의 이야기를 여러 편 묶어 농촌 문제를 보편적인 시대의 문제로 확대하는 데 성공하고 있다. 연작에 등장하는 이씨, 강씨, 유씨 등은 김씨와 다른 환경에서 다르게 살아가는 사람이지만 김씨가 안고 있는 문제들을 어느 정도 공유하는 인물들이기도 하다. 하나가 아닌 다양한 구체를 보여줌으로서 보편에 더 가깝게 다가가고자 하는 작가의 의지가 연작이라는 형식으로 표출된 것이라 할 수 있다.

시간의 조직과 운용

　일반적으로 이야기는 시간 순서를 따른다. 역사가 그렇듯이 앞선 시간을 먼저 기술하고 나중 일어난 일을 후에 기술하는 것이 일반적인 이야기 전달 방법이다. 동양의 전(傳)은 대표적으로 시간 순서에 따라 기술한 이야기이다. 이때 시간은 인과에 대한 부담을 덜어준다. 일상에서 느낄 수 있는 원인과 결과는 시간 순서와 일치하는 경우가 대부분이기 때문이다. 넓게 보면 현대소설도 시간 순서에 따라 기술된다고 할 수 있다.

　그러나 현대소설은 시간 순서대로 사건을 기술하는 데 한계를 느낀다. 다루려는 현실의 시간과 텍스트 안의 시간이 일치하기 어렵다는 근본적인 문제 때문이다. 텍스트에서 흐르는 시간이 단선적(單線的)인데 비해 실제 이야기에서 진행되는 시간이 다선적(多線的)이라는 것도 무시할 수 없는 이유이다. 따라서 소설 속의 시간이 실제 사건의 시간과 일치하기는 어렵다. 하나의 사건이나 인물만으로 전개되는 이야기가 드문 만큼 단일한 시간 순서를 온전히 지키는 이야기를 찾기도 그리 쉽지는 않다. 더군다나 현대소설은 인물이 행동하고 사건이 벌어지는 시간뿐 아니라 개인의 심리가 흐르는 시간은 중요하게 다루는데, 심리의 흐름을 일상의 시간으로 표현하는 일은 무척 어렵다.

　물론 소설에서 시간이 단선적으로 구성되지 않는 것이 단순히 이야기가 갖는 한계 때문만은 아니다. 시간 순서에 구애받지 않고 이야기의 시간을 나름대로 조직하는 가장 큰 이유는 이야기의 효과를 극대화하기 위해서이다. 많은 이야기에서 시간의 조직은 독자의 흥미를 이끌어내는 데 기여한다.

다음의 몇 가지를 예를 통해 이를 확인해 보자.

민담이나 동화의 이야기 방식은 가장 단순한 시간의 운용을 보여준다. 사건과 인물은 긴밀하게 연관되어 있어서 현재의 사건이 일어나고 있는 현장과 다른 시간, 다른 공간은 좀처럼 이야기 안으로 들어오지 않는다. 「해님 달님」이라는 전래 동화를 생각해보자. 떡을 이고 오던 어머니는 고개를 넘을 때마다 호랑이를 만나서 떡을 빼앗긴다. 고개를 넘는 과정은 생략되어 있고 호랑이를 만나는 부분만 기술된다. 어머니를 잡아먹은 호랑이는 오누이가 기다리고 있는 오두막으로 온다. 오누이는 호랑이를 어머니로 알고 문을 열어주지만 오빠의 기지로 목숨을 건진다. 궁지에 몰린 오누이는 하늘에서 내려온 동아줄을 타고 올라가지만 호랑이는 썩은 동아줄을 타고 오르다 그만 떨어져 죽고 만다. 이야기는 시간의 순서를 철저히 따르고 있으며, 초점이 되는 인물이 처한 상황만을 서술한다. 같은 시간에 일어나는 다른 곳의 사건은 전혀 기술되지 않는다. 다른 생각이 끼어 들 틈 없이 교훈적으로 전개되는 이야기, 하나의 시간 외에 다른 시간이 끼어 들 틈이 없는 이야기이다.

비교적 시간 순서를 잘 지키는 소설은 전기 형식을 띤 작품에서 볼 수 있다. 윤영수의 소설 「착한 사람 문성현」과 같이 한 사람의 생애를 관찰하는 형식이 있고, 유제하의 소설 「유자약전」과 같이 부정기적인 만남을 통해 제한된 정보를 전해주는 듯한 형식을 취하는 경우도 있다. 인물의 생애 자체가 이야기의 중심을 차지하게 되어 사건은 인물의 성장·변화를 따라 진행된다.

대부분의 추리 소설은 전에 일어났던 사건을 현재의 관점에서 재구성하는 방식을 따른다. 「모르그 가의 살인사건」을 비롯한 포우의 추리 소설들, 코난 도일의 『셜록 홈즈』 시리즈나 르블랑의 『루팡』 시리즈는 일어난 사건을 탐정 또는 형사가 추리해내는 과정이 이야기의 근간을 이룬다. 살인 등의 결과가 먼저 제시되고 범인이나 사건의 원인을 이후에 추적하는 형식이다. 만약 추리 소설이 시간 순서를 따라 진행된다면 매우 느슨한 서사로 독자의 흥미를 끌기 어려울 것이다. 이런 추리 소설의 시간 활용 기법은 특히 영화에서 즐겨 사용한다.

액자소설은 두 가지 시간을 병치시키는 이야기 형식이다. 중요한 사건이 하나 있고 그 사건을 돌아보거나 평가하는 다른 사건이 존재하는 것이 액자소설의 기본 구도이다. 같은 시간에 벌어지는 사건을 다른 관점으로 평행하게 그려내는 방법도 있다. 임철우의 「붉은 방」은 고문을 당하는 사람과 고문을 가하는 사람의 시각으로 같은 시간을 두 번 다룬 소설이다. 실제 시간이 아닌 의식의 흐름으로 기술되는 소설은 현실의 시간과 전혀 무관한 텍스트 시간을 갖게 된다. 독고준이 등장하는 최인훈의 일련의 소설에서 시간은 주인공의 의식에 의해 좌우된다.

이러한 시간의 운용을 문학 용어로는 플롯plot이라고 한다. 플롯이 중요하게 사용된 최초 문헌은 아리스토텔레스의 비극론인 『시학』이다. 아리스토텔레스는 비극의 구조와 인물을 분석하면서 '구조' 또는 '구조의 모방'으로 번역할 수 있는 플롯이라는 단어를 사용했는데, 현재는 비단 비극 뿐 아니라 소설을 비롯한 대부분의 서사에 적용해 사용하게 되었다. 책의 내용을 직접 인용하면 다음과 같다.

시초는 그 자신 필연적으로 다른 것 다음에 오는 것이 아니고, 그것 다음에 다른 것이 존재하거나 생성되는 성질의 것이다. 반대로 종말은 그 자신 필연적으로 또는 대개 다른 것 다음에 존재하고, 그것 다음에는 다른 것은 아무 것도 존재하지 않는 성질의 것이다. 중간은 그 자신 다른 것 다음에 존재하고, 또 그것 다음에 다른 것이 존재하는 것이다.

그러므로 플롯을 훌륭하게 구성하려면 아무 데서나 시작하거나 끝내서는 안 되고, 앞에서 말한 원칙을 따르지 않으면 안 된다. 또한 아름다운 것은 생물이든, 여러 부분으로 구성되어 있는 사물이든 간에, 그 여러 부분의 배열에 있어 일정한 질서를 가지고 있어야 할 뿐 아니라, 일정한 크기를 가지고 있지 않으면 안 된다. 왜냐하면 아름다움은 크기와 질서 속에 있기 때문이다. (아리스토텔레스, 『시학』)[5]

비극을 다룬 글이라서 소설을 대상으로 하기에는 적당하지 않은 면이 있지만 이야기 구조의 형식을 정의한 글로는 여전히 고려해야 할 내용이 많다. 위 글에서 플롯은 이야기를 어디에서 시작하고 어디에서 끝내야 하는가에 대한 기본적인 관점을 보여준다. '시초'의 의미는 다른 전제 없이도 이야기가 진행될 수 있어야 하는 데 있고, '종말' 이후에는 다른 이야기가 필요하지 않아야 한다는 것이다. 이는 이야기의 질서

---

5 시초와 종말의 역할에 대한 정리가 너무 평범하다고 생각할 수 있다. 그러나 이야기의 완결성이라는 측면에서 보면 시작과 끝의 중요성은 강조될 수밖에 없다. 그것이 일상에서 벌어지는 순차적인 이야기의 연속이라면 몰라도 짧은 이야기 안에 복잡한 사건의 전말을 완전하게 표현해야 할 때에는 처음과 중간과 끝을 꾸미는 일이 더욱 중요해진다. 특히 그리스 연극의 경우는 삼일치를 철저히 지켜야 했기에 완전한 이야기를 꾸미는 일, 즉 플롯 구성에 많은 노력을 기울여야 했다. 예를 들어 「오이디푸스 왕」은 수십 년에 이르는 오이디푸스의 생애를 단 몇 시간 안에 보여주어야 했다. 시간 순서를 조직하지 않고는 이야기를 효과적으로 전달하기 어려웠을 것이다.

라고 할 수 있는데, 질서와 함께 위 글에서 강조하고 있는 것은 크기이다. 여기서 크기는 단순히 길이나 범위의 의미도 가지고 있지만 그보다는 이야기의 전체성을 말한다고 할 수 있다. 변화 없이 흘러가는 이야기가 아니라 이야기 안에 고저의 흐름을 가지고 있어야 크기가 확보된다고 할 수 있기 때문이다.

현대소설을 대상으로 한 플롯 논의의 고전은 E.M.포스터의 『소설의 이해』이다. 포스터는 다음과 같이 서사와 플롯을 구분하였다.

> 플롯을 정의해 보자. 우리는 이야기를 시간의 연속에 따라 정리된 사건의 서술이라고 정의한 바 있다. 플롯 역시 사건의 서술이지만 인과 관계를 강조하는 서술이다. "왕이 죽자 왕비도 죽었다." 이것은 이야기이다. "왕이 죽자 슬픔을 못 이겨 왕비도 죽었다." 이것은 플롯이다. 시간의 연속은 보존되고 있지만 인과감(因果感)이 거기에 그림자를 드리우고 있다. 또 "왕비가 죽었다. 사인을 아는 사람은 아무도 없더니 왕이 죽은 슬픔 때문이라는 것이 밝혀졌다." 이것은 신비를 안고 있는 플롯이며 고도의 발전이 가능한 형식이다. 이것은 시간의 연속을 유보하고 가능한 데까지 이야기를 떠나 멀리 이동한다. 왕비의 죽음을 생각해 보라. 이것이 이야기에 나오면 "그리고 나서는?"하고 의문을 갖는다. 이것이 플롯에 나오면 "이유는?"하고 이유를 댄다. 이것이 소설이 갖는 두 가지 형상 사이에 근본적인 차이점이다. (E.M.포스터, 『소설의 이해』)

포스터는 사건의 서술과 플롯을 명확하게 구분하고 있다. 시간의 연속에 따라 정리한 이야기를 서술이라고 부르고, 인과 관계를 강조하는 서술을 플롯이라고 하였다. 인과 관계에도 여러 층이 있을 수 있는

데, 단순히 이유를 설명해 주는 인과와 이후의 발전이 가능한 인과로 나누고 있다. 신비를 가지고 있는 플롯이라는 말이 그것이다. 포스터는 플롯을 주어진 사건을 어떻게 조직하느냐의 문제로 생각하였다. 이는 소설에서 정의하는 일반적인 플롯의 의미이기도 하다.

그러나 현대소설은 포스터 식의 인과를 철저하게 따르지는 않는다. 시간의 진행 자체를 자연스러운 인과로 보는 견해가 있고, 인과성이 없는 듯한 사건의 나열 속에서 '현대성'을 실현하려 노력하기도 한다. 이는 이야기에 대한 인식이 시대마다 다를 수 있다는 전제에서 보면 그리 이해하지 못할 일도 아니다. 형식 논리학의 법칙을 따르지 않는 한 인과성이라는 것도 시대 정서의 산물일 수 있기 때문이다. 플롯을 단순히 사건의 조직으로 볼 수 없는 것도 이런 점 때문이다. 또, 무엇을 어떻게 조직하느냐의 문제는 소설 내부의 문제이지만 동시에 현실과 소설의 관계 문제일 수도 있다.

06 서정

소설 읽기의 실제 2

단편소설의 서정성

　단편소설은 장편소설과 여러 면에서 다르다. 길이는 가장 눈에 띠는 차이일 것이고, 서사의 규모와 인물의 심리를 다루는 깊이 등에서도 둘의 차이를 발견할 수 있을 것이다. 그렇다면 단편소설의 특징으로 단일한 인상의 유지를 드는 것은 어떤가? 책을 덮었을 때 남는 여운으로 본다면 단편소설이 장편소설에 꼭 뒤진다고 볼 수는 없다. 단일한 인상은 정서적 반향을 일으키기도 한다. 이는 단편소설이 시나 수필에 닿아 있는 부분이기도 하다.

소설 읽기의 즐거움

무엇보다 문학은 문학을 향유하는 사람에게 '즐거움'을 준다. 직접적으로 경제적 도움을 주지 않는 문학을 굳이 가까이하는 이유는 그것이 어떤 종류든 즐거움을 주기 때문이다. 물론 이때 즐거움이라는 막연한 말은 좀더 세분화하여 설명할 필요가 있을 것이다. 우선 문학에서 얻는 즐거움은 감성적인 즐거움과 이지적인 즐거움으로 구분할 수 있다.

문학을 통해 우리는 기쁘거나 슬프거나 흥이 나거나 우울해지거나 한다. 문학 작품을 읽고 아름다움에 도취된다거나 추악한 인물에 대한 인상으로 불쾌한 감정에 빠진다거나 하는 경험도 할 수 있다. 이들 모두는 문학을 통해 얻을 수 있는 감성적인 즐거움이다.[1] 이에 비해 이지적인 즐거움은 인간과 세계에 대해 알아 가는 데서 오는 즐거움이다. 소설에서 유사하거나 전혀 다른 인물들의 모습을 발견했을 때 독자들은 그들에게 '관심'을 보이게 되는데, 그 관심이 막연한 호기심에서 그치지 않고 '깨달음'으로 발전하게 될 때 문학을 대하는 즐거움은 커진다. 문학은 모두가 알고 있는 일을 다루는 듯하지만 누구도 쉽게 알기 어려울 정도로 섬세한 생의 이면을 보여주기 때문이다. 이는 발견의 기쁨이거나 자각의 기쁨이다. 물론 감각적인 즐거움과 이지적인 즐거움을 확실하게 구분할 수 있는 것은 아니다. 둘은 동시에 나타나거나 경계 없이 넘나들기도 한다.

---

1 여기서 즐거움이란 정서의 떨림, 감각의 자극, 각성의 기쁨 등을 두루 포섭하여 이르는 말이다. 일상에서의 사용법과는 다소 거리가 있기는 하지만 문학을 접하고 읽게 만드는 요소라는 점에서 즐거움이라는 말을 사용하기로 한다. 슬픈 영화나 드라마를 자꾸 보게 되는 이유는 슬퍼지기 위해서가 아니라 슬픔 감정을 경험하는 일에서 '즐거움'을 느끼기 때문이라고 말 할 수 있다.

이렇게 문학의 즐거움을 설명하고 나면 소설이 주는 즐거움과 다른 문학 양식이 주는 즐거움 사이에는 큰 차이가 없다는 사실을 알게 된다. 소설은 말할 것도 없고, 시나 희곡 역시 위에 설명한 정도의 즐거움은 주기 때문이다. 이런 정의를 따른다면 소설 고유의 특징은 문학 전체 안에서 부분적이라고 생각할 수 있다. 그러나 소설은 다른 문학으로 경험할 수 없는 즐거움을 주기도 한다. 현실의 구체성과 인물의 의식을 표현하는데 있어서 소설이 가진 장점은 여전히 대체하기 어려운 것으로 평가된다.

영어로 소설은 novel이다. 엄격히 말해 novel은 우리가 아는 소설 일반을 이르는 말이라기보다 장편소설에 가까운 의미로 쓰인다. 소설이란 주로 신문연재 형태로 발표되고, 상당한 길이를 가진 이야기라는 인식이 단어를 통해서도 드러나는 것이다. 서구에서 발전한 소설 이론은 대부분 이런 장편소설을 대상으로 한 것이다. 장편소설이 주는 즐거움은 기본적으로 서사에서 비롯된다. 이야기의 장대함이나 사실성, 극적인 구조 그리고 인물의 성격이 소설을 읽고 판단하는 기준이 된다.

그런데 우리 소설사의 형편은 서양 소설사의 그것과 조금 다르다. 좋은 장편소설이 많았지만 그에 뒤지지 않을 만큼 단편소설이 활발히 창작되고 유통되어 왔다. 그런 만큼 장편소설과 구분되는 단편소설의 고유한 특징도 발전하였다. 일반적으로 단편소설은 장편소설만큼의 산문성 또는 이야기성을 가지고 있지 않다. 물론 이러한 '부족'이 단편소설의 단점이 되는 것은 아니다. 단편소설을 읽는 독자들이 바라는 것도 실제로 장황한 이야기는 아니다.

단편소설이 삶의 단면을 보여주는 데 관심을 갖는 만큼 독자들은 소설이 주는 '인상' 또는 '느낌'에 많은 관심을 갖는다. 단편소설의 경우 서사가 완결되었다는 인상을 주지 못하거나 인과성을 확실히 획득하지 못해도 큰 문제가 되지 않는다. 열린 결말이나 우연적 사건의 제시도 그 자체로 의미 있는 것으로 평가받는다. 작가 역시 하고 싶은 이야기를 명확하게 만들어놓지 않고 문장 안에 감추어두는 일을 서슴지 않는다. 단편소설은 버스 안에서 대충 읽기보다는 책상 앞에 앉아 곰곰이 생각하며 읽어야 하는 소설이다. 조금 무리가 있는 말이 되겠지만 '어떤' 단편소설은 장편소설에 가까워지려는 의지보다 시에 가까워지려는 의지를 더 많이 가지고 있는 것 같다. 여기서 시에 가까워진다는 말의 의미는 정서적 떨림이나 감성의 울림과 관계된다.

물론 정서적 떨림이 시에만 있는 것은 아니다. 좋은 산문이 주는 정서적 감동 역시 결코 작다고 할 수 없다. 이를 넓은 의미에서 서정적 효과라고 불러도 좋겠다. 사실 시에 가까워지려는 소설의 경향은 이제 새로운 것도 아니다. 실제로 시에서 영감을 얻어 창작된 소설도 많이 있다. 신경숙의 「빈집」은 기형도의 시 「빈집」을 프롤로그로 내세우고 있고, 임철우의 「사평역」은 곽재구의 시 「사평역에서」의 배경과 인물, 분위기를 그대로 살리고 있는 소설이다. 「소나기」를 비롯한 황순원의 여러 단편들도 산문성이 두드러지는 소설은 아니다.

소설이 시에서 얻을 수 있는 효과를 지향한다고 해도 두 양식은 길이나 형식 면에서 큰 차이가 있다. 짧다고는 하지만 단편소설이 시와 같이 단일한 인상을 주기에는 만만치 않은 길이의 부담을 가지고 있다. 결정적으로 소설은 시에서는 드러내지 않아도 되는 시간과 사건을 담아내야 한다. 이런 차이에도 불구하고, 이런 차이 때문이라고 해도 좋다, 소설이 산문을 통해 산문성 이상을 보여준다는 점은 사실이다.

시로 그린 풍경

여기서는 시 「사평역에서」와 소설 「사평역」을 살펴보겠다. 소설이 어떻게 시적인 특징을 담아내려 하는지, 그럼에도 불구하고 소설이 소설로 되기 위해서는 어떤 장치가 필요한지에 대해 주의를 기울여 보자.[2]

막차는 좀처럼 오지 않았다
대합실 밖에는 밤새 송이눈이 쌓이고
흰 보라 수수꽃 눈시린 유리창마다
톱밥난로가 지펴지고 있었다
그믐처럼 몇은 졸고
몇은 감기에 쿨럭이고
그리웠던 순간들을 생각하며 나는
한줌의 톱밥을 불빛 속에 던져 주었다
내면 깊숙이 할 말들은 가득해도
청색의 손바닥을 불빛 속에 적셔두고
모두들 아무 말도 하지 않았다
산다는 것이 때론 술에 취한 듯
한 두릅의 굴비 한 광주리의 사과를
만지작거리며 귀향하는 기분으로
침묵해야 한다는 것을
모두들 알고 있었다
오래 앓은 기침소리와

---

2 시 「사평역에서」는 1981년 중앙일보 신춘문예 당선작품으로 곽재구 시인의 등단작
   이다. 임철우 소설 「사평역」은 「사평역에서」에 소설적 상상력을 가미하여 서사적으
   로 재구성한 작품으로 1983년 발표되었다.

쓴 약 같은 입술 담배 연기 속에서
싸륵싸륵 눈꽃은 쌓이고
그래 지금은 모두들
눈꽃의 화음에 귀를 적신다
자정 넘으면
낯설음도 뼈 아픔도 다 설원인데
단풍잎 같은 몇 잎의 차창을 달고
밤열차는 또 어디로 흘러 가는지
그리웠던 순간들을 호명하며 나는
한줌의 눈물을 불빛 속에 던져 주었다.

위 시에는 어느 외진 시골 역사(驛舍)를 배경으로 막차(완행으로 짐작할 수 있는)를 기다리는 사람들의 모습이 잘 그려져 있다. 사람들의 모습을 그리는 데 그치는 것이 아니라 그런 사람들을 바라보고 있는 화자의 감정이 과장되지 않지만 절실하게 표현되어 있는 시이다. 화자가 바라보는 역사 안과 밖의 풍경에는 모두 쓸쓸함이 배어있고, 배경은 차분히 가라앉아 있다. 주변의 묘사 뿐 아니라 주변을 바라보는 화자의 감정 역시 가라앉아 있음을 알 수 있다.

시 속의 풍경 안으로 더 깊이 들어가기 위해 시를 순서대로 따라가 보자. 막차는 좀처럼 오지 않았다고 한다. 막차를 기다리는 사람들의 모습은 이후 이 시에서 중요한 의미를 갖게 된다. 계절은 겨울이고 대합실 밖에는 눈이 쌓이고 있다. 눈이 오는 밖은 컴컴한 어둠에 싸여 있고 작은 역사 안도 밝지는 않다. 역사를 밝혀주는 것은 하나의 톱밥난로이다. 역사는 매우 낡아서 나무로 살을 댄 작은 유리창이 안과 밖을 나누고 있다. 지금의 크고 단단한 창과는 다른 삐걱대기조차 하는 허약해 보이는 창이다. 어둠을 배경으로 한 유리는 쉽게 거울이 되는데, 거울에는 톱밥난로의 불빛이 비친다. 불빛의 색은 '흰 보라 수수꽃'을 닮아 있다. 이어 역사 안의 사람들 모습이 그려지는데, "그믐처럼 몇은 졸고 / 몇은 감기에 쿨럭이고" 있다. 이런 풍경 속에서 '나' 즉 화자는 "한줌의 톱밥을 불빛 속에 던져 주었다." 톱밥을 던져 주면서 화자는 현재의 무거운 분위기 이전, 즉 그리웠던 순간들을 떠올린다. 사람들은 모두 침묵하고 있는데, 그들은 결코 할 말이 없어 침묵하는 것이 아니다. 산다는 것의 깊은 의미를 알아버린 이들은 침묵이 삶의 의미를 가장 잘 표현해준다고 생각하고 있는 것이다.

화자는 침묵하고 있는 이들의 모습에서 쓸쓸함과 고단함 그리고 슬픔을 느끼고 있고 그러한 느낌이 독자들에게 잘 전달될 수 있도록 표현하고 있다. 한 예로 화자는 톱밥난로 가에서 사람들이 '청색의 손바닥을 불빛 속에 적셔두고' 있다고 표현한다. 불빛에서 느끼는 청색이 어떤 감정을 전하는지 상상하는 일은 그리 어렵지 않다. 청색은 실제 색이기도 하지만 슬픔의 감정이 투사된 이미지이기도 하다. 침묵은 오랫동안 유지되는데 화자는 이를 "눈꽃의 화음에 귀를 적신다"고 표현하였다. 비록 말은 하고 있지 않지만 사람들은 다른 소리에 귀를 기울이고 있었던 것이다. 시간은 흘러 자정이 넘었다. 이쯤 되면 역 안의 사람들이 애초에 가지고 있던 감정이나 생각들은 중요하지 않게 된다. 모두 침묵하고 가라앉아 있는데 익숙해지기 때문이다. "자정 넘으면 / 낯설음도 뼈 아픔도 다 설원인데"에서 개인의 심정이 모두 눈 아래로 숨어 하나가 되었음을 알 수 있다. 흰 보라 수수꽃의 색이 아니라 단풍잎과 같은 창을 달고 기차(작은 역에 서지 않는)는 어디로 달려가고, 톱밥난로에 톱밥을 던져주는 화자는 새삼스런 슬픔에 잠긴다.

장황한 감은 있지만 「사평역에서」의 상황과 배경에 대해 살펴보았다. 이렇게 정리하고 보면 이 시가 나름의 이야기를 갖고 있다는 사실을 알 수 있다. 흔히 시적 정황이라 부르는 것인데 소설로 치자면 이야기 줄거리에 해당된다. 특히 위와 같이 인물이나 배경이 등장하는 시들은 이야기성을 많이 가지고 있다. 시는 그 이야기를 축약하고 이미지화하여 이야기를 고스란히 전달하지 않고 고유의 분위기를 만들어내어 정서적 효과를 만들어낸다.

소설로 쓴 풍경

이제 이 시를 원전으로 해 소설로 쓴 「사평역」의 내용을 살펴볼 차례이다. 이 작품의 내용은 시에서 제시된 배경을 구체화한 것이라 할 수 있다. 눈이 오는 저녁, 특급이 서지 않는 간이역에서 막차를 기다리는 사람들의 풍경을 역장을 초점 화자로 하여 보여준다.

시와 비교할 때 「사평역」에는 인물들이 구체적으로 설명되고, 그들을 둘러싼 사건이 분명하게 제시된다. 시에서 막연히 '사람들'로 표현된 이들이 소설에서는 모두 '인물'이 되어 나름대로 이야기를 품고 있다. 처음 대합실에는 다섯 사람이 있었는데, 셋은 난롯가에 둘은 벽에 붙은 나무 의자에 앉거나 누워있다. 셋은 병원에 가려는 중늙은이와 그의 아들, 그리고 중년의 사내이다. 벽 쪽에는 청년 하나와 미친 여인이 있다. 이어 네 사람의 여자가 들어온다. 그들은 몸집이 큰 중년 여자와 바바리코트의 처녀, 그리고 둘은 보따리를 든 행상꾼 차림의 아낙이다. 소설의 서사는 이 사람들의 사연으로 채워진다. 병든 아버지와 그 아들의 대화라든지, 수배를 당해 도망 다니는 것이 분명한 대학생, 도망간 여자를 잡으러 서울에서 내려온 아주머니 등 그들이 현재 역에 모이게 된 사연이 곧 소설의 내용이다. 비록 짧은 시간이지만 역 안에서 만난 사람들의 무관심한 대화가 이어지기도 한다. 시에서 발견할 수 없는 청년, 특히 그의 행적이 등장한다는 점이 이 소설이 시와 가장 크게 구분되는 점이다. 시대 현실을 암시하는 경구, 즉 "아우슈비츠의 학살이 있었고, 그 후 아무도 아름다움을 노래하지 않았다."라는 '80년대적' 낙서가 등장하기도 한다.

이렇게 「사평역」은 단편소설에 필요한 인물과 배경을 잘 갖추고 있다. 그럼에도 불구하고 이 소설의 전반적인 인상은 '서정적'이다. 일관된 서사가 없는 것은 아니고, 인물에 대한 설명도 구체적이지만 이런 인상은 지워지지 않는다. 이런 인상이 드는 가장 큰 이유는 서술자가 파악하는 것이 '사평역'의 인상이고 우리에게 전달하는 내용이 거기서 느낀 감상이기 때문이다. 노골적으로 서술자가 자신의 생각을 드러내는 부분은 없지만, 서술자는 은연중 사람들의 모습을 관찰하고 그 관찰한 느낌을 독자들에게 전해준다. 그 역할을 하는 인물은 역장인데, 역장을 관찰하는 서술자가 역장을 초점화하여 그의 기분과 생각을 전달해준다. 때로는 서술자가 직접 관찰자가 되기도 한다. 서술자는 인물들을 차례 차례 관찰하는데, 독자들이 그 관찰을 통해 알 수 있는 것은 그들의 과거 사연들이다. 서술자는 그들이 지금까지 어떻게 살아왔는지, 어디를 거쳐 역에 이르게 되었는지를 주로 이야기한다. 과거라는 것 자체가 감상적인 분위기를 만들어내기 좋은 소재일 뿐더러 소설에서 제시된 과거는 현재 인물의 형편을 암시해준다. 현재 인물에서 느껴지는 쓸쓸함의 원인 정도가 과거에서 불러져 나오는 것이다. 현재의 격렬한 사건 같은 것은 소설에 존재하지 않는다. 인물과 사건이 구체적으로 존재하지만 그것이 만들어내는 것은 산문적인 일상이 아니라 인물에 대한 강한 인상인 것이다. 그 인상은 배경과 조화를 이루어 '서정적'인 느낌을 만들어낸다. 역 주변이나 인물들에 대한 묘사는 한 폭의 그림을 상상하게 만들기에 충분하다.

> (가) 청년은 유리창에 반사된 톱밥 난로의 불빛을 응시한다. 그 주홍의 불빛은 창유리 위로 놀랍도록 선명하게 재생되고 있었으므로 청년은 그것이 정작 실물이 아닌가 하는 착각을 일으킬 뻔했다. 그것은 한 폭의 그림처럼 아름다웠다. 먹빛 어둠은 화폭으로 드리워지고 네모진 창틀 너머 순백의 눈송이들이 화폭 위에 무수히 흩날리고 있다. 거기에 톱밥 난로의 불꽃이 선연한 주홍색으로 투영되자 한순간 그 모든 것들은 기막힌 아름다움을 이루어내는 것이었다. 아아, 저건 꿈일 것이다. 청년은 불현듯 눈빛을 빛내며 창 쪽으로 다가서고 있다.

> (나) 청년은 무릎을 굽혀 바께스 안에서 톱밥 한줌을 집어 든다. 그리고 그것을 난로의 불빛 속에 가만히 뿌려 넣어 본다. 호르르르, 삐비꽃이 피어나듯 주황색 불꽃이 타오르다가 이내 사그라져들고 만다. 청년은 그 짧은 순간의 불빛 속에서 누군가의 얼굴을 본 것 같다. 어머니다. 어머니가 주름진 얼굴로 활짝 웃고 있었다.

> 다시 한줌 집어넣는다. 이번엔 아버지와 동생들의 모습이 보였다. 또 한줌을 조금 천천히 흩뿌려넣는다. 친구들과 노교수의 얼굴, 그리고 강의실의 빈 의자들과 잔디밭과 교정의 풍

경이 차례로 떠오르기 시작한다.

앞의 예문은 시의 한 부분을 풀어 쓴 듯한 인상을 준다. "흰 보라 수수꽃 눈시린 유리창마다/ 톱밥난로가 지펴지고 있었다"의 느낌과 유사하다. 시의 독특한 느낌을 완전히 재생하고 있다고 보기는 어렵지만 유리창을 중심으로 한 역사 안의 풍경은 더 잘 전달하고 있다. 청년의 눈에 의해 풍경이 관찰되고 그 관찰의 내용에는 청년의 감정 상태가 어느 정도 영향을 미친다. "아아, 저건 꿈일 것이다. 청년은 불현듯 눈빛을 빛내며 창 쪽으로 다가서고 있다"와 같은 표현이나 '기막힌 아름다움'이라는 표현은 실제 시에서는 필요 없는 부분이다. 그러나 소설에서는 인물이 직접 행동함으로서 독자들이 여기에 동의하기를 요구할 수밖에 없다. 시가 소설이 되면서 달라지는 부분이다.

두 번째 예문은 시의 한 구절을 풀어썼으면서도 시에는 없는 고유한 효과를 거두고 있다. 청년의 행동이 자세히 묘사되고 있는데, 그 행동이 의미하는 바에 대해서 독자들이 충분히 상상할 수 있는 여지를 남겨두기 때문이다. 그런 행동을 하고 있는 청년의 심리 상태까지 전달해줌으로서 감상의 효과를 충분히 발휘하고 있다고 할 수 있다. "그리웠던 순간들을 호명하며 나는/ 한줌의 눈물을 불빛 속에 던져 주었다"는 시에서 직접 옮겨온 내용이다. 시에서처럼 난로의 불빛에 번지는 것들은 그리운 시간과 그리운 사람들이다. 대학을 다닐 수 없게 된 시골 출신의 청년이 느낄 수 있는 절망과 좌절 그리고 슬픔이 잘 드러나는 구절이라 할 수 있다. 시에서는 그것이 눈물이란 단어로 표현되었는데 소설에서는 영상처럼 추억이, 어쩌면 오랜 시간동안 함께 하기 어려운, 떠오르는 것으로 처리하고 있다. 그것도 직접적인 설명을 통해서가 아니라 묘사를 통해서 전달된다.

정서적 떨림의 감동

소설의 서정성을 살피기 위해 한 편의 소설을 더 살펴보자. 윤대녕의 「천지간」은 서사가 갖는 의미가 주제와 밀접하게 연관되었다고 보기 어려운 소설이다. 작가가 강조하고자 하는 것은 본격적이 이야기가 아니라 그 이야기를 전개하면서 포착하게 되는 몇 가지 이미지이다.

소설의 줄거리는 대략 이렇다. 유난히 죽음을 가까이 느끼고 살아왔던 남자는 외숙모의 영결식장인 광주로 가던 중 죽음의 그림자가 드리워진 듯한 여인을 발견하고 그녀를 따라 간다. 서로를 알지 못하는 둘은 여관과 횟집을 겸하고 있는 바닷가의 한 건물 방에 나란히 들게 된다. 여관집 주인은 어떤 이의 죽음을 막지 못했던 기억을 가지고 있어 죽음의 분위기를 풍기는 여인을 주목하고 그녀가 죽지 않도록 살펴본다. 그렇게 며칠을 보낸 어느 날 판소리를 배우러 왔던 한 소녀가 바닷가에서 자살하는 사건이 벌어지자, 그날 저녁 여자는 남자의 방에 들어와 밤을 보낸다. 여자는 3개월 전 남자 친구와 이 여관에서 관계를 맺은 적이 있다. 그리고 남자 친구와는 헤어진 여자는 죽기 위해서 다시 그 여관을 찾은 것이었다. 그러던 중 주인공인 남자를 만났는데, 여자는 주인공과 관계를 가져 지난 남자 친구를 잊으려 했던 것이다.

이 소설은 사람과 사람의 관계, 구체적으로는 삶과 죽음의 경계에 대해 다루고 있다. 줄거리로 보면 죽음의 순간을 경험한 남자가 죽음의 그림자를 보고 그것을 막아보기 위해 여인을 따라 간다는 이야기이다.

그런데 이 소설의 분위기를 특징짓는 것은 주제를 드러내기 위해 사용되는 빛깔의 이미지이다. 삶과 죽음의 경계에서 늘 보게 되는 '백색'이나 동백꽃의 '붉은 색' 그리고 파란색 등이 반복해서 등장한다. 특히 백색의 이미지가 빈번하게 사용된다. 백색은 삶과 죽음의 경계에서 보게 되는 색으로 어린 시절 주인공 남자가 경험한 색이기도 하다. 파란 자갈이 깔린 해변에 붉은 동백이 피어 있는 광경도 매우 독특하다 할 것인데, 색채 대비가 분명한 이 곳에서 소녀가 자살을 하는 것이다. 소설에서 주제를 드러내기 위해 시종 색의 이미지를 사용하는 경우는 그리 흔하지 않다. 이런 소설이라면 그것이 표현하고자 하는 내용이 구체적인 사실이 아니라 어떤 인상일 가능성이 매우 높다. 그렇다면 이미지를 통해 '인상'을 만들어내는 셈이고 인상은 정서로 이어지게 된다.

이상에서 우리는 단편소설의 서정적 효과에 대해 살펴보았다. 단편소설이 서정적 효과를 거둘 수는 있지만 서정적 효과를 거두어야만 단편소설이 되는 것은 당연히 아니다. 소설이 가진 다양한 성격 중 하나로 그것을 추가할 수 있을 뿐이다. 서정적이기는 커녕 지극히 산문적인 느낌을 주는 단편소설도 많이 볼 수 있다. 소설은 다른 문학에 비해 포용성이 큰 양식이라 할 수 있는데 그 중 하나의 예로서 서정적인 특징, 즉 감상을 자극한다는 점을 든 것이다. 시의 정황이 소설이 되기 위해서는 무엇이 필요한지를 알아보았고, 소설이 시적인 효과를 낼 수 있다는 점도 지적하였다. 더 근본적으로는 소설이 주는 감동의 하나가 정서적 떨림에 있다는 사실을 강조하고자 하였다. 문학은 논리보다는 정서가 앞서는 영역이다. 그 정서의 내용은 다양할 수 있는데, 한국 단편소설은 서정적인 느낌을 통해 정서적 떨림과 여운을 만들어내는 일을 오랫동안 해왔고 지금도 해내고 있다.

07 인물

인물이 사건을 만든다

이야기를 찾아서……나는 실로 많은 사람들을 만나왔다. 그렇다, 이 세상에는 사람들이 많은데, 그 사람들은 모두 이야기를 가지고 있음에 틀림없다. 잘난 체하는 사람, 말이 많은 사람, 박테리아처럼 세상을 부패시키기만 하는 사람, 서푼짜리 딴따라로 지절대기만 하는 사람, 남의 눈치나 보며 아부에 능한 사람, 왜정시대에 왜놈이 만들어 줘 버린 조선 종자, 자기 주장을 내세울 줄도 모르고 남의 압제받기나 좋아하는 사람, 쓸데없이 공명심만 높은 사람, 분파심이 강한 사람, 그런가 하면 나는 자기가 과연 어떤 인간인가 하는 것을 놓고 많은 이야깃거리를 찾아내 보고자 했었다. (박태순, 「이야기, 이야기, 이야기」)

인물의 성격

여타의 이야기와 같이 소설은 인물과 사건이라는 기본적인 요소로 이루어져 있다. 인물의 성격은 다양할 수 있고, 사건의 내용 역시 수없이 다양하겠지만 인물이나 사건이 빠진 이야기는 존재하기 어렵다. 앞서 살펴 본 다양한 이야기들, 신화, 전설, 비극, 로만스 등, 은 모두 인물이 겪은 사건을 기술하는 내용으로 이루어져 있다. 표면에 드러나는 이야기만을 이해하자고 들자면 인물과 사건을 이해하는 것이 소설 읽기의 처음이자 끝이 될 수 있다.

옛 이야기와 비교할 때 소설은 인물과 사건의 구체성·보편성을 중요하게 생각한다. 작가와 독자 그리고 인물들의 관계는 이전 어느 시대의 이야기보다 평등하고, 사건이 벌어지는 공간은 일상 주변으로 가까워졌다. 일반인으로는 상상할 수 없는 영웅적 인물이 등장하거나, 현실에서 벌어지기 어려운 방향으로 사건이 흘러가서는 많은 사람들의 공감을 얻지 못한다. 그렇지 않은 경우가 특별한 것(알레고리 등)으로 평가될 만큼 소설의 인물과 사건은 '현재'의 '다수 독자'와 관련되어 있다. 일반적으로 단편소설은 적은 수의 인물들이 겪게 되는 비교적 짧은 시간의 사건을 다루고, 장편소설은 동시대의 다수 인물 또는 몇 세대의 인물들이 벌이는 복잡 다양한 사건을 다룬다고 할 수 있다.

소설에 등장하는 인물은 기본적으로 모두 개성을 가지고 있다. 현실에서 똑 같은 인물이 없듯이 소설 속에서도 같은 성격의 인물을 찾기는 어려울 것이다. 유사한 성격을 등장시켜 익숙함이 주는 효과를 노리기도 하지만 소설의 작가들은 개성적인 인물을 창조해내기를 희망한다.[1]

---

1 흔히 대중소설에서는 익숙한 인물을 변형시켜 독자들의 편안한 독서를 돕는다. 이는

우리가 흔히 소설에서 인물이라고 말하는 것은 실제로 인물의 성격이다. 소설에서 유형을 나누는 것은 같은 성격의 인물을 찾는 것이라기보다는 유사한 역할을 하는 인물을 찾는다는 말에 가깝다. 따라서 인물의 유형을 나누는 것은 다분히 상대적인 의미를 갖는다. 상대되는 자리에 있는 인물과 비교될 때 소설적 인물의 성격적 특징이 드러나는 경우가 많기 때문이다. 그러므로 인물의 유형을 나누는 것은 소설 전체를 이해하기 위한 하나의 방법이 될 수 있다.

소설 속 인물의 성격을 이해하기 위해서는 인물의 행동과 생각을 모두 살펴야 한다. 일반적으로 소설에는 여러 명의 인물이 등장한다. 그 중에서 소설을 이끌어 나가는 인물은 한 명, 또는 소수로 한정된다. 따라서 보통 인물의 유형을 나눈다고 할 때는 등장하는 모든 사람들을 다루겠다는 의미는 아니다. 어느 정도 비중 있게 다루어지거나 소설 외적으로 의미가 있는 인물들의 성격을 분류하고 분석하게 된다.

다음은 인물 성격을 몇 가지로 나눈 예이다. 절대적인 기준에 의한 분류라고 볼 수 없을 뿐 아니라 더 적당한 분류방법을 빠뜨렸을 수도 있다. 다만 소설 속 인물을 이런 대비적 성격의 사이에 위치 세울 수 있다는 점을 고려한 분류일 뿐이다.

행동하는 인물과 사고하는 인물

소설의 인물은 대체적인 성격에 따라 행동하는 인물과 사고(思考)

소설의 특징이라기보다는 대중문학의 특징에 가깝다고 할 수 있다. 마치 장르 영화처럼 대중소설은 독자의 기대를 크게 벗어나지 않는다.

하는 인물로 나눌 수 있다. 행동하는 인물로 우선 떠오르는 것은 고전 소설의 인물들이다. 자신의 역경을 무용과 지혜로 헤쳐 나가는 인물이나, 사회적 윤리에 개인을 희생하는 인물들을 대표적인 예로 들 수 있다. 이런 인물들은 주어진 상황이나 인간관계 등에 대해 고민하거나 갈등하기보다는 목표 달성을 위한 행동에 집중하는 경우가 많다. 굳이 고전 소설이 아니어도 이런 인물을 어렵지 않게 찾아 볼 수 있는데, 세르반테스의 소설『돈키호테』의 주인공 '기사' 돈키호테를 예로 들 수 있을 것이다.[2]

사고하는 인물은 섣부르게 움직이기보다는 자신과 세계에 대해 깊이 성찰하는 신중한 인물이다. 물론 행동하는 인물이라고 고민하지 말라는 법은 없다. 사고하는 인물도 어떻게든 행동할 수밖에 없다. 따라서 사고하는 인물은 행동하는 인물과 비교하여 정리할 필요가 있는 다분히 상대적인 개념이다. 이 때 고민의 질을 문제 삼는 것이 무엇보다 중요하다. 예를 들어 통속연애소설의 주인공들이 보여주는 고민은 실제 진지하다거나 보편적인 의미를 갖는다고 보기 어려울 때가 많다. 개인적이고 감상적인 느낌의 토로에 가깝게 때문에 '사고'와 연결시키기에는 적당하지 않은 것이다. 현대소설의 경우 지식인 주인공에서 사고하는 인물을 주로 찾을 수 있다.[3]

현대소설에서는 동화나 우화 형식의 소설을 제외하고는 찾아보기

---

2 스페인의 작가 세르반테스의 동명 소설 주인공인 라만차의 기사 돈키호테는 기사 소설을 너무 많이 읽은 나머지 자신이 기사라는 착각에 빠져 버린 노인이다. 돈키호테는 주변의 조롱을 알지 못하고 시종 산초를 데리고 늙은 말 로시난테를 타고 모험을 떠난다. 여관집 아가씨를 공주로, 풍차를 용으로 착각하는 등 비현실 세계에서 살아가지만 끊임없이 임무를 찾아 행동하는 인물이다.
3 셰익스피어의 대표 희곡 「햄릿」의 주인공 햄릿은 자기 아버지를 살해하고 왕이 된 숙부의 죄를 알면서 그에 대한 응징을 작품 끝까지 미룬다. 쉽게 행동하기 보다는 자신과 주변에 떨어진 운명에 대해 고민하고 회의하기를 잘 하는 인물이다.

쉽지 않은 것이 행동이 앞서는 인물이다. 서구의 많은 현대소설 주인공들은 고민하는 인물인데, 우리 소설에서는 여러 가지 이유로 해서 본격적으로 사고하는 인물이 많지 않다. 여러 소설들이 개인의 내면을 드러내고자 하지만 그렇게 해서 드러난 내면이라는 것이 개인적인 감상과 일반화되기 어려운 경험에 그치는 경우가 많기 때문이다. 사고하는 인물의 사고 내용은 개인적인 감상에 머무는 것이 아니라 그 이상의 의미를 띠고 있어야 한다. 소녀 취향적이고 유치하기까지 한 고민을 심각한 척 드러내는 인물은 사고하는 인물과는 거리가 멀다.

두 인물 유형의 차이를 명확히 구별하기 위해 비교적 잘 알려진 한국 소설 「감자」와 『광장』의 인물을 예로 들어보자.

김동인의 단편소설 「감자」의 주인공 복녀는 "원래 가난은 하나마 정직한 농가에서 규칙 있게 자라난 처녀였었다." 그런 그녀는 열다섯에 20살이나 많은 동네 홀아비에게 팔려 어렵게 살다 결국 "이 세상의 모든 비극과 활극의 근원지인" 칠성문 밖으로 밀려나오게 된다. 무능하고 게으른 남편과 가난하고 비참하게 살던 열아홉의 복녀는 '기자묘 솔밭' 송충이 잡는 일에 나가게 되고 거기서 일을 하지 않고도 돈을 버는 방법을 알게 된다. 이후 복녀는 비슷한 방법으로 입에 풀칠이나마 하고 살아간다. 가을에는 왕서방네 밭에서 감자를 훔치다가 들켜 다시 몸을 파는 신세가 된다. 왕서방 덕으로 그럭저럭 지내던 어느 날 왕서방이 다른 아낙과 관계한다는 사실을 알게 된 복녀는 낫을 들고 왕서방에 대드는데 오히려 낫에 찔려 죽게 된다. 복녀가 죽은 지 사흘이 지나 복녀의 남편은 왕서방에게 돈을 받고 한의사로부터 복녀가 뇌일혈로 죽었다는 진단을 받고 시체를 치운다.

이상의 줄거리 정리에서 알 수 있듯이 복녀는 평범한 농민의 딸로
태어나 윤리적인 타락을 계속하다가 결국 불의의 죽음을 맞게 되는 인
물이다. 그런데 복녀는 사건을 겪기는 하지만 사고하는 인물은 아니다.
열다섯에 맞이한 결혼은 그렇다고 하더라도, 송충이 감독과의 관계라
든지 이후 생계를 유지하는 방법에서 복녀의 '생각'은 작품에 거의 드러
나지 않는다. 처한 상황에 맞추어 그때그때 살아갈 뿐 자신의 삶의 방
식에 대해 고민하는 모습을 찾아보기는 어렵다. 비록 가난 때문에 호구
가 급해서 그렇다고 생각할 수는 있지만 복녀에게는 자의식이라는 것
이 없어 보인다. 복녀는 작가가 지시하는 대로 움직이는 인형에 불과할
뿐 자신의 의지를 확인하고 그에 따라 움직이는 인물이라고 보기는 어
렵다. 사고보다 행동이 앞서는, 어쩌면 생각하지 못하고 행동하기만 하
는 인형 같은 인물이 복녀라고 할 수 있다.

　　이에 비해 『광장』의 주인공 이명준은 사고의 과잉을 보여준다. 그
는 보람 있게 청춘을 불태우고 싶어서 남한으로 탈출해 온, 고아나 다
름없는 철학도이다. 그는 아버지가 '일급 빨갱이'라는 이유로 경찰서를
드나들면서 민족의 비극을 피부로 느낀다. 남한에서 그의 생활은 안일
과 권태 속에서 헤어나지 못하고 있었고, 이를 극복하고 인간적 확증을
얻기 위해 그는 월북을 감행한다. 그러나 북한에도 역시 진정한 광장은
없었다. 오직 퇴색한 구호와 기계주의적 관료제도만이 있을 뿐이었다.
이명준은 자기가 기댈 마지막 지점으로 발레리나인 은혜를 만나나, 은
혜가 죽음으로써 그것도 수포로 돌아간다. 한국전쟁에서 포로가 된 그
는 포로 석방에서 남한도 북한도 아닌 중립국을 택한다. 남과 북 모두
에서 크게 절망한 그는 마지막으로 새로운 출발을 하고 싶었던 것이다.
그러나 중립국으로 가는 배 위에서 그는 투신자살을 한다. 끝없는 좌절

과 뚜렷한 전망을 발견할 수 없었던 그의 한없는 절망감이 이러한 선택을 초래한 것이다.

주인공 이명준의 행위는 대부분 의도의 좌절이다. 철학도라는 이름에 어울리게 그는 자신의 존재와 자신의 처한 상황에 대한 끝없는 고민을 계속한다. 바람직하다고 생각하는 사회의 모습을 머리에 그리고 그것을 현실에서 찾아가려 노력한다. 제목 '광장'은 그가 찾고자 하는 이상적인 사회 형태를 말한다고 할 수 있다. 그곳은 사람들 사이의 소통이 합리적으로 이루어지는 사회, 개인이 좁은 자기 안에 갇혀 있지 않아도 되는 사회이다. 그러나 이 소설은 실제 그가 처한 사회의 모습이 구체적으로 어떠한지 그런 사회의 부정적인 모습에 주인공이 어떻게 대응해 나가는지를 상세하게 보여주지는 않는다. 이명준의 이상이 실현되지 못하고 좌절되는 과정 자체가 이 소설의 서사라 할 수 있다. 현실 안에서 어떤 해결책을 모색하는 과정이 그려지지 못하고, 그 좌절에서 발생하는 절망만이 무거운 문체로 그려질 뿐이다.

앞서 살핀 복녀와 비교해 볼 때 『광장』의 주인공 이명준은 어떤 행동을 하든 그 행동에 대한 자의식이 넘쳐흐르고 무심한 마음으로 행동하는 법이 없다. 지금 자신의 행동에 대해서도 끝임 없이 회의하는 자세를 견지한다. 타인에 대해서는 큰 관심을 보여주지 않지만 회의의 대상으로 삼는 데는 타인들 사이에 큰 차이가 없다. 중립국을 선택하는 행위가 곧 자살로 이어지는 것은 그 절망의 극적인 표현이라 할 수 있다.

평면적 인물과 입체적 인물

평면적 인물과 입체적 인물은 소설에서 인물의 성격이 변화를 겪는지 그렇지 않은지에 따른 분류이다. 처음 인상으로 제시된 인물의 성격이 작품이 마무리될 때까지 그대로 유지되는 인물은 독자들에게 고민거리를 제공하지 않는다. 그런 인물의 삶은 복잡하거나 이해하기 어려운 경우가 적기 때문이다. 이에 비해 입체적인 인물은 현실에서 우리가 만날 수 있는 사람들처럼 상황에 따라, 시간의 경과에 따라 다른 성격을 보이는 인물이다. 복잡한 내면을 가진 인물인 경우 독자들이 인물의 성격을 이해하는 데 어려움을 겪을 수도 있다.

현대소설의 주인공은 대부분 입체적인 인물이다. 평면적인 인물로는 복잡한 현대를 살아가는 인물을 그럴듯하게 표현하기 어렵기 때문이다. 평면적 인물과 입체적 인물을 구분한 E.M.포스터 역시 『소설의 이해』에서 "평면적인 인물은 원래가 입체적인 인물만큼 훌륭한 존재는 아니며, 그들이 희극적인 때가 가장 훌륭하다는 것을 우리는 인정해야 한다. 진지하거나 비극적인 평면 인물은 싫증을 나게 하는 존재가 되기 쉽다"고 한 바 있다.

우리 소설사로 말하자면, 단편소설에서는 평면적인 인물을 많이 볼 수 있다. 앞에서 예를 든 「감자」의 주인공 복녀가 대표적이다. 그녀는 자신의 의지에 의해 살아가거나 자신의 행동에 대해 반성하는 일이 없이 그저 흘러가는 인물이다. 주위의 조건이 주어지는 대로 살아가기 때문에 성격을 드러낼 기회가 없으며 주어진 운명의 길을 따라 가는 듯한 인상을 준다. 단편소설에 평면적 인물이 많이 쓰이는 이유는 양식의 특징과 관련된다. 단편소설은 복잡한 서사를 추구하지 않고 비교적 짧은 시간 동안 벌어지는 이야기를 전한다. 시간으로나 서사의 흐름으로나 인물의 입체적 성격을 보여주기에는 유리한 양식이 아닌 셈이다. 단편소설의 주제 역시 복잡한 인생의 전체적 모습보다는 그것의 일면을 집중적으로 조명하는 데 맞춰진다.

이에 비해 『광장』의 주인공은 현실에 충실하기도 하고 충실했던 그 현실을 회의하기도 하는 복잡한 인물이다. 그는 남쪽에서는 북쪽을 선망하는 듯 하다가 북에 가서는 다시 그곳의 현실을 견디지 못한다. 중립국을 희망하고 결국 그곳에 이르기도 전에 자살하고 마는 그의 선택 역시 단순하지 않다. 이명준은 현실의 절망을 여인을 통해 구원받으려 하고, 쉽게 체제를 바꿀 수 있는 결단성을 가지고 있으면서도 작품 내내 우유부단함을 유지한다. 이러한 면모들이 이명준의 성격을 입체적으로 만든다고 할 수 있다. 이 때문에 이명준이라는 인물은 소설을 덮고 나서도 여전히 '문제적'으로 남는다.

현실을 반영하는 방법을 기준으로 전형적 인물과 우화적 인물을 대비시키기도 한다. 전형적 인물(典型的人物)은 현실의 전체상을 담아내고, 시대적 성격을 드러낼 수 있도록 형상화된 인물을 말한다. 이에 비해 알레고리적 인물은 구체적 개인으로서 개성을 가지고 있다기보다는 시대적 상징으로 기능하는 인물을 말한다. 전형적 인물이 구체를 통해 보편을 표현하려 한다면 알레고리적 인물은 고도로 추상화되어 시대적 상징의 의미만을 갖는다고 할 수 있다.

전형적 인물은 특히 리얼리즘 비평에서 중요한 의미를 갖는데, 시대의 모순을 담아낼 수 있는 인물형상으로 그 시대의 성격을 보여줄 수 있는 인물이기 때문이다. 여기서 시대의 모순이나 시대의 성격이라는 말을 굳이 대단한 것으로 생각할 필요는 없는데, 우리 사회의 다수를 차지하는 소시민이라든지 여전히 어려운 생활을 견디고 있을 도시 빈민들이 삶은 그 자체로 우리 시대의 상황을 표현하기에 부족함이 없다. 노동자나 농민을 다룬다면 그들의 구체적 생활이 어떠한지, 사회의 변화가 그들의 삶을 어떻게 변화시켰는지는 지금 현재 우리 형편을 알려주는 중요한 문제가 될 수 있다. 전형적 인물은 이렇듯 주변에서 발견할 수 있으면서도 현재의 형편을 대표할만한 구체적 개인을 말한다.

우리 소설사에서 전형적인 인물의 대표적인 예로는 『삼대』의 중심 인물인 조의관, 조상훈, 조덕기를 꼽을 수 있다. 그들은 식민지 시대를 살아가는 세 세대의 모습을 현실감 있게 구체적으로 보여주면서도, 시대를 살아가는 사람들의 보편적인 삶을 그럴듯하게 보여준다. 조의관의 보수적이고 단단한 성격과 조덕기의 진보적이면서도 안정적인 성격, 조상훈의 어중간한 포즈 등은 대비를 이루면서 충분히 현실성을 획득하고 있다. 게다가 그들의 성격은 태생적인 것이 아니라 각자 현실에 적응하고 좌절하면서 완성된 것이라는 느낌을 준다. 이는 인물들의 성격을 통해 시대적 조건까지 보여준 경우로 높이 평가할 수 있다.

이에 비해 우화적 인물은 작가가 전달하고자 하는 메시지를 직접 담고 있는 인물이다. 우화적 인물은 우화소설에 주로 쓰이지만 그렇지 않은 경우도 적지 않다. 소설에서는 현실의 어떤 측면을 비판한다든지, 특별한 대상을 빗댈 때 우화적 기법이 많이 사용된다. 이때 우화적 인물은 비판하거나 비판받는, 특별히 어딘가에 비유된 인물이다.

김성한의 소설 「바비도」는 영국을 배경으로 인간 가치 판단에 대한 차이로 평범한 재단사와 국왕 사이에서 벌어지는 논쟁을 다룬 소설이다. 인간의 자유 의지라는 것이 어떻게 억압당하는가를 보여주고, 어떤 조건에도 굴하지 않는 의지를 표현하기도 하는 소설이다. 이 소설의 배경은 중세 영국이지만 그 배경은 큰 의미가 없다. 배경은 인간이 처할 수 있는 보편적인 상황으로 제시된 것에 지나지 않기 때문이다. 주인공 바비도 역시 개성을 가진 인물이라기보다는 특정한 주제를 드러내기 위한 상징의 의미를 가진 인물이다.

이문열의 소설 「우리들의 일그러진 영웅」 역시 우화적 성격을 띠고 있다. 초등학교 교실을 당시 사회의 축소판으로 설정하고 그 안에서 벌어지는 권력 관계 등을 재미있게 풀어낸 소설이다. 엄석대와 한병태라는 인물은 초등학생이라고 보기 어려운 인물들이지만 독자들은 현실성이 떨어지는 인물들에 대해 크게 거부감을 느끼지 않고 소설을 읽게 된다. 이 소설에서 작가는 나이와 현장에 맞는 그럴듯한 인물 보다는 현실 사회의 모습을 집약적으로 보여줄 수 있는 우화화된 인물을 만들어 낸 것이다. 엄석대는 부당하지만 강한 권력을, 한병태는 그에 저항하지만 결국 무너지고 마는 인물의 모습을 상징적으로 보여주고 있다. 독자들 역시 이러한 인물의 특성을 이해하고 소설을 읽기 때문에 큰 저항 없이 내용을 받아들이게 된다.

이 밖에도 인물 유형은 다양한 방법으로 나눌 수 있다. 성격으로 나누는 분류 외에 작품 안에서 인물의 역할을 중심으로 프로타고니스트와 안타고니스트를 나누는 것이 대표적이다. 프로타고니스트와 안타고니스트는 작품 안에서 주도적 역할을 한다고 해서 주동인물, 그의 반대되는 역할을 한다고 해서 반동인물이라는 말로 번역되기도 한다. 주인물과 부인물로 나누는 것 역시 작품 안에서 인물의 역할을 구분한 것이다. 영화나 연극의 주연과 조연 관계라고 할 수 있는데, 위에서 살펴본 '성격'에 의한 분류라고는 할 수 없다.[4]

___

4 연극에서는 전형적 인물과 개성적 인물을 나누기도 한다. 그런데 이런 식의 분류가 적

사건과 갈등

소설에서 인물의 성격 못지않게 중요한 것이 사건이다. 사건이란 말은 넓은 의미로 사용되는데 주제를 형성하는 중심 이야기도 사건이며 주제와 직접 상관이 없어 보이는 작은 에피소드 역시 사건이다. 사건을 기준으로 볼 때 소설은 발단-전개-갈등-절정-결말이라는 전형적인 이야기 흐름을 따른다. 단편소설의 경우 하나의 흐름을 중심으로 이야기가 전개되는 경우가 많은 데 비해 장편소설의 경우 여러 가지 이야기가 함께 전개되기도 한다. 또 장편소설에서는 큰 사건 안에 여러 개의 작은 사건이 녹아 있기도 하다.

발단은 사건의 시작을 의미하며 갈등의 씨앗을 가지고 있는 장면이다. 전개는 갈등으로 가기 위해 발단된 사건이 진행되는 단계를 말하며 발단에 비해 풍성한 내용을 가지는 것이 일반적이다. 갈등은 사건이 인물들 또는 인물과 다른 조건 사이에서 불협화음을 내어 판단을 요구하거나 파국으로 치닫게 되는 지점을 말한다. 절정은 위기의 분위기가 최고조에 달하는 순간으로 절정을 지나면 사건은 더 이상 진행되지 못한다. 결말은 절정을 지난 사건이 마무리되는 곳이다.

사건을 다루는 일반적 방법인 위의 전개 순서는 쉽게 드러나기도 하고 숨어 있기도 하다. 무엇보다 사건 전개의 명확함은 전체 서사에 의지하는 정도에 따라 달라진다. 미스터리 소설이나 추리 소설의 경우 독자들이 느끼는 흥미가 주로 복잡한 서사에 있기 때문에 사건의 전개를

당한 지는 의심스럽다. 개성과 대비된다면 전형적 인물이라는 말보다는 유형화된 인물 정도로 비교하는 것이 더 적절할 것 같다. 연극이 아닌 소설에서는 전형이라는 말이 개성을 전제하고 사용되는 경우도 많기 때문이다.

어떻게 꾸미느냐가 작품의 성패에 큰 영향을 미친다. 이에 비해 개인의 심리를 중심으로 전개되는 소설은 사건의 흐름 자체가 명확하지 않거나 사건의 배치가 불규칙하기도 하다. 사건 자체가 명확하지 않은 소설, 짧은 이미지들의 연속으로 묶인 소설에는 전통적 의미의 개념으로는 뽑아낼 사건이 없을 수도 있다.

사실주의 소설에서 인물들은 사건을 중심으로 배치되고 갈등을 겪으면서 그 성격을 분명히 드러낸다. 잘 쓴 소설이라면 사건과 관계없는 인물이 등장해서는 안 되고 원활한 사건의 전개를 위해서는 필요한 인물이 빠짐없이 배치되어야 한다. 사건과 인물의 이러한 조화 속에서 중심 사건은 갈등을 향해 발전할 수 있다. 갈등은 사건의 고조이기도 하지만 성격의 고조이기도 하다. 평소에는 드러나지 않던 인간성의 깊은 곳이 표면으로 부상하기 위해서는 갈등이라는 계기가 필요하다. 선과 악이나 내 편 네 편이 명확하게 구분되기 어려운 것이 현대 사회이고 소설 속 현실이고 보면 사건이 잘 배치되지 않고는 인물의 성격도 잘 드러날 수 없는 것이다.

잘 알려진 소설들의 사건과 갈등을 몇 가지 정리하면서 위의 내용을 확인해 보자.

이기영의 장편소설 『고향』은 주인공 김희준의 귀향으로 시작한다. 일본 유학에서 돌아온 그가 농촌의 발전을 위해 노력하는 이야기가 중요한 비중을 차지한다. 건강한 농촌 청년인 인동과 방개의 이야기도 자주 등장한다. 이들은 모두 농민의 마음을 가진 평범하지만 건강한 젊은 이들이다. 마름의 딸인 갑숙과 경호의 이야기도 빠질 수 없다. 이 소설이 세태 소설처럼 마을의 곳곳을 스케치하듯 묘사하고 있기 때문에 작은 사건들도 많이 등장한다. 그러나 여러 가지 사건들은 작품 후반의 가장 중요한 사건인 '소작 쟁의' 문제로 집중된다. 소작을 짓는 마을 사람 대부분과 마름의 집이 쟁의에 관계될 수밖에 없고, 도시에서 일하는 갑숙과 방개 역시 쟁의에 간접적으로 연루된다. 또 쟁의는 웃으면서 마무리되기에는 무척 무거운 사건이다. 이해를 달리하는 두 집단의 대결 혹은 충돌이라는 점에서 충분히 위기감을 느낄 수 있다. 거의 모든 등장인물이 관련된 이 사건이 마무리되면 소설 역시 마무리될 수밖에 없다. 김희준의 귀향을 발단이라 보고 마을 사람들의 다양한 생활이 전개라고 보면 쟁의와 관련된 일련의 사건이 위기와 절정에 해당하고, 쟁의의 마무리는 결말이 된다.[5]

앞서 살펴 본 「감자」의 경우 등장인물이나 사건이 매우 단순한 편에 속한다. 등장인물이라고는 복녀와 그녀가 만나게 되는 남자 몇이 전부이다. 가난한 집에서 태어나 그저 그렇게 평범하게 살다 나이 많은 사람에게 팔리듯 시집가면서 사건은 방향을 잡는다. 송충이 잡이 감독을 거쳐 왕서방에 이르게 되는 과정은 그 사건이 속도를 내는 과정이기도 하다. 왕서방에게 다른 여인이 생긴 사건을 이 소설에서는 위기로 볼 수 있다. 왕서방의 태도 변화는 복녀의 '생활'에 문제가 생길 수 있는 중요한 일이기 때문이다. 복녀가 앞뒤 가리지 않고 왕서방에게 뛰어들고 결국 목숨을 잃게 되는 장면을 절정이라고 하면 남편과 왕서방의 만남을 통해 소설은 결말에 이르게 된다. 죽음을 절정으로 했고 결말이 조금은 충격적이라는 점에서 단편소설이 필요로 하는 단일한 인상을 확보한다.

---

5 『고향』의 의의 혹은 이 소설을 읽는 재미는 이러한 전개에 집중되지는 않는다. 농촌 모습의 핍진한 묘사라든지 인물 성격화의 성공 등을 이 소설의 장점으로 꼽는다. 인물들 간의 연애 이야기도 흥미를 더해준다. 농촌의 전통적인 가치와 변해가는 세태를 통해 당시의 시대 상황을 간취해낸 데서 이 소설의 장점을 찾기도 한다.

소설과 극

인물과 사건에 대한 오래된 이론은 주로 극을 대상으로 하고 있다. 소설에서 사용하는 많은 용어가 극에서 시작된 것으로 등장, 성격, 갈등 등의 용어가 대표적이다. 극에 사용되는 용어를 소설에 사용한다고 해서 큰 문제가 되지는 않는다. 극의 인물과 소설의 인물이 성격과 역할에서 조금은 다를 수 있다는 사실을 알고 용어 사용에 융통성을 발휘한다.

극에서 인물과 사건은 관객에게 직접적으로 전달된다. 관객은 배우의 대사나 행동을 통해 인물의 성격을 짐작해야 하고, 사건 역시 무대 위에서 직접 벌어지는 일들을 종합해 추리해야 한다. 간혹 대사 속에 인물의 성격이나 사건을 암시하는 내용이 들어 있기도 하지만 그것 역시 무대 안에서 직접 보이는 것이지 친절하게 설명되는 것은 아니다. 이에 비해 소설의 인물이나 사건은 서술자에 의해 걸러져 간접적으로 전달된다. 서술자는 독자에게 많은 정보를 손쉽게 건네주기도 하고, 왜곡되거나 편향된 정보로 독자를 혼란에 빠뜨리기도 한다. 극을 통해 전달할 수 있는 정보보다 많은 정보를 전달할 수 있다는 장점을 가지고 있지만 극처럼 현장의 생동감을 전하는 데는 어려움이 있다.

최근에는 영화가 극의 다른 형식으로 자리 잡고 있다. 소설과 극의 차이만큼 연극과 영화의 차이도 크다. 공간과 시간의 제약이라는 면에서 보면 소설은 연극보다는 영화와 가깝다고 할 수 있다. 영화는 카메라와 편집이라는 서술자를 내세움으로써 연극이 할 수 없는 것을 표현하고, 같은 내용을 기계적으로 반복 재생할 수 있다. 물론 표현 매체의 기본적인 차이 때문에 생기는 거리 또한 무시할 수 없다. 최근에는 소설이 영화를 닮아 가는 추세 또한 느낄 수 있다.

08 개인

개인이 세계의 중심이다

방금 나는 소설이란 타락한 사회에서 타락한 형태로 진정한 가치를 추구하는 이야기로 규정할 수 있으며, 주인공에게 있어서 이 타락은 주로 매개화 현상, 즉 진정한 내재적인 차원으로 끌려 들어감으로써 자명한 현실로서는 사라져버리는 현상으로 표현되고 있다고 얘기했었다. 이것은 분명히 복잡한 구조이어서, 이 구조가 작가가 속한 집단의 사회생활 속에 어떤 토대도 없이 순전히 개인적인 창안만으로 나타날 수 있었다고 생각하기는 어려운 일이다. (L.골드만,『소설 사회학을 위하여』)

문제적 개인의 의미

'개인과 사회'라는 말은 흔히 개인보다는 사회 쪽을 강조하는 주장으로 오해받는다. 이런 오해의 뿌리는 중·고등학교 문학 교육에 있다고 할 수 있는데, 소설을 읽고(전문이 아닌 요약문을 읽더라도) 바로 심각한 주제를 도출해야 했던 경험이 소설은 심각한 사회적 의미를 띠고 있어야 한다는 선입견을 만들어놓은 듯하다. 많이 나아지기는 했지만 소설의 주제 찾기에는 '당대 현실'과의 연관이 빠지지 않았고, 인물의 성격보다는 '시대적 배경'이 중요한 의미를 갖곤 했다.[1]

그러나 실제 소설에서 강조되는 것은 '사회'보다는 '개인'인 경우가 많다. 개인이라는 개념 자체가 비교적 최근에 만들어진 것일 뿐 아니라, 개인은 항상 '사회'를 전제하고 사용되기 때문이다. 현상적으로 드러날 만큼 사회적 문제를 노골적으로 다룬 작품이 꼭 좋은 소설이라고 볼 수는 없으며, 반대로 사회문제를 본격적으로 다루지 않는 소설이라도 소설인 한에서는 개인과 사회의 문제가 소설 안에 녹아 있는 것이 당연하다고 할 수 있다. 소설을 즐기고 이해하기 위해서는 개인과 사회 어느 쪽을 강조하는 일보다 그 둘이 관계 맺는 방식을 살펴보는 일이 중요하다.

개인과 사회와 관련하여 "소설은 문제적 개인을 다룬다."는 명제는 매우 오래되었지만 여전히 설득력을 갖는다. 이 말은 '개인'이라는 말과

---

1 이런 교육은 우리 문학 현실을 반영한 것이다. 우리 현대사나 소설사가 굵직한 정치·사회적 이슈를 따라 움직여온 것이 사실이기 때문이다. 개인들의 삶의 지대한 영향을 줄 수밖에 없는 고통스러운 사건들이 주기적으로 이어져서 공동체 밖의 개인을 상상하거나 강조하기 어려운 여건이 오랫동안 지속되어왔다. 생활을 흔들어 놓거나 양심을 혼란스럽게 할 만한 사건들이 적어도 10년에 한 번씩은 발생하였다. 개인의 경험은 역사적 현장과 매우 가까웠고 체험의 독특함보다는 보편성이 독자들에게 설득력을 얻었다.

'문제적'이라는 말을 함께 강조하는데, 개인을 문제적이라는 단어가 꾸며주고 있다. 개인의 의미를 소설이 집단적 이념이나 행동을 그리지 않는다는 것 정도로 생각할 수 있다면 문제적이라는 수사는 개인이 사회와 맺는 관계, 또는 사회 안에서 개인의 위치를 의미하는 것이라고 할 수 있다. 다시 말해 이 말은 사회적 의미를 갖는 개인을 다룬다는 의미로 해석될 수 있는 것이다. 여기서 사회적 의미란 여러 사람이 공감할 수 있는 문제를 안고 있다는 정도로 이해할 수 있다. 개인의 문제가 한 사람에 그치는 것이 아니라 동시대 전체의 문제로 확대될 가능성이 있다는 말도 된다.

그러나 개인을 사회와의 관계 속에서 다룬다고 해서 시대를 들끓게 하던 당대의 이슈를 소설의 제재로 사용해야 한다든지 사회적 평균을 찾아 주인공으로 내세워야 한다는 등의 터무니없는 생각으로 이어져서는 안 된다. 개인을 다룬다면 개인이 갖는 의미가 충분히 살아나야 하는 것이 무엇보다 중요하며 사회라는 것도 그러한 개인들의 집합이라는 점을 소설 독자는 언제나 잊지 말아야 한다. 현대사회의 복잡성은 세계의 전체적인 모습을 그리는 일을 애초에 불가능하게 했으며 그런 이유로 세계의 모습을 소설 안에 모두 담아내겠다는 생각은 우화 소설에서나 가능한 소박한 상상 이상이 되기 어렵다. 앞서 말했듯이 정작 중요한 것은 사회와 개인이 '어떤 방식'으로 관계를 맺느냐에 있다. 어느 정도 '직접적'이냐 '간접적'이냐가 문제될 수는 있어도 관계를 맺고 있느냐 그렇지 않느냐가 문제되지는 않는다.

실제 소설을 읽어보면 역사의 중대 사건을 방대한 분량으로 다룬 작품에서 지극히 개인적인 인물을 미시적으로 관찰한 작품까지 그 종류가 매우 다양함을 알 수 있다. 양 끝에 가까이 놓인 두 편의 소설을 통해 개인과 사회의 문제를 좀더 생각해 보자.

　조정래의 소설 『태백산맥』은 한국전쟁이라는 역사적 사건과 첨예한 이데올로기 대립을 보이는 인물들을 다각도로 조명하고 있는 소설이다. 이에 비해 이상의 단편소설 「날개」는 등장인물도 많지 않고 그나마 성격이 드러나는 인물은 주인공 한 사람 정도인 소설이다. 그렇다고 해서 『태백산맥』은 개인과 사회의 관계를 다루고 있고 「날개」는 개인의 문제만을 다루고 있다고 평가할 수는 없다. 두 작품에서 다루고 있는 개인과 사회의 규모와 질이 다를 뿐이다.

　『태백산맥』을 이야기할 때 사회는 아마도 역사라는 시간의 흐름과 그 속에 휘말려 버린 공간 전체를 의미할 것이다. 등장인물들은 어떤 식으로든 작품 속의 다른 인물들과 관계를 맺고 있고, 시대의 문제에서 자유롭지 못한 사람들이다. 이에 비해 「날개」의 주인공은 칸막이가 된 방 안에서 주로 생활하고 만나는 사람은 아내가 전부인 인물이다. 가끔 외출을 하기는 하지만 사람들을 만나기는커녕 도시 공간에 적응조차 하지 못한다. 이러한 인물에서 사회적 의미를 찾기는 쉬운 일이 아니다. 그러나 「날개」의 주인공을 '아내'를 통해 사회를 만나는 인물로 해석한다면 그를 고립된 개인에 그친다고 볼 수도 없다. 세계와 만나는 인물로 아내를 설정한 이유 자체가 중요한 의미를 갖기 때문이다. 소설은 사회를 전면적으로 만날 수 없을 정도로 작아진 인간의 내면을 보여준 것이다. 다시 말해 역사와 전면적으로 만나는 '용감한' 사람들을 그리는 것보다 무능력하고 한편으로는 병적으로까지 보이는 인물을 그리는 것이 덜 사회적이라고 주장할 근거는 어디에도 없다.[2]

2 　물론 그래서 「날개」가 『태백산맥』만큼 사회적이라는 의미는 아니다. 여기서는 단지 다름에 대해 이야기하고자 할 뿐이다. 누구는 「날개」에 '사회'라는 단어를 입히는 것

소설에서 무엇이 더 그럴듯한가를 획일적으로 가르기 어렵듯이 무엇이 더 문제적인가를 파악하는 것도 쉬운 일은 아니다. 여기서 우리는 소설의 형식적 요소로 볼 경우 '문제적'이라는 말보다 '개인'이라는 말이 현대소설에서 우선할 수도 있다는 생각을 해볼 수도 있다. 현대인의 어떤 요소를 극단화시켜 보여주는 소설이나 정치·경제적 차이에서 비롯되는 인물과 인물의 갈등을 다루는 전통적 소설들 모두 각각의 작품은 개인의 성격을 통해 주제를 드러낸다. 『태백산맥』은 한국전쟁과 좌우익의 갈등이라는 큰 틀 안에서 사건이 진행되지만 정작 소설적 흥미를 끄는 것은 각각의 인물들이 처한 상황이나 인간적인 고민, 그리고 역사에 의해 강요된 운명 등이다. 첫 장면에 등장하는 인물 소화(素花)의 분위기나 염상진, 염상구 형제의 성격적 대비, 민중을 대표하는 인물로 부각된 하대치의 개성 등이 실제로 소설을 끌고 가는 힘이다. 역사 속에 놓인 다양한 인물들의 성격이 다른 무엇보다 중요한 요소인 셈이다. 소설에서는 개인을 강조하는 것이 곧 개인의 사회적 의미를 강조하는 것이고, 현실에 대해 이야기하는 것이 된다.

사실주의 소설에서 개인과 사회

성립 초기의 근대소설을 설명하기에 리얼리즘 이론은 유용한 면이 많았다. 리얼리즘은 소설에서의 인물은 시대의 성격을 집약적으로 보여주는 개인이어야 한다고 주장한다. 이를 전형적 인물이라 부르는데 전

에 반대할 수 있고, 누구는 『태백산맥』의 역사에 반감을 가질 수도 있다. 당연한 말이지만 읽는 사람에 따라 소설에서 무엇을 뽑아내는가는 다를 수 있다.

형적 인물이란 시대의 본질을 드러내기에 알맞은 위치에 있고, 알맞은 성격을 가지고 있는 인물을 말한다. 격변기에는 변화의 영향권에 있는 인물이 될 것이고, 정체된 시대에는 정체의 실체를 보여주는 인물이 될 것이다. 인물과 함께 소설의 배경 역시 유사한 성격을 띠고 있어야 한다고 주장하는데 이를 전형적 환경이라 부른다.[3]

전형적 인물과 전형적 환경을 다루고 있다고 평가되는 두 편의 장편소설을 보자.

1930년대 염상섭이 쓴 장편소설『삼대』는 식민지 시대를 배경으로 조의관, 조상훈, 조덕기 세 세대의 인물을 다루고 있는 소설이다. 세 인물의 성격은 각각 달라서 조의관은 전통적인 가치관을 유지하고 있으며, 시대 현실에 대해서는 둔감한 편이다. 조덕기는 당시로는 '신세대'에 속하는 인물로 이전 세대의 윤리관을 받아들이지 않을 뿐 아니라 심정적으로나마 '공산주의자'들에 동조하기까지 하다. 그러면서도 기존의 가치를 완전히 무시하지는 않아 할아버지 세대와 화합을 시도하기도 한다. 이에 비해 조상훈은 의식으로는 조덕기에 가까운 듯 하지만 실제 생활은 조의관의 부정적인 모습을 답습하는 모순을 보여주는 인물이다. 전통적인 성실성을 유지하고 있지도 못하고, 새로운 세대의 윤리와 가치도 몸에 담고 있지 못한 인물이다.

이 세 인물들은 개별적인 인물에 머무는 것이 아니라 당시 식민지 사회를 구성하고 있던 세대들의 모습을 대표한다고 할 수 있는데, 세대의 평균적인 모습이 아니라 '이념형'으로서 의미를 갖는 인물이다. 앞서

---

3 현대소설에서는 전형성 자체에 대한 의문이 제기되고 있다. 여기에는 전형이 지나치게 이념 지향적이라는 생각이 깔려 있다. 실제로 바람직한 사회 혹은 이념에 대한 특별한 지향이 없다면 전형은 설득력을 갖기 어렵다. 전형은 사회적 동의, 공동체의 지향이 전제되어야 하는 개념이라 할 수 있다.

말한 '전형적' 인물이라 할 수 있다. 소설의 상황 역시 전형적이라 할 수 있는데 1930년대 그들이 처한 현실은 기존의 가치와 새로운 가치가 합리적으로 조종되지 못하고 혼재하는 상황이다. 소설의 세세한 부분까지 인물과 상황의 이러한 성격에 종속된다고 할 수 있다. 특히 조덕기가 가진 균형감각 혹은 우유부단은 시대의 고뇌까지 담고 있다.

채만식의 장편소설 『탁류』는 군산이라는 도시를 배경으로 다양한 삶을 사는 인물들의 모습을 통해 식민지 시대 조선의 현실을 실감나게 보여주는 작품이다.

　　정주사의 선친은 그래도 생전시에 생각하기를, 아들을 그만큼이나 흡족하게 '신구학문'을 겸해 가르쳤으니 선비의 집 자손으로 어디 내놓아도 낯깎일 일이 없으리라고 안심을 했고, 돌아갈 때에도 편안히 눈을 감았다.

　　미상불 이십 사오 년 전, 일한합방 바로 그 뒤만 해도 한문 장이나 읽었으면, 사년짜리 보통학교만 마치고도 '군서기(郡雇員)' 노릇을 넉넉해 해먹을 때다.

　　그래서 정주사도 그렇게 했었다. 스물세 살에 그곳 군청에 들어가서 서른다섯까지 옹근 열세 해를 '군서기'를 다녔다. 그러나 열세 해 만에 도태를 당하던 그날까지 별수 없는 고원이었다.

　　아무리 연조가 오래서 사무에 능해도, 이력 없는 한낱 고원이 본관이 되고, 무슨 계(係)의 주임이 되고, 마지막 서무주임을 거쳐 군수가 되고, 이렇게 승차를 하기는 용이찮은 노릇이다. 더구나 정주사쯤의 주변으로는 거의 절대로 가망 없을 일이다.

　　정주사는, 청춘을 그렇게 늙힌 덕에 노후(老朽)라는 반갑잖은 이름으로 도태를 당하고 말았다. 그러고 보니 처진 것은, 누구 없이 월급장이에게는 두억시니같이 붙어다니는 빚(負債)뿐이었었다.

그통에, 정주사는 화도 나고 해서 생화도 구할 겸, 얼마 안되는 전장을 팔아 빚을 가리고, 이 군산으로 떠나왔던 것이요, 그것이 꼭 열두 해 전의 일이다.

군산으로 건너와서는, 은행을 시초로 미두중매점이며 회사 같은 데를 칠 년 동안 두고 서너 군데나 드나들었다. 그러다가 마침내 정말 노후물의 처접을 타고 영영 세민층에서나마 굴러떨어지고 만 것이 지금으로부터 다섯 해 전이다.

그런 뒤로는 미두꾼으로, 미두꾼에서 다시 하바꾼으로.─ (채만식, 『탁류』)

전형적 인물이 반드시 긍정적 인물일 필요는 없다. 『탁류』에 등장하는 인물 중에는 현실의 윤리적 기준으로 볼 때 부정적이라 할 만한 인물이 많다. 중심인물이라고 하기 어려운 남승재와 계봉 정도가 긍정적 인물로 평가된다. 그러나 인물들의 부정적인 면모가 오히려 시대의 성격을 잘 보여준다. 고태수, 장형보, 한참봉 부인 김씨 등의 인물은 물론 중심인물이라고 할 초봉과 정주사 역시 긍정적인 인물이라고 할 수는 없다.

위의 예문은 군산 미두장에서 하바꾼을 하고 있는 정주사의 이력을 간단히 서술한 내용이다. 짧은 문장이지만 오십 년 가까운 시간을 축약해 놓고 있다. 정주사의 이력을 통해 확인할 수 있는 것은 평범한 시골 선비 가정에서 출생한 보통 사람이 미두장의 하찮은 하바꾼으로 떨어지는 운명이다. 정주사는 신구 교육을 받아 나름대로 사회에 적응할 만한 소양을 갖추고 비교적 안정된 직업인 군서기 자리를 얻었다. 그러나 승진 등은 생각하지도 못하고 어줍지 않은 월급쟁이가 되어 빚만 지고 물러난다. 은행이나 미두 중매점을 비롯한 일반 회사에서도 일해보지만 여전히 생활은 나아지지 않는다. 나이가 들면서 그나마 직업을 유지하기도 힘들어 미두꾼에서 하바꾼으로 떨어진 것이 지금이다. 소설 속 표현대로 하면 정주사는 "벗어부치고 농사면 농사, 노동이면 노동을 해먹고 사는 사람들과 마찬가지로, '오늘'이 아득하기는 일반이로되, 그러나 그런 사람들과는 달라 '명일(明日)'이 없는 사람들"에 해당한다.[4]

여기서 중요한 것은 정주사의 이러한 이력이 단순히 개인의 무능이나 불운에 의해 쌓이지 않았다는 점이다. 단순히 개인 차원의 불행을 이야기한 것이라면 작품이 주는 특별한 느낌은 크게 줄어들었을 것이다. 정주사의 삶은 곧 계몽기를 거쳐 식민지에 이른 조선의 현재 모습을 보여준다고 할 수 있다. 정주사는 선친의 혜안으로 나름대로 신구학문을 함께 익혔지만 식민지가 되면서 그 학문으로는 군의 고원 정도를 할 수 있었다. 책임 있는 자리에 오르는 일은 더 어려워서 평생을 '말단'으로 보낼 수밖에 없었다. 근근이 살아갈 수는 있지만 삶이 전반적으로 나아지기는 어려운 식민지 시대 보통 사람의 형편이 정주사를 통해 대표되는 셈이다. 정주사의 삶의 끝이 이른 곳이 다른 곳이 아닌 '군산'이라는 것도 특별한 의미를 갖는다. 군산은 호남의 쌀이 모이는 곳이었고, 금강이 하구를 이루어 '탁류'를 만드는 곳이다.

---

4 식민지 시기 군산은 호남의 쌀을 모아 일본으로 송출하던 창구 역할을 했다. 소설에 중요한 배경이 되는 미두점은 지금의 선물시장 비슷한 곳으로 쌀에 투자하는 사람들이 몰리던 곳이다. 정주사는 정상적인 투자가에서 몰락하여 미두장 변두리를 돌며 작은 이익이나 챙기는 건달로 떨어진 것이다.

초기 소설에서 개인과 사회

프랑스의 대표적인 사실주의 작가로 꼽히는 발자크의 소설 「고리오 영감」 역시 시대와의 연관 아래에서 해석하여 의미 있는 결론을 얻어낼 수 있는 작품이다. 소설의 줄거리는 다음과 같다.

프랑스 혁명을 겪으면서 재산을 모은 파리의 제면업자 고리오는 두 딸의 지참금과 뒷바라지로 재산을 소비하고 싸구려 하숙집에서 우울하게 생활하고 있다. 그러나 고리오가 그토록 사랑한 두 딸은 아버지를 부끄러워하면서도 사교계의 사치스런 생활을 유지하기 위해 아버지에게 끊임없이 돈을 요구한다. 고리오는 딸들의 거듭되는 요구를 들어줄 수 없게 되어 크게 상심하고, 딸들의 추악한 싸움마저 보게 되자 마음의 병으로 쓰러지게 된다. 아버지가 쓰러졌음에도 두 딸은 병문안조차 오지 않는다. 같은 하숙집에서 지내던 시골 귀족 출신의 라스띠냑과 그의 친구가 고리오를 간호하게 되고, 고리오는 그들이 자신의 딸이라고 생각하며 숨을 거둔다. 파리에서의 화려한 출세를 꿈꾸던 라스띠냑은 고리오를 통해 사회의 현실을 깨닫게 된다. 그를 묘지에 안장하면서 라스띠냑은 파리의 악덕과 영화를 향해 과감히 도전하겠다는 결심을 밝힌다.

이 작품은 자본주의가 성장하는 19세기 프랑스의 모습을 보께르 하숙집이라는 공간을 중심으로 펼쳐 보여준다. 이 시대의 모순은 주요 등장인물들에게 집약되어 있다. 시골 귀족 가문 출신으로 공부보다는 상류사회로 진출함으로써 출세하고자 하는 청년 라스띠냑이나 혼란기에 재산을 축적했지만 딸들로 인해 파멸하는 고리오 영감, 자신의 욕망 실현을 위한 도구로 아버지를 이용하는 두 딸의 모습은 전통의 혼란과 잔존, 물질만능주의의 파급과 문제 등을 생각하게 한다. 이들을 둘러싸고 있는 파리의 모습 역시 상류 사회의 문란함과 욕망의 범람으로 그려지고 있어 매우 부정적이다. 이런 이유로 이 작품은 변해가는 당시 프랑스 사회의 풍속을 사실적으로 보여준 작품으로 평가 받는다.

이 작품에서는 돈의 힘이 인간의 관계를 규정한다. 이는 곧 자본주의의 작동 원리를 보여준 것이라 할 수 있다. 보께르 하숙집의 인물들은 공통적으로 돈을 지향하고, 하숙집 주인 역시 돈에 집착하는 모습을 보인다. 돈이 없으면 귀족이라는 이름도 소용이 없고, 돈이 있으면 보통사람도 귀족처럼 살 수 있기 때문이다. 이전에는 높은 가치나 지향으로 추앙되었을 종교나 신앙, 윤리와 공공의 가치는 이 소설의 인물들에게 그리 중요하지 않다. 돈의 힘은 급기야 부녀지간이라는 가족관계를 왜곡시키기까지 한다. 작품에서 돈은 단순히 부가 아닌 자본주의, 물질 지상주의를 상징한다.

주인공 고리오 영감은 자본가의 미덕과 악덕을 함께 가지고 있는 인물이다. 그는 처음에는 한 제면 회사의 일개 직원이었다. 그러나 프랑스 혁명 때 희생자가 된 주인의 가게를 사들이고 그 후 돈을 벌기 위해 빈틈없이 자신의 계획을 추진했다. 때로는 식량 기근이라는 국가적 위기가 그에게 부를 안겨 주기도 했다. 점차 그는 곡물의 동향을 파악하는 데 있어서는 뛰어난 역량의 소유자가 되어 갔고, 자연히 돈도 많이 벌게 되었다. 근면과 주도면밀함은 고리오의 장점이었고 그를 성장하게 해준 동력이었다. 그러나 그는 자신과 관계된 일로부터 벗어나 있을 때에는 대수롭지 않은 이치도 이해 못하는 우둔한 직업인에 불과했다. 교양과 기능을 함께 갖춘 인물이라기보다는 자신의 일 외에는 아무 것도 할 줄 모르는 인간이다. 재화 축적에는 뛰어난 능력을 보이지만 정신적 가치에 대해서는 매우 무감각하다. 이러한 고리오의 이력은 단순히 개인의 체험만을 보여주는 것이 아니라 자본주의화 하는 당시 사회상을 한 눈에 보여주는 역할을 한다.

「고리오 영감」은 시대적 의미를 갖는 인물을 창조해 냈을 뿐 아니라 프랑스 혁명 이후의 사회상을 잘 그려내기도 하였다. 도덕적으로 판단할 경우 고리오는 부정(父情)을 지킨 따뜻한 인물로 두 딸은 이기심으로 인해 아버지를 몰락하게 만든 부정적 인물로 평가된다. 그러나 두 딸은 선악을 따지기 이전에 다른 차원의 삶을 누리기 시작한 인물로 평가되어야 한다. 이 시기 상류 계층을 대표하는 집안과 결혼하여 이전과는 다른 계급으로 자신을 바꾸어가는 인물들인 것이다. 큰 딸 아나스타지는 포부르 셍 제르멩의 대귀족 드 레스토와 결혼했고, 둘째 딸 델핀느는 이제 상승일로에 접어드는 자본부르주아지, 은행가 뉴싱겐과 결혼했다. 비록 고리오 영감은 재산을 소진하고 세상을 떴지만, 아나스타지 드 레스토 부인은 이미 득세하고 있는 귀족 계급에 편입되어 있고, 뉴싱겐 부인은 미래에는 사회를 이끌어갈 주체가 될 것이 분명한 신흥 부르주아지 계급에 속해 있다. 이런 인물들 역시 프랑스 혁명 이후의 부르주아들의 모습을 잘 형상화한 것으로 평가할 수 있다. 그리고 고리오와 같은 집에서 하숙을 하던 시골 귀족 청년 라스티냑이 선택하는 쪽은 미래에 득세할 뉴싱겐 부인 댁이다. 이 소설에서는 인물 하나하나가 동시대의 성격을 보여주는 의미 있는 기호라고 할 수 있다.

셰익스피어와 함께 영국을 대표하는 작가로 알려진 찰스 디킨즈는 영국 사회의 어두운 면을 그려낸 작가이다. 작가 스스로 불우한 어린 시절을 보낸 경험을 가지고 있어서인지 영국 사회의 사회적인 '문제'를 집중적으로 다루었다고 한다. 산업혁명 이후 변해가는 도시의 모습을 사실적으로 그려낸 작가로 평가되는데, 사회 풍속을 그렸다는 점에서 프랑스의 발자크에 비견된다고도 할 수 있다.

그러나 디킨즈의 소설이 사회의 문제를 드러낸다고 해서 '개인'의 문제를 소홀히 했거나 인간 내면의 복잡한 변화를 간과했다고 볼 수는 없다. 그의 마지막 작품인 『위대한 유산』을 통해 이를 확인할 수 있다.

가난한 고아로서 친절한 대장장이 조(매형인)의 집에서 살아온 주인공 핍은 어느 날 익명의 부호로부터 막대한 금액의 유산을 물려받게 되고, 후원자의 요구에 따라 런던으로 가서 신사 교육을 받는다. 갑자기 돈이 생기자 순진하고 소박했던 핍은 허세만 부리고 사치를 즐기는 도시의 속물로 변해간다. 인정이 넘치던 조와 상냥한 여인 비디도 점차 잊어버리게 된다. 어린 시절 보고 반했던 신비의 여인 에스텔라에 대한 순수한 욕망도 점차 변해간다. 도시에서도 많은 사람을 만나지만 친구 허버트와의 관계만이 인간적인 면모를 띠고 있을 뿐이다. 그런데 그에게 큰 돈을 주었던 후원자가 어렸을 때에 핍이 먹을 것을 보태 주었던 탈옥수였던 것이 밝혀지면서 이야기는 큰 전환을 맞는다. 탈옥수가 잡히면서 핍은 기대하던 '위대한 유산'을 잃게 되는 것이다. 그러나 이를 계기로 그는 본래의 순수한 마음을 되찾게 된다. 비록 예전에 잃었던 것을 다시 찾을 수는 없게 되었지만 먼 곳으로 떠나 허버트와 함께 새로운 자신을 만들어나간다. 조와 비디의 결혼, 에스텔라의 불행한 결혼 등은 여전히 핍에게 상처이지만 예전의 자신에 대한 책임을 질만큼 핍은 성장해 있었다.

줄거리에서 확인할 수 있듯 이 소설은 한 청년의 정신적 성장을 중심으로 19세기 영국의 금전만능주의를 비판한다. 도시가 갖는 타락과 시골 사람들의 순수가 대비되고, 가진 자들의 어긋난 욕망과 조나 비디의 인정이 비교된다. 돈이 가진 부정적인 면 역시 부각된다. 그럼에도 불구하고 이 소설을 읽는 재미는 핍의 성장과 좌절 그리고 재생을 따라가는 데 있다. 환경에 따라 어쩔 수 없이 변해가는 그의 생각과 그럼에도 불구하고 마음 한 구석에 남아 있는 과거에 대한 그리움과 현재 자기 모습에 대한 반성이 소설의 내용을 사실적으로 느끼게 만들어 준다. 이렇게 보면 제목 '위대한 유산'은 단순히 재산을 의미하는 것에 머물지 않는다. 성장 과정을 통해 얻게 된 깨달음이나 다시 예전으로 돌아와 찾게 된 가치들을 '유산'이라 부를 수 있게 된다.

사실주의 이후

19세기가 사실주의 시대라면 20세기 초반은 모더니즘 소설이 풍미하던 때이다. 특히 개인의 심리를 다룬 훌륭한 소설들이 많이 창작된다. 모더니즘 소설에서 인물의 성격은 주로 기억과 심리를 통해 표현된다. 따라서 사회와의 관계는 이전 소설에 비해 새로운 양상을 띠게 된다. 직접적인 접촉보다는 간접적인 관계를 통해 사회가 드러나는 경우가 많으며 개인의 실존이나 내면의 크기가 사회보다 더 크기도 하다.

제임스 조이스의 소설 『젊은 예술가의 초상』은 1916년 간행되었다. 자전적인 요소가 다분한 이 소설은 전체 5장으로 구성되어 있으며 장마다 문체가 조금씩 달라진다. '의식의 흐름'의 수법을 쓴 심리묘사가 작품 전체를 일관하고, 주인공 스티븐 디덜러스의 유년기부터 청년기에 이르는 자아형성을 부드럽고 섬세하게 묘사한 소설이다.

버지니아 울프의 『등대로』는 1927년 발간된 소설이다. 이 소설에는 사실주의 소설에서 볼 수 있는 이야기의 줄거리가 없다. 스코틀랜드 서해안의 섬에 있는 별장에서 휴가를 보내는 대학 교수의 가정과 그의 친구들을 배치하여 시간 의식의 미묘한 효과를 묘사한 소설이다. 제1부 '창(窓)'은 아들 제임스(당시 6세)에게 멀리 떨어져 있는 섬의 등대에 데리고 가겠다고 약속하는 램지 부인의 이야기로 시작된다. 그러나 날씨가 불순하여 그해 여름에는 약속을 지키지 못한다. 제2부 '세월은 흘러서'에서는 10년이라는 시간의 경과가 시적인 산문으로 상징적으로 묘사된다. 이 10년 동안에 램지 부인은 죽고 제임스의 형과 누이도 죽는다. 제3부 '등대'에서는 10년이라는 세월이 지나고 살아남은 사람들만이 다시 그 별장에 모인다. 제임스의 나이는 16세이다. 이번에는 다행히 날씨가 좋아 옛날에 가지 못한 등대에 간다. 이와 동시에 여류 화가 릴리는 모델이 죽고 없어진 초상화를 애써 완성한다. 초상화의 모델인 부인은 이미 죽었으나 주위 사람들의 기억 속에는 이미 불멸의 존재로 남아 있다고 설파한다. 이 모든 이야기는 개인의 심리를 들여다보는 것으로 묘사된다.

09 소외

소설 읽기의 실제 3

개인을 표현하는 방법

최근 소설에서 개인과 사회의 관계를 직접적으로 상상할 수 있는 경우는 그리 많지 않다. 사회가 복잡해지면서 개인에게 의지해 사회 구조를 전체적으로 설명할 수 있는 가능성은 적어졌다고 할 수 있다. 굳이 현실을 단순화시키기보다는 이해하기 어렵거나 복잡한 현실을 원 상태 그대로 드러내는 방법을 선호하는 경향이 우세하다. 개인의 사회적 성격을 부정하지는 않지만 개인의 고립되고 독립된 형편이 더 강조되고 있는 셈이다. 개인의 성격이 변했다기보다 개인을 다루는 방법이 다양해졌다고 이해하는 편이 좋을 것이다. 여기서는 현대소설에서 개인을 다루는 방법을 소시민, 일상, 역사 속의 개인이라는 관점에서 살펴보려 한다.

고립된 개인

현대인은 소외되어 있다는 말을 자주 한다. 소외는 물질과 자본주의가 낳은 결과라고도 하고 인간 존재의 본질이라고도 한다. 여하튼 소외된 인간의 문제는 현대소설의 중요한 주제 중 하나이다. 소외의 원인을 사회적인 데서 찾든 존재의 근원에서 찾든 우리 현실의 중요한 문제를 소설의 주제로 삼는 일은 매우 자연스러워 보인다.[1]

최인호의 「타인의 방」은 현대 사회와 소외라는 주제를 본격적으로 다룬 소설이다. 이 소설의 줄거리는 다음과 같다.

주인공 '그'는 계획보다 일찍 출장에서 돌아와 아파트의 초인종을 누른다. 집에는 있어야할 아내가 없는 것 같지만 그는 열쇠로 문을 따고 들어가는 일이 싫어 문 앞에서 오랫동안 초인종만 누르고 있다. 옆집 사내가 그를 낯선 사람으로 여기고 경계하자 그때서야 비로소 문을 열고 들어온다. 아내가 외출하고 없는 집에는 편지만이 한 장 놓여 있는데, '오늘' 아침 친정아버지가 위독하다는 전갈을 받고 친정에 간다는 내용의 글이었다. 그런데 그는 '오늘'이 아닌 '내일' 돌아오기로 되어 있었다. 그는 갑자기 자신의 집에서 타인이 된 느낌이 들어 아내의 흔적을 찾는 등 갈팡질팡한다. 결국 그는 집안의 사물과 하나 되는 느낌이 들고 인간이 아닌 가구나 부속으로 변해 간다. 얼마 후 집에 돌아온 아내는 그를 장난감처럼 가지고 놀다 이내 실증을 느끼고 그를 다락에 둔 채 이전과

---

1 소외와 관련하여 상품의 등장은 매우 중요하다. 자본주의 사회에서 상품의 생산은 사용가치의 소비를 위해서가 아니라 다른 상품과의 교환을 위해 이루어진다. 가치는 교환을 통해 의미를 갖게 되고 이런 경향은 물질이 아닌 다른 것에도 적용된다. 인간의 노동력이나 정신적·문화적 가치도 교환을 통해 평가된다. 이러한 사회에서 인간은 자신의 가치를 찾을 수 없게 되고 이것이 곧 물질에 의한 인간의 소외를 낳는다.

같은 편지를 쓰고 집을 나간다.

　이 소설을 연극으로 만든다면 등장인물은 세 명을 넘지 않는다. 주인공과 옆집 아저씨 그리고 주인공의 아내 세 사람 정도가 무대에 등장할 것이다. 하지만 옆집 아저씨와 아내의 등장 시간은 짧고 역할도 그리 크지 않아 대부분의 시간은 주인공의 행위로 채워지게 될 것이다. 자기 집에 열쇠를 넣어 문을 열고 들어오는 것이 무척이나 싫은 주인공은 자신의 집에 낯선 손님처럼 들어와 집안 이곳저곳을 헤맨다. 주로 아내의 흔적을 찾는 행동인데, 이런 행동을 통해서 주인공은 자신이 '타인'의 방에 들어와 있다는 느낌을 더욱 강렬하게 받게 된다. 물론 이런 느낌이 드는 결정적 이유는 아내가 써놓고 간 편지 때문이다. 그 이전에 아파트라는 공간이 주는 특별한 느낌이 전제가 된다.[2] 이 소설의 제목이 '타인의 집'이 아니라 '타인의 방'인 것도 아파트가 개인에게 한정된 공간이라는 의미를 부각시키기 위한 의도로 보인다. 또, 작품의 결말은 아내가 사물이 되어버린 남편을 발견하고 장난감처럼 가지고 놀다가 다시 제자리에 두고 떠나는 것으로 되어 있다. 남편이 집 안의 다른 물건들처럼 '사물'이 되었다는 설정이 비현실적이라는 느낌을 주기는 하지만 이 소설의 주제는 '현대 사회의 소외' 정도로 정리될 수 있다.

　이 소설의 주제는 사회적 이슈를 직접 다루지는 않지만 충분히 사회적이다. 소설은 소외의 원인에 대해서는 자세히 설명해 주지 않는다. 아내가 없는 방에서 느끼는 갑작스런 외로움 정도가 답이 될 것이다. 이

2　이 소설은 1970년대 초에 발표되었다. 당시는 지금처럼 눈을 돌리면 바로 아파트를 볼 수 있던 시대가 아니었다. 대문이 있고 마당을 지나 현관을 지나고 거실을 지나야 방으로 들 수 있는 집들이 '정상적인' 주거 공간으로 인식되고 있었다. 칸막이로 집을 나누는 것이 낯설었지만 이웃과는 더 가깝게 지내던 시절의 이야기라는 사실을 잊지 말자.

외로움에서 시작하여 자신을 속인 아내에 대한 감정이 소외로 이어졌으리라는 짐작은 가능하다. 사회적인 원인은 더욱 더 찾기 어렵다. 자신을 알아보지 못하고 시끄럽다고 불만을 터뜨리는 옆집 아저씨 정도가 그에게 미치는 외적인 영향이다. 그렇다면 이 소설은 개인과 사회와의 연관을 생각할 여지가 매우 적은 소설인 셈이다. 그러나 인간 소외라는 현상은 사회적으로 해석하지 않을 수 없는 주제이기도 하다. 소설 속에서 구체적인 연관을 설명해 주지 않더라도 소설이 유통되는 공간으로서의 사회는 소설의 내용을 나름대로 해석할 수 있는 배경이 된다. 그런 전제 위에서 쓰인 것이기에 이 소설속의 고독은 지극히 개인적인 것이면서 동시에 사회적인 의미를 배태하고 있는 것이다.

소시민의 특성

사회적 문제를 다루면서도 현대소설은 직접적인 서술을 통해 사건을 전달하기보다 다양한 시각을 통한 입체적 해석을 시도한다. 꼭 전형적인 인물의 전형적인 상황을 다루지 않더라도 개인의 삶에 어쩔 수 없이 포함되게 마련인 세계의 모습을 간접적으로 보여주곤 한다. 집단적인 운동이나 심각한 계급·계층 대립을 통하지 않더라도 시대의 모순을 보여줄 수 있다. 이때 가장 유력한 주제로 떠오르는 것이 '소시민'의 삶이다. 소시민은 사회적 안정의 기회와 함께 몰락의 가능성을 늘 안고 사는 우리 사회의 '보통' 사람들이기 때문이다. 이들은 용감하지도 않지만 어리석지도 않은 사회의 중간층이다. 사회의 모순을 담아내기에는 가장 적당한 개인이다.

윤흥길의 소설 「아홉 켤레의 구두로 남은 사내」는 70년대 초반 벌어졌던 광주 대단지 철거 사건을 다루고 있는 소설이다. 광주 대단지 사건은 사회적으로 큰 관심을 끌었음은 물론 이후에도 도시의 발전에 가려진 어두운 부분이 적나라하게 드러난 사건으로 자주 거론되곤 한다. 개발이라는 이름으로 행해진 '판자촌' 철거는 70년대 서울 근교 곳곳에서 흔하게 볼 수 있는 풍경이었다. 2차 산업 중심의 경제 개발로 도시는 산업 예비군을 필요로 하였고, 그에 따른 농촌의 해체는 도시 변두리에 대규모 산업 예비군 단지를 형성하였다. 고향을 떠나 무조건 대도시로 올라온 사람들에 의해 소위 무허가 판자촌이 형성된 것인데, 도시가 확장되면서 그곳은 도시 안으로 편입되기도 하였다. 그곳에서 쫓겨난 사람들은 더 외곽으로 밀려나 다시 삶의 터전을 꾸며야 했고, 판자촌은 재개발에 의해 새로운 시가지가 되었다.

그러나 이 소설은 사건의 사회사적 접근을 시도하지는 않는다. 개발의 난맥상이나 철거의 폭력성에 초점을 맞추고 있지도 않다. '권기용'이라는 특별한 개인과 그를 관찰하는 '나'를 통해 그 시대를 살았던 개인들의 모습을 그려내려 하고 있다. 따라서 소설이 중요한 시대적 사건을 다루고 있다고 해서 그것이 곧 소설의 주제라고 보기는 어렵다.

권씨는 철거가 행해지는 광주 단지 판자촌에 터전을 잡고 살던 원주민이 아니다. 대학 졸업의 학력과 안정된 직장이 있다는 점에서 하층민이라 보기도 어려운 인물이다. 권씨는 입주 자격을 얻기 위해 전 재산을 털어 광주단지 한 철거민의 땅을 차지하고 앉은 사람이다. 그러니까 권씨도 실은 광주에 새로운 터전을 꾸리기 위해 '불행한 어느 철거민' 소유의 권리를 양도받은 셈이다. 가난한 월급쟁이의 살림으로는 평생 자기 집을 갖기 어려우리라는 절박한 심정으로 편법을 사용한 것이다.

남의 권리를 빼앗았다는 가책이 없는 것은 아니지만 그것은 자기 삶의 절실함 앞에서 애써 무시되었다. 그러므로 우리는 철거민의 권리를 빼앗은 권씨의 행위를 무조건 비난할 수도 없다. 어차피 철거민의 불행한 '권리'는 누군가에게 양도될 수밖에 없는 것이었기 때문이다.

권씨의 이런 힘겨운 자리 잡기는 파탄으로 끝나고 마는데, 이 소설은 그 파탄 이후의 권씨를 추적하는 데서 시작한다. 권씨는 정부의 철거 작업에 대항하는 철거민들의 데모에 참여하여 전과자가 된 인물이다. 선거를 앞두고 무허가 주택에 대해 너그럽던 정부는 선거 다음날부터 인정사정없는 정리 작업을 진행하는데 그는 이에 반대하는 시위에 주도적으로 참여했던 것이다. 본래 성격이 소심하고 온순한 시민 권씨는 철거작업을 부당히 여기면서도 데모에 직접 참여할 용기는 없는 사람이었다. 철거민들에게는 무리이다 싶은 정부의 요구가 땅 소유자들에게 끊임없이 이어지고 순박한 권씨는 그런 요구에 성실히 따르려 했다. 일말의 저항도 상상하지 못하는 소극적인 가장이었다. 그에게 중요한 것은 철거민의 생존권이나 부당한 경찰의 폭력에 대한 저항이 아니라 개인과 가족의 편안한 삶이었다.

이런 권씨가 시위에 주도적으로 참여했다는 사실 자체가 이 소설에서는 중요한 의미를 갖는다. 작가는 이렇듯 순박한 소시민 권씨마저 시위에 참여하게 되는 폭력적인 상황을 비판적으로 보여주려 하였던 것이다. 권씨의 평범한 인격이 강조될수록 그를 억압하는 현실의 부당성은 상대적으로 부각되는 것이기 때문이다. 상식 이상으로 무책임하고 무능력해 보이는 권씨의 모습은 이런 효과를 높이기 위해 의도적으로 강조된 것이라 할 수 있다.

수동적이기만 하던 권씨가 시위의 주동인물이 될 수 있었던 이유는 군중 속에서 처절하고 본능적인 인간의 모습을 발견했고, 그로 인해 누구에게인지 모를 분노를 느꼈기 때문이다. 행위만으로는 다분히 충동적이었다 할 수 있다. 평범한 회사원 권씨는 이 사건으로 인해 회사에서 쫓겨나고 계속해서 당국의 주목을 받게 된다. 소심한 성격의 권씨는 감시를 의연히 견디지 못해 한 직장에 오래 머물지도 못한다. 세파를 헤쳐 나가기에 너무 순진한 그는 가족에게 한없이 무능력한 가장이 된다. 그는 자식의 출산을 앞두고도 병원에 갈 돈이 없다. 그 때문에 술을 먹고 주인집에 들어 어설픈 강도짓을 하지만 그것도 성공하지 못한다. 이처럼 이 소설은 '모범생'이라 불릴만하던 한 인간이 사회의 압력에 의해 얼마나 허무하게 무너지는지를 보여준다.

권씨와 유사한 기억은 소설의 서술자인 오씨에게도 강렬하게 남아 있다. 빈민촌에 세 들어 살 때, 교사로서 일정한 수입이 있던 오씨는 자기 아들이 과자 봉지를 들고 가난한 집 아이들을 놀리는 장면을 목격한 적이 있다. 아이들은 과자 하나를 얻어먹기 위해 오씨 아들이 원하는 모든 행동을 한다. 더러운 도랑에서 과자를 건지거나 재주를 부리는 일 등을 서슴지 않는다. 오씨가 보기에 그것은 물질의 유혹 앞에서 인간의 자존심을 포기하는 추악한 행위였다. 그는 그런 짓을 시키는 아들에게 화가 났지만 그보다는 과자를 위해 모든 요구를 수용하는 아이들을 용서할 수 없었다. 이 사건을 계기로 오씨는 그곳에서 더 이상 살 수 없다는 생각을 하게 된다. 오씨에게 이 경험은 가난한 동네를 벗어나 새 집을 빨리 장만할 수 있는 자극이 되었다. 참외 트럭에 몰리는 사람들이 권씨를 분노케 했던 것처럼 오씨는 과자 하나를 위해 자존심을 버리는 아이들의 모습에서 분노를 느꼈던 것이고, 그 분노를 잊기 위해 가난한 동네에서의 탈출을 다짐했던 것이다. 유사한 성질의 분노를 느꼈지만 오씨는 안정된 생활을 찾았고, 데모에 참가한 권씨는 생활 기반을 잃어버린 셈이다. 이후 오씨는 사회의 불의에 눈감고, 자신과 관계없는 일들에는 철저히 무심한 소시민으로 살아가게 된다.

이처럼 「아홉 켤레의 구두로 남은 사내」는 소시민들의 삶이 권씨와 오씨를 통해 대비되면서 전개되는 소설이다. 한 사람은 삶의 기반을 다지는 데 성공했고 다른 한 사람은 성공하지 못했다는 차이가 있을 뿐 소시민으로서 그들의 출발은 크게 다르지 않았다. 조금의 차이로 인해 누구는 권씨처럼 떠돌이가 되고 다른 누구는 오씨처럼 '성공'할 수도 있는 것이 현대를 사는 소시민들의 형편임을 암시한다. 이러한 형편이 순전히 소설에 국한되지 않는다는 점에서 독자들은 이들이 낯선 사람들로 느껴지지 않을 것이고, 이들의 경험을 개인의 문제로 치부하고 싶지도 않을 것이다.[3]

현상을 보는 다른 관점

같은 문제를 다루더라도 하나의 시각, 특히 고정된 전통적인 시각을 통해 전달하고자 하는 메시지는 새로운 느낌을 주지 못한다. 하나의 현상에 대한 다양한 관점을 제공한다면 그 사건의 숨은 면모를 확인하는 데 도움이 될 수 있다. 개인은 제한된 자신의 관점만을 가지고 있지만 또 다른 개인과의 대비를 통해 폭넓은 관점을 만들어낼 수 있을 것이다.

3 이 소설은 연작으로 발표되었다. 「직선과 곡선」, 「창백한 중년」, 「날개와 수갑」이 이후에 발표된 작품들인데, 가출한 권씨가 어떻게 생활하게 되는가를 다루고 있다. 권씨는 철저하게 속되게 살기로 결심하지만 공장에 취직하여 어린 직공들의 현실을 보면서 다시 원래의 건강한 모습으로 돌아오게 된다. 네 편의 연작은 1977년에 발표된다.

이는 다수의 관점을 의심해 본다는 의미도 가지고 있다. 사실 많은 사람들이 쉽게 받아들이는 생각을 굳이 소설에서 반복할 필요는 없다. 상투적인 관점을 피하려는 것이 소설의 의지라고 할 수 있다. 이런 점에서 사회를 보는 관점을 새롭게 하기 위해 특별한 개인이 선택되는 수가 있다. 정찬의 소설 「슬픔의 노래」는 그 좋은 예가 될 것이다.

> "광주에서 저는… 그렇게, 했습니다. 칼이 몸 속으로 파고들 때 칼날을 통해 생명의 경련이 손안 가득 들어오지요. 그 경련이란, 뭐라고 할까요. 생명의 모든 에너지가 압축된 움직임이라 할까요. 그러니까 한 인간의 생명이 손안에, 이 작은 손안에 쥐어져 있다는 것이죠. 마치 어떤 물질처럼. 그 물질은 돌멩이처럼 단단한 것이 아닙니다. 달걀처럼 으깨지는 것이지요. 생각해보세요. 자기와 똑같은 한 생명을 그렇게 쥘 수 있다는 것은…… 그것은…… 그것은 상상할 수 없는 쾌감입니다" (정찬, 「슬픔의 노래」)

음악 잡지 기자인 서술자 '나'는 '슬픔의 노래'로 유명한 작곡가 구레츠키를 취재하기 위해 폴란드에 가게 되는데, 거기서 몇몇 한국인들을 만나게 된다. 그 중 '가난한 연극'을 하고 있는 '박운형'은 광주에 진압군으로 들어가 사람을 상하게 한 경험을 가지고 있는 인물이다. 위 예문은 박운형이 광주에서의 경험을 이야기하는 부분이다. 그는 광주의 경험을 부끄러움이나 절망으로 이야기하지 않고 쾌감으로 이야기하고 있다. 이러한 박운형의 고백은 이 소설이 광주 문제를 다룬 여타 소설들과 구분되는 점이다.

광주 문제를 소재로 한 많은 소설들은 그 피해자들의 모습을 주로 다루었다. 현장에서 무참하게 죽어간 시민들이나 도청을 지키기 위해 목숨을 걸었던 사람들이 관심의 대상이었다. 시간이 지난 후까지 그때의 상처를 안고 살아가는 사람들의 모습 역시 소설의 중요한 소재였다. 〈꽃잎〉이라는 영화로 잘 알려진 최윤의 소설 「저기 소리 없이 한 점 꽃잎이 지고」는 그 대표적인 작품이라 할 수 있다. 시간이 지난 후에는 피해자가 아닌 가해자의 입장에서 광주 문제를 다룬 소설들이 주목을 받았다. 목숨을 잃는 등 일방적으로 희생단한 광주 시민 뿐 아니라 군인으로 그곳에 가야만 했던 사람들의 심정 역시 주목해야 한다는 생각을 하게 된 것이다. 그들을 다룬 소설은 같은 동포에게 총을 겨누어야 했던 정신적 고통, 인간적 번민 등이 주제가 된다.

그런데, 위 예문에서 박운형은 이 둘 모두에 대해 부정적이고 냉소적인 태도를 보인다. 인간의 내면에 깃든 본성이라는 것이 얼마나 잔인할 수 있고, 권력 지향적일 수 있는지를 드러낼 뿐 피해자 가해자의 이분법이나 그들에 대한 동정적인 시선 모두를 거부하고 있는 것이다. 박운형의 입장에 우리가 동의하든 않든 간에 이는 광주 문제를 보는 새로운 관점이라고 할 수 있다. 실제 경험자들에게는 자신의 행위에 대해 반성하고 반성의 결과를 몇 가지 감정으로 정리하는 일이 가능하지 않을 수도 있다는 생각을 해보게 된다. 극한의 상황에 처한 인간이 자신의 행위를 결정할 때는 정의인가 아닌가로 판단하는 것이 아니라 인간성 깊은 곳에 있는 어떤 욕망을 따르게 된다는 생각도 해보게 된다.

'나'가 인터뷰한 구레츠키 역시 역사의 경험에 대해 독특한 인식을 가지고 있다. 슬픔의 강을 건너는 방법에는 두 가지가 있다고 구레츠키는 말한다. 하나는 배를 만들어 노를 저어 강을 건너는 방법이고, 다른 하나는 스스로 강이 되는 방법이다. 대부분의 예술은 앞의 방법을 선택했다고 한다. 이 방법은 즉, 강의 밖에서 강을 보고 강에 대한 감상을 짐작으로 말하는 것이다. 이에 비해 강이 되는 것은 자신도 역시 같은 슬픔을 경험하면서 그 슬픔의 내용을 확인하는 것이다. 이 둘의 차이는 작품에 구체적으로 설명되어 있지 않다. 그러나 광주를 보는 관점에 이를 적용해 볼 수는 있다. 이전의 소설 또는 예술이 강 밖에서 강을 보고 있었다는 의미로 읽을 수 있기 때문이다. 이 소설에서 박운형이 전공하는 가난한 연극은 강이 되는 방법을 선택한다. 이 연극은 무대 장치도 없이 자신을 잃어버리는 경지까지 끌고 올라가 실제 경험에 자신을 맡기는 연극이다. 그저 짐작으로 현상을 이해하는 것이 아니라 스스로 그것이 되어 보는 것이다.

슬픔에 대한 작가의 생각에 우리는 동의할 수도 동의하지 않을 수도 있다. 그래도 분명한 것은 작가가 제시하는 관점이 상투적인 데서는 많이 벗어나 있다는 사실이다. 어떤 자리에서 보느냐, 어떤 관점에서 보느냐에 따라 같은 현상도 다르게 해석될 수 있는 것은 당연하다. 광주 민주화 운동은 80년 이후 20년 가까이 우리 사회의 성격을 규정한 매우 중요한 사건이었다. 그러나 이 소설의 작가는 광주의 심각성 자체를 문제 삼고 있지는 않다. 광주 이후의 시간을 개인이 어떻게 살아왔느냐에 더 관심을 보이고 있다. 개인도 이전에 많이 다루었던 상투적인 인물이 아니라 자신의 경험을 이전의 관점들과 대비시켜 특화해 내는 개성 있는 개인이다. 그럼에도 불구하고 개인으로 사회를 보고 있지 않다고 말할 수는 없다.[4]

---

4 소설에서 역사적 사건을 다루는 방식은 개인에 대한 탐구가 되기 쉽다. 소설이 궁극적으로 인간에 대한 관심을 드러내는 양식이라고 보면 이는 당연하다고 할 수 있다. 그러나 개인이 중심에 있다고 해서 그가 살고 있는 사회의 문제들이 중요하지 않다는 것은 아니다. 소설은 통계나 수치가 아닌 인간에게 새겨진 경험과 기억 또는 상처를

일상에 대한 관심의 증가

현대소설의 특징 중 하나는 대단한 사건과 이념을 대상으로 하기보다는 일상의 자잘한 일들을 강조한다는 점이다. 일상에 대한 관심은 사회적 행위의 다양한 측면들을 거대모델(macromodels)과 거대체계(macrosystem)로 합리적 조직화를 꾀해야 한다는 주장들의 위기와 관련된다. 사회경제적 진보가 집단적으로 추구되고 '전 세계적인 기획'이라는 운동이 활력을 얻을 경우 일상은 무시할만한 것으로 취급된다. 그때는 일상이 가지고 있는 시간은 역사 진보와 관련된 선적(線的) 시간에 의해 포기되어야 하는 것에 지나지 않는다. 반대로 진보에 대한 확신이 흔들릴 때 일상은 다시 관심의 대상이 되는 것이다.

일상에 대한 관심이 위기의식의 결과라고 해서 일상 자체가 중요한 영역이 아니라는 의미는 아니다. 모든 삶의 출발점이라는 점에서 일상에 대한 탐구는 언제나 중요하다. 일상은 철학자나 사회학자들의 사상과 이념으로 요약될 수도 없고, 객관적 기준으로 나누어질 수도 없는 고유한 영역이다. 일상은 일상 이상과 연결되어 있으면서도 그것 자체로 개별적이며 독립적이기도 하다. 통일성이 없는 듯한 일상을 현상 그대로 받아들이지 않고 복잡한 현상의 제 측면을 단일한 척도로 재려고 하는 노력이 오히려 '특별한' 시도로 취급되어야 할 것이다. 일상은 추락의 방향도 아니고, 봉쇄나 장애물도 아니며 다만 하나의 장인 동시에 순환, 하나의 단계이며 계기, 여러 순간들로 이루어진 한 순간이고, 가능성을 실현시키기 위해서는 반드시 거기서부터 출발해야만 하는 변증법적 상호 작용의 영역이라 할 수 있다. 개인과 집단의 관계나 사회적

통해 역사를 기록한다고 보아야 한다.

실천과 개인적 실천의 관계도 일상적 삶을 중심으로 설명할 수 있다. 일상은 집단적이면서 개인적인 영역이다. 그러면서도 집단보다는 개인을 중시하는 경향이 두드러지는 곳이기도 하다.

일상은 보수적인 측면과 저항적인 특성을 함께 가지고 있는 영역이기도 하다. 겉으로 보기에 일상생활은 매우 피상적이다. 그것은 반복적이며 진부하며 중요하지 않은 것들의 연속이기 때문이다. 반대로 일상은 어떤 면에서는 심오하기도 하다. 그것은 실존이며 이론적으로 정리되지 않는 적나라한 삶이기도 하다. 이런 복잡한 성격 때문에 일상은 언제나 제일 마지막에 변하는 것이며 새로운 약속들이 꿰뚫고 들어가기가 가장 힘든 영역이다. 새로운 신념이나 이데올로기가 일상의 표피를 뚫고 들어가는 경우가 있어도 그때도 언제나 새로운 '설명'들은 기존의 일상과 조화를 이루거나 중요한 굴절을 겪지 않을 수 없게 된다. 일상은 경제적으로는 가장 민감한 영역이면서 정치적으로는 가장 둔감한 영역이기도 하다. 일상을 통해서는 단순히 변화를 관찰하기보다 그것에 잠재된 힘이나 원리를 발견해 낼 수도 있는 것이다. 따라서 일반적으로 일상에 대한 관심은 집단적이고 의식적인 문제보다 깨지기 어렵고 지켜져야만 하는 실체의 탐색으로 기울게 된다.

일상에서 발견할 수 있는 작은 진실들을 드러내는 소설들은 최근 소설의 주류가 되었다고 할 수 있다. 그것은 개인의 심리에 닿을 경우가 많은데, 나름대로는 사회적 진실을 가지고 있다.

채정이 졸업식 때도 그랬다. 상견례를 겸한 최초의 만남이었는데도 이쪽은 제쳐놓고 저희끼리 채정이를 끼고 돌면서 사진도 찍고, 요리 보고 조리 보면서 귀여움도 표시하고 넌지시 위엄도 보이느라 이쪽은 완전히 찬밥 신세였다. 그래도 그땐 별로 분한 줄을 몰랐다. 딸 쪽이니까 으레 그러려니 했고, 그 밑에 아들이 있으니 아들 가진 쪽은 어떻게 세도를 부려야 되는지를 보고 배울 기회다 싶은 생각도 있었다. 이를테면 마음만 먹으면 몇 곱으로 갚을 수도 있는 복수의 기회가 남아 있기 때문에 그닥 굴욕스럽지 않았다. 또 재학 중에 애인이 생겨 졸업식에 벌써 시집식구들의 귀여움을 독차지하는 걸 부러워하는 눈길을 의식하는 것도 나쁘지 않았다. 그랬건만 이게 무슨 꼴이람. 누구누구 나무라 무엇하랴. 내 아들이 저 꼴이니. 그녀는 강력한 권리 주장처럼 눈을 부릅뜨고 아들을 주시했다.

채훈이가 마침내 엄마의 시선을 느낀 것 같았다. 주위를 두리번거리는 아들의 눈길을 그녀는 잽싸게 낚아챘다. 마치 잡아끌리듯이 채훈이는 곧장 그녀에게로 다가왔다. 약간 계면쩍은 듯이 웃는 채훈이는 아무리 내 아들이라도 바보 같았다. 아들은 엄마를 버려둔 걸 보상이라도 하려는 듯이 얼른 학사모를 벗어서 그녀의 머리 위에 씌워주려고 했다. 채정이도 이제야 자기가 나설 차례가 왔다는 듯이 카메라를 들이댔다. 그러나 그녀는 온몸으로 강력하게 반발하며 학사모에서 벗어났다. 엄마를 뭘로 보니? 그러나 그런 말이 미처 나오기 전에 남편의 목소리가 들렸다. (박완서, 「너무도 쓸쓸한 당신」)

주인공 아주머니를 초점 화자로 하여 그가 아들의 졸업식에서 겪은 감정들을 풀어놓은 부분이다. 아들을 장가들이는 어머니의 섭섭한 심정이 매우 세세하게 그려져 있다. 마치 데릴사위처럼 아들을 사돈집에 빼앗겨버렸다고 느끼는 어머니의 마음이 잘 나타나 있다. 이런 섭섭함은 이전 딸이 결혼할 때의 경험으로까지 옮겨간다. 그 때는 주도권을 사돈에게 빼앗겼어도 딸을 둔 어머니니 어쩌지 못했고, 은근히 아들의 결혼으로 보상받으리라 생각했었다. 그러나 그것이 생각처럼 잘 되지는 않는다. 이번에도 그녀는 버려졌다는 생각을 하게 된다. 이런 생각은 곧 아들에 대한 원망으로 이어진다. 따가운 그녀의 시선을 느낀 아들이 비로소 어머니에게 관심을 보이는 데까지가 위의 예문이다.

이런 소설에서 사회와 개인의 관계를 찾는 일은 그리 호락호락하지 않다. 주로 초점화자의 감정들이 중요하게 부각되고 있고, 감각적인 묘사를 많이 사용하고 있다. 조금 심하게 말한다면 중년 아줌마의 속물적인 사고가 문맥에 녹아있다고 할 수 있다. 아들과 딸을 비교하는 부분도 독자를 조금 민망하게 만든다. 물론 그녀가 아이들에게 이렇게 집착하는 모습은 개인의 고유한 취향으로 넘길 수 없는 면이 있다. 답답한 교장 선생의 아내인 그녀가 아이들을 키워온 과정이 작품에 잘 표현되어 있기 때문이다. 자식을 키워낸 후 찾아오는 우울함과 섭섭함, 자신의 정체성에 대한 새삼스런 깨달음이 이 소설에서 말하고자 하는 바이다.[5]

---

5 소설 내내 어머니는 촌스러운 남편을 무시한다. 어머니는 교장으로 퇴임한 남편의 답답함을 피해 서울에 올라와 억척스럽게 자식들을 키워온 여인이다. 성실하고 순진하기만한 남편에 대해 불만이 많았었는데 자식들을 보내고 나서 자식과 자신이 남편의 헌신에 큰 덕을 보아 왔음을 새삼 깨닫는다. 작품의 결말에는 가족을 위해 살아온 남편과 남편의 촌스러움에 벗어나려 했던 두 사람의 쓸쓸한 모습이 동시에 묘사된다.

10 서술

서술자가 이야기 한다

인간의 인지는 물질적 세계에서의 우리 위치 뿐 아니라 개인적이고 집단적인 아이덴티티를 창출하는 모든 것에 의해서도 형성된다. 그것은 우리의 아이덴티티가 우리가 보는 것에 의해서 계속적으로 재형성될 수 있는 것과 마찬가지다. 우리의 존재, 우리가 알고 바라고 믿는 것, 우리가 자각하고 가치 부여를 하는 것, 우리가 다른 존재나 사물들과 상호 작용하는 방식, 이 모든 것들은 뒤얽힌 유대를 형성하는 조건, 즉 피할 수 없는(하지만 변경할 수도 없는) 맥락을 제공하며, 개인집단은 그 맥락 내에서 세계를 바라본다. 이것은 인간의 인지행위가 인지자의 인지 대상에 대한 관계-시점-에 의거하여 항상 구조화된다는 것을 의미한다. (수잔 스나이더 랜서, 『시점의 시학』)

서술자의 중요성

어떤 이야기든지 이야기가 만들어지고 소통되기 위해서는 이야기를 풀어내는 역할을 맡은 자가 필요하다. 모든 사건을 동시에 전달할 수 없는 바에야 중요하지 않은 것과 중요한 것이 구분될 수밖에 없고, 먼저 일어난 일과 나중에 일어난 일도 구분해야 한다. 그것이 정해지면 어떻게 전달해야 하는가도 중요한데, 앞선 이야기를 먼저 할 것인지 현재에 가까운 이야기를 먼저 할 것인지, 아니면 그런 순서를 무시하는 것이 바람직할지도 판단해야 한다. A라는 사람이 술자리에서 친구 B에게 친구 C 이야기를 전하는 데도 직접 화법으로 인용할 부분, 스스로 정리해서 자기 입장과 섞어 전달할 부분, 아예 생략하고 넘어가야 할 부분이 나누어지게 된다. 전달자가 이 역할을 충분히 수행하지 못하면 원래 이야기의 의도가 충분히 전달되지 못할 수 있고, 심지어 오해를 불러일으킬 수도 있다.

이런 일상적인 소통의 문제에서 시작하여 독자에게 감동을 전달하는 데 기여하는 부분까지 복잡하게 고려하다 보면 소설에서 누가 이야기를 전달하는지, 어떻게 이야기를 전달하는지는 매우 중요한 문제가 된다. 20세기 서구의 소설 이론에서 가장 활발히 논의된 분야를 찾자면 아마도 시점, 서술자 이론이 될 것이다. 이는 20세기 소설의 복잡한 구조에 의해 자연스럽게 연구의 필요성이 제기된 데도 이유가 있지만, 소설에서 서술자가 차지하는 비중이 그만큼 크기 때문이기도 하다.

시와 비교할 때 소설은 서술자의 직접적 개입이 적은 양식이기는 하다. 그렇다고 서술자의 역할이 중요하지 않다고 말할 수는 없다. 이야기하는 사람의 위치에 따라 같은 사건이라도 전혀 다른 방향으로 풀려나갈 수 있기 때문이다. 서술자가 노골적으로 드러나지 않고, 일관된 서술 태도가 작품 내내 지켜지기 어렵기 때문에 소설에서의 서술자 연구는 미세한 분석을 필요로 하는 분야이기도 하다.[1]

소설이 인물이 만들어내는 사건을 다루는 것이라면 서술자는 그 인물과 사건을 전달하는 역할을 한다. 특정한 사건이 벌어졌을 때 서술자는 사건에 가까이 있을 수도 있고, 사건에서 멀리 떨어져 있을 수도 있다. 직접 사건을 관찰하지 못하고 남의 이야기를 전해 듣고 그것을 전달할 수도 있다. 또, 자신이 직접 겪은 사건을 이야기할 수도 있다. 사건을 직접 겪은 서술자라면 사건 발생 당시의 정황을 자세히 말해 줄 수 있을 것이고, 이야기를 통해 사건을 접한 서술자라면 사건을 실감나게 묘사하기는 어렵겠지만 사건의 의미나 배경 등에 대해서는 깊이 있게 이야기할 수 있을 것이다.

현재 우리가 접할 수 있는 외국의 서술자 이론이나 시점 이론은 그 줄기를 확인하기 어려울 정도로 세분화되어 있다. 소설이 서구에서 시작된 양식이듯이 서술자나 시점에 대한 이론 역시 서구에서 수입된 것인데, 우리는 둘을 크게 구분하지 않고 사용하는 경향이 있다. 전지적 작가 시점, 주인공 시점 등으로 구분하는 것이 시점 이론이라면 외부 서술자, 내부 서술자, 초점 서술자 등의 용어는 서술자 이론에서 나온 개념이다. 이런 다양한 이론이 나오게 된 이유는 각 나라의 소설적 전통이 다르고 언어적 특성이 다르기 때문이다. 따라서 어느 것을 선택하느냐, 어떻게 세분화하느냐의 문제도 중요하지만 우리 소설을 보는 데 있어

---

1 시에서는 화자라는 용어를 주로 사용한다. 자기 이야기를 하는 사람이라는 의미를 담고 있는데, 일반적으로 청자를 상정한다. 이에 비해 서술자는 사건과 인물과 같은 이야기를 들려준다는 의미가 담긴 용어이다. 서술자가 전하는 내용은 벌어진 이야기이고 서술자는 설명과 해설의 역할을 맡기도 한다.

서 어떤 관점이 보다 적당한가를 고민하는 것이 중요하다고 할 수 있다.

중등교육을 통해 배우는 서술자·시점 이론으로 가장 익숙한 분류는 1인칭과 3인칭을 나누는 방식일 것이다. 이것을 다시 1인칭 주인공과 관찰자로 나누고 3인칭 관찰자와 3인칭 전지적 시점으로 나누면 4개의 시점이 만들어진다. 이런 분류는 서술자가 어느 위치에서 이야기하고 있느냐에 따른 것이다. 서술자도 크게 보면 시점과 같이 네 가지로 나눌 수 있는데, 우선은 '나'에 해당하는 서술자가 작품 안에 등장하는 경우와 소설에 등장하지 않는 서술자가 이야기를 풀어가는 경우를 나눈다. 서술자가 작품의 인물인 소설은 다시 서술자가 주인공이 되어 이야기하는지 주인공을 관찰하며 이야기하는지에 따라 둘로 나눌 수 있다. 서술자가 작품에 나타나지 않는 소설도 서술자가 단순한 관찰자인지 정황을 모두 알고 있는지에 의해 둘로 나뉜다.

서술자나 시점 분류는 위에서처럼 네 가지로 나누는 것이 가장 일반적이다. 그러나 명칭에는 이견이 있는데, 1인칭과 3인칭이 대표적으로 논란의 대상이 되는 용어이다. 3인칭이란 '나'와 '너'가 이야기하는 대상에 해당할 터인데, 과연 그것이 시점으로 가능한가에 의문을 제기하는 것이다. 이를 분명히 구분하기 위해 프랑스의 비평가 제라르 쥬네트는 서술 상황을 동종서술(同種敍述:homodiegetic)과 이종서술(異種敍述:heterodiegetic)로 나눌 것을 제안한 바 있다. 굳이 말하자면 동종서술은 1인칭에 해당하는 것으로, 인물이기도 한 서술자가 서술하는 상황을 말한다. 이종서술은 3인칭에 해당하는 것으로 인물이 아닌 서술자가 서술하는 상황을 말한다. 동종서술자가 자신이 기술하는 이야기의 중심인물로 기능하는 것을 자종서술(自種敍述:autodiegetic)이라 하여 특별히 분류하기도 하였다.

쥬네트는 초점화라는 개념으로 서술 양상을 분류하기도 하였다. 서술자 분류가 누가 말하는가의 문제였다면 초점화자는 누가 보는가의 문제라고 할 수 있다. 말하는 자와 보는 자를 구분했다는 것은 말하는 자와 보는 자가 일치하지 않는 경우가 있다는 의미가 되기도 하는데, 그중 우리가 주목해야 할 것은 내적초점화이다. 서술자가 작중 인물의 시각에 의지해 서술할 때를 이르는 개념이다. 즉, 인물이 알고 생각하고 느끼는 것에 한정하여 서술자가 서술하는 것을 말한다. 내적 초점화는 소설 전체에 지배적으로 쓰이지는 않지만 인물이 고민에 빠졌다거나 인물이 대상을 관찰할 때 자주 사용된다.[2]

여기서는 서술자가 인물인 경우를 '서술자-인물 주인공'과 '서술자-인물 관찰자'로 나누고 서술자가 인물이 아닌 경우를 '서술자-제한적 관찰자'와 '서술자-전지적 관찰자'로 나누어 구체적인 작품을 예로 들어 살펴볼 것이다.

서술자-인물 주인공

서술자-인물 주인공은 1인칭 주인공 시점과 유사하다. 그 명명의 적절성을 떠나 '나'가 주인공이고 그 '나'가 이야기를 서술한다는 점은 분명하다. 편지나 일기체로 쓰인 소설은 흔히 볼 수 있는 서술자-인물

---

2 시점과 달리 서술자는 담론 상황의 설명에서도 중요하게 사용된다. 소설에서 담론은 서사 구조의 내용을 이루는 서술 전체를 의미하며 여기에는 서술자의 위치나 역할까지 포함한다. 또, 담론에서는 서술자 못지않게 청자의 위치도 강조된다. 담론 상황은 소설에 한정할 문제도 아니다. 따라서 일반적인 소통 상황 전반에서 서술자의 문제가 중요한 의미를 갖게 된다.

주인공의 예이다. 굳이 편지나 일기가 아니더라도 회상 형식의 글은 대부분 여기에 해당한다. 우리 근대소설에서 최서해의 「탈출기」나 현진건의 「빈처」는 대표적으로 서술자가 인물이자 주인공 자신인 소설이다.

　　나는 입맛을 쩝쩝 다시고 펴던 책을 덮어놓고 후- 한숨을 내쉬었다.
　　봄은 벌써 반이나 지내었건 만은 이슬을 실은 듯한 밤기운이 방구석으로부터 슬금슬금 기어 나와 사람에게 안기고 비가 오는 까닭인지 밤은 아직 깊지 않은데 인적조차 끊어지고 온 천지가 비인 듯이 고요한데 투닥투닥 떨어지는 빗소리가 한없는 구슬픈 생각을 자아낸다.
　　"빌어먹을 되는대로 되어라."
　　나는 점점 견딜 수 없이 두 손으로 흩어진 머리카락을 쓰다듬어 올리며 중얼거려보았다. 이 말이 더욱 처량한 생각을 일으킨다. 나는 또 한번 '후-' 한숨을 내쉬며 왼팔을 비고 책상에 쓰러지며 눈을 감았다. (현진건, 「빈처」)

「빈처」는 가난한 소설가와 그의 아내가 겪는 생활의 어려움과 그럼에도 불구하고 하루하루 이어가는 일상의 세밀한 모습을 그려낸 1920년대 작품이다. 위 예문은 경제적 무능으로 생활을 정상적으로 꾸려나가지 못하는 주인공의 심리가 절실하게 묘사된 부분이다. 짧은 예문이지만 여기에 포함된 주인공의 심리 변화를 주의 깊게 살펴보면 그리 단순한 내용이 아님을 알 수 있다. 먼저 작가는 아내가 무엇인가 '전당국'에 맡길 물건이 없을까 살림을 뒤지는 소리를 듣고 잠시 생각에 잠긴다. 일단 주인공은 한숨을 쉰다. 이어 빗소리에 구슬픈 생각을 하고

'되는대로 되라'고 신경질적으로 중얼거린 후 그러고 있는 자신이 더욱 처량해짐을 느낀다. 그 생각에 이어져 다시 한숨을 쉬고 눈을 감으며 책상에 쓰러진다. 이런 일련의 감정 변화는 '나' 자신에 의해 서술됨으로서 효과를 더한다고 할 수 있다. 감정의 절실함이 독자에게 효과적으로 전달되기 때문이다.

일반적으로 서술자-인물 주인공 소설은 사건의 객관적인 전달을 시도하기보다는 '나'의 감정변화를 세밀하게 묘사, 전달해 준다. 이런 소설을 읽는 독자들은 마치 서술자가 경험했던 이야기를 듣는 듯한 착각을 일으키기도 한다. 이상의 「날개」나 김유정의 「동백꽃」 등은 잘 쓴 서술자-인물 주인공 소설이라 할 수 있다.

서술자의 이런 특색은 자기 고백적인 소설에서 쉽게 확인되곤 한다.

마을로 들어오는 길은, 막 봄이 와서, 여기저기 참 아름다웠습니다. 산은 푸르고…… 푸름 사이로 분홍진달래가…… 그 사이…… 또…… 때때로 노랑 물감을 뭉개 놓은 듯, 개나리가 막 섞여서는…… 환하디 환했습니다. 그런 경치를 자주 보게 돼서 기분이 좋아졌다가도 곧 처연해지곤 했어요. 아름다운 걸 보면 늘 슬프다고 하시더니 당신의 그 기운이 제게 뻗쳤던가 봅니다. 연푸른 봄 산에 마른버짐처럼 퍼진 산벚꽃을 보고 곧 화장이 얼룩덜룩해졌으니.

저, 저만큼, 집이 보이는데, 저는, 집으로 바로 들어가질 못하고, 송두리째 텅 빈 것 같은 마을을 한바퀴 돌고도…… 또 들어가질 못하고…… 서성대다가 시끄러운 새소리를 들었어요. 미루나무를 올려다보니 부부일까? 두 마리의 까치가, 참으로 부지런히 둥지를…… 둥지를 틀고 있었어요. 오래 바라보았습니다, 둘이 서로 번

갈아 가며 부지런히 나뭇잎이며 가지들을 물어 나르는 것을.

　　이 고장을 찾아올 때는 당신께 이런 편지를 쓰려고 온 것이 분명 아니었습니다. 이런 글을 쓰려고 오다니요? 저는 당신과 함께 떠나려 했잖습니까. (신경숙, 「풍금이 있던 자리」)

위의 서술자 역시 자신의 이야기를 들려주듯 써 내려가고 있다. 주로 사용된 단어들을 비교해 보아도 「빈처」보다는 감상적이라는 인상을 준다. 첫째 단락의 내용만 정리해도 이런 느낌의 이유가 쉽게 설명된다. 서술자는 마을로 들어오면서 봄 산의 풍경을 보고 있는데, 그 산의 아름다운 풍경과 다른 자신의 처지를 생각하며 눈물을 흘리고 있다. 길은 아름답고 분홍 진달래와 개나리가 섞인 산은 환하게 밝았다. 그 경치에 기분이 좋아졌다가 곧 처연해 졌는데, 그 이유는 아름다운 걸 보면 슬프다는 '당신'이 생각났기 때문이다. 세 번째 단락을 통해 서술자가 '당신'과 떠나려 했지만 어떤 이유에선가 '이런' 편지를 쓰고 있다는 것을 알 수 있다. 즉, 서술자는 '당신'을 마음 놓고 사랑할 수 있거나 가까이 할 수 있는 그런 상황이 아닌 듯하다. 아름다운 봄 풍경과 그와 어울리지 않게 우울한 자신의 처지가 대비되어 화장이 얼룩덜룩해지도록 눈물을 흘린 것이다. 둘째 단락에서 서술자가 쉽게 집에 들어가지 못하고 마을을 배회하는 이유도 이런 복잡한 심정 때문이라고 짐작할 수 있다.

　　첫 단락의 요약에서 알 수 있듯이 위 예문에서는 서술자-인물 주인공의 감상이 무엇보다 두드러진다. 구체적인 사건이 서술되었다기보다는 어떤 감정에 싸인 서술자-인물 주인공의 심정이 서술되고 있다. 전체 소설이 편지 형식(그러나 실제로는 일기라는 느낌도 많이 드는)을 띠고 있어서 이런 느낌은 배가된다. 주지하다시피 편지글의 형식은, 그것도 연애편지라면, 감상적인 표현을 담기에 적당하다. 일반적인 소설의 종결형인 평서체가 아니라 존대체를 사용하고 있는 점도 감정의 전달에 기여하는 바가 크다. 이 때 존대체는 간절함과 애절함을 느끼게 한다.

이처럼 「풍금이 있던 자리」에서 서술자의 역할은 절대적이라 할 수 있다. 서사 내용만을 놓고 보았을 때 이 소설의 줄거리는 매우 통속적이다. '나'는 아이가 있는 유부남을 사랑한다. 그리고 그와 어디론가 떠날 약속까지 하고 집으로 돌아온 것이다. 그러나 '나'는 결국 사랑하는 사람과 함께 떠날 것을 포기하고 마는데, 집에 돌아와서 포기에 이르는 과정을 편지 형식으로 쓴 것이 이 소설의 내용이다. 편지에는 남편이 바람나서 살을 빼려 한 에어로빅 학원의 아주머니, 자신의 어린 시절 잠시 함께 살았던 '아름다운' 새엄마 등의 기억이 삽입된다. 특히 새엄마는 어린 시절에 농사꾼의 아내였던 자신의 친어머니와 비교되고 있다. 프롤로그에는 『동물의 행동』이라는 책이 인용되어 어린 시절의 기억이 지금의 사랑에까지 영향을 주고 있음을 암시하고 있다.[3]

이 소설을 읽는 독자들은 소설의 내용이 뻔한 사랑이야기임에도 불구하고 그 '불륜'에 대해 선악 판단을 내리려 하지는 않는다. 당연히 지탄받아야 할 인물임에도 불구하고 서술자-인물 주인공에게 질시의 감정이 생기지도 않는다. 그 가장 큰 이유는 이 소설의 서술자가 곧 주

---

3 「풍금이 있던 자리」는 텔레비전 드라마로 제작되어 방송된 적이 있다. 출연 배우들은 꽤 유명한 사람들이었는데, 원작의 묘를 잘 살리지는 못했던 것으로 기억한다. 소설과 달리 드라마는 사건을 본격적으로 만들고 관계를 극적으로 구성했는데, 이때 불륜이라는 객관적 현실이 크게 부각되었던 것 같다. 실제 눈물을 흘리고 목소리를 높이는 배우를 보면서 소설의 아련한 아름다움을 느낄 수는 없었다. 주인공의 고민도 조금은 통속해 보였다.

인공임으로 해서 사건의 내용 이전에 인물의 감정이 먼저 전달되기 때문이다. 앞서 말한 몇 가지 효과를 통해 우리는 유부남을 사랑하게 된 여인의 '마음'을 먼저 보아버린 것이다. 그녀가 마음속으로 겪었을 고통이나 갈등 등을 알고 있어서 인간적인 이해의 감정이 생기고, 그것이 소설의 내용을 압도하게 되는 것이다. 고백체로 쓰인 소설의 효과라 할 수 있다. 그러나 엄밀히 말해 독자들은 '나'와 '당신' 그리고 '당신'의 가족이 관계된 사건의 진실에 대해서는 모르고 넘어간다. 아니 그것에 대한 언급이 없기 때문에 관심조차 가질 수 없다.[4]

같은 서술 형식이지만 감상에 치우치기보다 경험의 전달이 강조되는 소설도 있다.

스물 두셋쯤 된 책상도령임인 그때의 나로서는, 이러한 이야기를 듣고 놀라지 않을 수 없었다. 人生이 어떠하니 인간성이 어떠하니 사회가 어떠하니 하여야, 다만 심심파적으로 하는 탁상의 공론에 불과할 것은 물론이다. 아버지나, 그렇지 않으면 콧백이도 보지 못한 조상의 덕택으로, 공부자나 얻어하였거나, 소설권이나 들쳐 보았다고, 인생이니 자연이니 시니 소설이니 한대야 결국은 배가 불러서, 포만의 비애를 호소함일 따름이요, 실인생 실사회의 이면의 진상과는 아무 관계도 연락도 없을 것이다. 그리고 보면 내가 지금하는 것, 일로부터 하라는 일이 결국 무엇인가 하는 의문과 불안을 느끼지 않을 수가 없었다. 「일년 열 두 달 죽도록 애를 쓰고도, 반년 짝은 시레기로 목숨을 이어 나가지 않으면 안되겠으니까……」 하는 말을 들을 제, 그것이 과연 사실일까 하는 의심이 날만치, 나

---

4 중등학교 권장 도서 목록에 자주 드는 『안네의 일기』 역시 서술자의 '진실한' 마음을 볼 수 있다는 점에서는 서술자-인물 주인공 소설과 유사한 효과를 준다. 소설은 아니지만 『백범 일지』와 같은 자서전이 주는 감동의 종류도 이와 유사한 면이 있다.

는 귀가 번쩍하였다. 나도 팔구 세까지는 부모의 고향인 충청도 촌
속에서 자라낫고, 그후에 일년에 한 두어 번씩은, 촌락에 발을 들여
놓아 보았지만, 설마 그렇게까지, 소작인의 생활이 참혹하리라고
는, 꿈에도 들어 본 일이 없었다. (염상섭, 『만세전』)

위에서 주인공이자 서술자인 이인화는 과거를 돌아보며 자신의 과
거 모습에 대해 반성하는 태도를 보인다. 지금까지 지식인 연하던 태도
가 모두 진실이 아닌 가짜였다고도 말한다. 특히 조선의 현실에 대해 잘
알지 못했음을 고백한다. 자신이 관찰한 조선의 비참한 현실과 그런 현
실을 깊이 느끼지 못하고 살아온 자신의 삶을 대조하면서 자기반성으
로 나아가고 있는 것이다. 고백이라는 점에서는 앞서 살핀 소설과 같지
만 생각의 범위가 개인을 벗어나고 있다는 점에서 차이를 보인다. 이 소
설의 서술자-인물 주인공은 변화하는 자신의 심경을 드러내는 동시에
그런 변화를 이끌어낸 환경에 대해서도 진지한 탐구를 시도하는 인물
이라 할 수 있다. 서술자-인물 주인공 서술이 개인의 성숙과 관련된 이
야기를 이끌어 나가기에도 적당하다는 것을 알 수 있다.

서술자-인물 관찰자

서술자-인물 관찰자는 1인칭 관찰자 시점과 유사하다. 주인공과
가까운 사람이 주인공을 관찰하여 서술하는 식으로 전개되는 것이 보
통이다. 주인공과 관찰자의 관계에 따라 여러 가지 효과를 낼 수 있는
데, 주인공과 관찰자가 우연히 몇 번 만난 경우에서부터 주인공의 일거

수일투족을 상세히 알 수 있는 관찰자까지 작품 내 인물 관계는 다양하게 설정될 수 있다.

이 서술 방법의 특징은 관찰자가 사건과 인물의 전모를 보여줄 필요가 없다는 데 있다. 관찰자는 주인공과 늘 함께 할 필요도 없고, 필요한 때만을 골라 관찰하여도 된다는 말이다. 추리 소설 셜록 홈즈 시리즈의 서술자 왓슨 박사를 그 예로 들 수 있다. 왓슨은 홈즈의 조수이지만 홈즈의 수사 과정 등에 대해서는 이해력이 부족하다. 홈즈와 함께 있을 때조차 홈즈의 행동을 이해하지 못하는 경우가 많다.(심지어는 독자들이 모두 짐작할 수 있는 일조차 왓슨만 모르고 있다) 왓슨의 이런 둔감은 곧 독자들의 호기심을 이끌어 낸다. 왓슨의 궁금증이 풀리면서 독자들의 궁금증도 함께 풀리고 이야기는 산뜻한 결말을 맺게 된다.[5]

우리 소설에서는 서술자-인물 관찰자 소설이 서정적 효과를 내기도 한다. 그 대표적인 예로 이태준의 「달밤」을 들 수 있다. 「달밤」은 이태준의 대표작이며 첫 창작집의 표제작이기도 하다. 작품 서두에서 묘사되고 있는 주인공 황수건은 순박하지만 어리석은 인물이다. 서술자-인물 관찰자인 '나'는 인물과 어느 정도 거리를 유지하고 있는데, 이 때 거리는 물리적인 거리이면서 동시에 인물을 향한 서술자의 감정적 거리이다. 일정한 거리를 두고 있는 관찰자의 시각으로 전달되는 사건은 전달에 유용한 부분만이 선택된 것이다. 서술자는 일상생활의 많은 부분을 애써 덮어둔다. 이는 앞서 말했듯이 서술자-인물 관찰자의 본질적인 성격으로 서술자는 스스로 보고 듣고 겪은 것만을 들려줄 뿐 서술자가

---

5 추리 소설에서 지적으로 우월한 인물과 그렇지 못한 인물의 대조는 전형적인 인물 구도라 할 수 있다. 추적자를 조롱하는 범인과 아둔한 추적자의 관계나 어리석은 경찰과 우수한 탐정의 대조가 대표적인 예이다. 작가는 이러한 대조를 통해 독자에게 전달하는 정보의 양을 쉽게 조절할 수 있다.

없는 곳에서 일어난 일이나 다른 인물들의 심리상태는 알 수 없는 것이다. 황수건에 대한 깊은 이해가 없는 상태에서 인물을 다룸으로 해서 작품 초반에 서술자에 의해 전달되는 내용도 본질적이라기보다는 현상적이다. 현상적인 묘사이기 때문에 인물묘사가 단순하고 감상적일 수 있으며, 복잡한 내면이 배제된(혹은 내면이 없는) 상태의 인물은 독자에게 이성보다 감성으로 다가온다.

작품은 몇 개의 에피소드로 구성되어 있다. 각각의 에피소드는 단일한 인상을 제공하며, 그 인상은 서술자의 감정과 섞여 전달되기도 한다. 구성에서 볼 때 각 장면의 전환을 날짜로 표시해준 것은 중요한 특징이다. 내용의 단락을 확실히 구분해주는 기능 외에 이미지 단위의 표시라는 점에서도 그렇다. 다음의 지문에서 밑줄 그은 부분은 장면의 전환을 표시해주는 문장을 그대로 인용한 것이다. 「달밤」에서 서술자가 황수건을 만나는 것은 모두 7차례이다. 각각의 만남은 특별한 계기에 의해서가 아니라 단순히 우연에 의해 이루어진다. 그런데 겉으로 보기에 필연성이 없이 나열된 듯한 각각의 만남은 시간의 변화와 서술자의 태도에 의해 통일된 구조를 가지게 된다. 특히 서술자와 주인물의 거리가 변화하면서 산만해지기 쉬운 소설에 통일된 분위기가 만들어진다.

1) <u>그런데 그날 밤 황수건이는 열시가 되어서 우리 집을 찾아왔다.</u>
   첫 번째 만남에서 서술자는 겉모습으로도 어리석음을 느끼게 하는 황수건의 외모에 대해 묘사한다.
2) <u>이튿날도 저녁 아홉시가 되어서 찾아왔다.</u>
   황수건이 물색없이 수다스러움을 알게 된다. 서술자는 황수건의 순박함에 흥미를 느낀다.

3) <u>하루는 마당에서부터 무어라고 떠들어대며 들어왔다.</u>

　　황수건은 원배달이 될 것이라는 기대에 가득 차 있다. 그러
나 이는 단지 다음에 닥칠 좌절에 대한 암시이다.

4) <u>사흘째 되는 날이다.</u>

　　새로운 배달이 신문을 돌리면서 황수건의 보조 배달도 떨
어졌다는 소식을 전한다.

5) 서술자는 황수건이 삼산학교에서 쫓겨나게 된 일화를 소문
을 들어 알게 된다. 황수건의 어리석음이 본격적으로 드러나
는 부분이다.

6) <u>하루는 수건을 거의 잊고 있을 때 찾아왔다.</u>

　　황수건은 서술자에게 삼산학교에 다시 들어갈 운동을 하
고 있다고 말한다. 상황에 대한 황수건의 인식이나 대응이 비
현실적이다.

7) <u>그런데 요 며칠 전이었다.</u>

　　황수건이 포도를 훔쳐왔다. 서술자는 황수건의 은근한 순
정의 열매를 먹듯 한 알을 가지고도 오래 입안에서 굴려 보
며 먹었다.

8) <u>어제다.</u>

　　달을 보며 노래 부르는 황수건의 모습을 우연히 훔쳐보게
된다. 황수건과 달빛이 어울려 애상감이 절정에 이른다.

「달밤」의 주요 장면을 보면 1)에서 6)까지는 황수건의 어리석음을
보여주는 역할을 한다. 여기까지 황수건에 대한 서술자의 태도는 인간

적인 동정심이 절제된 관찰자의 태도이다. 서술자는 단순히 호기심을 가지고 황수건을 관찰하고 있을 뿐이다. 그러나 7)과 8)에는 서술자의 동정과 연민이 짙게 배어있다. 황수건의 어리석음에 대한 생각은 전혀 찾아볼 수 없고, 순박하고 단순한 인물에 대한 새삼스러운 정이 넘친다. 7)은 황수건이 서술자의 은혜를 갚기 위해 근처 포도원에서 포도를 훔쳐 대접하는 장면이다. 황수건의 어리석음은 작품의 서두부터 계속 반복되지만 그는 어리석음에도 불구하고 남들에게 해를 끼치는 인물은 아니었다. 신문 배달이 떨어지고 학교에서 쫓겨나서 다른 직업을 가져보려고 하지만 천성이 어리석음으로 해서 뜻대로 되지 않는다.

　서술자는 황수건의 생활을 도와주지만 황수건은 서술자에게 보답할 방법이 없다. 결국 보답으로 황수건이 생각해낸 것이 포도 선물이었다. 포도를 훔치는 행위는 사회적으로 판단하면 물론 정당하지 못하다. 긍정적으로 보아도 개인의 어리석음과 무능력의 표시일 뿐이다. 그러나 서술자의 관심은 그러한 도덕적 의미에 모아지지 않고 다만 자신을 향한 황수건의 순수한 애정에 모아진다. 물건을 훔치는 행위의 선악을 떠나서 서술자에게 포도를 선물하고 싶어 한 황수건의 심정이 따뜻하게 다가오는 것이다. 포도 알 하나하나를 황수건의 순정의 열매로 생각하고 먹는 서술자의 태도는 단순한 관찰자의 수준을 넘어선다. 역시 소설의 전개가 서술자의 태도나 감정에 의해 주도되고 있음을 알 수 있다. 어리석은 행위를 묘사하는 6)까지의 반복이 끝나고 이제는 어리석은 이의 순수한 모습이 묘사된다. 서술자와 황수건 사이의 심정적 거리는 매우 가까워진다.

　그런데 서술자에게 순수로 비치는 황수건의 모습이 사실은 비극적이다. 이 비극은 서술자가 애써 외면하려던 현실이 표면으로 드러날 때 생긴다. 어리석은 이의 순수가 비극으로 떨어질 때 독자가 느낄 수 있는 감정은 안타까움과 동정심이다. 황수건의 생활이 더 나아지지 않으리라는 짐작도 비극적 감상을 강화한다. 이러한 비극이 극대화됨과 동시에 분위기에 의해 희석화 되는 것이 결말 부분이다. 이전 장면에서는 황수건이 서술자를 찾아와서 만남이 이루어졌다. 그런데 마지막 장면에서는 반대로 서술자가 황수건을 찾아서 관찰한다. 이는 매우 중요한 전환이라 할 수 있는데, 앞에서 보았던 황수건의 모습이 아닌 새로운 모습이 발견될 가능성이 크기 때문이다.

「달밤」의 결말은 서술자가 직접 황수건을 만나는 것이 아니라 훔쳐보는 형식을 취하고 있어 더 큰 효과를 거둔다. 전 작품을 통해 황수건의 모습이 드러나는 것은 서술자와의 단편적인 만남이나 소문을 통해서였다. 그런데 8)에서는 황수건이 다른 이들과 접하지 않고 혼자 있을 때의 모습을 들키고 만다. 남들에게 그는 슬픔을 느끼지 못하는 사람처럼 수다스러웠고 어리석어 보였다. 그런 황수건이 마지막 장면에서는 고독하고 쓸쓸한 모습으로 묘사되는 것이다. 여기서 「달밤」은 인간의 모습을 적나라하게 드러내지 않고, 명암을 드리워 그것을 희미하게 한다. 게다가 평소에 피우지도 않던 담배를 피우고 있음으로 해서 애상적 분위기는 한층 고조된다.

서술자-제한적 관찰자

흔히 3인칭 관찰자라고 부르는 시점과 유사한 서술 방법이다. 서술자가 작품 속의 인물은 아니지만 인물의 행동과 생각을 전달하는 데는 제한된 능력을 가지고 있는 경우이다. 독자들에게는 인물의 행위와 주변 묘사만을 해주는 듯한 인상을 준다. 인물과 서술자가 일정한 거리를 둔 것처럼 느껴지며, 그런 만큼 서술자가 이야기에 개입하는 정도가 약하다. 그런데 서술자-제한적 관찰자는 실제 소설에서 자주 발견하기 어려운 서술자이다. 현실적으로 이런 서술자의 태도는 작품의 시작에서 끝까지 일관되게 유지되기 어렵다. 처음에는 제한적 관찰자로 시작했으나 어느 순간 전지적 관찰자의 시선이 작품에 끼어드는 것을 많이 보게 된다. 엄정한 의미의 서술자-제한적 관찰자 소설은 완전한 묘사문 또는 드라마에 가까울지 모른다.

다음날은 좀 늦게 개울가로 나왔다.
이날은 소녀가 징검다리 한가운데 앉아 세수를 하고 있었다. 분홍 스웨터 소매를 걷어올린 팔과 목덜미가 마냥 희었다.
한참 세수를 하고 나더니 이번에는 물속을 빤히 들여다본다. 얼굴이라도 비추어보는 것이리라. 갑자기 물을 움켜낸다. 고기새끼라도 지나가는 듯.
소녀는 소년이 개울둑에 앉아있는 걸 아는지 모르는지 그냥 날쌔게 물만 움켜낸다. 어제처럼 개울을 건너는 사람이 있어야 길을 비킬 모양이다.
그러다가 소녀가 물 속에서 무엇을 하나 집어낸다. 하얀 조약돌이었다. 그리고는 홀 일어나 팔짝팔짝 징검다리를 뛰어 건너간다.
다 건너가더니 홱 이리로 돌아서며,
"이 바보."
조약돌이 날아왔다. (황순원, 「소나기」)

초등학교 어린이들의 아름다운 만남과 이별을 보여주고 있는 황순원의 단편 「소나기」는 절제된 표현으로 독자들의 동화적 상상력을 자극하여 깊은 여운을 남겨주는 소설이다. 순진한 두 어린이의 무구한 행동과 그들을 둘러싼 아름다운 자연 환경이 이러한 느낌을 만들어낸다고 할 수 있다. 거기에 지나친 개입을 피한 서술자의 역할 역시 작품의 효과를 높이는데 기여하고 있다.

위 예문에서 서술자는 소년과 소녀의 모습을 관찰하고 있을 뿐 그들이 어떤 의도를 가지고 있는지, 상대방에 대한 생각은 어떠한지 등에 대해서는 크게 관심을 기울이지 않는다. 소녀는 징검다리 한가운데 앉아 세수를 하고 물속을 빤히 쳐다보고 있다. 소년은 소녀와 마주치는 것이 부끄러워 개울가로 나가지 못하고 멀리서 관찰만 하고 있다. 소년이 자신을 관찰하는 것을 알고 있는 소녀는 물속에서 작은 돌을 주워 소년에게 던진다. 아마 소녀는 자신이 징검다리를 가로막고 있으면 소년이 다가와 말이라도 걸어줄 것으로 기대했던 모양이다. 부끄러워 시냇가로 나오지 못하는 소년이나 소년에게 돌을 던지며 달아나는 소녀나 어른들이 보기에는 그저 귀엽기만 하다. 풍경의 일부처럼 아이들의 모습이 아련하고 자연스러운데 이런 느낌은 관찰자의 개입이 최소화 된 것과 무관하지 않다.

그들은 얼어붙은 강을 건넜다. 구름이 몰려들고 있었다.
"눈이 올 것 같군. 길 가기 힘들어지겠소."
정씨가 회색으로 흐려가는 하늘을 걱정스럽게 올려다보았다.
산등성이로 올라서자 아래쪽에 작은 마을의 집들이 점점이 흩어져 있는 게 한눈에 들어왔다. 가물거리는 지붕 위로 간신히 알아볼 만큼 가느다란 연기가 엷게 퍼져 흐르고 있었다. 교회의 종탑도 보였고 학교 운동장도 보였다. 기다란 철책과 철조망이 연이어져 마을 뒤의 온 들판을 둘러싸고 있는 것도 보였다. 군대의 주둔지인 듯했는데, 마을은 마치 그 철책의 끝에 간신히 매어 달려 있는 것 같았다. (황석영, 「삼포 가는 길」)

묘사 위주의 소설에서는 그림을 보는 듯한 느낌을 받을 때가 많은데, 위 예문도 그런 예에 속한다. 서술자는 따옴표 안의 지문을 통해 인물의 생각을 보여준다. 독자들은 대상이 그림이라면 그 그림을 묘사해 주는 말들 역시 객관적이라는 생각을 하게 된다. 그런데 실제로 객관적인 것처럼 보이는 묘사에서도 고르지 못한 서술자를 발견할 수 있다. 위 예문에서 따옴표 앞의 묘사와 따옴표 뒤의 묘사에는 엄격히 말해 큰 차이가 있다. 앞의 두 문장과 뒤의 첫째 문장은 동작이나 상태를 인물 외의 누군가가 관찰한 것이다. 그들의 동작, 구름의 이동, 정씨의 동작 순서이다. 그 다음 문장은 이와 달리 정씨의 눈에 비친 것을 누군가 대신 표현해 준 것이다. 엄격히 말해 서술자-제한적 관찰자의 범위를 넘어서는 부분이다. '-한눈에 들어왔다', '-보였다', '-것 같았다'는 정씨가 본 주변 풍경이라 해야 옳다.

사실 위 예문 정도면 서술자-객관적 관찰자의 태도가 비교적 잘 드러난 문장에 속한다. 그럼에도 불구하고 문장 하나하나를 꼼꼼히 살펴보면 하나의 서술 태도가 일관되게 관철되지 못한다는 사실을 알 수 있었다. 물론 그것이 소설의 작품성을 해치거나, 감동의 질을 떨어뜨린다는 의미는 아니다. 작가의 표현 의도가 얼마나 잘 관철되었느냐가 더 중요한 문제이다.

서술자-객관적 관찰자의 태도를 일관되게 유지하고 있는 소설로는 헤밍웨이의 「살인자들」이 잘 알려져 있다. 인물들의 대사와 그들에 대한 작가의 객관적인 묘사로 된 작품으로 위에 예를 든 우리 소설과 유사한 점을 발견할 수 있을 것이다.

> "그렇다면 햄과 계란을 주게나"
> 일이라고 불리운 사나이가 이렇게 말했다. 그는 중산모를 쓰고 있었고 단추로 가슴을 여민 검은 외투를 걸치고 있었다. 얼굴은 작고 창백했으며 입은 굳게 닫혀 있었다. 그리고 실크 목도리를 두르고 장갑까지 끼고 있었다.
> "나는 베이컨과 계란"
> 다른 사나이도 주문을 했다. 그의 체구는 일의 체구와 거의 비슷했다. 그의 얼굴은 일의 얼굴과는 딴판이었으나 옷차림은 똑같았다. 두 사람이 입고 있는 외투는 몸에 꼭 끼는 것처럼 보였다. 두 사나이는 카운터 위에다 팔꿈치를 괴고 허리를 숙여 사이가 앞으로 기울어지게 앉아 있었다. (어네스트 헤밍웨이, 「살인자들」)

작품 안에서 직접 말을 하고 있는 두 사람은 누군가에 의해 철저하게 관찰되고 있다. 서술자는 두 사람의 이름도 모르는 채 관찰을 시작한다. 두 사람은 '일이라 불리운 사내'나 '다른 사나이'로 표현된다. 관찰자가 '일'을 부르는 소리를 들었기에 한 사나이가 '일'이라는 이름을 가졌음을 알게 된 것처럼 서술한 것이다. 두 사람의 말 뒤에 이어지는 인물 묘사에도 서술자의 위치는 흔들리지 않는다. 서술자는 두 사람의 겉모습과 동작만을 전달해 줄 뿐이다.

서술자-전지적 관찰자

서술자-전지적 관찰자는 전지적 작가 시점 또는 3인칭 전지적 시점과 통한다. 리얼리즘 소설의 대표적인 서술 방법이라고 할 수 있는데, 대상에 대해 필요한 만큼 충분히 알고 있는 서술자가 사건의 안과 밖, 인물의 안과 밖을 자유롭게 서술하는 방식이다. 이는 오래된 옛날이야기에서도 확인할 수 있는 서술 방식이기도 하다. 『아라비안나이트』에서 세헤라자데가 이야기하는 방식, 판소리에서 판소리꾼이 이야기하는 방식이 모두 여기에 해당한다. 현대소설, 특히 장편소설에서는 서술자-전지적 관찰자가 다수를 차지한다.

> 칠성이 말대로 강청댁은 질투가 강한 여자였다. 한평생을 사람 기리는 것이 무엇인지, 일 속에 파묻혀 사는 농촌 아낙들, 그중에서 과부라든가 내외간의 정분이 없는 여자들에게 야릇한 심화를 일게 하는, 그런 만큼 용이는 잘난 남자였고, 그 잘난 남자를 지아비로 삼은 강청댁은 불행할 수밖에 없는 여자였다. 질투는 이 여자에게 있어 영원한 업화(業火)였으며 사나이의 발목을 묶어둘 만한 핏줄 하나가 없었다는 것도 불붙는 질투에 기름이었던 성싶다. 강청댁은 여자라면 모조리 용이를 노리는 요물쯤으로 생각했었고 병적인 적개감 때문에 마을에서도 외로운 존재가 되어 있었다. (박경리, 『토지』)

『토지』의 흥미로운 에피소드인 용이와 월선의 사랑과 강청댁의 질투가 서술되기 시작하는 부분이다. 인용문은 용이의 아내인 강청댁에 대한 설명인데, 눈으로 볼 수 있는 객관적인 정보의 전달이 아니라 대부분 서술자의 논평으로 이루어져 있다. 강청댁이 어떤 여자인지 묘사를 통해 보여주기보다는 서술자의 판단에 의해 전해준다고 할 수 있다. 그의 남편 용이가 어떤 남자인지도 대충 짐작할 수 있다. 강청댁이 마을에서 외로운 위치에 있는 이유도 그녀의 질투심 때문인 것으로 설명되고 있다. 그녀의 불행은 어쩔 수 없는 것으로 평가되는데 이 역시 구체적인 사건과 성격이 아닌 서술자의 설명에 의해 이루어진다.

만약 위와 같은 강청댁의 성격을 제한적 관찰자나 인물 관찰자가 표현한다면 상당히 많은 분량이 필요할 것이다. 우선 구체적인 사건을 통해 강청댁의 질투를 드러내야 한다. 사람 기리는 법을 모르는 그녀의 성격과 용이의 잘난 면모를 드러내기 위한 장면도 만들어야 한다. 앞서 살펴본 「살인자들」처럼 느린 템포로 진행된다면 이 부분을 표현하기 위해 짧은 소설 한 편 분량이 필요할지도 모른다. 이처럼 전지적 관찰자는 서술자의 적극적인 개입을 통해 이야기를 효율적으로 전달한다는 장점을 가지고 있다.

다음 소설은 비교적 최근에 발표된 작품이다.

밖에는 여전히 비가 내리고 있었다. 방울이 굵은 편은 아니었지만, 또 그대로 맞으며 산책할 정도는 아니었다. 성진이 안채에 가 우산 둘을 빌려왔다. 그리고는 각자 하나씩을 펴들고 민박집 대문을 나섰다. 위쪽을 보니 가팔막진 언덕이 끝나는 지점쯤에 좌우지간 뭔가가 있을 성 싶었다. 성진은 바지 끝을 두어 번 접어 올렸다. 아킬레스건이 유달리 길고 가늘어 보였다. 인선은 자신의 우산을 접고 성진의 우산 속으로 가볼까, 하는 생각을 잠깐 해봤다. 그러나 금세 마음을 고쳐먹었다. 우산 둘은 그런 것이다. 바지 끝을 두어 번 접어 올린 저 남자가 완곡하게 거절한 표시이다.

　　인선은 가팔막 길을 오르면서도 여전히 윤주 생각에서 벗어날 수가 없었다. 화원 남자의 아내가 윤주와의 관계를 알아서 만에 하나 법을 걸고 나오면 문제가 더 복잡해질 것도 같았다. 생각이 그쪽으로 미치자 언덕을 더 오를 자신이 없었다. 인선은 그 자리에 그만 털썩 주저앉았다. 십여 미터쯤 앞서 걷던 성진이 깜짝 놀라며 받쳐 들고 있던 우산을 길바닥에 내팽개치고 달려왔다. (김찬기, 「오이꽃버섯」)

　위 소설의 서술자 역시 인물의 안과 밖, 상황의 안과 밖에 대해 자유롭게 서술한다. 인물의 행위를 그리는 것은 물론, "뭔가가 있을 성 싶었다"라든지 "윤주 생각에서 벗어날 수가 없었다"는 식으로 서술자의 생각이나 인물의 생각을 제약 없이 서술하고 있다. 위 이야기의 중심은 두 사람의 마음이 조였다 놓이는 긴장일터인데 그것을 빗속을 걸어가는 행위와, 그러면서 마음속에 드리우는 여러 가지 생각을 통해 드러내고 있다. 특히 인선이 심리적 갈등이 섬세하게 묘사되어 있는데, 심리적 갈등은 주저앉는 행위를 통해 비로소 외부로 터져 나온다. 서술자-전지적 관찰자는 인물이든 사건이든 그것을 입체적으로 묘사하는 데는 가장 적절한 서술 방법이라고 할 수 있다.

다중 서술자와 내적 초점화

　지금까지 서술자를 네 가지 유형으로 나누어 살펴보았는데 한 작품에 하나의 서술자가 온전히 유지되는 경우는 그리 많지 않다. 한 작품 안에 둘 이상의 서술자가 쓰이는 예도 매우 흔하기 때문에 서술자가 일관성을 잃는다고 해서 작품의 성패가 갈라지지는 않는다.

> 소설의 서술 상황은 장에서 장으로, 문단에서 문단으로 넘어가면서 끊임없이 수정되게 되어 있기 때문에 한 작품의 시작과 끝 사이에 서술 상황들의 수정, 변이, 중첩 따위의 연속을 특별히 주시해야 할 필요가 있다. 개별적인 서술 작품이 갖는 특수성에 그 유형적인 모델을 적용시키는 일은 간단하게 말해서 서술 상황의 '역동화dynamization'라는 용어를 붙일 수 있을 것이다. (슈탄젤,『소설의 이론』)

서술자의 유형을 세밀히 분류하여 유형원을 만들었던 슈탄젤의 말이다. 이 예문은 서술 이론의 어려움, 특히 적용의 어려움을 이야기한 부분에서 뽑은 내용이다. 중요한 것은 특정한 텍스트에서 어떤 서술자가 어떤 효과를 내는 지를 살피는 일이 될 것이다.

의도적으로 두 개 이상의 서술자를 선택하는 소설도 많다. 액자소설은 보통 두 서술자를 둔다. 중심 이야기를 이끌어 가는 서술자와 중심 이야기에 들어가고 나올 때 이야기를 풀어주는 서술자이다. 초점 화자를 교체하는 소설도 서술자를 둘 이상 두고 있다는 인상을 준다. 이청준의 소설『당신들의 천국』은 각 장마다 중심적으로 서술되는 인물이 각기 다르다. 실제는 서술자-전지적 관찰자가 이야기를 끌어가지만 초점 인물이 바뀜에 따라 소설 전체의 분위기와 사건을 보는 관점이 많이 달라진다.

내적 초점화는 서술자가 인물의 경험과 생각에 기대어 서술하는

것을 말하는데, 객관적 서술보다는 개인의 경험이나 생각을 깊이 있게
서술하는 데 유용한 방법이다.

> 월미도로 놀러 가는 듯싶은 그들과 헤어져, 구보는 혼자 역 밖
> 으로 나온다. 이러한 시각에 떠나는 그들은 적어도 오늘 하루를 그
> 곳에서 묵을게다. 구보는 문득, 여자의 발가숭이를 아무 거리낌없
> 이 애무할 그 남자의, 야비한 웃음으로 하여 좀더 추악해진 얼굴을
> 눈앞에 그려보고, 그리고 마음이 편안하지 못하다.
> 여자는, 여자는 확실히 어여뻤다. 그는, 혹은, 구보가 어여쁘
> 다고 생각하여온 온갖 여인들보다는 좀더 어여뻤을지도 모른다.
> 그뿐 아니다. 남자가 같이 '까루피스'를 먹자고 권하는 것을 물리
> 치고, 한 접시의 아이스크림을 지망(志望)할 수 있도록 여자는 총
> 명하였다.
> 문득, 구보는, 그러한 여자가 왜 그 자를 사랑하러 드나, 또는
> 그 자의 사랑을 용납하러 드는 것인지 하고 그런 것을 괴이하게 여
> 겨본다.[……] (박태원, 「소설가 구보씨의 일일」)

박태원의 「소설가 구보씨의 일일」은 작품 전체가 두 개의 시선으
로 이루어진 독특한 작품이다. 서술자는 서술자-전지적 관찰자이지만
그가 서술하는 내용은 대부분이 구보의 시선과 마음을 통해 걸러진 것
들이다. 즉 서술자는 구보의 하루를 추적하면서 구보가 지나는 길과 사
람들을 서술하는데, 어느 때는 구보를 밖에서 관찰하지만 어느 때는 구
보와 같은 시선으로 세상을 보기도 한다. 말하자면 서술자는 구보의 등
뒤에 붙어 구보를 보지만 구보가 보는 세상도 함께 보고 있는 것이다. 내
적 초점화가 한 인물에게 일관되게 관철된 경우라 할 수 있다.

이런 초점화는 현대소설에서 일반적으로 쓰이는 방법이 되었다.

> "형은 어디서 입대했었소?"
> 외투 속에 웅크리고 있는 사람은 진눈깨비에 원한이 있다. 그
> 는 신용산에서 입대했었는데 그때도 이렇게 진눈깨비가 내리고 있
> 었다. 진눈깨비가 내리는데도 '입대'를 생각하지 못하는 것은 이해
> 할 수 없는 일이다. 염색한 헌 작업복을 입고, 헌 구두를 신고, 손에
> 는 비닐로 만든 회색 세면 가방을 들고. 그리고 여자 친구란 이럴
> 때 써먹기 위해 있는 것이 아니냐고 생각하면서, 단아한 여자가 슬
> 픔을 머금고 저만치 서 있는 것을 그려보면서… 그러나 물론 그런
> 건 없었다. 그 대신 어디나 역 근처에는 흔히 있는 더러운 매춘부들
> 중의 하나가 헝클어진 머리를 하고 역전 광장에 있는 더러운 공중
> 변소에서 나와 게처럼 엉금엉금 걸어서 판잣집들 사이로 사라져갔
> 었다. 입대할 사람들은 약 이십 명이었다. 환송 나온 사람은 아무도
> 없었다. 악대도, 한 장의 태극기도 없었다. 진눈깨비만이 내리고 있
> 었다.[……] (서정인, 「강」)

서정인의 「강」에는 세 명의 주요 인물이 등장한다. 각 인물들은 같
은 차를 타고 같은 곳을 찾아가는데, 서술자는 같은 상황을 세 사람의
각기 다른 입장에서 서술하곤 한다. 위 예문에서는 진눈깨비가 옛 기억
을 불러내는데 주요 기억의 내용은 군대이다. 군대에 입대하던 날 진눈
깨비가 왔었고 진눈깨비가 내리는 역의 풍경은 너무나도 초라했다. 그
기억을 되살리는 것은 '외투 속에 웅크리고 있는 사람'이다. 이어지는 장
면에서는 그 사람의 이야기를 들어주는 '고깔모자 사나이'나 '잠바를 입
은 사람'이 진눈깨비와 관계된 자신의 기억을 되살리게 된다.

11 이념

소설은 이념을 담는다

이데올로기는 예술작품의 실패 속에서 드러나며 그 허위성은 비난과 만나게 됩니다. 그러나 형상화와 그것을 통해 진정한 현존재의 모순을 의도적으로 화해하려는 데에 그 본질을 두고 있는 위대한 예술작품을 이데올로기라고 흥보는 것은 그 자신의 진실한 내용에만 부당하게 작용하는 것이 아니라, 이데올로기 개념을 또한 그릇되게 합니다. 이데올로기 개념은 어떤 사람들이 어떤 특정한 관심을 일반적인 것으로 믿어 버리는 데에만 소용된다고 주장하지 않고 일정한 그릇된 정신의 가면을 벗겨 그와 동시에 자기의 필요성 속에서 인간의 모든 정신을 붙잡으려고 하는 것입니다. 그럼에도 불구하고 예술작품은 그것이 얼마나 위대한 것이냐 하는 초점을 이데올로기가 숨기고 있는 것을 그 작품들이 얼마나 말하게끔 하고 있느냐 하는 문제에만 걸고 있습니다. 그 성공은, 원했든 원하지 않았든 간에 그릇된 의식으로부터의 탈출에 의해 이루어집니다. (아도르노, 「시와 사회에 대한 강연」)

소설의 관점과 의도

　소설을 읽고, 작품의 주제를 찾아나가는 마지막 단계에서 우리는 다음과 같은 질문을 만나곤 한다. "도대체 이 소설은 독자에게 무엇을 말하려는 것인가?", "작가가 소설을 이런 방식으로 써나간 이유는 과연 무엇일까?", "이렇게 서술된 소설을 읽고 독자들은 어떤 생각을 하게 되는가?", "이 소설의 입장은 현실에서 누구의 입장과 가장 유사한가?" 이런 문제들은 단순히 "이 작품의 주제는 무엇인가?"라는 질문을 넘어선다. 우리는 이런 질문을 통해 무엇을 얻으려는 것인가? 우리가 소설의 독서 후 마지막으로 묻게 되는 이런 질문들은 그 소설의 관점이나 의도와 관계된다.

　가벼운 마음으로 소설을 읽고자 하는 독자에게 철학적·역사적 지식과 함께 사회에 대한 관심을 필요로 하는 '관점'이나 '의도'의 문제는 조금 부담스러울지 모른다. 또 모든 소설에서 특정한 관점이나 의도를 뽑아내려는 시도에 대해 거부감을 느낄 수도 있다. 소설은 무엇을 주장하기보다 인간에 대한 애정을 보여주고 독자에게 반성의 기회를 제공해 주는 것 자체로 제 역할을 다 한다고 생각하는 독자들도 있을 것이다. 세계를 종합적으로 파악하기보다는 현실의 구체성에서 출발하기 때문에 소설은 이데올로기에서 가장 자유스러운 예술이라고 주장할 수도 있다. 미상불 동시대의 양심으로서, 시대의 모순을 보여주는 도구로서 소설의 기능은 편협한 관점이나 의도를 거부하는 데 있는지 모른다.

　그러나 구체적인 소설 작품을 대상으로 살펴볼 때 많은 작품이 특정한 관점이나 의도와 관련되어 있음을 발견하게 되는 것 역시 사실이다. 작가가 의도했건 의도하지 않았건 동시대의 관점을 담아낸 작품들

상당수가 '위대한 소설' 또는 '명작 소설'들로 평가되고 있다. 세계 명작들을 대상으로 했을 때 역사 안에서 의미 있는 관점을 선취한 문학이 위대한 문학이 될 가능성이 크다는 가정을 세워볼 수도 있다. 시간이 지난 후에 '보편적'인 가치를 보여준 것으로 평가되는 작품들도 사실은 나름의 관점에 충실했던 경우가 많다.

앞에서 살펴보았듯이 소설은 어떤 식으로든 개인과 사회에 대한 관심을 그 출발로 한다. 이런 관심은 자연스럽게 인간과 사회에 대한 해석을 낳게 되는데, 그 해석에는 필연적으로 관점이 들어가게 마련이다. 노골적으로 드러나느냐 그렇지 않느냐의 차이는 있을지 몰라도 그야말로 '객관적인' 소설이란 존재하지 않는다고 보아도 좋다. 대상에 대한 객관적인 묘사를 시도하고 있는 듯한 소설도 소재의 선택과 배열, 그리고 인과의 설정에서 나름의 관점이 드러나게 마련이다. 이때 '나름의 관점'은 이데올로기의 성격을 띠기도 한다.[1]

여기서 말하는 이데올로기는 분파적인 사회적 이념이나 이익의 표현 정도의 의미를 갖는다. 현대사의 특수성으로 인해 우리는 이데올로기에 대한 강한 거부감을 가지고 있다. 그 거부감은 두 가지 이유에서 비롯되는데, 우선 사람들은 이데올로기 하면 으레 현실 사회주의와 자유주의의 대립을 떠올린다. 이데올로기 개념이 마치 마르크스-레닌주의가 지니는 문제성에서 비롯된 것인 양 생각하기도 한다. 다른 하나는 이데올로기 개념의 애매성에서 비롯된다. 사실 이데올로기 개념은 그

---

1 이데올로기는 보통 다음과 같은 다양한 의미로 사용된다. 즉 이데올로기는 ① 특정한 계급 또는 집단에 특징적인 믿음의 체계 ② 진정한 또는 과학적인 지식에 대비될 수 있는 환영적인 믿음들—허위 사상(관념)이나 허위의식 ③ 의미와 사상을 산출하는 일반적 과정이다. 이 개념들 중 한 가지를 선택하여 사용하는 것이 보통이나 때로는 혼용되어 쓸 때도 있다. (레이몬드 윌리엄스, 『이념과 문학』)

자체가 매우 애매할 뿐 아니라 부분적으로 서로 모순되기까지 하는 수 많은 정의들에 싸여 있다. 이데올로기 개념을 사용하다보면 그 범주의 다양성 때문에 개념 사용의 적실성을 의심할 때가 많다. 이런 거부감에도 불구하고 소설이 인물을 다루는 관점이나 사건을 다루는 관점을 통해 자기의 이데올로기를 드러낸다는 사실은 크게 달라지지 않는다. 그것은 사회의 진보적 관점을 대변하는 것일 수 있고, 개인주의를 드러내는 것일 수도 있다. 작품에 따라 개인과 사회에 대한 반성적 태도를 보여주는 것으로 주제를 대신하는 수도 있다. 사회의 특정한 관점을 대변할 때는 말할 것도 없지만, 개인을 다룰 때에도 독특하고 고립된 관점을 유지하는 일은 불가능하다. 반성에도 어쩔 수 없이 관점이 존재한다.

다시 말해 특정한 관점이 기준이나 방향 없이 마구잡이로 만들어지고 사라지는 것은 아니라는 말이다. 사람의 생각이 짐작할 수 없는 방향에서 무한대의 영역으로 퍼질 수 있는 것도 아니다. 작가의 독특한 관점이라고 짐작되는 것들도 사실은 우리 사회 다수의 생각을 대변하는 경우가 대부분이다. 사람들이 모두 똑같은 생각을 하고 살아간다는 의미에서가 아니라 누구도 사회적 관계 안에서 자유로울 수 없고, 그런 이유로 우리는 가능한 몇 가지 방향 중 하나를 선택하여 그 자리에 설 수밖에 없기 때문이다.

그렇다고 이데올로기를 순전히 정치 경제적 입장으로 이해하는 것은 바람직하지 않다. 또 모든 일에 '의식적'으로 이데올로기가 개입한다고 생각하는 것도 옳지는 않다. 이때는 자칫 이데올로기를 "사회에 있어서 각각의 계급 또는 당파의 이해를 반영하는 일정한 관념"으로 좁게 해석하게 된다. 문학 작품을 통해 확인할 수 있는 이데올로기들은 정치적 견해, 법률적 관념, 도덕, 종교, 철학 등의 이른바 '이데올로기 형태'보다 복잡하고 미묘한 경우가 많다. 잘 쓰인 소설에서는 노골적으로 자신의 이데올로기를 드러내는 일은 거의 없다.

그럼에도 불구하고 소설에 담겨 있는 이데올로기가 중요한 이유는 그것이 작품의 이면적인 주제를 형성하기 때문이다. 감추고 드러내는 기술이 발달하면서 소설의 현실은 점점 복잡해지고 있다. 그 현실을 이해하는 방법은 드러난 이야기들을 따라가는 것으로는 부족할 때가 많다. 때문에 비록 소설이 특별한 이데올로기를 드러내지 않더라도 때로는 이데올로기를 의식하고 읽는 것이 필요하다. 가족의 중요성이 강조되는 소설에서 가족의 의미를 어떻게 규정하고 있는지, 소시민의 심리를 그리는 소설에서 소시민의 의미를 어떻게 보고 있는지 등은 기본적으로 짚고 넘어가야 할 문제에 속한다. 작가가 궁극적으로 무엇을 말하고 싶어 하는지, 나아가 작가가 드러내지 않으려고 하지만 내면에 자리 잡은 생각은 어떤 것인지를 읽어내는 일은 매우 흥미롭고도 중요하다.

이데올로기 해석의 중요성

소설에서 작가의 이데올로기를 발견할 수 있다고 해서 편협한 시각을 의도적으로 작품 해석에 동원할 필요는 없다. 실제로 소설의 이데올로기는 편협하거나 왜곡된 것과는 거리가 멀다. 좋은 소설에서 공통적으로 발견할 수 있는 바람직한 '이데올로기'는 인간성에 대한 옹호이기 때문이다. 근대 자본주의의 도래 이후 사라져 가는 인간의 가치를 최대한 옹호하는 것이 문학이고 그 대표적인 장르가 소설이었다는 점은

충분히 강조되어야 한다.[2]

이런 점이 소설을 단순히 이데올로기 양식으로 보기 주저하는 이
유이기도 하다. 쿤데라의 말대로 인간은 선과 악이 분명하게 구분되는
세계를 원한다. 그것은 인간에게 이해하기에 앞서 심판하고자 하는 타
고난, 길들일 수 없는 욕망이 있기 때문이다. 종교와 이데올로기는 바로
이 욕망 위에 수립되는 것이다. 이것들은 소설의 상대성과 애매성의 언
어를 자기네들의 명증적이고 도그마적인 담화로 바꾸어놓지 않고서는
소설과 양립하지 못한다. 따라서 이데올로기의 문제는 소설의 문제가
아니라 소설 해석의 문제일 수도 있다. 작가의 의식적인 측면을 읽어내
는 일임과 동시에 작가의 무의식 영역을 읽어내는 일이 될 것이다. 이때
도 역시 중요한 것은 이데올로기가 있다, 없다가 아니라 소설이 '어떤'
이데올로기를 담고 있는가이다.

이런 점에서 소설은 역사나 철학과 유사한 점을 많이 가지고 있다.
문학과 철학과 역사는 인문학을 대표하는 학문으로, 각각 독립된 것이
아니라 인문학적 교양을 쌓고 인간 정신의 풍요를 유지하는 데 필수적
인 학문이었다. 근대에 접어들어서는 학문이 세분화되고 전문화되는 방
향으로 급속히 진행되어 한 분야의 연구조차 쉽지 않은 실정이지만 문
학·역사·철학은 여전히 중요한 학문적 연관을 유지하고 있다. 인문학
으로서 이들이 가진 공통점은 탐구와 성찰을 함께 수행한다는 데 있다.
탐구가 대상을 관찰하고 분석하는 방법이라면 성찰은 자기 행동과 사

---

2 물론 여기서도 역시 누구의 어떤 인간성을 옹호하는가, 막연한 인간성인가 구체적 대
   상을 상정한 인간성인가를 따질 수 있을 것이다. 또 인간성이라고 하는 것도 관점에
   따라 다르게 해석될 여지를 안고 있다. 어떤 소설은 계급에 의해 규정되는 인간에 관
   심을 가질 수 있고, 다른 소설은 인간의 보편적 감정이라는 다소 추상적인 주제에 관
   심을 가질 수도 있다.

고에 대한 반성이다. 탐구와 성찰의 기능을 함께 수행한다는 점이 문학과 역사와 철학을 인문학으로 아우르게 되는 이유이다. 과학은 탐구가 중심을 이루지만 주체인 인간이 생략되기 쉽다. 종교의 교리는 끝없는 성찰을 요구하지만 대상에 대한 탐구는 부족하다.

인문학을 대표하는 철학이나 역사에서도 동일한 대상을 누가 보느냐에 따라 다르게 설명하는 예를 흔하게 볼 수 있다. 우리는 중등교육을 받으면서 민족사관이니 식민사관이니 하는 말을 자주 들었다. 사관이란 역사를 어떻게 보느냐 하는 관점이다. 식민사관은 식민지 지배자의 입장에 의해 우리 역사를 해석하는 관점을 말하고, 민족사관이란 민족의 주체적 입장에 따른 역사 해석을 말한다. 식민사관은 우리 민족의 단점을 부각시키고 식민지 지배의 합리성을 설명하는 데 주력했을 것이라 짐작할 수 있고, 민족사관으로 쓰인 역사는 민족의 자부와 긍지를 부각시키는 방향으로 기술되었을 것이라 짐작할 수 있다. 그러나 역사가 구체적 사실의 흔적과 기록에서 출발한다는 점에 비추어 볼 때 식민사관이나 민족사관을 만들어낸 역사가들이 의지하는 자료가 전혀 다르지는 않다. 따라서 같은 사료를 가지고 정 반대의 결과를 끌어낸 것이라고 보아도 큰 무리는 없을 것이다.[3]

철학도 마찬가지이다. 동시대를 살아간 철학자들이라 해도 그가 처한 환경과 경험에 따라 상이한 사상을 발전시킨 경우를 쉽게 발견할 수 있다. 서양 철학에서는 동시대를 살았던 소크라테스와 소피스트의 차이, 헤겔과 쇼펜하우어의 차이, 경험론과 관념론의 차이 등을 예로 들 수 있다. 동양 철학에서는 제자백가가 활동하던 중국의 전국시대를 상

---

3 실제에 있어서는 양측 모두 사료의 왜곡이나 해석의 비약을 시도했다는 혐의를 받고 있다. 여기서는 이런 사실 자체를 크게 문제 삼지는 않는다.

상해보면 인간에 대한 이해가 얼마나 다르게 나타날 수 있는지 짐작할 수 있다. 문학에서도 이런 현상이 벌어지는 것은 매우 자연스럽다. 사회적 관점을 소설에 직접 대입하는 노골적인 예가 아니라면 작품들 사이의 이데올로기 차이를 강조하는 일은 오히려 바람직하다고 할 수 있다.

물론 이런 유사점에도 불구하고 이들 사이의 차이점을 이해하는 일 역시 중요하다. 역사는 구체적인 사실에 대해 다룬다는 점에서 문학과 통하는 면이 있다. 동양의 역사 기술 전통은 소설의 기술 방법과 유사한 면이 많다. 그러나 문학이 구체적인 사실의 기록이 아니라 작가에 의해 선택되어 구상된 이야기라면 역사는 사실의 탐구와 종합이라고 할 수 있다. 사가의 관점이 전혀 개입되지 않는 것은 아니지만 역사 기술에서는 비약과 추측을 최대한 억제한 객관적인 기술을 지향하는 것이 보통이다. 이에 비해 소설은 구체적인 사실을 작품의 중요한 소재로 사용하지만 사실의 전달을 목표로 삼지는 않는다. 역사가 구체적인 사실들의 축적을 통해 인간의 보편적 역사 또는 인류사의 보편적 진행에 접근해 간다면 소설은 허구적 인물을 통해 보편적 상황과 정서를 만들어내려 한다. 상대적으로 소설은 역사에 비해 현재와 깊은 관련을 맺는다.

철학은 보편적 원리를 세우는 것을 그 목표로 한다. 세계를 이해하는 길이든 윤리적·도덕적 원칙을 세우는 일이든 철학은 세계를 설명하는 일에 관심을 기울인다. 플라톤 이후 서구 철학은 근원 또는 대원리를 밝히는 데 봉사하였다고 할 수 있다. 이에 비해 소설은 보편적 원리를 설명하기보다는 구체적 대상에 대한 관심으로 세계에 대한 이해를 높여준다. 원리나 본질을 탐구하려는 데에서는 같지만 접근하는 방법에 있어 차이를 보인다고 할 수 있다. 근대 철학의 이러한 특징이 현대 철학에 와서 많이 달라지기는 했지만(그래서 철학이 문학을 많이 닮아가고

있지만) 이러한 차이는 여전히 중요한 의미를 갖는다.[4]

그렇다면 결론적으로 '바람직한' 이데올로기는 무엇인가? 무엇보다 문학은 주류가 아닌 비주류, 다수가 아닌 소수에 관심을 갖는다. 표면에 드러나는 영광스런 삶이 아니라 이면에 가려진 좌절된 삶이다. 이는 소설이 갖는 구체성이기도 한데, 수치로 드러나는 보통의 삶은 애초부터 소설의 관심사가 아니었다. 탐구의 영역으로 보면 여러 가지 이유에 의해 부당한 대접을 받는 사람이라든지, 조직의 폭력에 의해 희생되는 개인의 문제 등이 중요한 주제가 될 것이다. 성찰의 영역에서는 속물화되어 가는 소시민의 모습이나, 힘들어도 어떻게든 살아갈 수밖에 없는 불행한 현대인의 자의식 등이 중요한 주제가 될 것이다.

이데올로기 비판

소설은 지배적인 이데올로기에 대한 비판을 자기 존재의 이유로 삼기도 한다. 소설에서 허위로 가득한 일상을 다루거나 보이지 않는 힘에 의해 희생되는 개인을 다룰 때 그것은 곧 우리를 지배하는 이데올로기에 대한 비판으로 이어지게 된다. 물질에 대한 집착, 소외와 인간성 상실 등은 단순히 우연히 발생한 사건이 아니라 지배 이데올로기의 산물이며 지배 이데올로기를 생산하는 기재이다. 소수자들의 삶을 다루면서 소설은 그들의 온전한 삶을 방해하는 일반인들의 사고를 비판하

---

4 밀란 쿤데라에 의하면 소설은 프로이트 이전에 이미 무의식을 알고 있었고 마르크스 이전에 이미 계급투쟁이라는 걸 알고 있었고 현상학자들 이전에 벌써 현상학(인간적 상황의 본질에 대한 탐구)을 실천했다고 한다. (『소설의 기술』)

고, 관습과 기득권에 안주하는 사람들의 모습에서 편협한 이기주의의 배경을 탐구한다.

이데올로기 비판은 인간을 억압하는 광범위한 폭력에 대한 비판으로 이어진다. 그러나 소설이 비판하는 억압의 주체가 부도덕한 권력이나 직접적인 폭력에 그치는 것은 아니다. 소설은 사회의 존재 방식과 작동 원리 전반이 가지고 있는 폭력성에 저항하기도 한다. 인간이 느끼는 폭력의 형태는 매우 다양하다. 개인에 따른 차이를 말하지 않더라도, 인간이 가지고 있는 권리를 강제로 침해하고자 하는 모든 것들을 폭력으로 규정할 수 있다. 그것은 특정한 개인의 욕심이나 잘못에 의해 발생한 결과들만을 의미하지도 않는다. 따라서 소설은 인간답게 사는 데 방해가 되는 모든 방해물에 저항한다고 할 수 있다.

현대사회를 지배하는 가장 확고한 이데올로기는 합리성이다. 사회가 요구하는 합리성이란 목표를 이루기 위한 수단의 효과적인 사용을 말한다. 여기서 목표는 생산이나 욕망의 충족, 많은 이득의 획득 나아가 경쟁에서의 승리를 의미한다. 이때 목표를 이루는 데 어긋나는 다른 문제들은 무시되거나 제거되어야 한다. 그 대상이 사물이냐 사람이냐는 그리 중요한 문제가 아니다. 현실에서는 그 목표를 이루는 것이 중요하고, 목표를 이루는 자만이 성공할 수 있다. 소설을 통해 우리는 이러한 사회가 인간을 억압하고 있으며, 그 억압이 인간성을 훼손할 수 있음을 폭로한다.[5]

목표 달성을 위해 무시되거나 제거되는 것들은 우리 주위에 너무

---

5 현대는 도구적 이성이 지배하는 사회라고도 한다. 도구적 이성이란 목표를 달성하기 위해 수단으로 사용되는 이성을 말하는데, 목표를 효과적으로 달성하기 위해서는 거기에 어긋나는 것은 무엇이든 배제되거나 제거된다. 도구적 이성의 적절한 활용에 의해 합리성이 획득된다.

나 많다. 대부분의 인문계 고등학교는 대학 진학을 지상 목표로 한다. 때로는 학과 수업까지 파행적으로 운영하면서 입시에 모든 힘을 집중한다. 특히 세칭 일류대에 많은 학생을 진학시키기 위한 프로그램을 무엇보다 중요시한다. 그런데 실제로 일류대학에 진학할 수 있는 학생 수는 전 학생의 10%가 되기 어렵다. 많은 학생들은 여러 이유로 일류대 진학을 꿈꾸지 못하는데도 그 프로그램에 따라야 하고 때로는 대학 시험 이전부터 낙오자나 실패자와 같은 대접을 받기도 한다. 숫자로 보면 절대다수임에도 불구하고 그들은 학교 내에서 자신의 존재를 무시당하기도 한다. 어떤 학생은 고등학교 교육 과정을 성실히 수학하여 교양인으로 갖추어야 할 최소한의 자질을 닦고자 할 수도 있다. 그러나 유감스럽게도 그 학생의 바람은 우리 고등학교 현실에서 이루어지기 어렵다. 인간적인 모멸감을 느끼지만 않아도 다행이다. 경쟁에서 진 운동선수나 직장에서 능력을 인정받지 못한 회사원도 인간적으로 참기 어려운 대우를 받기는 마찬가지이다.

합리성에서 발현된 것이지만, 조직화된 사회의 메커니즘은 인간에게 큰 억압으로 다가온다. 메커니즘 속의 개인은 부속품처럼 취급되곤 한다. 다수의 의견을 따르지 않는 개인은 무시될 수 있다. 때로는 숫자와 상관없는 다수가 등장하기도 한다. 공동의 목표에 동의하지 않는 개인 역시 무시되곤 한다. 전체라는 보이지 않는 대상을 주인으로 본다면 다수에서 떨어진 개인은 주변이나 타자가 된다. 개인의 입장에서 다수의 의견은 폭력일 수 있다. 개인은 타고난 성향과 생각을 펼치지 못하는 것은 물론 자신과 다른 무엇이 되라고 강요당하기까지 한다. 문학은 우리가 살고 있는 이러한 억압적 상황을 도드라지게 만든다.

자본주의 사회에서 사람의 가치는 상대적으로 평가된다. 이 역시 인간을 억압하는 기본적인 요인이 된다. 자본주의는 상품의 교환을 기반으로 하고 있는 경제 체계이다. 예를 들어 10자루의 색연필은 1봉지의 밀가루와 교환됨으로 해서 그 가치를 인정받는다. 1봉지의 밀가루는 2켤레의 양말과 교환할 수 있는 가치를 가지고 있기도 하다. 이들의 가치는 현금 5천원의 가치와 같다. 여기서 우리가 확인할 수 있는 사물의 가치는 평균적인 가치이고 교환으로 확인할 수 있는 가치이다. 이렇게 교환 가치로 평가되기 위해 생산되는 물건을 상품이라 부른다. 개인적 취향이나 물질 자체가 가지고 있는 고유의 가치나 특성은 교환 가치의 뒤로 숨는다. 교환가치는 모든 가치를 재는 척도가 되고, 그것은 가격으로 현현된다.

상품의 이러한 특징은 사물과 인간의 관계 나아가 인간과 인간의 관계를 물질적인 이해에 종속되도록 만든다. 상품이 되고 나면, 그것을 보는 모든 판단의 근거는 얼마의 교환가치를 가지고 있는가에 모아진다. 사람들이 선호하는 직업, 남들이 인정해주는 외모, 모두가 알아주는 학벌은 단순히 부러움의 대상에 그치는 것이 아니라 그것 자체로 교환가치를 갖게 된다. 상품이라는 관점에서 보면 물건과 사람이 다를 바가 없다. 많은 상품을 생산하는 노동자와 그렇지 못한 노동자는 분명히 다른 교환가치를 가지고 있는 것이며, 기한이 다한 상품이 폐기되듯이 노동력을 잃은 노동자는 가치를 인정받을 수 없다. 자본은 생산과정에 투입된 인간과 기계의 가치를 구분하지 않는다.[6]

군이 생산과 관계된 활동만이 교환가치로 평가되는 것은 아니다.

---

6 상품의 성격을 탐구하면서 시작하는 책이 유명한 마르크스의 『자본론』이다. 상품은 생산 단계에서부터 판매를 전제로 하고 있다는 점에서 자본주의 이전의 생산물과 구분된다.

여가나 취미 등의 정서적인 활동도 상품 가치로 환원된다. 비오는 날 마시는 차 한 잔의 가치는 장소에 따라 크게 다르다. 도심에 위치한 넓은 창을 가진 다국적 브랜드 찻집에서 마시는 차와 교외의 한적한 찻집에서 빗소리를 들으면 마시는 차, 그리고 호텔 스카이라운지에서 마시는 차의 교환가치는 허름한 동네 찻집의 차가 가진 교환가치와 다르게 '평가'된다.

　이런 획일적인 가치 척도는 알게 모르게 사람들을 억압하게 된다. 교환가치로 측량할 수 없는 고유한 삶들이 억압당하고 있으며, 교환가치를 위해 희생하는 매일 매일의 일상이 억압당하고 있다. 일상에서 맺어지는 관계들 역시 우리를 억압한다. 서로를 존중하는 관계가 아니라 목적을 이루기 위해, 경쟁에서 밀려나지 않기 위해 살아가는 삶은 우리를 황폐하게 만든다. 문학은 무엇이 옳은 삶인가, 우리가 놓치고 있는 삶의 내용은 무엇인가를 질문하게 한다. 도구적 합리성만을 위해 수단으로 전락한 인간이 아니라 고유한 정서를 가진 존재, 교환가치로 환원될 수 없는 존재로서의 인간을 상기시킨다.

12 관점

소설 읽기의 실제 4

현실을 바라보는 관점

현대소설에서 고전소설과 같이 노골적으로 이데올로기를 드러내는 경우를 찾기란 쉽지 않다. 사회가 다양해지면서 통합된 이데올로기를 발견하는 일 자체가 어려워졌기 때문이다. 통합된 이데올로기가 없다는 점이 사실은 소설의 양식을 이데올로기적으로 만든다. 이 때문에 계층과 계급 이데올로기를 텍스트 속에 교묘하게 숨기는 것이 중요한 의미를 갖게 되었다. 따라서 이데올로기가 문제된다면 이데올로기 파악이 명확하고 단순한 고전 소설에서가 아니라 없는 듯 하지만 존재하는 현대소설에서이다. 여기서는 현실을 대하는 태도를 중심으로 현대소설의 이데올로기를 살펴볼 것이다. 고전소설이 현실 윤리를 지키는 데 주력하였던 데 비해 현대소설은 현실에 대한 다양한 태도를 보여준다는 사실을 확인하게 될 것이다.

현실을 개선하려는 의지

자본주의 사회에서 확인할 수 있는 가장 극단적인 대립은 자본가와 노동자 사이에서 벌어진다. 생산물은 상품화되고 상품화는 모든 가치를 본래의 가치가 아닌 교환가치로 전화시키며 이에 따라 인간의 노동력 역시 교환될 수 있는 가치의 하나로 취급된다. 이런 구조 속에서 자본가와 노동자는 생산력을 사고파는 관계가 된다. 필요한 만큼의 노동을 팔아 생계를 유지하려는 노동자와 잉여노동시간을 최대한 늘이려는 자본가 사이의 갈등은 쉽게 조절하기 어렵다. 이런 현상은 산업화가 본격적으로 진행되는 시기에는 더욱 노골적인 양상을 띠게 되는데, 근대 초기에는 자본가의 이데올로기와 노동자의 이데올로기가 중세 윤리를 대신할 대표적인 이데올로기가 된다. 산업사회가 고도화되면서 대립이 드러나는 형태는 복잡해졌지만 자본과 노동의 대립은 현재까지도 자본주의 사회를 지배하는 가장 근본적인 갈등이라고 할 수 있다.

이러한 갈등에서 노동자의 관점을 유지하고 있는 대표적인 소설로 황석영의 「객지」를 살펴보자.

운지 간척지 공사장의 일용 노동자들의 파업을 다루고 있는 「객지」는 당시의 노동 운동 수준을 보여주는 선구적인 작품으로 평가된다. 이 작품의 장점 중 하나는 노동 운동의 현실을 관념적으로 다룬 것이 아니라, 70년대 우리 노동운동의 수준을 가장 적절하게 보여준다는 데 있다. 파업을 다루면서 작가는 노동자들의 현실이 쉽게 개선되리라는 낙관적 전망을 제시하지는 않는다. 노동력의 공급과잉 상태에서 노동운동의 건전한 발전을 기대하기 어렵다는 현실에 적절히 대응하는 셈이다. 이런 상황을 그대로 받아들이면서도 미래에 대한 희망은 포기하지 않는다는 데 작품의 성과가 있다.

> 그는 자기의 결의가 헛되지 않으리라는 것을 믿었으며, 거의
> 텅 비어버린 듯한 마음에 대하여 스스로 놀랐다. 알 수 없는 강렬한
> 희망이 어디선가 솟아올라 그를 가득 채우는 것 같았다. 동혁은 상
> 대편 사람들과 동료 인부들 모두에게 알려주고 싶었다.
> "꼭 내일이 아니라도 좋다."
> 그는 혼자서 다짐했다. (황석영, 「객지」)

인용은 소설의 결말 부분이다. 작가는 현실적인 수준에서 문제를
풀어나가고, 나머지 문제는 인물의 의지를 통해 미래의 과제로 남겨둔
다. 예문에서 보듯이 그 미래는 단순히 희망하는 미래가 아니라 언젠가
찾아오리라 확신할 수 있는 '가능한' 미래이다. 한 번의 싸움에 그치지
않을 것이라는 생각, '텅 비어버린 마음'은 파업의 현실적인 실패를 넘
어서는 심리상태라 할 수 있다. 파업의 성공과 실패가 중요하다기보다
실재하는 노동자들의 분노와 노동현장의 모순을 확인하는 것으로 충분
할지 모른다. 현재의 노동 운동 수준을 깨닫고 있기에, "우리가 못 받으
면, 뒤에 오는 사람 중 누군가 개선된 노동 조건의 혜택을 받게 될 거요"
라는 동혁의 말을 객기나 호기로 취급할 수 없게 된다.
　물론 「객지」는 노동운동의 관점에서든 인물의 성품에서든 많은
문제점을 드러내는 소설이다. 특히 중심인물인 동혁은 문제적이다. 대
위와 함께 파업의 주동 인물인 동혁은 노동운동이 선구적인 몇 사람과
감정적인 충동으로 그들을 따르는 다수에 의해 이루어질 수밖에 없다
고 생각한다. 심정적 수준에서 파업이 이루어져야 한다고 생각하기에

감독조의 횡포를 은근히 바라고 누군가 피를 본다면 파업이 더 쉽겠다고 생각한다. "여기처럼 조직이 없는 공사판에서 개인적인 감정이 중요한 것 같다"는 말 등에서 이러한 생각을 확인할 수 있다. 파업에 임하는 방법이 논리적이기보다 감정적인 데 치우쳐 있다. 이렇게 심정적인 수준에서 이루어지는 파업은 상대방의 전략에 의해 쉽게 무너질 가능성을 안고 있다.

사실 동혁은 파업의 주동자라기보다 음모를 꾸미는 사람에 가깝다. 음모가는 적에 대하여 일정한 전술과 전략을 꾸미는 사람일뿐만 아니라 아군의 심리, 이해 그리고 생명을 조정하는 사람이다. 동혁은 "워낙에 닳아빠진 떨거지 인생들이 어느 결에 요령은 터득해 가지고 남의 장단에 춤추며 손해 보기는 싫다는 판국인지라 쟁의를 선동할 때에는 일단 속임수가 필요하고 그들을 억지로라도 가담하게 해야 한다"는 주장을 서슴지 않는다. 이런 음모가의 의도에 의해 패배가 분명한 싸움을 할 수밖에 없는 것이 노동운동의 현실이었음을 감안하였을 때 동혁에게 가해지는 합당한 비난들은 단순히 소설적 미숙이 아니라 당시의 우리 노동운동 수준을 보여주는 것으로 이해해야 할 것이다. 또, 동혁을 중심으로 볼 경우 이 작품은 어쩔 수 없이 선과 악, 착취자와 피착취자의 이분법적 도식으로 단순화 된다는 점도 문제이다. 동혁은 제대 수병에 불과한 청년임에도 불구하고 어느 순간 노동운동의 탁월한 전술가로 변모해 버린 이해하기 어려운 비약도 있다.[1]

동혁과 달리 늙은 노동자 장씨의 존재는 작품의 현실감을 높여준

---

1 이런 점 때문에 「객지」는 영웅들에 의지하고 있다는 혐의를 피하기 어렵다. 그러나 노동 운동의 수준은 물론 그를 다룬 소설 전통도 일천했던 당시 수준에서 볼 때 동혁이라는 인물이 가진 문제점은 작품 전체의 완성도를 크게 해친다고 보기 어렵다.

다. 그는 수많은 공사판에서 객기를 부리는 젊은이들의 행동을 겪어보았지만 결국 모두 소용없는 짓이었다고 생각한다. 개선이니 진정서니 서명이니 하는 짓들이란 그가 십여 년을 노동판에 굴러다니면서 한 번도 성사하는 꼴을 못 보았기 때문이다. 바로 전에 있었던 파업도 몇 몇 노동자들이 쫓겨나는 수준에서 마무리되고 말았음을 알고 있다. "대부분의 날품들은 이런 일에 만성이 되어 있어서 열띤 분위기가 가라앉고 나면 곧장 잊어버린다."고 생각한다. 장씨의 이러한 생각은 당시의 시대 분위기를 광범위하게 암시해주는 역할을 한다.

> 노동판에는 자기밖엔 쥐뿔도 믿을 놈이 없지만, 나이가 들고 보면 어쩔 수 없이 든든한 동료가 있어야 한다고 장씨는 생각해왔었다. [……] 장씨는 자기 같은 노인이 손을 떼기엔 이미 늦었다고 생각했다. 그는 목씨나 자기네처럼 늙은 자들은 부랑 노동자가 최후에 만나게 될 표본과 같은 놈들이란 걸 알고 있었다. 자기네는 젊은 축들의 비아냥거리는 말처럼 전표 벌레가 되어버린 것이다. 그는 요즘 와서 대위나 동혁과 같은 청년들의 팔팔한 패기에 은근히 기대고 싶은 마음이었다. (황석영, 「객지」)

표면적으로 볼 때 오랫동안 노동판을 전전했던 장씨와 결말 부분의 동혁의 말은 크게 다르다. 그러나 장씨 생각에는 두 가지가 교차하고 있다. 과거의 실패에서 오는 패배주의와 그럼에도 떨쳐 버릴 수 없는 젊은이들에 대한 기대가 그것이다. 작가는 동혁의 편에서 소설을 전개하고 있으면서도 장씨가 대표하는 현실적인 노동자의 모습을 무시하지 않는다. 장씨는 단순한 '떡밥'이 아니라 진정 젊은이들의 미래를 걱정하는 관록 있는 노동자인 것이다. 동혁의 말대로 장씨를 협상을 붙이러 온 다른 노동자들과 똑같다고는 볼 수 없다. 단지 젊은 노동자들을 "염려하고 있는 것"이며, "새롭게 다가올 사태를 두려워하고 있"는 것이다. 긍정적 인물이라 볼 수는 없지만 "쟁의에 한 확신을 잃어버린", 조금의 개선 약속에도 만족해버리는 현실적이고 나약한 노동자의 모습이다.

산업화가 본격화되기 이전 소설에는 지주와 소작인의 갈등이 중요하게 부각되었는데, 그 구도에 있어서는 노동자 문제를 다룬 소설과 큰 차이가 없다. 최서해의 「탈출기」, 김정한의 「사하촌」 등의 작품은 굳이 계급의식으로 표현하지 않아도 생계와 관계된 문제에 있어 사회 갈등이 '계급적 성격'을 띠게 됨을 보여주고 있다. 또 작가가 어느 편에 서고 있는지도 분명히 드러나는 작품들이다. 1980년대 후반 다수 창작된 '노동 소설'의 경우도 물론 그러하다.

현실을 벗어나려는 의지

우리 소설사에서는 구체적 현실을 비역사적 공간과 시간으로 추상화한 소설을 많이 볼 수 있다. 구체적인 현실을 배경으로 다루는 듯 보이지만 실제로는 현실과 유리된 곳에서 보편적 인간성 혹은 궁극의 가치를 다루는 작품들이다. 이런 소설들은 현실을 추상화하여 독자들에게 폭넓은 상상력을 제공해주는 것처럼 보이지만 실제로는 현실에 대한 관심을 탈각시키는 효과를 거두곤 한다. 특별히 누구의 편에 서 있는 것 같지 않고, 무엇을 주장하고 있는 것도 아니지만 실제로는 현실에 대한 관심으로부터 거리를 두게 만드는 소설이다. 임의로 두 편의 소설을 선택하여 그 작품들이 현실을 다루는 방법에 대해 살펴보자.

이범선의 「학마을 사람들」은 한국 전쟁을 겪는 한 마을의 불행을 다룬 소설이다. 이 소설은 기본적으로 전쟁이 일제 시대와 해방기의 혼란과 크게 다르지 않다는 인식에서 출발하고 있다. 전쟁으로 인해 피해를 입은 개인들의 문제를 다루고 있지만, 가해자에 대한 비판이 두드러지지 않을 뿐 아니라 전쟁 자체에 대한 관심도 매우 제한적이다. 인간들이 역사를 통해 겪어낸 구체적인 사건을 일종의 '보편 경험'으로 처리하여 구체적 현실에 대한 탐구를 의도하지 않은 소설이라 할 수 있다.

작품은 학이 날아오던 평화롭던 산골 마을이 불행한 현대사를 겪으면서 몰락하게 되는 과정을 주요 서사로 한다. 영험하다고 알려진 학은 민족이 부당한 수난을 당하던 일제 시대부터 마을에 날아오지 않았다. 학이 날아오지 않자 농사가 잘 되지 않는 등 마을에는 좋지 않은 일들이 생긴다. 마을 사람들은 20호이던 집이 7호로 준 것도 학이 날아오지 않았기 때문이라고 믿는다. 해방을 맞이하자 사라졌던 학이 돌아오고 징용을 갔던 마을 청년 덕이와 바우도 돌아오는 등 희망적인 기운이 일기도 한다. 하지만 전쟁의 발생으로 인해 학은 다시 마을에서 자취를 감추어 버린다. 분단과 전쟁을 겪으면서 바우는 마을의 질서를 파괴하는 인물로 부각된다. 전쟁 전에 바우는 봉네와의 사랑을 이루지 못하고 마을을 떠나고 봉네는 덕우와 결혼하게 된다. 전쟁기간 중 인민위원장이 되어 돌아온 바우는 마을의 상징인 학을 쫓아버린다. 바우가 학을 쫓는 이유는 자신의 사랑을 이루지 못하게 한 미신을 깨기 위해서이다. 바우는 학의 배설물을 받을 때 본 사람과 결혼해야 한다는 전설 때문에 봉네가 덕이와 결혼했다고 생각한다.

바우를 제외한 나머지 사람들은 '학동(鶴同)'이라는 지역공동체에

끈끈하게 묶여있다. 그들은 모두 학의 신령스러움과 영험함을 믿는다. 특히 이장과 박 훈장은 자신들의 운명과 마을의 운명을 전적으로 학과 연관시킨다. 이렇듯 학과 운명을 연관시키는 전설 같은 마을이 존재하는 것은 마을의 지리적 위치와도 관계가 있다. 마을은 "자동차 길엘 가재도 오르는 데 십 리, 내리는 데 십 리라는 영(嶺)을 구름을 뚫고 넘어, 또 그 밑의 골짜기를 삼십 리 더듬어 나가야 하는 마을이었다." 지리적으로 고립된 곳이기에 인물간의 갈등이 첨예하게 들어날 수도 있지만 고립된 공간을 설정함으로써 작가는 전쟁 자체에 대한 폭 넓은 인식을 보여주지 못한다. 전쟁이라는 구체적인 문제를 당대 현실과의 연관 아래에서 파악하고 있다기보다는 고립된 공간에서 학이라는 상징을 통해 추상적으로 그리고 있다.

인물의 성격 역시 현실에 기반하고 있기 보다는 전통이나 관습과 연관된다. 이 작품은 전쟁을 배경으로 하고 있고 바우라는 부정적 인물을 등장시킴으로써 공산주의자를 인성까지도 불구인 것으로 취급한다. 그러나 공산주의자인 바우에 대한 비판은 이데올로기 문제에 모아지는 것은 아니다. 비판의 핵심은 바우가 마을사람 모두가 따르는 관습과 전통을 물리적 힘으로 파괴했다는 데 치우쳐 있다. 관습과 전통의 파괴가 갖는 부정성은 개항이후 서구의 문물을 받아들이면서 끊임없이 제기되어온 문제이다. 문제는 하나의 문화와 다른 문화가 부딪칠 때 나타나는 일반적인 충돌현상에서 야기된다. 전쟁은 문화의 충돌이 가장 직접적으로 일어나는 상황이다. 충돌의 양 역시 가장 크게 마련이다. 이렇게 보면 이 소설에서 민족단위의 전쟁이라는 특수한 의미는 사라지고 만다. 전쟁은 단지 정도가 심한 문화충돌로 일반화되어버리는 것이다. 그러므로 집단은 아주 작은 공동체 이상으로 의미가 확대될 수 없다. 문제를 특별하게 볼 수 없음은 물론 포괄적으로 다루기도 어려워진다. 이 소설에서 '현실'을 말하기는 매우 어려운 것이다. 「학마을 사람들」은 현실에서 출발하고 있는 듯 보이지만 결국 현실을 구체적으로 다루기보다 현실과 다른 질서를 이상으로 그리고 있는 소설이다.

더 노골적으로 현실에 순응하고자 하는 의지를 주제로 내세운 소설들도 적지 않다. 김동리의 「역마」는 이러한 경향의 소설을 대표한다 할 수 있다. 「역마」는 화계장터에 자리 잡은 옥화의 주막을 배경으로 옥화의 아들 성기와 계연의 이루어지지 못한 사랑 이야기를 다룬 소설이다. 어느 날 옥화의 주막에 체 장수 영감과 그의 딸 계연이 찾아온다. 옥화는 계연을 맡아 돌보아 주게 되고, 계연은 옥화의 아들 성기와 좋아하는 사이가 된다. 성기는 당사주에 천시역(天時驛)이 있다고 하여 옥화가 각별히 절에 맡겨 키운 아들이다. 성기의 역마살은 그의 가족사에서 여러 번 반복되는 것인데, 성기의 할머니는 남사당을 따라다니던 이와 인연을 맺어 옥화를 낳았고 옥화는 떠돌이 중과 인연을 맺어 성기를 낳은 바 있다. 옥화는 성기가 자신을 떠나갈 운명이라는 것이 두려워 어떻게든 마을에 정착시키려 노력했던 것이다. 그러나 체 장수 영감이 옥화의 아버지임이 밝혀지자 성기는 심한 병을 앓게 된다. 병이 나은 후 성기는 어머니에게 엿판을 만들어 달라고 해 그것을 매고 정처 없이 방랑의 길을 떠난다. 길을 떠나면서 성기는 전에 느낄 수 없었던 활기를 느끼게 되는데, 그 활기는 아마도 자신에게 주어진 운명을 따르는 데서 나오는 것이리라 짐작된다.[2]

---

2 주어진 운명을 거스를 수 없다는 이 소설의 주제는 당연히 보수적 세계관과 연결된다. 주어진 것에서 벗어나려는 의지가 무용하다는 생각은 더욱 그렇다. 이런 세계관을 동양적이고 민족적이라고 부르던 시절이 있었다. 나아가 전통적이고 세계적이라고 주장하는 논자들도 많았고 현재도 이러한 생각은 면면히 이어지고 있다. 당연히 사실이

그의 발 앞에는 물과 함께 갈리어 길도 세 갈래로 나 있었으나, 화개골 쪽엔 처음부터 등을 지고 있었고, 동남으로 난 길은 하동, 서남으로 난 길이 구례, 작년 이맘때도 지나 그녀가 울음 섞인 하직을 남기고 체장수 영감과 함께 넘어간 산모퉁이 고갯길은 퍼붓는 햇빛 속에 지금도 환히 장터 위를 구비 돌아 구례 쪽을 향했으나, 성기는 한참 뒤, 몸을 돌렸다. 그리하여 그의 발은 구례 쪽을 등지고 하동 쪽을 향해 천천히 옮겨졌다.

한 걸음, 한 걸음, 발을 옮겨 놓을수록 그의 마음은 한결 가벼워지어, 멀리 버드나무 사이에서 그의 뒷모습을 바라보고 서 있을 그의 어머니의 주막이 그의 시야에서 완전히 사라져 갈 무렵 하여서는, 육자배기 가락으로 제법 콧노래까지 흥얼거리며 가고 있는 것이었다. (김동리, 「역마」)

위 예문은 소설의 마지막 부분이다. 성기는 자신이 머물던 화개골 쪽이나 계연과 체 장수가 떠나간 구례 양쪽을 모두 버리고 낯선 하동 쪽으로 발길을 내딛는다. 그 발걸음에는 낯선 곳에 대한 두려움 등이 전혀 묻어 있지 않다. 현실적으로 그가 이러한 감정을 느끼는 이유를 설명할 수 있는 방법은 없다. 자신의 슬픈 기억을 벗어난다는 사실 정도가 길 떠나는 즐거움을 설명해 줄 수 있을 뿐이다. 이 소설의 서사를 이성적으로 이해하기는 쉽지 않다. 체 장수 노인과의 관계나 가족 내력으로 전해져 오는 역마살 등은 인물의 행위를 설명하는 '현대'적인 방법은 아니다.

인물들의 행위에 설득력을 부여하기 위해 작가는 지역과 인물 이력에 대해 반복해서 설명한다. 우선 화개장터는 경상도와 전라도 사이, 하동과 구례와 쌍계사로 가는 세 길이 만나는 곳에 있다. 장터가 그렇듯

아니겠지만 우리 민족의 세계관이 정말 이렇다면 슬픈 일이 아닐 수 없다.

이 그곳은 사람들이 머물기보다는 떠도는 곳이다. 체 장수는 성기의 할아버지이자 옥화와 계연의 아버지인데 그의 이력 역시 성기의 역마살을 이해하는 데 중요한 단서를 제공한다. "본시 여수가 고향인데, 젊어서 친구를 따라 한때 구례에 와서도 살다가, 그 뒤 목포로 군산으로 전전하였고, 나중 진도로 건너가 거기서 열 일여덟 해 사는 동안 그만 머리털까지 세어져서는, 그래 몇 해 전부터 도루 구례에 돌아와 사는" 인물이다. 성기의 아버지 역시 체 장수 노인과 크게 다를 것 없는 떠돌이중이었다. 성기의 할머니와 어머니는 떠돌이들과 인연을 맺어 아이를 낳아 시장에서 수 십 년째 술집을 하고 있는 인물들이다. 이처럼 떠돌이 이력의 조상을 두고 있고 화개장터에서 나서 자란 성기에게 역마살은 필연처럼 보이기도 한다. 이 소설은 이런 '운명'에 배다른 이모와의 사랑 이야기를 덧붙여 놓은 것이다. 구체적인 삶의 문제는 아예 주제에서 빠져 있기 때문에 평가하기도 쉽지는 않지만, 현실의 문제를 현실 아닌 것으로 풀려는 그래서 결국은 현실의 문제들을 무화시킬 수도 있는 소설이라고 할 수 있다.

현실을 유지하려는 의지

1990년대 발표된 이문열의 『선택』은 현대소설에서는 보기 드물게 계몽적 성격을 노골적으로 드러내는 소설이다. 서술자가 화자가 되고 독자를 직접 청자로 설정하여 스스로의 견해를 타이르듯, 때로는 훈화하듯 전달하는 독특한 소설이다. 서술자가 전달하려는 주제는 전통적인 유교적 삶의 방식이 갖는 가치이다. 오래 전에 죽은 인동 장씨 부인을 서술자로 하고 있지만 실제는 작가의 목소리가 여과 없이 섞여 들어간다. 표면상의 서술자가 오랜 전에 죽은 부인인 관계로 소설은 줄곧 하대하는 말투를 사용한다. 인동 장씨는 독자로 설정된 여성들에게 왜 춘향이나 신사임당이 되지 못하고 중요하지도 않은 '자아'를 찾으려 하느냐고 질타한다.

이처럼 이념이 노골적으로 드러나는 소설은 그 실체를 알기 쉬울 뿐 아니라 소설적 완성에서도 특별히 이야기할 것이 적다. 노골적으로 드러내지 않는 척 하지만 자신의 이데올로기가 은근히 배어있는 그런 소설이 사실 분석의 대상이다.

같은 작가의 「시인」은 세상에 대한 달관의 태도를 보여주어 현실적 노력의 부질없음을 강조하고 있는 소설이다.

> (가) 민초들의 삶을 대변한다고 믿었던 것도 따지고 보면 자신의 세상에 대한 악의를 드러낼 구실로 삼은 것에 지나지 않았으며, 민초들의 욕구에 충실했다고 믿었던 것 또한 기실은 대중에 대한 질 낮은 아첨이었는지도 모른다는 의심마저 일었다. 그리하여 그 시기의 끄트머리에 다가갈수록 그는 결국 자신도, 방식은 다르지만, 어리석고 힘없는 민초들의 한에 올라 탄 더부살이거나 또 다른 종류의 작은 억압자 착취자에 불과한 것 같다는 자괴감에 서서히 빠져들기 시작했다.

> (나) 결국 그자와 그자의 주위에 있던 무리들도 조정에 높이 앉은 왕이며 대신의 무리와 조금도 다를 바 없는 것들이었지. 권세와 힘을 그 무엇보다 높이 여기고 그걸 움켜쥐기 위해서는 못할 짓이 없는 것들 말이네. 대의라고? 물론 겉보기로야 그 비슷한 게 있었지. 그러나 그 이면을 들여다보면 기실 그들의 가장 힘들

인 추구는 지금 대궐을 중심으로 좋은 것은 모두 거기에 모아 차고앉은 무리들을 대신해 따돌림 받고 있는 자기들이 그 자리에 앉게 되는 일이었지.

    (다) 익균이 어렴풋하게나마 그 이상한 현상의 원인을 짐작하게 된 것은 그런 일을 몇 번이나 더 겪은 뒤였다. 그 다음날 어떤 바위산 기슭을 지날 때 익균은 마음먹고 아버지에게서 멀어지면서 어떻게 아버지가 없어지는가를 살펴보았다. 그때 아버지는 바위산 기슭으로 비어져 나온 청석 끝에 앉아 쉬고 있었는데, 익균이 대여섯 발자국 떨어지면서부터 벌써 아버지의 형태는 희미해져 가기 시작했다. 익균은 놀라면서도 한 발자국 더 떨어져 보았다. (이상 이문열, 「시인」)

위에 인용한 세 개의 단락은 시인(김삿갓으로 알려진 김병연이 시인이다)의 생애를 설명하고 있는 서술자의 태도를 잘 보여주는 글들이다. (가)는 민중시에 대한 비판이고 (나)는 '홍경래의 난'이 갖는 성격에 대한 서술이다. (다)는 세상에 달관하고 자연과 하나가 되어 사람들의 눈에 잘 띠지 않게 된 김삿갓의 모습을 아들의 눈을 통해 보여주는 부분이다.

민중시에 대한 서술자의 태도는 매우 부정적이다. 지식인들에 의해 창작된 민중시가 민초들의 삶을 대변한 것이 아니라 세상에 대한 시인들의 악의를 드러낸 것이라고 말한다. 민초들의 욕구에 충실했다고 믿었던 것도 그들에 대한 아첨에 불과했다고 말한다. 민초들을 노래한 시인들은 민초들의 삶을 이야기함으로서 그들에게 더부살이를 했으며 때로 그들을 착취하기도 했다는 주장이다. 이런 지적에 대해 일일이 사실 여부를 따지는 일은 중요하지 않다. 그런 일이 있었다고 해도 그것은 민초들을 이용한 사람들의 문제이지 민중시 자체의 문제라고 할 수 없기 때문이다. 민중시를 쓴 좋지 않은 시인들과 민중시 또는 민중시의 내용이 동일시 될 수는 없는 일이다.

홍경래의 난에 대한 (나)의 서술도 마찬가지이다. 난을 일으킨 사람들이 내세운 '대의'에 대한 부정적인 생각이 드러난다. 난을 일으킨 사람도 결국 권력에 대한 야망을 가진 한갓 속된 인간들에 불과했다는 말이다. 대의를 내세웠지만 그 일을 진행하려 했던 사람들은 대의와는 무관하게 행동했다는 말이 된다. 물론 이 비판이 가진 맹점도 분명하다. 대의를 내세운 사람들이 정당하지 못하면 대의를 내세우게끔 만들어낸 현실의 문제는 어떻게 되는 것인가? 거기에 답하지 못한다면 이런 비판은 현실을 바꾸려는 의지에 대한 반발 이상이 될 수 없다.

이처럼 「시인」의 서술자는 많은 것을 비판하고 있다. 그런데 그 비판은 두 가지 점에서 문제가 있는 비판이다. 하나는 비판의 초점이 비판자의 구미에 맞게 선택된 것이라는 점이다. 비판의 대상이 의도하는 것을 자신의 입장에서 해석하여 그 해석한 것이 비판 대상이 의도한 것인 양 왜곡하는 방법이다. 이는 언론으로 치면 왜곡 보도와 같은 것으로 비판 대상의 의지를 정당하게 받아들이지 않는 수단으로 이용될 수 있는 방법이다. 비판에 대한 어떠한 대안도 가지고 있지 않다는 점도 역시 문제가 된다. 모든 비판이 대안을 가지고 이루어질 수는 없는 일이다. 문제점을 지적하는 일과 대안을 세우는 일은 꼭 같은 것이 아닐 수도 있다. 그러나 대안이 없음으로 인해 현재의 부정까지 면죄부를 받는 일이 있어서는 안 된다. 「시인」의 주인공 김삿갓의 비판이 갖는 한계는 여기에 있다고 할 수 있다. 김삿갓은 현실을 비판하는 세력의 문제점을 자기 식으로 풀어낸다. 그리고는 그들의 행위가 갖는 허무함과 부당함을 지적한다. 여기까지는 크게 문제 삼지 않아도 좋을지 모른다. 그러나 이런 과정을 통해 실제 부정되어야 할 현실은 그대로 남는다. 시인이 비판하는 대상은 사실 힘도 없고 무엇이든 장악하는데 성공하지 못한 세력들이다. 어찌 보면 여전히 약자라고 할 수 있다. 그들의 부정적인 면(실제 부정적인지 아닌지를 떠나 시인은 부분적인 접근을 통해 전체를 판단하는 오류도 범하고 있다)이 부각되면서 실제 먼저 비판되어야 할 대상은 온전한 상태로 남는다는 것이 문제이다.[3]

서술자가 가장 바람직하다고 생각하는 상태는 (다)처럼 자연과 인간이 하나가 된 경지이다. 김삿갓은 자연 속에 머물 때 인간의 시야에서 사라지곤 한다. 자연은 스스로 자족적이어서 자연이지만 여기서는 의미가 다른 듯하다. 인간이 바꾸어야 하는 자연이 아닌 인간이 적응해야 하는 자연을 말하는 것 같다. 자연에 대한 이러한 태도는 흠잡을 데 없이 긍정적이다. 그러나 그것이 (가), (나)의 비판과 이어질 때는 특별한 의도를 갖게 된다. (가)와 (나)의 경우 무엇이 자연이고 무엇이 인간인가? 자연과 하나 되는 것이 궁극이라면 그렇지 못하고 세상을 바꾸려고 하거나 세상 앞에서 불만을 토로하는 이들에 대해서는 어떻게 생각해야 하는가? 이들 질문에 대한 공통된 답은 변화가 아니라 유지이다.

보수주의조차 표면적으로는 현실의 변화를 거부하지는 않는다. 단지 그들은 현실의 변화가 갖는 문제점을 지적할 뿐이다. 보수주의는 세상은 변화해야 하지만 급격한 변화는 혼란을 가져올 수 있고, 변화를 추구하면서 생기는 문제들을 생각할 때 변화에는 신중을 기해야 한다

---

3 A가 문제 있는 것은 사실이지만 그를 비판하는 B에도 문제가 있기는 마찬가지라는 논리이다. 이런 논리는 결국 간접적으로 A의 편을 들어주는 것에 불과하다. 양비론이 가진 함정이라 할 수 있다.

는 주장을 반복한다. 그러나 문제없는 현재가 없듯이 완벽하게 준비하여 이루어낼 수 있는 변화는 없다. 변화의 문제를 유독 강조하는 저의는 미래를 조금이라도 뒤로 미루려는 데 있다. 미래를 조금씩 뒤로 미루면서 성취하는 것은 현재의 유지이다. 소설 속의 다양한 비판을 통해 「시인」이 얻으려는 것이 바로 이것이다. 소설에 숨은 이데올로기를 주의 깊게 보지 않으면 이러한 의도를 읽어내기 어렵다. 꼭 이 작품이 아니어도 마찬가지이다.[4]

---

4 흔히 말하는 보수주의는 과거의 가치를 지키려는 데 그 특징이 있다. 그런데 지켜야 할 과거의 가치가 없이 새로운 변화를 거부하기만 하는 그런 경향도 있다. 이를 보수주의와 구분하기 위해 수구나 반동이라는 개념을 사용하기도 한다.

13 방법

소설은 현실을 간접화 한다

사실 소설은, 그것이 자신의 가짜 호적부에 집요하게 옮겨 적고 있는 생활의 큰 전환을 가져올 강력한 모터를 필요로 하는 것처럼 사랑을 필요로 한다. 그리고 소설이란, 그것이 옮겨놓고자 마음먹고 있는 모든 위치와 인간의 범주들이 만들어지고 있는 장소가 바로 사회이기 때문에, 그 사회와 직접적으로 관계되어 있다. 그 유례없는 통일성의 비밀인 것처럼 소설의 팽창의 비밀이라고 할 수 있는 이 개정의 의지 덕택으로, 소설은 공상의 자원들을, 풍자의 자원들을, 게다가 소설이 삶의 경계선에 대항하는 그의 주인공의 전형적인 행동을 진실로 받아들일 줄 알 경우에는 형이상학의, 혹은 철학의 자원들을 마음대로 사용하는 것이다. (마르트 로베르, 『기원의 소설, 소설의 기원』)

현실을 다루는 방법

소설은 이전의 다른 어떤 문학 양식보다 형식적 제약을 적게 받는 양식으로 알려져 있다. 산문이라는 형식 자체가 표현의 자유로움을 의미하고 산문을 활용하는 작가들의 사고 역시 자유로움을 추구하기 때문이다. 시처럼 운율과 비유, 압축적 표현 등에 얽매이지 않아도 되고, 희곡처럼 장소나 인물의 설정에 큰 제약을 받는 것도 아니다. 서술자의 역할이나 시간과 공간의 사용에 있어서도 소설이 다른 양식에 비해 상대적으로 자유로운 것임에는 틀림이 없다.

그러나 산문이라고 해서 소설이 방향 없이 무한정 자유로움만을 추구하는 것은 아니다. 같은 이야기를 전하더라도 전하는 방법에 따라 다양한 효과를 만들어낼 수 있기 때문에 소설은 자신만의 방식을 끊임없이 만들어나간다. 새롭게 '형식'을 만들어나가기도 하지만 일반적 서사가 가지고 있는 제 특징들을 소설이라는 이름으로 수용하는 경향을 보이기도 한다. 굳어진 특징들은 이후 작품으로 이어지고 새롭게 부각되는 경향들이 주도적 세력으로 등장하기도 하는 것이 소설이다. 이 역시 산문 형식이라는 특징과 무관하지 않은데, 언어로 표현 가능한 행위와 사고라면(그것이 무의식을 흉내 내는 일까지) 무엇이든 소설의 내용이 될 수 있다.

이때 다양한 효과를 만들어내는 중심에는 서술자가 있다. 앞에서도 살펴보았지만 소설은 서술자의 태도나 서술 방식 등에 의해 작품의 성격이 결정된다고 해도 지나치지 않은 양식이다. 서술자가 어떤 의도와 방식으로 이야기를 다루느냐에 따라 소설의 성격이 결정되는 경우가 많다.

여기서는 소설의 주제를 표현하기 위해 사용되는 방법들을 살펴볼 것이다. 대표적으로 아이러니, 풍자, 알레고리를 살펴볼 것인데, 이것들은 표현방법이지만 동시에 세계를 관찰하고 해석하는 작가의 인식과도 관계된다. 이들은 어떤 면에서는 소설의 하위 양식에 해당한다 할 정도로 독자적인 영역을 가지고 있다. 또, 논자들마다 사용하는 개념의 범주가 다양하여 정확하게 규정을 내리기 어려운 용어들이다. 따라서 용어들에 대한 세부적인 논의는 가능한 생략하고, 소설을 읽고 이해하는 데 도움이 되는 정도의 수준에서 논의를 진행해갈 것이다.

아이러니

아이러니는 흔히 반어로 번역되는데, 서술된 상황과 실제 현실 사이의 모순을 폭로하는 방법 또는 현대사회에서 소설의 존재 방식을 말한다. 수사학적인 아이러니가 앞의 경우에 해당한다면 현실인식으로 아이러니는 뒤의 경우에 해당된다.

흔히 수사학적 아이러니는 의미의 강조를 위한 방법으로 사용되는데, 대립 또는 모순되는 두 가지 상황을 동시에 보여줌으로써 강조하고자 하는 내용을 부각시킨다. 그 범위는 단어와 단어 사이에서부터 인물, 상황, 사건에 이르기까지 다양하다. 대립의 양상도 극단적인 대립물의 병치에서 미세한 차이를 대조해서 보여주는 것까지 여러 층위에서 발견할 수 있다.

「剝製가 되어버린 天才」를 아시오? 나는 愉快하오. 이럴 때

戀愛까지가 愉快하오.

　　肉身이 흐느적흐느적하도록 疲勞했을 때만 精神이 銀貨처럼
맑소. 니코틴이 내 蛔ㅅ배 앓는 뱃속으로 스미면 머리 속에 으례
히 白紙가 準備되는 법이오. 그 위에다 나는 위트와 파라독스를 바
둑布石처럼 늘어놓소. 可憎할 常識의 病이오.

　　나는 또 女人과 生活을 設計하오. 戀愛技法에마저 서먹서먹
해진, 知性의 極致를 흘깃 좀 들여다 본 일이 있는 말하자면 一種의
精神奔逸者 말이오. 이런 女人의 半 – 그것은 온갖 것의 半이오 –
만을 領水하는 生活을 設計한다는 말이오. 그런 生活 속에 한 발만
들여놓고 恰似 두 개의 太陽처럼 마주 쳐다보면서 낄낄거리는 것
이오. 나는 아마 어지간히 人生의 諸行이 싱거워서 견딜 수가 없게
끔 되고 그만둔 모양이오. 꾿 빠이.

　　꾿 빠이. 그대는 이따금 그대가 제일 싫어하는 飮食을 貪食하
는 아이러니를 實踐해 보는 것도 좋을 것 같소. 위트와 파라독스
와…… (이상, 「날개」)

　　좁은 의미로 사용된 수사적 아이러니의 예로 이상의 「날개」프롤로
그를 들 수 있다. 위 예문의 각 문장 안에 사용된 많은 단어들은 역설적
의미를 가지고 있다. 첫 문장 '박제가 되어 버린 천재'부터 대립되는 의
미가 드러난다. 박제와 천재는 반대 의미를 가진 단어이지만 발음상 유
사점을 가지고 있다. '연애까지가 유쾌하오'는 역설적 의미를 가진 문장
인데, 연애는 본질상 유쾌하기 쉽다. 일반적으로 유쾌하다고 받아들일
수 있는 연애에 '-까지가'라는 조사를 붙임으로써 유쾌함의 의미를 이

중적으로 만들어 준다. 일반적 어법이라면 "-고통까지가 유쾌하오" 정도의 문장이 되어야 할 것이다. 아니면 "-연애까지가 불쾌하오"도 예상할 수 있는 문장이다. 육신이 피로했을 때 정신이 맑아진다는 말도 유사한 상상을 불러일으킨다. '연애기법마저 서먹서먹해진 지성의 극치'라든지 '인생의 제행이 싱거워서 견딜 수' 없다는 말 역시 의미를 표면적인 언어 아래에 숨기고 있는 진술이라 할 수 있다.

마지막 단락의 '제일 싫어하는 음식을 탐식'하는 아이러니는 위 글의 중심 내용이라 할 수 있는데, 싫어하는 것을 탐욕스럽게 즐긴다는 모순은 연애마저 즐겁거나 두 개의 태양이 마주보고 있는 것처럼 '이상한' 상황이지만 실제 현실의 모습이기도 하다. 이어 주목할 것은 아이러니가 위트, 패러독스와 함께 이야기되고 있다는 사실이다. 패러독스는 흔히 역설로 번역되는데, 실제 드러난 의미와 반대되는 의미로 표현되는 언어나 행동을 뜻한다. 위트는 재치 있는 언어로 현실을 꼬집거나 지적하는 것이다. 이 둘은 넓은 의미의 아이러니에 포함되는 것으로, 아이러니와 명확하게 구분하기 어려운 특징들도 가지고 있다. 표면적인 내용과 이면적인 내용이 대조를 이룬다는 점에서 아이러니는 패러독스와 공유점이 있고, 이야기가 우스꽝스러움에 대한 비판이라는 점에서 위트와 아이러니는 같은 지향점을 가지고 있다.

현진건의 소설 「운수 좋은 날」과 「B사감과 러브레터」는 아이러니를 사용한 소설이다. 두 작품 모두 결말 부분에 인상적인 역전 장면을 두어 작품의 인상을 강하게 만들고 있다. 「운수 좋은 날」의 인력거꾼은 병든 아내를 두고 일을 나왔지만 하루 종일 장사가 잘되어 기분이 좋다. 그러나 비가 오는 가운데 술까지 한 잔 하고 아내가 좋아하는 설렁탕을 가지고 집으로 돌아온 인력거꾼은 이미 죽어있는 아내를 보게 된다. 작품의 제목은 '운수 좋은 날'이지만 실제로는 운수가 매우 좋지 않은 날이었던 셈이다. 작품 전반부와 결말 부분의 충돌이 이 소설의 주제를 이룬다고 할 것인데, 역전 장면에서 아이러니의 효과가 나타난다.

「B사감과 러브레터」 역시 「운수 좋은 날」처럼 결말 장면의 역전으로 작품의 효과를 배가시키는 소설이다. 여학생 기숙사에서 밤마다 남녀가 사랑을 속삭이는 듯한 괴이한 소리가 들리기 시작한다. 몇몇 용감한 여학생들이 그 소리를 추적하는데, 그 소리의 주인공은 엄격하기로 이름난 'B'사감이었다. 남성과의 접촉을 경멸하던 평소의 사감선생이 남의 연애편지를 읽으며 감상에 빠져 있는 모습은 이전의 엄숙한 모습과 대조를 이루게 된다. 이 작품 역시 사감 선생의 겉모습과 그와 전혀 다른 내면이 대비되어 상승효과를 낸다.

인식으로서의 아이러니는 삶의 복잡성과 가치의 상대성에 대한 인식을 표현하는 방법이다. 그리하여 그것을 통해 불일치의 공존이 삶의 구조의 한 부분이라는 것을 인정하고 그러한 삶의 자세를 받아들이게 하는 것이다. 근본적으로 모순된 것 같지만 그것이 현실이라고 인정할 수밖에 없는 현실적 삶의 조건을 넓은 의미의 주제로 삼는다. 따라서 아이러니가 독자에게 주는 감상은 환멸에 가깝다고 할 수 있다. 어쩔 수 없음을 표현하고 동시에 잘못되어 있음도 밝혀주는 것이 소설에서의 아이러니인 셈이다.

이러한 기준에서 볼 때 「레디메이드 인생」 역시 아이러니로 읽는데 큰 무리는 없을 것이다. 공부를 한다는 것은 학문 자체를 즐기기 위해서이기도 하지만 무언가 사회의 일원으로서 제 역할을 할 수 있는 준비를 한다는 의미도 가지고 있다. 일반적인 경우 고등 교육을 받은 사람의 역할과 그렇지 못한 사람의 역할은 구분되기 마련이다. 어렵더라도 자식에게 고등교육의 기회를 제공해주기 위해 애쓰는 한국 학부모들의 열정은 이러한 사회적 환경에서 비롯된 것이라 할 수 있다. 그런데 「레디메이드 인생」은 교육에 대한 이러한 통념을 뒤집는 서사를 가지고 있다. 작품의 시간적 배경은 1934년, P는 아내와 헤어져 서울에서 혼자 살고 있다. 직장을 구하려 노력하고 있으나 쉽게 자리를 잡지 못하는 실업자이다. 동경 유학까지 다녀왔으나 직장조차 잡지 못하고 있는 P는 인텔리겐차의 자존심인지 노동일 같은 것은 하지 못하는 인물이다. 그에게는 창선이라는 아들이 있는데, 큰아버지의 도움으로 보통학교는 다니고 있다. 어느 날 큰아버지는 창선이를 아버지에게 맡기기 위해 그를 서울로 올려 보낸다. 아들의 거취로 걱정이 많던 창선은 잡지사에 있을 때 알게 된 ××인쇄소 문선과장에게 자식을 맡아달라고 부탁한다. 어린아이를 인쇄소에 맡기는 것에 대해 안쓰러운 마음이 없는 것은 아니지만 교육을 받아도 결국 자신과 같은 처지밖에 될 것이 없음을 알고 있는 P는 '레디메이드 인생'이 겨우 임자를 만나 팔리었다고 생각한다.

'레디메이드'라는 말에서 느낄 수 있듯이 이 소설은 사회에서 개인의 자리를 문제 삼고 있다. 작품의 서사를 따라가다 보면 우리는 자연스럽게 P의 삶에 대해 평가를 하게 된다. 그는 고등교육을 받았으나 실제 사회에 나와서는 지극히 무기력하고 그런 무기력을 해결하기 위해 노력한다. 하지만 그 노력은 쉽게 실효를 거두기 어려울 것이라 짐작할 수 있다. 작품 안에서 P가 말하듯이 배운 바가 있어 막노동 등의 험한 일을 하지는 못하고 제한된 일을 찾으려 한다. 사회적으로나 개인적으로나 쓸모없는 인생인 셈이다. 이런 자신의 처지를 잘 알고 있는 P는 아들 창선에게 인쇄기술을 가르치려 한다. 자신의 입에 풀칠이나 하기에는 고

등교육보다는 기술이 낫다는 생각에서이다.[1]

우리는 아홉 살 소년을 인쇄소에 취직시키는 일이 제도 교육을 시키는 일보다 소년 자신에게 유리하리라는 생각을 하기 어렵다. 또, 인쇄소에 아이를 넘기는 일이 무능력한 아버지의 책임회피라는 생각도 해 볼 수 있다. 그러면서도 아버지가 처한 입장에서 다른 선택이 가능하지 않다는 것을 알고 있다. 자신이 밟아온 길을 아들이 그대로 답습하지 않기를 바라는 아버지의 마음에도 충분한 진실이 담겨 있기 때문이다. 이러한 복잡한 상황을 보여주는 것이 이 소설의 진정한 주제라고 할 수 있다. 지금까지 살펴본 이런 상황의 제시가 이 작품을 아이러니로 볼 수 있게 한다.

풍자

풍자는 사회나 인간에 대한 비판의 수단으로 매우 효과적인 방법이다. 특히 당대 현실에 대한 비판으로서의 풍자는 독자에게 현실을 낯설게 하여 사고의 기회를 제공한다는 점에서 특별한 기법으로 평가할 수 있다. 또, 기법으로서 풍자는 위선과 허구에 가득 찬 대상이 스스로의 모순으로 인해 가려졌던 본질을 결국에 드러내고 마는 역전의 구조를 보이기도 한다. 대상에 대한 직접적인 비판이 1차원적인 것이라면 풍자는 대상에 대한 정확한 파악은 물론 겉으로 드러난 현상 이면의 내

---

1 물론 이 작품에는 고등 인력을 쓸모없게 만드는 당시 사회에 대한 간접적 비판도 담겨 있다. 일제시대 제도교육은 조선인들에게 고작해야 면사무소 고원 정도의 업무 능력을 원한 것이지 그 이상을 기대하지 않았고, 자리를 보장해주지도 않았다. 1930년대 세계적인 경제공황으로 지식인들이 직업을 구하기 어려웠던 것은 역사적 사실이다.

용을 보여주어야 가능한 것이다. 그런 의미에서 풍자는 주제를 간접화한다고도 볼 수 있으며 일방적인 비판보다 높은 호소력을 가질 수 있다. 그러나 풍자는 복잡한 현실의 상황을 전달하기에 적당한 형식은 아니어서 자연주의적 탐구가 이루어지거나, 독자가 전혀 모르고 있던 사실에 대한 새로운 정보를 제공하기는 어렵다. 풍자는 독자와 작가의 공감이 쉽게 이루어질 수 있는 내용을 특별히 가공하는 데서 큰 효과를 낼 수 있는 방법이다.

풍자를 하나의 구성 원리로 볼 때 그것은 'A가 B를 공격한다'는 간단한 서사에서 출발한다. 판박이 도덕에 집착하는 엄숙주의자나 물질적 이익에 탐닉하는 물신숭배자는 풍자의 좋은 대상이 된다. 억압적인 권위나 물질적인 이해관계에 사로잡혀 있는 인간에 대한 힘없는 자들의 공격이 풍자의 요체라 할 수 있다. 일반적 의미의 사회 질서 속에 가려져 있는 속악함이나 위선, 허위를 드러내는 것이 풍자의 기본적인 정의가 될 수 있다. 만약, 문학 활동의 목표가 끊임없는 현실 탐구와 인간 정신의 방향 제시에 있다면 작가는 타락한 인간성의 고발을 통해 사회 정의를 구현하는 저항정신을 보여주어야 할 것인데, 현실에 대한 부정적, 비판적 태도에 기인하여 성립되는 풍자는 이러한 저항 정신과 직결되는 것이다.

그러나 이와 같은 개념만으로 풍자를 규정할 경우 비판적인 현대소설을 모두 풍자로 평가해야 하는 난점이 있다. 소설이 근대인의 속악한 삶과 떨어져서 존재할 수 없는 문학 양식임을 생각할 때 현실에 대한 어느 정도의 비판은 일반적인 현상으로 이해될 일이기 때문이다. 풍자가 소설에만 국한되는 것이 아니라 모든 문학과 예술의 양식에 걸쳐 있기에 풍자와 소설의 관계를 정의하는 데는 나름의 공통분모를 찾는 방법이 쓰여야 한다. 현대소설의 풍자를 다루기 위해서는 개념의 범주를 좁힐 필요가 있는 것이다.

우리의 전통에서 풍자에는 비판이라는 일반적 특성 이외에 웃음을 유발하고 발견의 기쁨을 독자에게 전달한다는 의미를 추가하여야 할 것이다. 풍자가 일반적 의미의 비판적 소설과 구별되는 요소는 풍자의 대상과 작가, 그리고 독자가 갖는 거리에 있다고 할 수 있다. 동화를 지향하지 않고 작품과 독자 사이에 거리를 두어 현실과 작품 내용과의 연관을 상상하게 하는 것이 풍자소설의 중요한 작용이다. 비판에서 유머가 문제되는 것은 그것이 독자를 설득하는 과정에서 저절로 생겨나는 것이기 때문이다. 풍자는 대상을 왜곡하고 비꼬고 때로는 비아냥거리는 주관적 서술이 전제되어야 하는 것이다. 객관적 묘사를 통해 대상을 관찰하기만 한다면 풍자소설의 효과는 기대하기 힘들 것이다. 풍자의 목적이 "독자에게 호소하여 비판하고 비난하는 것이며 그렇게 하기 위해 독자의 감정을, 웃음을 비롯하여 조롱, 멸시, 분노, 및 증오에 이르는 여러 감정 상태로 감동시켜야 함"(A. Pollard, 『풍자』)에 있다고 볼 때 유머는 필수불가결하다. 그것은 또 발견의 효과라는 면과도 관계된다. 만약 독자가 풍자 대상에 대한 모든 정보를 한 번에 알 수 있다면 쌓인 의문을 속 시원히 풀어버리는 효과는 반감될 것이다. 그때 유머는 약점을 지닌 대상과의 거리를 유지한 결과로 나타나기 때문에 중요하다.

또, 유머는 비판이 행해지는 유형과도 무관하지 않다. 사회적 통념상 비판은 윤리적으로나 기능적으로 높은 신분에서 낮은 신분으로 흐르게 마련이다. 그러나 풍자가 유머를 유발하고 효과를 거두기 위해서는 비판의 흐름이 낮은 신분에서 높은 신분으로 치올라야 한다. 마치 마당놀이의 말뚝이처럼 신분적으로 낮은 인물이 사회 통념상 높은 신분에 있는 사람을 비판할 때 그 비판은 일상적인 것에서 벗어나 가벼워지거나 과장되어 더 큰 효과를 얻을 수 있는 것이다. 가벼움과 과장은 쉽게 웃음을 유발한다. 낮은 신분에서 높은 지위의 인물을 비판하는 구도는 서양에서 풍자를 다룬 연구에서도 유머와 함께 중요한 요소로 지적되어 왔다. 풍자를 구조상 아이러니와 희극과 연관시키는 것은 그 대표적인 예로 들 수 있는데, N. 프라이는 『비평의 해부』에서 "풍자는 내용이 공상적인 논조나 가설적인 논조를 유지할 수 없을 정도로 숨 막힐 듯이 너무 생생할 때는 큰 효과를 거둘 수 없고, 한쪽은 제정신으로 정상적이고 한쪽은 부조리한, 두 사회의 희극적인 싸움이 도덕과 공상이라는 이중의 초점에 반영"된다는 논리를 편다. 이는 풍자가 여타의 현대소설과 구분되는 점을 구체적으로 설명한 것이라 할 수 있다. 거리 두기와 긴장의 완화가 풍자에서 필수적임도 함께 지적한 말이다. 이 외에도 풍자를 유머와 결합시키는 논리는 쉽게 찾아 볼 수 있다. 풍자를 "환상이나 그로테스크함 혹은 부조리함을 기반으로 하나 위트나 유머라는 한 용어와 '공격대상'이라는 다른 용어를 결합하든가, 아니면 환상과 도덕적 기준을 결합하든가 혹은 간접적 태도나 판단을 결합하는 것"(로널드 폴슨, 『풍자문학론』)이라 정의한 것도 같은 맥락을 지닌다. 공격 대상은 풍자의 궁극적인 주제와 닿겠지만 위트와 유머 없이 접근한다면 풍자의 독특한 효과를 기대하기 어렵다는 의미이다.

　이상과 같은 설명은 풍자가 어떤 면에서는 현대소설 일반과 비교하여 특수한 관계에 놓이게 됨을 말한다. 주지하다시피 풍자는 현대소설 이전의 문학 양식에서도 보편화되어 있었던 '오래된' 것이다. 서구 사회의 독특한 배경에서 탄생한 소설이 자본주의 사회의 제반 여건을 복잡하게 그려내는 데 비해 풍자소설은 자칫 사회와 맺는 치열함에서 상대적인 취약성을 보일 수 있다. 독자의 웃음을 유발하기 위해서는 단순하고 명백한 구조를 가져야 함도 현대소설 본래의 특징과는 어긋나는 면이다. 그렇기 때문에 현대의 풍자는 변칙적인 수법이고 그 수법은 온전한 주관을 전제로 한다. 철저한 작가의식이 풍자소설에서 무엇보다 중요하다는 말이다. 풍자는 작가가 적극적으로 현실을 가공하는 방법이기 때문에 당대의 현실을 작가가 어떻게 이해하고 있느냐가 작품의 성패를 좌우한다. 다시 말해 작가가 현실을 추상적으로 이해하느냐 경험적이고 구체적으로 느끼느냐는 작품의 성취에 결정적인 요인이 된다. 일반적인 의미의 소설에서 작가의 위치가 쉽게 노출되지 않는데 비해 풍자소설에서 작가는 스스로의 주관적인 개입의 정도가 더 노골적이다. 풍자가 인물과 거리를 둔다고 해도 결국 그것은 작가가 주제를 직접 드러내기 위한 수단에 불과하다. 공격 대상과 공격의 이유가 명확해야 하고 그러기 위해서는 작가가 현실을 보는 혜안을 가지고 있어야 한다. 주체의 판단이 드러날 때 독자의 동의를 얻을 수 없다면 풍자의 효과가 떨어질 것은 물론 공격의 의미를 잃게 되기 때문이다.

이러한 기준으로 볼 때 우리 소설에서 주목할 만한 풍자 소설은 채만식의 작품들이다. 채만식은 『태평천하』「치숙」「논 이야기」 등을 통해 당시의 사회를 신랄하게 비판하였을 뿐 아니라 우리말이 가진 섬세한 어감을 소설적 언어로 승화시킨 작가이다. 각각의 풍자소설들이 독특한 방법으로 쓰인 것도 주목할 만하다. 『태평천하』가 '無知'한 주인공을 긍정하는 듯한 화자가 윤직원을 추적하는 방법으로 독자의 반감을 일으키고 그 반감이 웃음과 비판으로 옮겨가는 소설이라면 「치숙」은 대상을 비판하는 화자가 오히려 비난의 대상이 되는 소설이다. 이 작품에서도 이야기를 이끌어가는 화자인 '조카'가 무지하다는 것이 풍자의 중요한 요소로서 작용한다. 「논 이야기」는 이것들과 또 달라서 『태평천하』의 윤직원 영감과 같은 '무지한' 노인이 주인공이 됨과 동시에 그 인물이 살아가는 불합리한 현실이 함께 풍자의 대상이 되는 이중의 풍자가 행해지고 있다.

1960년대 이후 작품으로는 군사정권의 폭압 속에서 당대의 현실을 뜨겁게 폭로한 '분지'나 '오적' 등이 비교적 잘 알려져 있지만 시대적 의미를 넘어서 현재까지 높은 평가를 받거나 읽히고 있지는 않다. 이는 채만식의 소설과 비교해 볼 때 현실과의 직접적 연관이 노골적으로 드러나고 있음에서 기인한다. 이들 작품에는 넌지시 일러주고 굳이 모르는 척 하는 미덕이 없다. 그 원인은 여러 곳에서 찾을 수 있겠지만 우선 현실에서 문학이 담당해야 했던 부담이 과도하게 컸기 때문이라고 지적할 수 있다. 현재의 미학적 평가를 넘어서서 그 작품들이 갖는 시대적 의미가 낮게 평가될 수 없음이 이 때문이다.[2]

알레고리

알레고리는 흔히 신성함 등의 권위를 빈 교훈적인 이야기를 말 한다. 구체적인 현실에 광범위하게 적용할 수 있는 추상적인 이야기이기도 하다. 흔히 우화(寓話)와 동의어로 사용되기도 하는데, 엄격한 의미에서 둘이 같은 용어는 아니다. 알레고리가 철학, 신학을 포함하는 큰 개

---

2 풍자는 사실주의 소설에 비해 가볍다는 인상을 주는 것이 사실이다. 웃음을 유발하기
   위해서는 비약이 따르기 쉽고 단순한 구조를 선호하게 되기 때문이다. 그러나 풍자의
   대상이나 규모에 따라 풍자 역시 충분히 사실주의 소설 이상의 무게를 가질 수 있다.
   『걸리버 여행기』나 『돈키호테』 역시 풍자소설이니 말이다.

넘이라면 우화는 우회적인 표현 정도의 의미를 가지고 있기 때문이다. 그러나 우리나라 문학의 경우 서구적 의미의 알레고리, 즉 신화와 성경에서 비롯한 전통이 없는 대신 현실을 동물 등에 빗대어 비판한 우화의 전통은 분명하게 가지고 있다.[3]

알레고리와 우화의 엄격한 구분은 실제 현대소설을 이해하는 데 결정적인 중요성을 갖는다고 보기 어렵다. 현대소설은 탄생에서부터 알레고리적이지도 우화적이지도 않았기 때문이다. 구체적 상황에 구체적 인물, 즉 개인과 사회의 관계에 바탕 한 시민들의 산문 정신의 발현이 소설이었다. 근대소설은 사회의 전체적 모습을 보여줄 수 있는 전형적인 인물과 전형적인 상황을 통해 보편에 도달하려는 의지를 가지고 출발했던 것이다. 쉽게 말해 사회의 한 조각을 떼어내어 전체의 모습을 상상하게 하는 것이 초기 소설의 모습이었다. 이에 비해 알레고리는 구체적인 현실에서 출발하는 것이 아니라 추상화된 상황과 인물을 동원해 보편적 진리를 정식화하고 이렇게 정식화된 진리에 따라 개개의 현실을 평가하고 계몽하는 이야기이다. 추상적인 이야기는 말하자면, 그와 유사한 역사적인 그리고 비유적인 이야기로부터 육체를 얻고, 또 거꾸로 역사적인 이야기의 뜻을 밝혀주는 것이다. 정리하자면, 초기 근대소설이 전체의 한 부분을 떼어 전체를 이야기하려 했다면 우화는 전체를 축소하여 작은 이야기에 담아내려 한다.

우선 서구에서 알레고리를 어떻게 정의하고 있는지 살펴보자.

알레고리의 기원은 문학에 있다기보다 철학과 신학에 있다.

---

3 이런 이유로 우리 문학에서는 알레고리와 우화라는 용어를 섞어 사용하는 경우가 많다. 굳이 따지자면 알레고리보다는 우화라는 용어가 더 자주 사용된다.

아마, 무엇보다도 종교에 그 기원이 있을 것이다. 그러나 알레고리는 처음부터 설화와 밀접한 관계를 맺고 있었다. 모든 서양의 종교와 대개의 동양의 종교는 신화 속에 가장 완전한 표현을 보여 주고 있는데, 이 신화는, 다시 말하자면, 시간, 계절, 추수, 부족, 도시, 국가, 출생, 죽음, 결혼, 도덕률, 무력감과 좌절감, 그리고 자신감과 같이(이것들이 다 같이 대개의 인간의 특성임), 신자에게 가장 직접적으로 영향을 미치는 근본적인 사실들을 설명하기 위한 일련의 설화이다. (존 맥퀸, 『알레고리』)

위의 글은 알레고리를 인간들에게 직접적인 영향을 미치는 근본적인 사실들을 설명하기 위한 일련의 설화라고 설명하고 있다. 이럴 경우 알레고리는 단순한 이야기가 아니라 세계에 대한 철학적 신학적 해석이 될 수 있다. 세계를 설명하는 것도 어차피 이야기의 형식을 띨 수밖에 없다. 서구의 경우 그리스 로마 신화가 그렇고 성경이 그렇다. 거기에 들어 있는 이야기들이 갖는 특징이 서구적 의미의 알레고리인 셈이다. 그렇다면 알레고리 형식을 띠고 있는 소설들은 근본적인 사실보다는 기본적인 원리, 광범위하게 적용될 수 있는 인간의 본성이나 사회의 속성을 중요한 주제로 삼게 된다.

알레고리의 일반성은 개별적인 것에 적용되기 때문에 도덕심과 상상력에 호소하는 것이며, 그 목적은 진실이다. 외적인 증거에 의존하는 것이 아니라. 정렬로 가슴속에 생생하게 파고드는 진실, 그 자신의 증거인 진실이다. 풍자소설로 잘 알려진 스위프트의 『걸리버 여행기』는 알레고리 구조로 짜여 있다. 소인국, 대인국, 날아다니는 섬나라, 이성적인 말의 나라는 모두가 인간의 생활의 여러 측면을 나타내는 알레고리이다.

그런데 서양에서도 알레고리에 대한 정의가 그리 단순한 것 같지는 않다. 다음 예를 보자.

> 우화라 함은 하나의 통일된 이야기로서, 이것은 가공의 외관 속에 어떤 의미를 예시하여 밝혀 주며, 그 가공의 껍데기를 벗길 때 저자의 목적이 드러나는 것이다. 그래서 그 가공의 베일 속에 무엇인가 바람직한 것이 발견된다면 우화를 짓는 일이 아주 쓸모없는 활동이 아니게 된다. 이는 세 가지 정도로 나눌 수 있다. 1. 짐승이나 심지어 무생물들이 사람처럼 이야기하는 것. 이 종류로서 가장 중요한 가장 중요한 저자는 이솝이다. 2. 흔히 가공적인 것과 진실을 뒤섞은 것 같은 겉보기를 띤 것이다. 예컨대 그리스 신화에서 인물들이 박쥐나 거미로 변하는 것들이 예가 된다. 3. 알레고리보다 오히려 역사적 사실을 닮고 있다. 유명한 시인들이 이 방법을 많이 사용한다. (존 맥퀸, 『알레고리』)

동양적 전통에서 쉽게 찾아볼 수 있는 우화는 동물담이다. 옛 이야기에는 인간과 비슷한 성격으로 등장하는 동물들을 볼 수 있는데, 여우는 교활하다거나 토끼는 약하지만 영리하다거나 하는 특성을 통해 인간 보편으로 이야기를 끌고 가는 경우가 많다. 이런 이야기들의 특성은 계몽과 풍자이다.

좁은 의미의 우화는 운문체 혹은 산문체로 된 짤막한 윤리적 이야기를 뜻하며, 주로 동물이나 새를 통해, 혹은 신들과 무생물을 통해 인간적인 상황과 인간의 행동이 묘사된다. 인간적인 성격의 측면이 일정한 인습에 의거하여 동물들에게 투사된다. 우화는 그 분위기가 반어적이고, 현실적이며, 때때로 풍자적이다. 우화의 주제는 일반적으로 일상생활의 상식적인 윤리 규범을 반영하게 된다. 즉 미래의 가상적인 커다란 이익을 목적으로 현재의 자그마한 이익을 포기하는 식의 경거망동을 극화하거나, 약한 자가 강한 자와 똑같이 행세하려 함의 무모성을 극화하거나, 자기 자신이 파놓은 함정에 빠지는 등의 아이러니를 극화하게 된다. 이러한 주제들은 속담이 주는 충고와 밀접하게 관련되어 있으며 우화가 지니는 윤리적 요점은 보통 끝에 가서 어떠한 작중 인물에 의해서 경구적으로 알려지게 된다.

우화의 특징은 보편적인 이야기를 지향하기 위해 가공의 시간과 공간이 사용된다는 데 있다. 인간의 특징을 지닌 동물이나 신화의 인물들이 등장하여 인간의 성격을 대표하는 것도 이런 소설의 특징이다. 조지 오웰이 『동물농장』이나 김성한의 「오분간」 등을 예로 들 수 있을 것이다. 잘 알려진 대로 『동물농장』은 전체주의 국가 체제를 풍자한 소설로 인간 주인이 사라진 농장을 '나폴레옹'이라는 돼지가 지배해 나가는 과정을 그린 소설이다. 말과 개와 돼지 등 농장의 동물들이 각각 인간의 한두 가지 특성을 대표하고 있다. 김성한의 소설 「오분간」에 등장하는 인물은 그리스 신화의 프로메테우스이다. 「제우스의 자살」에는 얼룩이, 초록이, 검둥이, 파랑이 등의 개구리가 등장하여 우주와 생명 등에 대한 궁금증을 풀어간다. 「중생」에 등장하는 인물들은 빈대, 벼룩, 파리, 이 등의 해충들로 그들이 권력 다툼을 벌이다 인간에 의해 허무하게 죽게 되는 이야기가 서사의 축이다.

최근 소설에서는 동물이 등장하는 우화를 찾기 어렵다. 그러나 우화적인 이야기는 심심치 않게 발견할 수 있다. 한정된 공간에서 벌어지는 특별한 상황을 보편적이고 일반적인 인간의 성격으로 확대한 경우를 '우화적'이라고 말할 수 있다. 사실 우화가 갖는 목적을 생각할 때 동물이나 신들이 등장하느냐 그렇지 않느냐는 중요한 문제가 아니다. 골딩의 『파리 대왕』이나 이문열의 「우리들의 일그러진 영웅」은 현대적 우화로 읽을 수 있는 소설이다. 『파리대왕』은 무인도에서 살게 된 아이들의 모습을 통해 사회가 어떻게 만들어지고 권력이 어떻게 창조되는지 등의 문제를 다루고 있는 소설이다. 이 역시 인간의 본성을 다룬 것이라 할 수 있는데, 문명으로부터 떨어져 있는 아이들이 스스로 문명과 서열을 만들어 가는 과정을 그리고 있다.

이문열의 소설 「우리들의 일그러진 영웅」은 초등학교 교실을 대상으로 폭력과 권력의 문제를 다루고 있는 소설이다. 이야기의 공간은 5-6학년 교실로 제한되는데, 절대 권력을 휘두르는 엄석대라는 아이와 그에 저항하는 한병태의 갈등 과정을 그리고 있다. 화자이기도 한 한병태는 엄석대에게 도전하다 매번 좌절을 겪게 되지만, 결국 그에게 굴종하면서 얻은 달콤한 '굴종의 열매'를 즐기기도 한다. 초등학교 교실이 배경이지만 어른들이 만들어놓은 사회의 권력 관계를 그대로 옮겨놓은 듯한 느낌을 준다. 엄석대가 권력을 유지하기 위해 사용하는 부정과 그것을 알면서도 묵인하는 반 아이들의 모습이 잘 그려져 있다. 새로운 담임선생님에 의해 엄석대의 권력이 무너지면서 소설은 마무리 된다. 시대적 배경은 이승만 정권이 무너지고 4.19 혁명이 일어나는 1960년을 전후한 시기이다.

그런데 이런 우화 소설은 '그럴듯함'의 기준으로 볼 경우 많은 약점을 가지고 있다. 동물이나 신들이 등장하는 소설이야 말할 것도 없지만 인물들을 추상화한 경우도 단순화와 비약의 위험을 피하기 어렵다. 「우리들이 일그러진 영웅」에서 벌어지는 사건들은 실제 초등학교 5학년 교실에서 일어난다고 보기 어려운 일들이다. 또 한병태가 엄석대에게 무너지는 과정도 현실에서는 그리 설득력을 갖기 어렵다. 교실 밖에서 일어남직한 일들이 모두 생략되어 있고, 인물들의 성격은 지극히 단순하다. 소설이 어른들의 사회를 겨냥하고 있다는 점을 감안하고 읽기 때문에 흥미를 끌 수 있는 것이지 소설 속의 현실만을 놓고 풀어보면 앞뒤가 맞지 않는 이야기들이다. 우화소설은 현실의 구체성보다는 보편성을, 인물의 성격보다는 인간의 특성에 더 관심을 두는 소설인 셈이다.

14 역사

소설은 삶의 기록이다

소설은 근세의 시초부터 줄곧, 충실한 인간을 따라다니고 있다. 후설이 서구 정신의 요체로 간주한 "앎에의 열정"이 이제 소설을 사로잡아 소설로 하여금 인간의 구체적인 삶을 살피게 하고 그것을 "존재의 망각"으로부터 보호하는 것이다. 그리하여 "삶의 세계"를 영원한 빛 아래 간직하게 하는 것이다. "오직 소설이 발견할 수 있는 것만을 발견하라. 그것만이 한 편의 소설의 유일한 존재 이유이다."라는 헤르만 브로흐의 말을 나는 이런 의미로 이해하고 있으며, 또 이런 의미에서 그의 거듭된 이 말에 간직된 고집을 함께 나누고 있는 것이다. 이제껏 알려져 있지 않은 존재의 부분을 찾아내지 않는 소설은 부도덕한 소설이다. (밀란 쿤데라, 『소설의 기술』)

소설사의 의미

　　과거의 소설을 읽는 일은 현재의 소설을 이해하는데 큰 도움이 된다. 또, 과거의 소설은 지난 시대를 살았던 사람들의 삶을 이해하는 데도 좋은 재료가 될 수 있다. 이번에는 시대의 성격을 비교적 잘 보여주는 소설들을 중심으로 소설사의 의미에 대해 간략하게 살펴보려 한다. 풍속이나 시대의 모순을 형상화한 소설과 시대의 고민을 몸으로 견디어낸 지성인들의 내면을 살필 수 있는 소설이 구체적인 고찰의 대상이 될 것이다.

　　소설 한편 한편은 작가의 창작이지만 동시대 소설들이 공유하고 있는 관심들을 엮어보면 소설이 단순한 개인 창작 이상의 의미를 갖는다는 것을 알게 된다. 소설이 사회와 시대정신을 읽는 좋은 재료로 활용될 수 있는 이유가 여기에 있다. 시대의 문제를 온전히 표현하기 어려웠던 우리 현대사의 성격으로 볼 때 소설의 이러한 특성은 재삼 강조되어도 지나치지 않다. 주지하다시피 소설은 사회를 직접적으로 반영하거나 사실을 단순히 기록하는 양식이 아니다. 소설에 드러난 현실이 실제 현실일 수 없고, 소설이 현실을 전체적으로 반영할 수도 없다. 그럼에도 소설에서 동시대의 여러 모습을 발견할 수 있는 것은 소설이 시대의 주요 문제를 소재로 삼아 창작되기 때문이다. 특히 시대의 정치적·경제적·사회적 모순을 드러내는 데 있어 소설의 능력은 탁월하다 할 수 있다. 구체적인 인물과 구체적인 사건을 통해 시대의 보편적인 문제에 접근해 나가는 것이 소설이지만 구체성이 갖는 힘은 보편과 추상이 갖는 힘보다 강할 때가 많다.[1]

1　현대사의 민감한 사건을 다루는 데 소설은 늘 관심을 가져왔다. 예를 들어 4·3이나 베

물론 소설의 이러한 기능이 현재까지 유효한가에 대해서는 의문을 가질 수 있다. 현재 발표되는 많은 소설들은 시대의 문제나 현실을 고민하는 심각한 지식인을 내세우지 않는다. 그보다는 가벼운 일상을 통해 삶의 단면을 보여주거나 고립되어 가는 인간들의 감상을 드러내는 경우가 많다. 사회 속에서의 개인이 직접적으로 드러나는 일은 많지 않고 넋두리에 가까운 개인의 심정이 강조되곤 한다. 공동의 주제보다는 일화에 가까운 경험들을 가벼운 화젯거리처럼 풀어낸 소설들이 늘어났고, 현실 밖의 공간을 다루거나 비현실적인 서사를 채용하는 소설도 많아지고 있다.

그러나 최근 소설의 이러한 특징이 우리 시대의 성격을 반영한 것이라고 생각할 수도 있다. 그러한 소설을 가능하게 하는 조건을 살펴거나 유난히 강조되고 있는 '개인'들의 실체를 밝히는 일이 우리 시대를 들여다보는 거울이 될 수도 있다. 무엇이 변화한다면 그 변화에는 이유가 있다고 보는 것이 바람직한 태도이다. 이전의 문학경향과의 관련이 매우 미약하다면 그 미약함 자체도 그대로 인정할 수 있어야 할 것이다. 소설이 앞으로 어떻게 변화할지를 예상하는 일은 이 글의 목적이 아니다. 현재와 미래의 문제는 이후의 과제로 남기고 여기서는 과거를 돌아보려 한다.

베트남 전쟁, 광주 민주화 운동 등에 대해서 소설은 다른 학문 분야보다 일찍 적극적인 관심을 보였다.

식민지 농촌과 도시의 삶

시대의 주요 문제를 다루지 않고, 단순히 풍속을 그리거나 개인의 내면을 살피더라도 소설은 동시대인의 삶을 확인할 수 있는 좋은 재료가 된다. 그들의 삶은 통계로 알 수 있는 과학적인 사회사와 관련되는 것이 아니라 구체적인 인간들이 풀어내는 시대의 기록들이라고 할수 있다. 또 그것이 반드시 사회적인 문젯거리만을 기록하는 것일 필요도 없다.

1930년대 조선의 현실을 알기 위해서는 당시의 신문이나 잡지를 뒤져보는 일이 가장 효과적일 것이다. 하지만 당시를 살았던 사람들의 구체적인 모습을 신문 기록을 통해 온전히 알아내기는 쉽지 않다. 신문 안에서도 보통의 기사보다 가십이나 만화가 전해주는 바가 더 클 수 있다. 그런데 당시 사람들의 일상과 사고 그리고 고민을 이해하기 위해서는 소설만큼 좋은 재료도 없다. 소설은 허구이므로 사실이 아니지만 사실처럼 여겨지는 이야기를 지향한다. 그 그럴듯함은 소설로 하여금 살아 있는 개인의 삶을 넘어서 그 시대 사람들의 삶을 담아내도록 한다.

이기영의 『고향』과 박태원의 『천변풍경』은 1930년대 농촌과 도시의 풍경을 잘 그려낸 소설로 알려져 있다. 흔히 『고향』은 리얼리즘 소설로 『천변풍경』은 세태소설로 평가된다. 『천변풍경』이 객관적인 시선을 사용하여 보이는 대상을 단순히 스케치 한 것으로 평가되는 반면에 『고향』은 시대의 본질을 꿰뚫고 있는 리얼리즘 문학의 진수로 꼽히는 것이다. 반대로 두 작품 모두 리얼리즘의 성취를 이룬 작품으로 보거나 『고향』을 세태 소설의 범주 안에 넣기도 한다.[2] 어떤 평가를 따르든 두 작품

---

2 두 작품에 대한 평가는 일반적으로 이기영을 대표적인 리얼리즘 작가로 박태원을 모

이 가진 공통점 역시 적지 않다. 소설이 쓰인 시기 전후의 한반도 모습을 잘 그리고 있다는 점이 그것이다. 두 작품 속에 묘사된 당시의 삶에 대해 추적해 보는 것도 소설을 읽는 재미있는 방법이다.

이기영의 『고향』은 1933년 11월 15일부터 1934년 9월 21일까지 〈조선일보〉에 연재된 장편소설이다. 배경은 1920년대 말의 원터 마을이다. 동경 유학생이던 김희준은 재정상의 문제로 학업을 포기하고 고향으로 돌아온다. 고향에 돌아온 그는 소작인으로 농사를 짓는 한편 농민 봉사, 계몽 활동을 통하여 마을의 지도자가 된다. 마름인 안승학은 아내를 서울로 보내 자식들을 교육시키도록 하고 자신은 첩 '숙자'와 함께 원터 마을에서 살고 있다. 안승학과 숙자는 딸 갑숙을 이씨 문중으로 시집보내려 하는데 갑숙은 경호라는 청년을 사랑한다. 그러나 안승학은 경호를 받아들이려 하지 않는다. 경호는 읍내의 상인인 권상필의 아들로 알려졌으나 사실은 구장집 머슴 곽 첨지의 아들이기 때문이다. 이런 일들로 인해 갑숙은 가출하여 옥희라는 가명으로 공장에 직공으로 취직한다. 경호 역시 집을 나와 생부를 찾고 공장에 취직한다. 그 해에는 수해가 나서 집이 무너지고 농사를 망치는 일이 생긴다. 김희준을 중심으로 소작인들은 마름 안승학에게 소작료를 감면해 줄 것을 요구하나, 안승학은 이를 거절한다. 이때 공장에서도 갑숙을 지도자로 한 노동 쟁의가 벌어지며, 김희준은 이를 돕는다. 갑숙 역시 소작인을 괴롭히는 아버지에 반대하여 김희준과 힘을 합친다. 작품의 결말에서 김희준을 비롯한 농민들은 끝내 안승학의 양보를 얻어낸다.

더니즘 작가로 분류하는 관행과 무관하지 않을 것이다. 작가에 대한 평가를 떠나 소설만으로 본다면 두 작품은 세태 소설적인 특징을 공유하고 있으면서도 시대의 중심 문제를 작품의 주제로 하고 있다.

대략의 줄거리에서 확인할 수 있듯 이 소설은 식민지 시대 농촌의 사회상을 그린 소설이다. 한반도에 대한 일본의 정치적 탄압과 경제적 수탈이 심해져 가고, 농민들은 날로 궁핍해지는 시대 상황이 잘 반영되었다는 평가를 받는다. 『상록수』, 『흙』 등 동시대에 발표된 계몽적 농촌소설과는 달리 문화 운동으로서의 농민 계몽이 아니라 경제 투쟁으로서의 농민 운동을 강조하는 작품이기도 하다. 소작 쟁의 양상, 그리고 소작인과 노동자의 결합 양상, 프롤레타리아 계급의 지도자상을 보여 주는 데 역점을 두고 있다. 한편 요즘의 독자들에게 이기영의 『고향』이 주는 감동은 당시 풍속의 사실적 묘사와 관련된다. 농촌이 가진 생동감은 무엇인지, 농민들의 삶의 모습은 어떠한지에 대한 이야기가 독자들의 시선을 끈다.

마름집 바깥 마당에서는 보리 마당질꾼 칠팔 명이 삥 둘러서서 '어-하' 소리를 지르며 도리깨질을 하고 있다.

그들은 점심 새참에 막걸리 한 잔씩 들이켜고 얼큰한 김에 막 뚜드리는 판이었다. 한낮 때까지 보리때는 다 바심을 하고 지금은 이삭을 몽그리는 참이다.

그들은 마름집으로 일을 오면 모두 신명이 나서 일들을 잘했다. 그것은 마름의 눈에 잘 보이려는 소작인 심리가 움직이기도 함이었지만 그보다도 그 집의 풍족한 생활은 저절로 배가 불러지는 것 같았다. 어떻든지 술밥부터 잘 먹지 않는가. 그들은 요새 보리 꼽쌀미만 먹다가도 이 집으로 일을 오면 반 섞어 쌀밥에 토막 반찬을 포식할 수 있었다. [……]

잇해 동안 두레를 해서 이웃간에 친목이 두터운 마을 사람들은 불의의 손해를 입은 사람들에게 동정을 아끼지 않았다.

그전 같으면 앞뒷집에서 굶어도 서로 모르는 척하고 또한 그 것을 아무렇지도 않게 여겼는데 그것은 그들의 처지가 서로 절박 하여서 미처 남을 돌아볼 여유가 없을 분더러 날로 각박해지는 세 상 인심은 부지중 그렇게만 만들어 놓았든 것인데-지금은 굶는 사람이 있으면 서로 도와주려는 훈훈한 인간의 운김이 떠돌았다.

두 되만 있어도 서로 꾸어먹고 한 푼이라도 남의 사정을 보 러 들었다. 그것은 누구를 무서워서 그러는 게 아니라 그렇게 해 야만 자기네에게도 유익이 돌아오기 때문이었다. (이기영, 『고향』)

전반부 예문에는 농사를 짓는 사람들의 마음 상태가 잘 그려져 있 다. 마름집에 모여 일을 돕고 있는 소작인들은 자신의 일이 아님에도 불구하고 신명이 나서 작업을 한다. 그 이유는 두 가지다. 마름에게 잘 보여야 소작지를 조금이라도 더 얻을 수 있으리라 생각하고, 마름집의 풍족함이 가난한 자신의 생활을 잠시나마 잊게 해주기 때문이다. 실제 로 점심 새참으로 막걸리를 먹기도 해서 일에는 속도가 나고 일하는 사 람들은 힘든 줄을 모른다. 이런 농촌의 풍경은 당시 마름과 소작인들 의 형편을 짐작하게 해줄 뿐 아니라 농민들의 순박한 마음도 알 수 있 게 해준다.

『고향』에서는 공동체의 흔적이라고 할 수 있는 두레의 의미가 유 난히 강조되고 있다. 후반부 예문은 두레를 통해 달라진 마을의 인심을 설명하는 부분이다. 두레가 갖는 의미는 마을 안의 일들, 특히 불행한 일들에 공동으로 대처한다는 데 있다. 마을 사람들은 두레를 시작하기 전에는 각자 하루하루를 살아가기도 어려운 형편에 남을 돕는다는 일 은 생각하기조차 어려워했다. 그러나 두레를 시작하고 나서는 내가 도와주어야 할 이웃이 곧 자신일 수도 있다는 생각이 마을에 퍼지게 된다. 자신들의 힘으로 스스로를 지키지 않으면 아무도 자신들을 지켜줄 수 없다는 절실한 생각의 표현이기도 하다. 이런 '조직'을 전통적 풍속인 두레에서 발견한 것은 물론 특별한 일이지만 노동자나 소작인들의 조합도 그 취지에서는 두레의 그것과 크게 다르지 않다고 할 수 있다.『고향』은 인위적이고 외래적인 조직이 아니라 전통 공동체의 복원을 통해 농민들의 결집 필요성을 이야기하는 것이다. 이 밖에도 농사 때에 맞추어 벌어지는 여러 행사 등 충청도 한적한 마을의 모습이 풍부하게 그려져 있다는 사실은 『고향』이 가진 큰 장점이다.[3]

박태원의 소설『천변풍경』에는 작품 전체를 관통하는 하나의 줄거리가 없다. 청계천변에 사는 인물들의 일상이 작품의 주된 내용이다. 민 주사나 한약국집 가족 그리고 포목전 주인을 제외하고는 등장하는 70여 명의 인물 모두가 청계천변에 사는 가난한 사람들이다. 70여 명의 인물들이 벌이는 일상사가 이 소설의 주된 내용이다.

점룡이 어머니, 이쁜이 어머니, 귀돌 어멈을 비롯한 동네 아낙네들은 빨래터에 모여 수다를 떤다. 이발소집 사환인 재봉이는 이런 바깥 풍경을 바라보기를 좋아한다. 민 주사는 늙어 가는 자신의 얼굴을 거울을 통해 바라보며 한숨짓지만, 그래도 돈이 최고라는 생각에 흐뭇해한다. 여급 하나꼬의 일상, 한약국집에 사는 젊은 내외의 외출, 한약국집 사환인 창수의 어제와 오늘, 약국 안에 행랑을 든 만돌 어멈에 대한 안방마님의 꾸지람, 이쁜이의 결혼, 이쁜이를 짝사랑하면서도 그녀를 바라

---

3 이기영이『고향』은 서울에 살던 이기영이 고향 천안 성불사에 내려가 단시간에 쓴 작품으로 알려져 있다. 소설의 배경이 되는 지역은 현재 천안시 동안구 안서동, 유량동 근처라고 한다.

보기만 하는 점룡이, 신전집의 몰락, 민 주사의 노름과 정치적 야망, 민 주사의 작은집인 안성집의 외도, 포목점 주인의 매부 출세시키기, 이쁜 이의 시집살이, 민 주사의 선거 패배, 창수의 희망, 금순이의 과거와 현재, 기미꼬와 하나꼬의 여급 생활, 금순이와 동생 순동이의 만남, 하나 꼬의 시집살이와 이쁜이의 속사정, 재봉이와 젊은 이발사 김 서방의 말다툼, 친정으로 돌아오는 이쁜이, 이발사 시험을 볼 재봉이 등으로 에 피소드들이 이어진다. 인물들의 이러한 일상을 통해 『천변풍경』은 청계천 주변의 풍경과 거기에 모여 사는 사람들의 일상을 실감나게 보여준다 할 수 있다.

소설은 청계천 이쪽과 저쪽에 각각 카메라를 설치하고 보이는 것을 여과 없이 보여주는 듯한 느낌을 준다. 다양한 초점화자의 등장으로 작은 에피소드의 나열 때문에 맥이 빠지기 쉬운 작품에 활력을 불어넣어 준다. 여인들의 집합 장소인 빨래터와 남성들의 사교장인 이발소를 중심으로 다양한 장면들이 상세하게 그려진다. 이 작품에 대한 세태 소설이라는 평가나 도시 소설이라는 평가는 세태나 도시의 풍속을 세밀하게 묘사하였다는 점에 근거한 것이 아니라, 세밀한 세태의 묘사를 통하여 당대적 진실을 추구하려 한 작가 정신에 근거한 것이라 할 수 있다. 소설에 등장하는 많은 사람들이 모두 저마다의 사연을 가지고 있으며 그 사연은 직접적이지는 않지만 1930년대 서울이라는 조건에서 크게 벗어나지 않는다. 물론 농촌의 붕괴라든지 실업의 만연, 여성을 술집으로 내모는 현실 등에 대한 직접적인 언급을 소설에서 찾아보기는 어렵다. 작가가 그러한 사실을 보여주기 위한 노력을 하고 있다는 인상도 없다. 그러나 이 소설이 '시대의 모순'이니 '현실의 문제'를 노골적으로 드러내지 않았을 뿐이지 청계천 주변에 사는 도시 변두리(당시는 청계천 주변은 변두리였다)에 사는 사람들의 삶의 모습을 실감나게 그려냈다는 데는 이견이 없을 것이다.

이상에서 살핀 두 편의 소설은 비록 그 문학사적 평가나 기법적 특징에서 유사하다고 볼 수 없는 작품이지만 당대 민중들의 삶을 기록하고 있다는 점에서 공통점을 가지고 있다. 소설이 가진 당대적 의미, 또는 주제의식이 분명하지만 현재 독자의 관점에서 흥미를 가질 수 있는 것은 이들 소설이 당대 삶의 진솔한 기록이라는 점이다. 이런 특징은 굳이 1930년대 작품에만 한정될 수 있는 것은 아니다. 사실주의적 전통 아래 쓰인 소설이 가진 일반적인 특징이라 할 수 있다.

분단 시대의 삶

동시대 사람들의 삶의 모습을 그리기 위해서는 그들이 처한 상황에 대한 이해가 필요하다. 그러한 이해에 기초하지 않고는 현재의 의미를 제대로 설명해 내기 어렵다. 시대 상황은 굳이 현재 벌어지고 있는 구체적인 사건일 필요는 없다. 그 시대를 살아가는 사람들의 정신에 깊은 영향을 미치는 어떤 것이라도 현실적 삶에 영향을 미치는 상황이 될 수 있다.

일목요연하게 정리하기는 어렵겠지만 해방 이후 우리에게 중요한 영향을 미친 사건은 주로 정치적 문제와 관련된다. 해방의 감격과 함께 분단이 되었고 이어지는 전쟁은 모든 평범한 사람들의 삶을 흔들어 놓을 만큼 충격적인 시대적 사건이었다. 이어 4.19혁명과 군사 쿠데타, 산업화와 월남 파병 역시 기록될만한 사건이다. 80년 군부의 반란과 학살 그리고 90년대 현실 사회주의의 붕괴 역시 중요한 변화로 받아들일 수 있다. 소설이 삶의 기록이라고 할 때 빠질 수 없는 것이 이러한 역사적 격변의 경험이다.

해방 이후 우리 사회에 지속적으로 영향을 미치고 있는 역사적 사건은 분단일 것이다. 분단 후 태어난 세대들에게 분단은 본래부터 주어져 있는 조건처럼 자연스럽게 느껴지겠지만 실제 한반도가 분단된 시간은 전체 역사 속에서 매우 짧은 기간에 불과하다. 분단은 단지 남과 북의 이산만을 의미하지도 않는다. 분단 과정에서 불거진 이념 갈등은 대부분의 남북한 구성원들에게 직간접적인 영향을 미쳤고 지금도 미치고 있다. 직접 전쟁에 참여했거나 이산의 아픔을 겪고 있는 사람들은 말할 것도 없고, 분단과 함께 왜곡된 이념 아래에서 살아야 했던 대부분의 사람이 겪었던 피해는 크기를 잴 수 없을 만큼 크다고 할 수 있다. 왜곡된 교육과 왜곡된 정보로 정신적인 불구로 살아야 했던 많은 시간들은 아무도 변상해 주지 않는다.[4]

분단과 관련된 소설로 가장 널리 알려져 있는 작품은 최인훈의 『광장』일 것이다. 『광장』은 중립국으로 가는 배인 타고르 호에서 주인공이 과거를 회상하는 형식을 취하고 있다. 시간적인 배경은 해방으로부터 종전에 이르는 시기이며, 남과 북이라는 배경은 이데올로기(이념)의 실상과 허상을 밝히기 위한 장치로 이용되고 있다. 즉, 남에는 타락과 방종에 가까운 자유와 밀실만이, 북에는 이데올로기를 빙자한 무자유와

---

4 지금도 그렇지만 보수적인 정치 세력들에게 분단으로 인한 이데올로기 대결은 자신들의 권력을 안전하게 보장해주는 환경이었다. 적들의 존재를 부각시킴으로 해서 국민 정서를 보수적인 쪽으로 이끌고 정적들을 제거했던 역사는 남과 북 모두에서 확인할 수 있다. 정치에 한정하자면 남북의 분단 세력들이 적대적 공범관계에 있었던 것은 분명한 사실이다.

신념 없는 광장만이 존재한다는 것이다. 광장과 밀실이 단절되어 있는 남북한의 현실 속에서 방황하던 주인공은 한국 전쟁이라는 광장을 거쳐 또 다른 밀실인 중립국을 선택한다. 하지만 결말에서 주인공은 자살을 통해 어떤 식으로든 이데올로기의 선택에는 한계가 있을 수밖에 없음을 극적으로 보여주고 있다. 이와 같이 작가는 광장과 밀실이 서로 넘나들 수 없을 때 인간적인 삶이 보장되지 못한다고 웅변한다. 이를 바탕으로 진실로 인간적인 사회란 어떤 것인지에 대한 물음을 제기하고 있다.

황석영의 소설 「한씨 연대기」는 제목 그대로 월남한 의사 한영덕의 연대기이다. 한영덕은 고지식하고 순수한 인간으로 남을 속일 줄도 모르고 융통성도 없다. 위급한 상황이 닥치더라도 자신의 신념을 믿고 소신대로 살아가고자 하는 인물이기도 하다. 이 소설은 분단과 전쟁으로 소신 있는 사람들이 행복하게 살아갈 수 없게 된 세상에서 한씨가 조금씩 파멸해 가는 과정을 보여준다.

김일성대학 의학부 교수로 있을 때 의사인 한영덕은 한 소녀의 위급한 환부 수술에 몰두하다가 원장으로부터 질책을 받는다. 경무원이 기총 소사로 관통상을 입고 피를 흘린다는 것이다. 이런 상황 아래에서도 한영덕은 치료하고 있던 아이를 소신껏 돌본다. 국군이 삼팔선을 넘어 북진하게 되었을 때도 한씨는 움직이지 않고 자신의 자리를 지킨다. 이리하여 한영덕은 철수하는 인민군에 의해 처형당하지만, 총알이 스치고 지나가는 바람에 기적적으로 살아난다. 월남한 후에는 아들을 찾으려고 포로수용소 주변을 서성이다가 간첩 혐의로 붙들려 고초를 겪기도 한다. 그 후 한씨는 무면허 의사들과 동업을 하다가 남의 죄를 뒤집어쓰게 된다. 그뿐 아니라 모략에 의해 지난날의 간첩 혐의까지 다시 거론되어 참혹한 고문을 당한다. 겨우 풀려난 한영덕이 다시 사회로 나왔을 때엔 이미 폐인이 다 된 상태였다.

한국 전쟁의 참상이나 이후의 영향에 대해서는 여러 가지 기록들을 통해 알 수 있다. 정부의 기록과 미국 쪽의 기록 그리고 이후 한국 전쟁에 대한 연구들을 통해 전쟁 자체의 성격에 대해서는 규명 작업이 객관적으로 이루어졌다 할 수 있다. 군인들의 피해야 어쩔 수 없는 것으로 여기더라도, 국민을 버리고 떠난 정부, 여러 차례의 피난, 반복되는 상호 점령, 이유 없는 학살 등으로 인해 민간인들이 입었던 말할 수 없는 피해들도 하나하나 실체가 밝혀지고 있다. 그러나 역사나 사회과학 연구에 의해 밝혀진 어떠한 통계 수치들보다 전쟁의 참상을 더 잘 알려주는 것은 한 인간의 진실한 경험이다.

「한씨 연대기」는 한국 전쟁을 전후하여, 분단된 남과 북에서 한 고지식한 인간이 겪게 되는 고난의 기록이다. 이 작품에서는 분단 상황 자체에 대한 투시가 아니라 그 상황에다 주인공 한영덕의 인간성을 대응시켜 놓았다. 이렇게 시달리고 행패를 당해 죽어가야 하는 죄 없는 사람, 고지식한 사람의 한 생애가 곧 분단 시대의 본질을 말해주는 것이다.

윤흥길의 「장마」 역시 전쟁의 비극을 아이의 눈을 통해 보여주는 소설이다. 지루한 장마가 계속되던 어느 날 밤, 외할머니는 국군 소위로 전쟁터에 나간 아들이 전사했다는 통지를 받는다. 이후부터, 하나밖에 없던 아들을 잃은 외할머니는 빨치산을 향해 저주를 퍼붓는다. 같은 집에 살고 있는 친할머니가 이 소리를 듣고 노발대발한다. 그 말은 빨치산에 나가 있는 자기 아들더러 죽으라는 저주처럼 들렸기 때문이다. 빨치산 대부분이 소탕되고 있는 때라서 가족들은 대부분 빨치산에 간 할머니의 아들, 곧 삼촌이 죽었을 것이라고 믿지만, 친할머니는 점쟁이의 예언을 근거로 아들의 생환을 굳게 믿고 아들을 맞을 준비를 한다. 그러나 예언의 날이 되어도 아들은 돌아오지 않는다. 실의에 빠져 있는 친할머니, 그때 난데없이 구렁이 한 마리가 아이들의 돌팔매에 쫓기어 집안으로 들어온다. 친할머니는 졸도하고, 집안은 온통 쑥대밭이 되는데, 외할머니는 아이들과 외부인들을 쫓아 버리고 감나무에 올라앉은 구렁이에게 다가가 말을 걸기 시작한다. 구렁이로부터 아무런 반응이 없자 외할머니는 할머니 머리에서 빠진 머리카락을 불에 그슬린다. 그 냄새를 맡았는지 구렁이는 땅에 내려와 대밭으로 사라져 간다. 그 후 할머니는 외할머니와 화해하게 되고 할머니는 일주일 후 숨을 거둔다. 할머니가 돌아가시자 그 지루했던 장마가 그친다.

외할머니는 구장 어른과 진구네 아버지 등의 도움을 받아 집안에 들어온 사람들을 모조리 밖으로 내쫓은 다음 대문을 단단히 걸어 잠갔다. 대문 밖에 내쫓긴 아이들과 어른들이 감나무가 있는 울바자 쪽으로 우르르 몰려갔다. 고비에 다다른 혼란의 사이를 틈탄 구렁이는 아욱과 상추가 자라고 있는 텃밭 이랑을 지나 어느새 감나무에 올라앉아 있었다. 감나무 가지에 누런 몸뚱이를 둘둘 감고서는 철사처럼 가늘고 긴 혓바닥을 내고 날름거렸다. 무엇에 되알지게 얻어맞아 꼬리 부분이 거지반 동강 날 정도로 상해서 몸뚱이의 움직임과는 겉놀고 있었다. 아이들의 극성이 감나무에까지 따라와 아직도 돌멩이나 나뭇개비들이 날아들고 있었다.

「돌멩이를 땡기는 게 어떤 놈이냐!」

외할머니 고함은 서릿발 같았다. 팔매질이 뚝 멎었다. 그러자 외할머니는 천천히 감나무 아래로 걸어가기 시작했다. 외할머니의 몸이 구렁이가 친친 감긴 늙은 감나무 바로 밑에 똑바로 서 있는데도 아무 일도 일어나지 않자, 그때까지 숨을 죽여 가며 지켜보던 많은 사람들 입에서 저절로 한숨이 새어나왔다. 바로 머리 위에서 불티처럼 박힌 앙증스런 눈깔을 요모조모로 빛내면서 자꾸 대가리를 숙여 꺼뜩꺼뜩 위협을 주는 커다란 구렁이를 보고도 외할머니는 조금도 두려워하지 않았다. 외할머니는 두 손을 천천히 가슴 앞으로 모아 합장했다. (윤흥길, 「장마」)

　　이 소설은 한국 전쟁 중에 일어난 한 집안의 일을 소재로 다루고 있다. 이 소설에서 가장 탁월한 상징적 장치는 '구렁이'이다. '저주받은 사람이 죽으면 구렁이가 된다.'는 우리나라 전래의 무속 신앙은 이 작품에서 단순한 미신의 차원에 머물지 않는다.[5] 빨치산이 되어 죽은 아들의 어머니인 친할머니나 국군으로 간 아들의 전사 통지서를 받아야 했던 외할머니에게 구렁이의 등장은 결코 우연일 수가 없다. 사람들에게 돌을 맞으면서도 굳이 집으로 찾아든 구렁이의 등장은 그들에게 우연한 사건이 아니었다. 구렁이는 두 사람에게는 짐작만 하던 일을 확인시켜 줄 수 있는 존재였으며 지금까지 유지되던 미움과 갈등을 초월하게 만들어주는 신성한 존재였다. 또, 이 소설에서 구렁이는 불행한 역사 속에서 사라져간 사람들의 영혼이며, 비극적인 역사의 상징이다. 우리가 가련한 두 노파의 한 맺힌 설움에 충분히 공감한다면 그 구렁이는 비극의 실체로서 리얼리티를 갖게 되는 것이다.

　　물론 구렁이가 등장하는 장면으로 소설이 마무리되는 것에 대해 부정적 의견이 있을 수 있다. 사실적인 전개와 비교하면 미신으로 소설이 마무리되어 설득력이 떨어진다는 느낌이 들 수도 있다. 그러나 「장

5　구렁이는 새나 작은 동물을 해치는 해로운 동물 이미지도 가지고 있지만 사람들과 함께 살아온 친근한 동물의 이미지도 가지고 있다. 구렁이가 집을 지킨다거나, 구렁이가 집에서 떠나가면 집안이 망한다는 이야기는 널리 알려져 있다.

마」의 소설적 상황은 어차피 현실에서 화해할 수 없는 종류의 것이었다. 소설의 핵심은 사건의 그럴듯한 해결이 아니라 아픔을 안고 살아가는 할머니들의 모습을 보는 데 있는지 모른다. 이 소설은 사건이나 이념을 말하기는 하지만 그보다 더 깊은 곳에 있는 사람의 삶과 죽음, 한과 여운에 대해서도 함께 말하려 했던 셈이다.

15 시대

소설 읽기의 실제 5

소설과 시대의 기록

소설은 다른 어떤 문학 양식보다 역사에 가깝다. 산문 형식이라는 형식적 공통점은 물론 인물과 사건 중심의 전개와 연대기적 형식을 선호한다는 점에서 그렇다. 그래서인지 내용 역시 역사와 닮은 점이 많다. 특히 시대 문제에 민감한 촉수를 들이대는 소설은 역사 못지않게 시대 기록으로서 중요한 가치를 갖기도 한다. 역사처럼 다양한 관점에서 시대를 입체적으로 조망하려는 시도를 하지는 않지만 구체적 경험을 통해 시대의 핵심을 들추어내는 데는 다른 어떤 양식보다 뛰어나다. 시대정신을 다룬 소설들에서 개인과 사회, 인물과 시대는 매우 강하게 연결되어 있다. 개인들은 시대의 흐름에 자신을 맡기기도 하고 흐름을 거슬러 고난을 겪기도 한다. 이런 소설에서 인물들은 희생자나 역사의 증인으로 그려지곤 한다.

소설과 지성사

　구체적인 삶의 모습을 보여준다는 소설의 특징은 동시대인이 공유하는 삶의 내용에 따라 다양한 방식으로 나타난다. 민중들의 삶 뿐 아니라 당대 지식인들의 고민과 갈등 역시 소설에서 자주 형상화되는 내용이다. 부당한 현실에 부딪혔을 때나 급격하게 삶의 조건이 바뀔 때 현실과 미래, 도덕과 정의에 대해 고민하는 시대정신이 있기 마련인데, 소설은 그러한 시대정신을 기록하는 현장에 서 있었다. 이러한 시대정신을 통시적으로 엮을 수 있다면 아마 하나의 지성사가 될 것이다. 철학이나 역사 등이 지성의 역사를 아우를 수 있겠지만 소설 역시 식민지 시대와 전쟁, 쿠데타 등을 겪어온 우리 역사의 현실을 성실하게 기록하고 있다.[1]

　개화기를 맞이하여 당대 지식인들은 시대에 대응하기 위해 사설과 함께 소설을 썼다. 지금으로 보면 소설이라 하기도 어려울지 모르지만 신채호 등은 간절한 시대적 염원을 소설을 통해 실현하려 했다. 방향은 전혀 다르지만 이광수의 소설이 보여주는 계몽의지 역시 시대적 조건과 무관하지 않다. 그의 몇몇 소설은 당대 지식인들이 생각하고 있었던 개화의 일단을 대변했다. 프롤레타리아 문학 운동이나 브나로드 운동 역시 문학을 통해 확인할 수 있다. 1930년대 지성사는 온전히 문학의 몫이 아니었던가 생각할 만큼 이 시기는 비평이 풍성했다. 비평과 더불어 일제의 탄압과 일정하게 반응하면서 전개되던 소설사도 시대의

---

1 문학이 당대 현실과 관계있다고 말할 때 현실은 보통 두 가지 의미를 포함하고 있다. 하나는 작품이 탄생하게 되는 시대적 배경으로서의 현실이고 다른 하나는 작품에서 다루고 있는 대상으로서의 현실이다. 소설이 근대의 산물이라거나 시조가 유교적 기반 아래에서 발달했다는 등의 평가는 전자의 의미를 염두에 둔 것이고 『탁류』나 『삼대』가 1930년대 조선 현실을 다루고 있다는 평가는 후자의 의미를 염두에 둔 것이다.

정신을 짐작하게 한다. 특히 1930년대 후반에서 1940년대 초반 전향소설, 친일소설로 전개되는 과정은 당시 지식인들의 정신을 확인할 수 있는 좋은 재료가 된다.

해방 이후에는 친일파 청산 문제와 이념갈등, 유신시대와 1980년대는 부당한 정권에 대한 저항 등이 중요한 시대정신을 이루었다고 할 수 있다. 소설은 현실을 간접화하므로 현실에 대한 직설적 발언이 어려운 시대에도 민감한 시대의 문제를 잘 담아낼 수 있었다. 1990년대 이후 유토피아적 담론이 힘을 잃어가자 소설 역시 이러한 시대적 분위기에 영향을 받았다. 소설을 쓸 수 없는 시대, 일상이 이념을 정복해버린 시대의 고민을 때로는 회한의 정서로 때로는 미로에 갇혀버린 개인의 딜레마를 통해 드러내 보여주었다.

이번 장에서는 해방 이후의 풍경을 그린 소설 몇 편을 통해 격변기를 맞이하는 지식인의 내면 풍경을 만나본다. 이어 한국 전쟁을 다루는 한 작가의 여러 작품을 통해 역사를 기록하는 작가의 기억이 그가 처한 현실에 따라 어떻게 변하는지 확인해 보려 한다.

해방의 풍경

이태준의 「해방 전후」와 채만식의 「민족의 죄인」, 지하연의 「도정」은 해방을 맞이하는 지식인들의 각기 다른 심리를 보여준다. 「해방 전후」가 해방 후의 혼란 혹에서도 희망을 주로 이야기하고 있다면 「민족의 죄인」은 작가 자신의 친일을 반성하고 변호하려는 의도를 포함하고 있는 소설이다. 이에 비해 지하연의 「도정」은 비교적 균형 감각을 가지고 해방 후 정국에 임하는 지식인의 내면을 보여준 소설이다. 이들 소설을 통해 우리는 새로운 시대를 고민하던 다양한 인물들의 다른 목소리를 만날 수 있다.

「해방 전후」는 해방기를 배경으로 한 작가의 행적과 사유를 기록하듯이 쓴 작품이다. 시대의 성격처럼 한 인물의 내면에 공존하는 과거에 대한 반성과 미래에 대한 희망을 함께 이야기한다. 소설의 전반부에서 주인공인 소설가 '현'은 일제 말 일본 관헌의 압력에 못 이겨 대동아전기(大東亞戰記)의 번역에 손을 빌려준 일을 두고 괴로워하다가 강원도 어느 산읍에 내려가 낚시 따위로 세월을 보내고 있었다. 그곳에서 그는 전통 선비 '김직원'을 만나 시국에 대한 이야기를 나누기도 한다. 서울 친구의 전보를 받고 상경하던 현은 일제의 패망과 조선의 독립 소식을 듣게 된다. 8월 17일 새벽에 서울에 도착한 그는 서울의 여러 정황에 불쾌해 한다. '조선문화건설 중앙협의회'를 찾은 그는 마침 초를 잡고 있던 그들의 선언문을 읽고 발기인으로 서명한다. 울려 퍼지는 '적기가(赤旗歌)' 속에 고민하던 현은 '조선 인민 공화국 절대 지지'라는 현수막 사건을 통해 시대의 요구를 절감하고, 그들의 지도자가 되어 '프로예맹'과의 통합을 계획한다.

이상의 줄거리에서 알 수 있듯이 이 작품은 작가로 짐작되는 인물을 내세워 해방기를 맞는 지식인의 내면과 그가 현실에 대처하는 모습을 보여준다. 작가는 과거에 연연하기보다는 현재의 시국을 어떻게 설명하고 미래를 어떻게 설계할 것인가에 더 많은 관심을 두고 있다. 신탁이나 반탁의 문제에서 문학 운동 조직의 결성과 통합 문제, 새로운 정부의 형태 문제 등이 시대의 중심 문제로 거론된다. 무한한 가능성 아래에서 구체적인 국가의 모습을 만들어야 했던 당시의 풍경과 고민들

이 잘 드러난 작품이라 할 수 있다. 이태준이 어떤 소설보다 현장성이 느껴지는 소설이다.[2]

해방 이전 행적에 대한 반성과 함께 지식인의 입장을 변호하는 성격의 소설로 채만식의 「민족의 죄인」은 매우 인상적이다. 해방 이전의 행적을 자세히 기술하고 있음은 물론 "나는 8·15의 그런 편안한 해방을 우리가 횡재할 것은 전혀 생각지 못하였다"는 서술자의 생각도 진솔하게 느껴진다. 그런 자신의 처신을 자랑할 것은 못되지만 그렇다고 소극적으로 일제의 정책을 따른 대다수의 인물들을 지나치게 비난하는 데도 문제는 있다는 것이 서술자의 생각이다. 이런 생각은 단순히 개인이 처한 상황을 설명하는 데 그치는 것이 아니라 민족의 처한 당면 과제의 해결 방안을 고민하는 것이기도 하다. 친일 부역자를 광범위하게 비난하는 인물 윤에 대한 비판인 "하찮은 자랑을 가지구 분수 이상으로 남한테 가혹해선 자낸 일신상두 이롭지가 못하구 세상에두 용납을 못"한다는 김군의 지적은 서술자를 변호하는 것인 동시에 해방기 민심에 대한 문제 제기이기도 하다.

소설은 서술자인 나가 김군이 주간하는 P사에서 '대일 협력을 하지 않은' 윤을 만나 "많으나 적으나 대일 협력을 한 것이 있음으로 해서 민족반역자 혹은 친일파의 대열(隊列)에 들어야 할 민족의 죄인(民族의 罪人)인 나는 그에게 스스로 한 팔이 꺾이지 아니할 수가 없"다고 생각한다. 이러한 생각이 드는 것은 순전한 양심의 소리이기도 하지만 윤의 조금은 시니컬한 태도에서 기인하는 것이기도 하다. 김은 윤의 이러

---

2 식민지 시대 『문장』을 주관했던 상고주의자 이태준은 해방 이후 현실에 참여하는 적극적인 활동가로 변신한다. 「해방 전후」는 그의 변화가 시작되는 지점을 보여주는 소설로도 많이 거론된다.

한 태도를 받아들일 수밖에 없다는 점을 인정하면서도 많은 '대일협력자들'에게 나름대로 사정이 있었음을 변호하기도 한다. 윤은 좋은 집안 형편을 바탕으로 대일 협력의 유혹에서 자유로울 수 있었는데 비해 가난한 문학인들의 형편은 그렇지 못했다는 것이 그 대표적인 지적이다.

물론 소설 대부분의 분량을 차지하는 것은 자신의 식민지 시대 행적에 대한 기술이다. 어떻게 서울을 떠나 지방에 가게 되었는지, 어떤 이유로 자신의 행동이 일본에 협력하는 결과를 낳게 되었는지를 설명한다. 작가가 이렇게 지난 행적을 자세히 기술할 수 있는 이유는 대단한 친일과 관계되지 않았다는 주장을 하기 위해서이기도 할 것이다. 소설을 작가 채만식 개인의 기록으로 보고 소설의 내용을 실제 작가의 생과 비추어 보는 일도 중요하겠지만 이 시기의 매우 중요한 문제였던 식민지 청산의 과제를 당사자의 관점에서 확인할 수 있다는 것이 이 소설이 갖는 의의이다.

앞선 두 편의 소설이 작가로 짐작되는 인물이 자신의 이야기를 들려주는 듯한 느낌을 주었다면 지하련의 소설 「도정」에는 과거에 대한 자책과 함께 현실의 수용 여부를 갈등하는 인물이 등장한다. 해방을 맞이하여 적극적으로 활동하지 못했던 과거를 부담스러워하는 주인공은 기철 등 국내에서 웅크리고만 있던 소위 '혁명가'들이 해방이 되자 급히 당을 만들고 새로운 국가 건설에 앞장서는 것을 보고 회의에 빠진다. 그런 회의는 타자에 대한 회의이자 자신에 대한 회의라고 할 수 있다. 해방이 된 날부터 혼란스러웠던 주인공은 자신과 달리 해방을 기다렸다는 듯이 움직이기 시작하는 예전의 '동지'들에 대한 복잡한 심경을 숨기지 않는다.

가) 그는 다시금 알 수가 없어진다. 문득 기철이 눈앞에 나타난다. 장대한 체구에 패기만만한 얼굴이다. 돈이 제일일 땐 돈을 모으려 정열을 쏟고, 권력이 제일일 땐 권력을 잡으려 수단을 가리지 않을 사람이다. 어느 사회에 던져두어도 이런 사람이 불행할 리는 없다. 그러나 여기 한 개의 비밀이 있었다. 이런 사람이 영예로워지면 질수록 흉악해지는 비밀이었다. 대체로 '겉'이 그렇게 충실하고야 '속(良心)'이 있을 리가 없고, 속이 없는 사람이란 외곽이 화려하면 할수록 내부가 부패하는 법이었다.

'목욕을 한대도 비누하고 물쯤은 준비해야 하지 않는가?'

나) 혼자 123철공장을 향하고 걸으려니, 또 뭐가 마음 한 귀퉁이에서 티격티격을 한다. '네가 이젠 공장엘 다 가는구나? 노동자를 운운허구…… 그렇지! 이젠 잡힐 염려가 없으니까…….' 이렇게 고개를 들고 일어나는 것을, 그대로 윽박질러 처넣기도 하고 또 때로는 '암, 가야지. 반성이란 앞날을 위해서만 소용되는 것이니까. 과도한 자책이란 용기를 저상케 하는 것이고, 용기를 잃게 되면 제이 제삼의 잘못을 또다시 범하게 되는 거니까…….' 이렇게 누구나 다 할 수 있는 말로다 배짱을 부려 보기도 하는 것이었으나 '용기'란 대목에 와서는 끝내 마음 한 귀퉁이에서 '뭐? 용기?' 하고는 방정맞게 깔깔거리는 바람에 그만 그도 따라 허— 웃고 만 셈이다. (……)

다) 그는 뭔지 그저 쿵해서 이야기를 듣고 있노라니 야릇하게도 이 '동무'란 말이 새삼스럽게 비위에 와 부닥친다. 참 희한한 말이었다. 어제까지 고루거각에서 별별짓을 다 하던 사람도 오늘 이 말 한마디만 쓰고, 손을 잡고 보면, 그만 피차간 '일등 공산주의자'가 되고 마는 판이니, 대체 이 말의 조홧속을 알 길이 없다기보다도 십 년, 이십 년, 몽땅 팽개쳤던 이 말을, 이제 신주처럼 들고 나와, 꼭 무슨 흠집에 고약이나 붙이듯 철썩 올려붙이고는 용케도 냉

큼냉큼 불러 대는 그 염치나 뱃심을 도통 칭양할 길이 없었다. 물론 그는 십 년 전에 만나나 십 년 후에 만나나, 비록 말로 표현하지 못할 경우라도 눈이 먼저 만나면 꼭 '동무'라고 부르는 몇 사람의 선배와 친구를 알고 있다. 그러나 이들이 부르는 '동무'는 조금도 이렇지가 않았다. 그러기에 열 번 대하면 열 번, 그는 뭔지 가슴이 철썩하곤 하였던 것이다. (이상 지하연, 「도정」)

해방 이전에 기철과 주인공은 자신들이 사회를 위해서 아무 것도 하지 못하는 것에 대해 한스러워하며 술을 마시곤 했다. 전쟁 상태로 인해 지방으로 소개되어 숨을 죽이고 살던 자신들의 비겁함을 한탄하던 친구들이었다. 그러나 해방이 되자 기철은 해외에서 운동을 하던 사람들이나 투옥된 상태로 해방을 맞이한 사람들보다 발 빠르게 움직여 '당'을 만드는 주역이 되었다. 그런 기철에 대해 초점 화자는 그의 활동이 화려한 외양에 비해 부패한 내부를 가지고 있을 것이라고 생각한다. 자신의 양심과 가책에 비추어 과거가 아무것도 아닌 일이 될 수는 없다고 생각하기 때문이다.

그런데 (나)에서의 생각은 조금 다르다. 문제가 생긴 공장을 방문하기 위해 가면서 "과도한 자책이란 용기를 저상케 하는 것"이라고 생각해본다. 자신이 잡힐 염려가 없어 마음 놓고 공장을 찾아가는 비겁한 사람이라는 것을 느끼면서도 가는 길을 멈추지는 않는다. 새로운 시대의 요구라는 점에서 따라가고는 있지만 마음 한 구석이 가볍지 않은 자신의 상태에 대해 스스로 웃음이 나기도 한다.

세 번째 예문에서는 다시 시대에 대한, 그 시대를 살아가는 지식인들에 대한 비판이 두드러진다. '동무'란 말로 지난날들이 모두 없었던 것으로 돌아가는 데에 대한 비판이 가장 크다. 물론 여기서 비판의 대상이 되는 지식인들이 대단한 친일파들이었던 것으로 보이지는 않는다. 그래도 일제의 정책 아래에서는 숨을 죽이고 '별별 짓을 다 하던' 사람들이었다. 자신도 물론 그렇다고 느끼는 주인공은 사람들의 행동을 이해하기 어렵다. 최소한 머뭇거림 정도의 양심은 있어야 하는 것이 아닐까 생각하는 것이다.

앞의 두 작품이 한 인물의 행적에 초점을 맞추고 있다면 「도정」은 당시 시대상과 그 시대를 살아가는 사람들의 모습을 바라보고 있다. 혼란스러운 시대에 어떻게 살아가야 할 것인가에 대해 고민한다는 점에서는 같지만, 서술자는 지식인으로서 우리 사회가 어떻게 변해야 하는지에 대한 진지한 고민도 병행하고 있다. 어쩌면 행동이 고민보다 더 중요하다고 생각하는 인물처럼 보이기도 한다.

오래된 전쟁의 상처

앞에서는 같은 역사적 공간에서 다른 경험을 표현한 소설들에 대해 살펴보았다. 이번에는 같은 역사적 사건을 다루면서 시간의 경과에 따라 그것을 다루는 작가의 태도가 달라지는 작품들을 살펴보려 한다. 사건이 벌어진 시간에서 가까웠을 때와 그곳에서 멀어졌을 때 소설이 어떻게 달라지는지 인상적인 사례를 보게 될 것이다. 각각의 작품을 볼 때는 오래된 경험을 기억해내는 방식과 시대가 불러내는 경험의 내용이 어떻게 다른지 주목할 것이다.

이러한 목적을 위해 여기서는 김원일의 『불의 제전』을 그의 전작

「어둠의 혼」, 『노을』과 함께 읽어보려 한다. 주지하다시피 『불의 제전』은 작가가 이십 년 전에 발표했던 「어둠의 혼」, 『노을』로 이어지는 좌익 '아버지'를 다룬 소설의 연장선에 놓인다. 거기에 단행본으로 처음 출간된 『불의 제전』 두 권과 이후 완간된 소설을 비교해 볼 필요도 있다. 『불의 제전』은 일곱 권으로 완간되기까지 연재와 중단을 반복하였고, 전체가 완간되는 데 약 15년의 시간이 걸렸다. 따라서 1983년 판과 1997년 판의 차이도 간과할 수는 없다.[3]

『불의 제전』의 주요 배경이 되는 공간은 경남 진영과 서울이다. 이 소설의 눈에 띠는 형식상의 특징은 시간의 전개에 따라 날짜로 장을 구분한 점이다. 사건이 전개되는 1월에서 8월까지의 기간 중 5월-6월은 서울을 중심으로 이야기가 전개되고, 그 기간을 제외하고는 진영을 중심으로 이야기가 전개된다. 작품의 서사를 이끌어가는 주인공은 심찬수이지만 한국전쟁을 전후한 시기의 서사는 주로 조민세의 행적을 따라간다.

위와 같은 시간과 공간의 설정은 이 소설의 성과와 한계를 밝히는 데 중요한 열쇠가 된다. 1950년의 진영과 서울은 분단과 한국전쟁, 남북의 이념 대립을 본격적으로 다루기에는 만족스럽지 못한 시공간이다. 이 시기는 첨예화된 갈등이 분출되는 시기이지 갈등이 시작되거나 곪아가던 때는 아니다. 그래서인지 『불의 제전』은 전쟁을 입체적으로 조명하거나 분단의 기원을 섬세하게 다루고 있지는 못하다. 비극적 현실을 드러내는 데 그칠 뿐이다.

---

3 이 글에서는 구분의 편의를 위해 1983년 먼저 간행된 『불의 제전』 두 권을 부제를 좇아 『인간의 마을』로 표기한다. 『인간의 마을』은 1997년 완간될 당시에는 부제가 없어지고 1월-4월까지의 시간이 표기되었다.

그렇다면 작가는 이런 한계에도 불구하고 왜 1950년이라는 시간과 진영과 서울이라는 제한된 공간을 설정한 것일까? 작가는 소설에서 현대사의 온전한 재현을 일차적 목적으로 하지 않았을 수도 있다. 그의 이전 소설들과 연관 지어 생각해 볼 때, 이 소설 역시 작가의 어린 시절을 복원하려는 노력의 일환으로 파악하는 것이 마땅하다. 작가는 조민세로 형상화된 아버지를 복원하기 위해 필요한 시간과 공간을 선택한 것이다. 또, 1950년의 진영과 서울이라는 공간은 김원일의 이전 작품「어둠의 혼」과『노을』에서부터 꾸준히 관심을 가지고 다루던 시공간이기도 하다.

"아버지가 잡혔다는 소문이 온 장터 마을에 좍 깔렸다."로 시작하는「어둠의 혼」은 아버지의 죽음과 굶주림의 경험이 주제인 작품이다. 소설에서 이 굶주림의 책임은 온전히 아버지에게 있다. 그러나 좌익 아버지의 죽음이 무엇 때문인지는 자세히 설명되지 않는다. 이 소설은 마치 성장소설처럼 어린이의 체험을 중심 서사로 하고 있으며, 그 안에 아버지의 죽음과 굶주림이 중요한 계기로 작용한다.

『노을』은 지우고 싶은 과거와 그렇지만 결코 그것에서 벗어날 수 없는 현재에 대한 이야기이다. 과거와 현재를 교차로 서술하고 있어서인지, 이 소설은 과거 문제를 직접 다루고 있다는 인상을 주지 않는다. 이념의 대립 문제가 소설 전체를 지배하기는 하지만 무식한 백정 출신 아버지의 복수심 가득 한 좌익 활동과 좌익 지식인의 전향은 당시의 사건을 온전히 복원해 내지는 못한다. 특히 전향자의 안정된 말년 생활 묘사는 과거를 되살리기보다는 과거의 생동감을 무화시키는 역할을 한다. 지식인의 전향은 아버지의 좌익 활동을 주관 없는 부화뇌동으로 만들어 버린다. 이런 이유로 과거는 잊어야 할 지난 일에 그치고 현재가 작품의 주제가 된다.

　이에 비해 『인간의 마을』은 진영이라는 지역의 1950년대 상황을 비교적 입체적으로 조명하고 있다. 진영읍 장터를 중심으로 설창리 등 주변 마을에서 살아가고 있는 가난한 사람들의 삶이 그려지기도 한다. 이에 비해 『인간의 마을』 이후 부분에 해당하는 『불의 제전』에서는 이런 장점이 많이 희석된다. 공간이 서울과 북으로 확대되면서 구체적인 사람들의 생활보다는 종파싸움이나 조직 문제, 전쟁의 문제로 관심이 넓어지기 때문이다. 그렇다고 주제 면에서 『불의 제전』이 『인간의 마을』에 비해 후퇴했다는 말은 아니다. 동시대의 중심 문제를 다루고자 하는 의욕과 그것을 적나라하게 표현하고자 하는 작가의 의지가 드러난다는 점에서 긍정적으로 볼 만한 측면도 있다. 지방 소읍의 국지적인 사건이 현대사와의 관계 속에서 의미를 갖게 되는 것은 『불의 제전』에 와서이다.

　제목에서 느껴지듯이 『인간의 마을』은 '공간'을 다루고 있다. 이에 비해 『불의 제전』은 1950년 1월에서 10월이라는 시간을 다룬다. 이는 소설이 다루고자 하는 대상이 한 지역, 즉 작가의 뿌리에서, 공통 경험으로서의 시간으로 옮겨가고 있음을 의미한다. 『노을』의 경우도 이 둘을 함께 시도한 셈인데, 현재와 과거의 교차 서술은, 작품 성패의 문제를 차치하더라도, '나'가 살고 있는 현재와 어린 시절을 아우르려는 시도로 볼 수 있다. 이에 비해 「어둠의 혼」은 단편이라는 점 때문이기도 하지만, 소년의 성장과 관계된 서사에 그치고 있다.

　네 작품의 차이는 서술 방법의 변화에서도 확인할 수 있다. 위 작품들은 「어둠의 혼」에서 『불의 제전』으로 올수록 사건을 전달하는 서술자의 역할은 줄고, 사건의 현장성이 강조되는 방향으로 변화하고 있다. 사건이 발생한 시간과 창작 시기가 멀어질수록 사건의 내용은 분명해지고 서술자는 객관적인 시선으로 사건을 재구성한다. 초기 작품에서 사건보다는 사건과 관련된 인물들의 심리나 내면묘사가 강조되고 있다면, 이후 작품에서는 사건 자체가 부각되고 있는 것이다. 이러한 변화는 소설이 역사적 현실의 복원 쪽으로 조금 더 가까워지고 있음을 의미한다. 서술자는 역사적 사건과 객관적 거리를 두게 되고 풍부하고 구체적인 묘사에 주력하게 된다.

「어둠의 혼」의 서술자는 어린 아이이다. 가족들에 대한 아버지의 무관심으로 서술자의 가족들은 늘 굶주려 있다. 아버지가 죽게 된다는 소문을 듣게 된 '나'는 그 굶주림 속에서 아버지의 죽음을 확인하러 경찰서에 간다. 일반적인 어린이 서술자가 그렇듯이 이 소설의 서술자 역시 아버지의 죽음 나아가 시대의 혼란에 대해 논리적으로 풀어낼 수 있는 능력을 가지고 있지 못하다. 분위기를 막연하게나마 느낄 수 있을 뿐, 어른들의 세계에 대해 자세히 알지 못한다. 아버지의 죽음은 충격적이고 갑작스러운 사건이지만 서술자는 그 이상의 의미를 느끼거나 이해하지 못한다.

『노을』은 현재의 '나'가 겪는 시간과 1950년 진영의 시간이 교차해서 흘러가는 소설이다.[4] 우민 출판사 편집부장인 현재의 '나'는 삼촌의 죽음을 맞아 아들과 함께 고향을 방문하게 되고 꺼내고 싶지 않았던 어린 시절의 기억을 되살리게 된다. 문제가 되는 어린 시절의 기억은 회상이라는 일반적 형식이 아니라, 어린 시절의 '나'를 새로운 서술자로 불러내는 방식으로 서술된다. 다시 말해 과거의 사건을 서술하는 인물은

---

4 『노을』은 모두 7개의 장으로 구성되어 있다. 그 중 1,3,5,7장은 어른이 된 갑수가 서술자로, 2,4,6장은 어린이 갑수가 서술자로 등장한다.

어른이 된 '나'가 아니라 어린이인 '나'인 것이다. 역시 과거 사건에 대한 서술자는 어린이로 고정되어 있어 당시 현실을 입체적으로 깊이 있게 표현하지는 못한다. 현재의 '나'는 그 전후 맥락을 추상적으로나마 이해할 수 있지만 사건을 상세히 서술해 주지는 않는다.

이에 비해『인간의 마을』은 전지적 작가가 다양한 인물들의 모습을 사실적으로 보여주고 있는 소설이다. 특히 한 두 사람의 심리 묘사가 아니라 여러 인물의 사고와 행동을 보여준다는 점은 앞의 두 소설과 구분되는 차이이다. 완결된『불의 제전』도 이런 면에서는 같다.『불의 제전』에는『인간의 마을』에 등장하지 않는 인물들(주로 사회주의자나 심찬수가 귀향길에 만난 사람들)이 새롭게 등장하기도 한다. 그러나 두 작품 사이의 차이도 간과할 수는 없다.『불의 제전』에서 두드러지게 달라진 점은 앞서 지적한 날짜 표기와 현재 시제의 사용이다. 날짜 표기와 현재 시제의 사용은 현장성을 높이기 위한 선택으로 보이는데, 시간으로 서사를 단단하게 묶어 사건의 전후 맥락을 더 강하게 엮어주는 역할도 한다.

서술 방식의 차이는 작품의 주제와도 긴밀하게 연관되어 있다. 인물 주인공 서술자나 회상하는 서술자가 개인적인 이야기를 들려주는 느낌을 준다면 전지적 서술자는 시대 현실을 객관적으로 전달한다는 인상을 준다. 어린 화자의 관찰 폭과 전지적 작가의 관찰 폭이 다른 것도 중요한 차이를 낳는다. 네 작품의 경우 최근작으로 올수록 개인의 문제에 비중을 두던 데서 시대 현실의 비중을 높이는 쪽으로 변화가 이루어진다.

서술 방법의 변화는 묘사에도 영향을 미쳤다. 좌익 주인공의 모습이 기억이나 인상으로 현재에서 멀어져 있다가 점차 현실의 사건으로 드러나는 변화가 대표적이다. 「어둠의 혼」에는 좌익 인물이 현실 사건에 등장하지 않는다. 『노을』에는 수십 년 전의 사건으로 좌익 인물이 등장한다. 이에 비해 『불의 제전』은 좌익이 활동하고 있는 시기가 소설적 현재이다. 단순히 인물의 모습이 구체화되는 데 그치지 않고 좌익 인물의 행위가 노골적인 언어로 바뀌어 간다. 좌익 활동의 경우 「어둠의 혼」에서는 '그놈의 짓'으로 표현되다가 『노을』에서는 '빨갱이 짓'으로 바뀌고 다음 작품에서는 '빨치산'이나 '공산주의'로 변화한다.

작가 자신의 아버지를 모델로 한 듯한 '좌익 인물'의 작품 내 비중과 성격이 달라지는 점도 주목할 만하다. 이는 알게 모르게 작가에게 남아 있었을 반공주의의 '자기 검열'이 완화되어 가는 과정을 보여준다. 작가는 아들(로 짐작되는 인물)의 역할을 점차 축소하고 아버지(로 짐작되는 인물)의 역할을 강화하며 그들 사이의 거리를 점점 가깝게 만든다. 좌익 아버지는 시체만으로 만나는 아버지(「어둠의 혼」)에서 어머니를 구타해서 쫓아낸 백정 아버지(『노을』), 빨치산으로 얼굴도 볼 수 없는 아버지(『인간의 마을』)에서 남로당 서울 조직의 재건을 책임지고 자식들을 서울로 불러올린 아버지(『불의 제전』)로 변화한다. '좌익 인물'의 무게가 달라지는 것과 함께 그에 대한 거부감, 또는 그를 표현하는 데서 오는 거부감이 상당히 줄어들고 있음을 확인할 수 있다. 기억 속의 '좌익 인물'과 창작 당시 '나'의 거리를 보여준다고도 할 수 있다.

지금까지 「어둠의 혼」에서 시작한 '진영'과 '좌익'에 대한 묘사가 어떤 변화를 겪으며 『불의 제전』에 이르렀는지 살펴보았다. 서술 방법의 변화가 가장 눈에 띠지만 그를 통해 역사적 현장과 소설의 현실이 가까워지는 효과를 거두고 있음도 확인했다. 서술자의 기억과 회상을 통해 구성되던 역사적 사건이 인물들의 구체적인 행동을 통해 재현되는 방향으로 달라졌고, 주제도 가족의 불행이라는 한정된 문제에서 전쟁이라는 현대사로 확대되었다. 시간이 지나면서 나름대로 역사의 객관화 또는 역사적 거리두기가 이루어지고 있다고 평가할 수 있겠다. 이러한 변화에 작가가 작품을 창작할 당시의 환경이 어느 정도 작용했으리라는 짐작은 그리 어렵지 않다. 비록 정확한 기준에 의해 계량적으로 표현할 수는 없지만 이러한 변화 역시 다른 의미에서 시대의 기록이라 할 만하다.

16 유형

소설은 다양하게 분화한다

자연주의의 쇠퇴와 더불어 세상과 타인으로부터 고립되는 유일한 존재로서의 개인의 숭배가 소설에 출현하게 되는데, 이와 동시에 조이스와 프루스트는 의식과 교양의 관계로서 개인을 이해하게 되며, 그리고 버지니아 울프, 도스 파토스, 헤르만 브로흐, 포크너, 토마스 만이 이 길을 따를 것이다. '부르주아 작가'라는 개념은 두 계열의 작가들을 구별하지 못한다면 정확성과 타당성을 결하게 된다. 한 계열의 작가들은 독특한 것을 탐구하며, 다른 계열의 작가들은 프루스트가 '보편적 영혼'이라고 명명하는 것-의식의 심층생활은 모든 사람들에게 공통되는 것이니까-을 표현하려고 애쓴다. (미셸 제라파, 『소설과 사회』)

소설의 변화와 분화

　객관적인 기준에 근거하지 않을 경우 문학 작품을 분류하는 작업은 별 의미 없는 일이 될 가능성이 크다. 잘 짜인 분류도 기껏해야 소설을 읽기 위한 개략적인 표지들을 제공해줄 뿐이고 잘못된 분류는 독서에 방해가 될 수도 있기 때문이다. 문학을 이해하는데 중요한 것은 작품들을 미리부터 정한 틀 속에 억지로 집어넣어 분류하는 일이 아니라 작품들 상호간의 유사한 면과 변함없이 유지되는 요소들을 알아내는 것이다. 이는 작가가 어떤 방법으로 작품에 고유한 색깔을 입히고 있는지를 살펴보는 일이기도 하다. 어떤 예술이든 작품은 자기 고유의 특징으로 중요한 것이지 어느 분류 안에 속하는지가 중요한 것은 아니다. 따라서 소설의 유형을 살피는 일은 소설을 나누려는 것 자체에 목적이 있는 것이 아니다. 소설이 다양하게 변화한다는 사실을 이해하고 그 과정에서 굳어져 현재까지 지속적으로 창작되고 있는 유형들의 특징을 살펴보는 데 목적이 있다.[1]

　'개인의 숭배'가 소설에서 중요하게 대두되기 시작하는 시기는 자연주의가 쇠퇴하는 때이다. 이 때 등장한 작가들은 이전 사실주의나 자연주의 시대의 작가들과는 다른 경향을 보인다. 이 시기를 대표하는 작가들인 조이스와 프루스트는 의식의 흐름 등의 새로운 기법을 실험한 것으로 알려져 있다. 이들 작가들을 기준으로 볼 때 현대소설은 개인의

1　문학에서는 '종류'에 해당하는 말로 양식이라는 말과 유형이라는 말을 사용한다. 양식이 장르에 가까운 의미를 가지고 있다면 유형은 그보다 작은 장르 종 정도의 의미로 사용된다. 종류라는 말을 쓰지 않는 이유는 형식과 내용의 반복을 통해 다양한 층위의 구분이 가능하기 때문에 계층적 의미가 담긴 종류라는 말은 적당하지 않다고 생각하기 때문이다.

사회적 위치나 사회가 개인에게 갖는 의미를 탐구하던 데서 의식의 심층을 다루는 쪽으로 변화하게 되었다고 할 수 있다.

자연주의는 근대과학이 인문학에 준 영감의 결과였다고 알려져 있다. 그러나 사회적 환경이 변하면서 소설의 경향도 따라 변하게 된다. 위 예문에서 말한 20세기 초 모더니즘 소설의 시기가 지나면 카뮈나 샤르트르와 같은 실존주의 작가들이 등장하기도 한다. 우리 소설의 경우도 여기서 예외는 아니다. 사실주의 소설이 주류를 이루었던 시기가 있었는가 하면 개인의 감상성이 중시되던 시기도 있었다.

시대가 변한다고 해서 지난 시대에 우세했던 소설 유형이 갑자기 사라져 버리지는 않는다. 고유의 서사 방법이나 주제를 가진 소설들은 시대를 건너 지속적으로 창작되는 경우가 많다. 의식의 흐름 기법이 현대인의 정신세계를 잘 보여준다고 해서 사실주의적인 기법이 당장 사라지지 않는 것과 같다. 동시대에도 다양한 유형의 소설이 함께 존재한다. 유형을 나누는 기준도 여러 가지가 있다. 때로는 주제별로 나누고 때로는 소재에 따라 나누기도 한다. 계몽소설, 교양소설, 대중소설, 추리소설 등의 분류는 내용에 따른 분류이다. 장편소설, 단편소설, 장편소설(掌篇小說)의 분류는 작품의 길이에 따른 분류이다. 하이퍼텍스트 소설이나 액자소설은 형식에 따른 분류이고 역사소설은 소재에 따른 분류이다.

다음에서 다룰 소설 유형들은 가장 흔한 분류를 따랐다. 현재 우리 소설을 이해하는 데 도움이 되는 유형들을 길이, 주제, 형식 등으로 나누어 살피려 한다.

장편소설과 단편소설

장편소설과 단편소설을 나누는 기준은 일차적으로 길이에 있다. 원고지 100매 내외의 소설을 단편소설, 300매 정도의 소설을 중편소설, 800매가 넘는 소설을 장편소설이라고 부르는 것이 일반적이다. 원고지 양이 몇 천 매에 이르는 소설은 장편소설 중 특별히 대하소설이라고 부르기도 한다. 원고지 50매 이내의 짧은 소설은 꽁트 또는 장편소설(掌篇小說)이라 부른다. 이들 중 소설의 주류를 이루는 것은 장편소설과 단편소설이다.[2]

그러나 원고 양만으로 장편소설과 단편소설을 구분하는 것은 아니다. 길이에 따르는 여러 가지 특징들이 함께 고려된다. 장편소설과 단편소설은 작가가 겨냥하는 바의 구성, 리듬, 언어가 각각 다르다. 일반적으로 단편소설은 일상적인 데서 소재를 찾는다. 흥미 있는 에피소드, 우연한 만남, 때때로 찾아오는 감정, 기사와 같이 간접적으로 접하게 되는 이야기, 일상의 숨겨진 비밀 등이 중요한 소재가 된다. 이러한 일상적이고 '작은' 이야기들은 그것이 뿌리내리고 있는 복잡한 인생의 단면을 절실하게 표현해준다. 단편소설의 작가는 거기서 복잡한 인생의 본질을 말하고 싶어 하는 것이다. 구성의 단순성이라든지 압축된 언어의 사용 등은 짧은 분량 안에 이러한 주제를 담아내기 위한 방법이다.

장편소설은 단편소설보다 훨씬 더 큰 규모의 이야기를 들려준다. 일상에서 포착한 짧은 사건을 이야기하는 것이 아니라 삶의 다양한 모습이나 개인의 깊이 있는 체험 전체를 다루려 한다. 주제를 드러내기 위

---

2 대하소설은 장편소설을 다시 길이에 의해 나눈 것으로 조금은 작위적인 명명이라 할 수 있다. 장편소설이라 불러도 큰 문제는 없어 보인다.

해 시간과 공간을 압축하는 것이 단편소설이라면 시간 여유를 가지고 주변을 모두 돌아 주제로 가는 길에 들어서는 것이 장편소설이다. 스치는 인상이나 대사를 통해 인물에 대한 정보를 알려주기보다는 '성격'을 형성할만한 행위와 언어를 독자들에게 충분히 제공해 주는 것이 장편소설이다. 장편소설은 일상의 숨은 의미를 찾아내기보다는 개인이 처한 사회적 관계 망 속에서 인물을 파악하려 한다. 길이가 긴만큼 구조도 복잡한 편이다.

채만식의 『탁류』와 김소진의 「자전거 도둑」을 예로 들어 장편소설과 단편소설의 차이에 대해 살펴보자. 인물, 사건, 시간과 공간 등을 비교해 보면 두 작품의 특징 뿐 아니라 장편소설과 단편소설의 특징이 분명해 질 것이다. 잘 알려진 『탁류』의 줄거리는 생략하고 「자전거 도둑」의 줄거리를 간단히 정리해 보자.

이 소설은 서술자 '나'와 그와 같은 아파트에 거주하는 미혜 두 사람의 이야기이다. 둘은 잊히지 않는 어린 시절의 아픈 기억을 가지고 있다. 미혜는 서술자의 자전거를 허락도 없이 매일 훔쳐 탄다. 자전거를 훔치는 미혜의 이런 행위는 자전거 도둑이라는 영화를 흉내 낸 것이다. 영화 "자전거 도둑"은 삶의 수단인 자전거를 잃고 다시 남의 자전거를 훔치게 되는 상황을 그린 이태리 영화이다. '나' 역시 이 영화에 공감을 느끼고 있는 처지였기에 서술자와 미혜는 쉽게 가까워진다. 서술자는 권위 없이 무너져가던 아버지를 보며 자랐다. 아들은 자주 아버지에게 절망했는데, 아버지는 가족을 지켜주기는 커녕 아들 앞에서 비굴한 모습을 자주 보이곤 했다. 이런 어린 시절 기억은 영화 "자전거 도둑"의 이야기와 유사한 면이 있다. 영화에서 아버지 안토니오는 생계수단인 자전거를 잃어버리고 남의 자전거를 훔치다 경찰에 잡히고 만다. 아들

브르노는 '무너져 내리는' 아버지 안토니오의 뒷모습을 보게 된다. 서술자가 겪었던 경험은 브르노의 그것과 같은 것이었다. 서술자의 아버지와 안토니오는 가난 속에서도 어떻게 살아보려 하지만 그 노력은 언제나 실패로 끝나고 만다. 서술자의 아버지는 터무니없는 실수를 부끄럽게도 아들에게 전가한 일까지 있었다. 어린 시절의 서술자는 이런 아버지를 이해하지 못했을 뿐 아니라, 혐오하기까지 했다. 서술자는 이런 아버지와 쉽게 화해하지 못한다. 역사의 중심에 서지 못하고 경제적으로 무능한 외에 생에 대한 어떤 계획과 전망도 갖지 못한 인물이라 생각하기 때문이다. 그런데 서술자는 그렇게 싫어하던 아버지의 모습을 어느 순간 자신에게서 발견한다. 이는 서술자에게 매우 당혹스러운 일이다. 이 당혹감은 곧바로 아버지에 대한 이해로 이어진다. 현재 자신의 삶에 비추어서 아버지를 그렇게 만들었던 삶의 조건들까지 돌아보게 되는 것이다.

단편소설은 많은 인물을 필요로 하지 않는다. 위 소설에 등장하는 인물은 서술자 외에 미혜와 기억 속의 서술자 아버지 정도이다. 사건이 전개되는 시간은 그리 길지 않다. 미혜와 서술자가 만나는 며칠이 소설의 현재 시간이다. 서술자의 과거에 해당하는 시간은 회상으로 처리되고 있다. 이처럼 현재 시간이 길지 않은 이유는 소설이 의도하는 바가 인물의 생애나 성격을 전체적으로 보여주려는데 있지 않기 때문이다. 이 소설에서 펼쳐지는 사건이 인물의 삶이나 성격을 좌우할 만큼 중요한 일을 다루고 있는 것도 아니다. 긴 생애 동안 또는 복잡한 인생에서 중요한 어떤 측면을 비추어주는 것이 이 소설의 목적이기 때문이다. 결론을 내야 할 만큼의 긴 시간이나 다양한 삶을 보여주기 위해 사용되는 중복되는 시간의 배열이 단편소설에는 드물다.

서사를 이끌어 가는 사건이 단일하다는 점도 단편소설의 특징으로 지적할 수 있다. 많은 사건들이 인과로 이어지기보다 에피소드로 제시되고 있다는 점은 사건을 다루는 특징이다. 영화의 안토니오와 자전거를 훔쳐 타는 미혜 그리고 서술자는 유사한 경험을 가지고 있다. 가족에 대한 태도가 문제라는 점에서도 세 인물에는 공통점이 있다. 미혜와의 관계라든지 아버지의 현재 모습 등 장편소설이라면 당연히 다루어야 마땅한 일들이 「자전거 도둑」에서는 생략되어 있다. 그리고 그 생략이 특별히 문제 있어 보이지도 않는다.[3]

이렇게 정리해 보면 이 소설이 전해주는 메시지는 매우 소박하다. 보통 사람이면 한 둘씩 가지고 있게 마련인 가족에 대한 기억을 되살려준다는 점을 우선 꼽을 수 있다. 독자가 어린 시절 부족해 보이던 어른에 대한 기억을 가지고 있고, 어른이 되어 자신이 그렇게 되어 있다면 이 소설은 감동을 주기에 충분하다. 굳이 그런 경험을 가지고 있지 않더라도 소설은 재미있게 읽을 수 있는데, 주변의 어리석은 것들에 대해 불만을 가지고 살다 어느 순간 자신이 그 주변처럼 되어 있음을 느낄 때 어떤 생각이 들 것인가를 떠올려 보면 된다. 인생이 얼마나 살기 어려운 것이며 타인의 삶에 대한 이해가 얼마나 어려운지도 알려준다. 이것이 꼭 진실이라고 말할 수는 없겠지만 인생에 그런 측면이 있는 것은 틀림이 없다. 이런 주제 역시 단편소설적이라 할만하다.

이에 비해 『탁류』의 배경이 되는 시간은 한 해를 넘는다. 초봉이 결혼하기 전에 시작하여 그가 아이를 낳은 후까지 이야기가 전개되기 때

---

3 당연한 이야기이지만 단편소설에 대한 이러한 정리는 장편소설과 비교하여 상대적으로 두드러지는 특징을 정리한 것이지 단편소설을 규정할 수 있는 원리를 말한 것이 아니다.

문이다. 시간을 다루는 방법도 단선적이지 않다. 등장하는 인물이 여럿인 관계로 그들이 살아가는 시간이 이중 삼중으로 반복해서 흘러간다. 정주사가 미두장에서 얼씬거리는 동안 고태수는 은행에서 일을 보고 있고 남승재는 병원에서 진찰을 하고 있다. 장편소설의 경우 이들이 함께 보낸 하루의 시간은 소설 속에서 여러 번에 걸쳐 흐를 수 있는 것이다. 공간 역시 군산과 서울에 걸쳐 있다. 군산에서도 미두장 앞, 정주사네 집, 은행, 쌀집 등 여러 곳에서 사건이 펼쳐진다.

인물들 역시 확연히 구분될만한 성격을 가지고 있다. 성격은 서술자에 의해 제시된 것이 아니라 소설이 전개되면서 인물의 언행을 통해 자연스럽게 형상화된 것이다. 초봉의 소극적인 태도와 계봉의 적극적인 태도는 분명히 대조를 이루고, 고태수의 허영 가득한 성격과 남승재의 성실함 역시 대조적이다. 장형보는 악인형 인물로 술수와 함께 폭력성, 잔인성을 가지고 있는 '추한' 인물이다. 이 밖에 약국 주인 제호, 태수와 내연의 관계인 서울집, 등도 부정적인 인간상으로 제시되었다고 할 수 있다.

주제 역시 인생이나 세상의 단면을 보여주기 보다는 시대의 본질을 파헤치려는 방향에서 형성된다. 앞서 살펴보았듯이 정주사가 군산으로 흘러와 하바꾼으로 떨어지는 과정에 대한 묘사는 단순히 한 개인에 대한 설명이라기보다 당시 식민지 현실에 대한 설명으로 읽힌다. 고태수가 허황된 성격을 갖게 된 이유도 자본주의화와 그에 따른 '돈' 숭배 때문이다. 초봉, 계봉, 태수, 승재 등의 인물은 동시대를 살아가는 젊은이들의 모습을 대표한다고 할 수 있는데, 이런 다양한 인물들을 통해 개인을 넘어서 시대 현실을 보여주기도 한다. 인물 하나를 놓고 보아도 이 소설이 큰 규모의 이야기를 지향하고 있음을 알 수 있다. 정주사와 더불어 초봉이 여기에 해당하는 인물인데, 초봉을 중심으로 서사를 살펴보면 『탁류』는 일종의 여인 수난사라 할 수 있다. 자의든 타의든 초봉은 세 사람의 남자와 살게 되는데, 모두가 초봉을 사랑하는 인물이 아니라 초봉을 착취하고 억압하는 인물들이다. 그런 인물들에 대해 초봉은, 소설의 결말 부분을 제외하고는, 수동적인 태도로 일관한다. 『탁류』는 초봉의 삶 일부를 다루었다기보다 그의 생애를 전반적으로 다룬 작품이 된다.

각 에피소드들은 독립되어 있지 않고 인과로 엮여 있다. 남승재와 계봉의 관계는 그것 하나로 단편소설거리가 될 수 있다. 그러나 둘의 이야기는 초봉이 남자들에게 희생되는 이야기 줄기와 떼어서 생각하기 어렵다. 고태수의 사기 행각과 초봉과의 결혼 역시 다른 에피소드지만 깊이 관련되어 있다. 고태수의 욕망 안에서 돈과 미인은 다른 것이 아니었다. 군산이라는 장소의 설정부터가 평범하지 않다는 것은 소설 몇 페이지만 읽어보아도 알 수 있다. 이처럼 단편소설이 에피소드와 인상의 제시에 관심을 갖는데 비해 장편소설은 그것들을 인과라는 실로 꿰매려 한다.

연애소설, 역사소설, 추리소설

일반적으로 통속성(vulgarity)은 부정적인 의미로, 대중성(popularity)은 긍정적인 의미로 사용된다. 통속성이 독자들의 저급한 취향에 영합하기 위해 감상성, 선정성, 관능성, 환상성을 이용하는 것이라면, 대중성은 어느 소설에나 포함된, 대중에게 다가가기 위한 특수한 '요소'라고 평가된다. 즉, 대중성이 어느 작품에나 포함되어 있다고 여겨지는 개념이라면 통속성은 작품을 판단하는 질적 개념이라 할 수 있다. 그러나 우리 소설에서 통속성은 대중성과 엄격한 구분 없이 사용되어 왔다. 대중소설이 비교적 객관적인 용어로 사용된 것이라면 통속소설은 대중소설을 비하하는 의미로 사용되는 경우가 많았다.

통속적인 요소는 어떤 소설에도 있기 마련이다. 대중소설에 특히 통속적 요소가 많이 들어있다고 볼 수는 있겠지만 그렇더라도 통속적 요소를 계량적으로 비교하여 통속성을 따질 수 있는 것은 아니다. 소설의 통속적 요소는 독자의 체험이라는 측면과 작품 구조의 측면에서 정의할 수 있다. 독서체험이라는 맥락에서 통속적 요소는 네 가지로 정리된다. 체험주체, 체험대상, 체험주체와 체험대상의 관계 그리고 그 상황의 기능적 가치 등이다.

작품을 통해 구체적으로 느끼는 통속적 요소의 체험은 다섯 가지 주요한 하위범주로 나누어 볼 수 있다. 다섯 가지 범주는 각각 웃음의 체험에 관련된 해학성(the comic), 눈물의 체험에 관련된 감상성(the sentimental), 폭력의 체험에 관련된 선정성(the sensational), 성의 체험에 관련된 관능성(the erotic) 그리고 몽상의 체험에 관련된 환상성(fantastic)이다. 이러한 통속적 요소의 하위범주들은 서로 다양한 방식으로 결합될 수 있으며 개개의 작품들은 이러한 하위범주들을 결합하는 독특한 방식에 따라 다양하게 분석할 수 있다.

우리 소설사에서 대중소설은 주로 연애소설을 일컫는 말로 사용되어 왔다. 대중소설의 범주에는 연애소설 외에도 추리소설, 판타지 소설, 역사소설 등이 포함될 수 있는데, 우리 소설사는 연애 소설을 대중소설의 총아로 만들어놓았다. 상대적으로 추리소설이나 탐정소설은 크게 발달하지 못했다. 판타지 소설 역시 최근 들어 장르로서 나름의 영역을 구축하고 있을 뿐 이전까지는 우리 소설에서 큰 자리를 차지하고 있지 못했다. 역사소설의 경우는 식민지 시대 이후로 활발히 창작·유통된 소설이라 할 수 있는데, 대중소설의 영역에 포함시키지 않고 고유한 유형으로 취급하는 경향이 많다. 여기에는 역사소설과 역사를 엄격히 구분하지 않고 둘의 상관을 은연중 따지려는 독서태도가 중요한 역할을 했다고 할 수 있다.

연애소설은 남녀 사이의 연애를 주요 서사로 하는 소설을 말한다. 연애를 둘러싸고 벌어지는 사건과 주인공들의 심리를 주로 다룬다. 연애 자체를 다루는 것으로는 특별하달 것이 없겠으나 연애 감정의 일부를 지나치게 강조한다든지 기괴할 정도로 복잡한 연애 관계를 그린다든지 하는 경우 대중소설로 평가된다. 남녀 사이의 사랑에는 돈이나 권력 또는 폭력이 개입하여 '순수한' 사랑을 해치는 경우도 많다. 일반적으로 연애소설은 순수한 사랑으로 이어진 축과 그들을 방해하는 축을 형성하여 이야기의 흥미를 더하곤 한다.

조일제 번안의 『장한몽(長恨夢)』은 이런 구도에 잘 맞는 소설이다. 이수일과 심순애 그리고 김중배가 등장하는 이 소설은 1910년대 초에 출간되어 이후 통속 연애 소설의 전범이 된다. 식민지 시대에는 『찔레꽃』과 『사랑』, 『순애보』 등의 소설이 크게 인기를 얻었는데 모두 사랑을 주제로 한 작품이다. 『찔레꽃』의 정순은 그를 둘러싼 복잡한 애욕 관계로 순수한 사랑을 찾지 못하는 여인이다. 『사랑』은 육체적 욕망이 배제된 순수한 정신적 사랑을 추구하는 한 여인의 사랑 이야기이다. 『순애보』는 자신을 해치려던 사람마저 용서하고 타인을 위한 희생을 실천하는 인물들의 순결한 사랑을 다루고 있다.

이들 작품 외에도 식민지 시대에는 남자에게 배신을 당하거나 시대의 희생양으로 전락한 여인을 다룬 소설이 많이 창작되었다. 이광수, 이태준, 채만식, 염상섭 등이 모두 '여인의 수난사'라 할 만한 이야기들을 신문에 연재하였다. 1950년대 발표된 정비석의 『자유부인』은 소설이 사회적 논란거리를 제공했다는 점에서 인상적인 소설이다. 대학 교수 부인의 외도를 다루어 충분히 화제가 되었을 뿐 아니라 적을 이롭게 하는 소설이라는 혐의까지 썼던 소설이다. 염재만의 『반노』역시 매우 특이한 작품이다. 1970년대는 많은 대중 소설이 발표된 시기이다. 그 앞자리에는 최인호가 놓이는데, 『별들의 고향』은 호스티스 소설이라는 말을 만들어낼 만큼 크게 성공하였다. 영화로도 만들어졌으며, 여주인공의 이름 '경아'는 지금도 고유한 이미지를 잃지 않고 있다. 한수산, 박범신, 송영, 조선작 등이 이 시기 대중 소설계를 이끈 작가들이다. 이 시기 소설에는 사랑하는 이의 죽음이 중요한 모티프로 정착되는데 이는 『국화꽃 향기』등 최근 소설에까지 이어지고 있다.

역사소설은 역사적 사건이나 인물을 대상으로 쓴 소설을 일반적으로 지칭하는 말이다. 역사소설은 그 소재를 취하기 쉽고 독자의 흥미를 끌어들이기 수월하다는 장점을 가지고 있지만 사건의 주요 골격이 역사적 사실을 따라야 하기 때문에 역사적 사실에 제재가 종속된다는 한계도 동시에 가지고 있다. 따라서 역사소설이 역사를 넘어서기 위해서는 지난 일의 복원을 우선 과제로 삼을 것이 아니라 기록되지 않은 역사의 힘을 탐구하는 일에 더 관심을 가져야 한다. 기록되지 않은 역사도 단순히 야사의 차원에 그쳐서는 안 되며 현재의 관점에서 의미 있는 과거를 찾아내는 일이 무엇보다 중요하다.

역사소설은 역사적으로 잘 알려진 인물이나 사건을 소재로 하여 쓰인 경우가 많다. 이순신, 단종과 세조, 황진이 등을 소재로 한 소설은 여러 편에 이른다. 고려와 조선의 건국, 임진·병자 양란 역시 흔히 만날 수 있는 역사소설의 소재이다. 대부분의 역사소설은 소재를 단순히 재료로 여길 뿐 역사적 사실과 소설의 내용을 일치시키려 하지는 않는다. 따라서 역사소설의 작가는 기록된 역사 이면의 역사를 만들어내려는 노력을 하게 된다. 이광수의 『단종애사』와 김동인의 『대수양』과 같이 같은 인물, 같은 사건을 두고 전혀 다른 해석이 가해지는 경우도 있다. 역사적 사건을 소재로 하더라도 잘 알려진 인물을 주인공으로 하지 않는 작품도 많다. 역사책에는 기록되지 못했지만 시대를 의미 있게 살아간 평범한 사람들의 모습을 그리는 것이다. 홍명희의 『임꺽정』이나 박태원의 『갑오농민전쟁』, 김주영의 『객주』, 황석영의 『장길산』은 이런 종류의 역사소설이라 할 수 있다. 동학을 소재로 한 많은 작품, 전쟁 기간 민초들의 삶을 담은 많은 작품들이 여기에 속한다.

추리소설 또는 탐정소설은 서사 자체가 주제인 소설이다. 우리나라 추리소설 작가로는 김래성 정도가 유명하지만 대중적으로 읽히는 추리·탐정소설은 대부분 번역·번안물이다. 에드가 알렌 포우, 코난 도일, 르블랑, 아가사 크리스티의 추리소설은 아동물과 성인물로 여러 출판사에서 출판되어 있다. 많은 추리소설이 사건의 진상을 가능한 숨기기 위해 인물 관찰자 시점을 활용한다. 셜록 홈즈를 도와주는 의사 왓슨은 매우 평범한 상상력을 가진 인물로 홈즈가 사건을 풀어 가나는 과정을 독자에게 전달해준다. 그의 눈에 보이는 만큼만 알려주기 때문에 독자들은 홈즈가 하고 있는 일을 정확히 알 수 없다. 즉, 독자는 왓슨이 확인한 일만을 알 수 있다. 게다가 독자들은 왓슨의 잘못된 짐작까지 따라가게 된다. 독자에게 제한된 정보를 준 상태에서 주인공이 문제를 해결했을 때 결말이 주는 효과는 매우 커진다. 포우의 「도둑맞은 편지」의 경우도 뒤팽이라는 뛰어난 탐정이 하는 일을 그의 친구인 '나'가 서술하는 형식으로 되어 있다.[4]

추리소설의 서사는 사건이 먼저 벌어지고 벌어진 사건의 원인을 이후에 추적해 나가는 형식이다. 중요한 물건을 도난당했다든지 누군가 살해되었다든지 하는 사건이 먼저 발생하고 탐정 등이 나타나 사건의 실마리를 풀어간다. 이런 서사 방법은 사건을 앞세움으로서 독자들의 호기심을 유도할 수 있음은 물론 일상적인 생활 묘사 등을 과감히 생략할 수 있다. 추리소설의 서사 방법은 일반적인 소설에서도 많이 활용된다. 꼭 범인을 찾아내는 일이 아니라도 사건의 원인을 찾아가는 일은 추리소설의 서사와 유사하다.

계몽소설, 성장소설

통속적 요소와 마찬가지로 계몽적 요소 역시 많은 소설에서 공통적으로, 흔하게 발견할 수 있다. 따라서 계몽적 요소만으로 계몽소설인지 아닌지를 구분하기는 매우 어렵다. 계몽적 요소가 많고 적음으로 작품의 성패가 결정되는 것도 아니다. 단지 계몽적 요소가 담긴 글은 소설의 본래 역할이라 할 수 있는 구체적 인간의 경험 탐구라는 주제에서 멀어질 위험을 안고 있다. 생의 가려진 측면, 인간 내면의 복잡한 요소들

---

4 군이 인물 관찰자가 서술자로 등장하지 않는 소설이라 해도 서술자가 필요한 모든 정보를 친절하게 전달해주는 추리물은 드물다. 독자 입장에게는 미스터리를 풀어나가는 재미가 무엇보다 중요하다.

을 드러내기보다는 하나의 주장을 위해 인물의 성격이나 사건이 단순화되는 경향이 있기 때문이다. 계몽은 교양과 달리 집단적인 가치를 지향하므로 그 가치 안에 구체적 삶이 종속될 수도 있다.

계몽적 요소는 작가와 독자의 위치가 교육자와 피교육자 관계로 설정된 경우에 두드러지게 나타난다. 서술자나 인물이 독자 혹은 또 다른 인물보다 우월한 위치에 있을 때 언행은 자연스럽게 가르침이 되거나 모범이 될 수밖에 없는데 여기서 계몽적인 관계가 발생하게 되는 것이다. 우리 소설의 경우 1930년대 농촌 운동을 소재로 한 소설들이 대표적인 계몽소설에 속한다. 심훈의 『상록수』, 이광수의 『흙』은 실천적 운동의 일환으로 창작된 것이어서 소설의 내용과 작가의 의지가 일맥으로 통하는 소설이다. 근대소설의 시작으로 알려진 『무정』 역시 계몽적 요소가 다분한 작품이다.

『무정』의 주인공 이형식은 경성학교 영어교사이다. 그가 결혼하게 되는 여인 김선형은 형식이 개인 교습을 해 주던 학생이다. 선형과의 관계 뿐 아니라 개화된 사상을 가진 이형식이 인물들과 맺는 관계는 대부분 교사와 학생의 관계이다. 부정한 인간 배학감 등과 형식의 대비 역시 옳고 그름의 분명한 대조로 설명되고, 아직 완전히 개화하지 못한 학생들을 질책하는 형식의 모습도 확인할 수 있다. 병욱과 영채의 관계 역시 가르치는 사람과 배우는 사람의 관계에서 크게 벗어나지 않는다. 영채를 중세적 윤리에서 근대의 윤리로 끌어내는 이가 병욱이라 할 수 있는데 그녀의 역할은 교사의 그것과 다르지 않다. 인물 사이의 교사-학생 관계는 서술자(작가라고 해도 좋다)와 작품 밖의 독자 관계에도 유사하게 적용된다. 이형식은 대중들을 향해 개화의 필요성을 역설한다.

"그러면 어떻게 해야 저들을……, 저들이 아니라 우리들이외다. 저들을 구제할까요?"

하고 형식은 병욱을 본다. 영채와 선형은 형식과 병욱의 얼굴을 번갈아 본다. 병욱은 자신이 있는 듯이,

"힘을 주어야지요! 문명을 주어야지요!"

"그리하려면!"

"가르쳐야지요. 인도해야지요!"

"어떻게요?"

"교육으로 실행으로."

영채와 선형은 이 문답의 뜻을 자세히는 모른다. 무론 자기네가 아는 줄 믿지마는 형식이와 병욱이가 아는 만큼 절실하게, 단단하게 알지는 못한다. 그러나 방금 눈에 보는 사실이 그네에게 산교육을 주었다. 그것은 학교에서도 배우지 못할 것이요, 대웅변에서도 배우지 못할 것이었다. (이광수, 『무정』)

형식과 선형은 결혼을 해서 유학길에 오르고 병욱과 영채 역시 유학을 떠나게 되는데, 그들은 공교롭게 한 기차를 타게 된다. 삼랑진에 이른 그들은 홍수로 고생하는 조선의 백성들을 보게 되고 그들을 가난 등의 고난에서 구해내야 하리라 결심하게 된다. 위 예문은 홍수로 어려움을 겪는 현실을 본 인물들이 자신의 의지를 다지는 장면이다.

예문에서도 계몽하려는 자와 계몽되는 자들이 명확히 구분되어 있다. 계몽자의 위치에 있다고 할 수 있는 형식과 병욱이 대화를 나누고 있다. 그들의 이야기를 듣고 있는 선형과 영채는 서술자의 말에 의하면 그들의 대화가 갖는 깊은 의미를 알지 못하는 사람들이다. 마땅히 개화해야 하는 줄은 알지만 그것의 진정한 의미를 모른다는 것이다. 그

런데 실제로 계몽의 대상은 또 따로 있어서 '그들'로 표현되는데, 그들은 조선의 백성들이다. 그들은 선형과 영채와도 구분되는 사람들로 형식이나 병욱과 같은 사람들이 '교육'과 '실행'으로 깨우쳐 주어야 할 사람들이다. 그들을 가르치고 인도하는 일이 이들이 유학을 떠나는 이유이고 그들의 맡은 바 책임이다. 이상에서 살펴 본대로 『무정』은 이광수가 생각한 계몽이라는 시대적 목표를 문학으로 실천한 소설이다. 작가의 의지 뿐 아니라 인물의 성격 역시 계몽적 특성을 유감없이 드러내는 소설이기도 하다.

일반적으로 대중소설과 우화소설은 계몽적 요소를 많이 포함하고 있다. 대중소설 중에서는 독자의 정서를 자극하기 위해 고귀한 것, 가치 있는 것의 추종을 그리는 소설이 많다. 이 경우 바람직한 삶에 대한 노골적인 권장이 계몽의 요소와 직접 통한다고 할 수 있다. 박계주의 『순애보』는 희생을 당하고도 타인의 잘못을 묻지 않고 오히려 다른 사람의 삶에 도움을 주려하는 선한 인물과 자신의 잘못을 깨닫고 반성 회개(悔改)하는 인물들로만 이루어진 소설이다. 이광수의 『사랑』 역시 계몽적인 구도가 확연한 소설이다.

우화소설은 소설의 지향점이 현실에 대한 비판이므로 현실 개조의 목적을 노골적으로 드러내게 된다. 개량의 목적이 구체적인 사건이나 인물에 있다기보다 인간성이나 현실 등 추상적인 데 있다는 점이 조금 다를 뿐이다. 우화 소설의 서술자는 독자를 계몽하는 위치에 있다기보다 대상이 되는 현실을 비판하는 자리에 선다. 그러면서도 진리 일반에 대해 말한다는 점, 주제가 중요한 요소라는 점에서 우화소설은 계몽적 요소를 많이 가진 소설이 된다.

계몽성이 짙은 소설이 궁극적으로 지향하는 것은 현실적 삶의 조건이 개량되는 것이다. 그런 의미에서 계몽성이 짙은 소설은 현실 참여적인 소설이라고 할 수 있다. 일반적으로 현실을 간접화하는 것과는 거리가 있는 소설이다. 소설이 주는 여러 가지 즐거움 중에서 깨달음의 즐거움에 치우친다 할 것인데, 그런 종류의 즐거움은 예상만큼 오래 지속되지 못한다. 때로 계몽성이 짙은 소설은 논설문이나 연설문이 주는 감동을 장황하게 풀어놓은 듯한 인상을 줄 수도 있다. 그것이 감동을 통해 전달되지만 대부분 그 감동도 일방적으로 강요되는 경우가 많다.

성장소설은 개인의 성장이 서사의 뼈대를 이루는 소설을 말하는데, 주로 사회화되지 못한 어린이 또는 청소년이 어른의 세계로 진입하는 과정을 다룬다. 넓은 의미의 성장소설은 개인이 사회와 만나 적응하는 과정을 서사 구조로 하고 있는 소설 전체를 포함하는데, 여기서는 좁은 의미로 성장소설을 살펴보려 한다.[5]

성장소설에는 성장의 계기로 작용하는 중요한 사건이 있게 마련이다. 가족의 고난이라든지 사회적 격변은 가장 빈번히 등장하는 사건이다. 김승옥의 「건(乾)」은 전쟁(전쟁과 유사한 상황)을 겪으면서 변해 가는 어린이의 모습을 그린 소설이다. 서술자인 '나'는 이웃집 윤희 누나에게서 빨치산의 죽은 시체 이야기를 듣고 시체를 보러 간다. 식량을 구하러 내려왔다 죽은 빨치산의 시체를 치우는 일을 아버지가 맡게 되어 나와 형 그리고 형의 친구들은 산에 오른다. 고등학생인 형과 형의 친구들은 남해안으로 무전여행 떠날 모의를 하고 있었다. 산에서 빨치산의 시체를 묻던 도중 나는 죽음에 대한 이상한 감정으로 관에 돌을 던지는

---

5 교양소설도 넓은 의미의 성장 소설에 속한다고 볼 수 있다. 그러나 시민으로서의 성숙과 자아의 완성을 주제로 하는 독일식 교양소설은 입사를 통해 성장의 진통을 겪는 과정을 다룬 성장소설과 조금 다른 것도 사실이다. 괴테의 교양소설 『빌헬름 마이스터의 수업시대』를 우리 소설 「건」과 같이 다루기는 어렵다.

짓을 한다. 집으로 돌아온 형과 형의 친구들은 무전여행이 무산된 것을 아쉬워하다 윤희를 건드리기로 결정한다. 윤희를 은밀한 곳으로 끌고 나오는 역을 동생인 나에게 맡기는데, 나는 형들이 시키지 않은 말까지 하며 적극적으로 음모에 가담한다. 형의 편지를 가지고 나는 윤희 누나를 만나 은밀하고 부정한 그들의 계획에 태연스럽게 참여한다. 천사처럼 여기던 윤희 누나를 불러내려는 곳은 '나'와 미영이의 추억이 담겨 있는 방위대 건물 지하이다.

이 소설에서 '나'의 성장은 '타락'으로 그려지고 있는데, 이는 어린 시절의 아름다운 기억들과의 이별을 의미한다. 서술자는 형들의 음모에 가담함으로써 자신이 아름답게 생각하고 있던 윤희 누나, 미영이 모두를 기억에서 떠나보내려 한다. 이런 변화의 중심에는 전쟁이 놓인다. 전쟁을 본격적으로 경험했을 나이가 아닌 서술자는 빨치산의 주검을 통해 새롭게 전쟁을 경험하게 된다. 평범하다 못해 불쌍해 보이는 빨치산의 주검과 그것을 아무렇지도 않게 생각하는 마을 사람들의 모습이 서술자에게는 어른들의 세계로 인식되었다고 할 수 있다. 독자는 내려진 관을 향해 돌을 던지는 서술자의 모습에서 어떤 감정의 변화를 느낄 수 있다. 죽음 앞에서도 무전여행을 꿈꾸는 형들의 세계 역시 '나'에게는 또 다른 어른들의 세계이다. 나는 이전의 세계를 버리고 새로운 세계로 접어드는 일종의 '의례'로서 음모에 가담하게 되는데 그것이 갖는 현실적 의미를 떠나 어른들의 세계로 진입한다는 상징적 의미는 분명히 가지고 있다.

최근까지도 성장소설은 꾸준한 인기를 끌고 있다.『새의 선물』이나『19세』,『외딴방』등의 장편이 그 예가 될 것이다.『호밀밭의 파수꾼』이나『수레바퀴 아래서』와 같은 외국 소설도 많은 판매량을 기록한다. 성장소설이 갖는 장점은 독자의 공감을 끌어내기 쉽다는 데 있다. 누구나 유사하게 겪게 되는 입사의 아픔과 환희를 표현하기 때문에 폭넓은 설득력을 얻게 된다. 성장의 과정에 있는 사람에게나 과정을 지난 사람에게나 가장 예민한 감수성을 지닌 시기에 대한 탐구는 변함없는 감동을 준다.

17 변화

소설은 끊임없이 변화한다

우리의 일상적 경험은 우리들에게 이야기체 형식의 예술이 그 막바지에 이르고 있음을 말해주고 있는 것이다. 날이 가면 갈수록 얘기를 그런대로 할 수 있는 능력을 가진 사람을 만나기가 더 힘들어지고 있다. 이야기를 듣고 싶다는 소리가 커가면 커갈수록 우리는 더 자주 우리들 주변의 이곳저곳에서 당혹감을 맛보게 된다. 이러한 당혹감은 마치, 우리들로선 남에게 양도할 수 없는 것으로 보였던 능력, 즉 우리가 가진 것 중에서 가장 확실한 것으로 보였던 것을 박탈당하는 것과 같은 느낌인 것이다. 요컨대 그것은 한마디로 경험을 주고받을 수 있는 능력의 박탈이라고 할 수 있을 것이다. (발터 벤야민, 「얘기꾼과 소설가」)

반복의 패러디

이번 장에서는 이전 소설과 '다른' 소설들을 살펴보기로 한다. 소설이 새롭다는 느낌을 받는 이유는 크게 두 가지이다. 새로운 경험을 다루는 데서 오는 새로움과 새로운 형식을 통해 경험을 전달하는 데서 오는 새로움이다. 여기서 다룰 소설들은 내용의 새로움보다는 형식의 변화를 통해 새로움을 추구하는 소설들이다. 순서대로 패러디, 혼성모방, 하이퍼텍스트 소설 등을 다룬다.

패러디 소설은 이전에 존재하는 문학 텍스트를 대상으로 삼아 다시 써낸 소설이다. 패러디는 이전 소설의 권위나 명성에 기대는 것이면서 동시에 이전 소설의 세계관과 구분되는 새로운 세계관을 드러내는 것이다. 패러디 소설의 의미는 그 작품이 창작될 당시의 분위기와는 다른 환경 속에서 이전 소설의 내용이 갖는 의미를 다시 새기는 데 있다. 따라서 패러디는 주로 고전의 반열에 오른 작품을 대상으로 삼게 된다. 『춘향전』이나 『심청전』와 같은 고전은 자주 패러디되는 작품이다. 패러디는 장르를 넘어서기도 한다. 고전을 희곡으로 각색하는 경우를 자주 볼 수 있고, 시를 원 텍스트로 한 소설도 볼 수 있다.

우리 소설사에서 패러디로 가장 잘 알려진 작품은 「소설가 구보씨의 일일」이다. 1930년대 박태원의 소설이 1970년대에는 최인훈에 의해 1990년대는 주인석에 의해 패러디되었는데 세 작가의 작품들이 모두 독자의 관심을 모았다. 박태원의 「구보씨」가 중편 분량의 소설인데 비해 뒤에 쓰인 「구보씨」는 연작들이다. 세 사람의 '구보'는 서울에 사는 독신의 소설가로 도시 거리를 배회하며 소설의 소재를 찾는다는 공통점을 가지고 있다.

박태원의 소설 「小說家 仇甫氏의 一日」은 1934년『조선중앙일보』에 연재된 소설로 1930년대 경성에서 살아가는 소설가의 하루를 통해 시대의 풍경을 그려낸 작품이다. 이 소설에서 작가는 구보의 눈으로 경성의 풍경을 관찰하고 풍경으로 인해 산만해져 가는 구보의 정신까지 스케치하려 한다. 여기에는 박태원의 그 유명한 '고현학(考現學)'이 방법론으로 채택되는데, 구보는 분명한 목적도 없이 보낸 하루의 인상을 단편 그대로 대학노트에 기록하는 작업을 한다.[1]

최인훈의 「구보씨」는 소설가를 주인공으로 한다는 점, 서울을 공간적 배경으로 한다는 점, 하루 동안을 시간적 배경으로 한다는 점 등에서 박태원의 「구보씨」와 닮았다. 그러나 소설가 '구보'의 처지라든지 세상을 대하는 태도에 있어서 두 작품은 많은 차이를 보이기도 한다. 우선 박태원의 구보가 별다른 목적 없이 집을 나서는 데서 출발하는 데 비해 최인훈의 구보는 아침에 일어나자마자 그 날 해야 할 일들이 기다리고 있는 나름대로 바쁜 '소설 노동자'이다.

박태원의 구보가 경성을 돌면서 하는 일은 전철을 타고 시내를 구경하거나, 다방에서 소설을 구상하거나 친구를 만나는 일 정도이다. 정해진 길이 없지만 가지 못할 곳도 없어서 순간순간 발길이 닿는 대로 떠돈다. 그러나 최인훈의 구보는 하루 동안 두세 가지의 일을 치른다. 그는 아침에 일어나자마자 머릿속에 하루 동안의 계획을 떠올린다. 그것도 의식적으로 짜인 타임테이블이 아니라 저절로 펼쳐지는 '두루마리'이다. 박태원의 구보가 하고 싶은 대로 가고 싶은 대로 움직이는 데 비

---

1 박태원의 구보는 현재도 소설가를 상징하는 이름으로 쓰인다. 특히 현실에 대한 고현학은 시대마다 새로운 구보를 불러내는 이유가 된다. 고고학이 과거를 캐는 학문이라면 고현학은 현재를 캐는 학문이고 고현학의 대상은 항상 새롭게 바뀌기 때문이다.

해 최인훈의 구보는 해야 할 일에 따라 움직인다.

가정환경 역시 다른데 구보가 어머니와 함께 사는 20대 총각인데 비해 최인훈의 구보는 "한 월남 피난민으로, 서른다섯 살이며, 홀아비고, 십 년의 경력을 가진 소설가라는 그의 현실적 신분"을 자각하고 있는 인물이다. 최인훈의 구보는 자신과 하숙집, 그리고 그를 둘러싼 정치적 문화적 환경에 반응한다. 그러나 박태원의 구보는 눈에 보이는 모든 것에 관심을 가지고 있는 것 같지만 결국 그의 사고는 집으로 돌아가야 한다는 의무감과, 그곳에 계시는 어머니에 지배당한다.

이렇게 차이를 보이는 박태원, 최인훈의 구보는 하루 동안 서울을 돌아다니면서 동일한 것을 찾는다. 그것은 '행복'이다. 「소설가 구보씨의 일일」은 하루 동안의 행복 찾기를 기록한 소설이라고 해도 무리가 없는 작품이다. 소설에서 박태원의 구보가 경성을 돌며 발견하는 행복은 크게 세 가지이다. 첫째는 가족으로 구보는 화신상회 앞에서 한 가족을 만난 것을 계기로 가정에서 행복을 찾아본다. 둘째는 벗과 돈으로 구보는 벗을 만나 돈과 행복에 대해 생각해본다. 셋째는 동경과 여인으로 동경이라는 도시와 사랑했던 여인에 대해 생각한다. 이 셋은 분리된 것이 아니고 앞의 것이 뒤의 것에 더해지는 성격을 갖는다. 이런 과정을 통해서도 구보는 행복을 찾지 못하고 집으로 돌아온다. 그러면서 구보는 앞으로는 자신의 행복 찾기보다 어머니의 행복을 위해 살아야 하겠다는 결심을 갖게 된다. 이처럼 구보씨의 행복 찾기는 지극히 개인적인 성격을 갖는다. 그는 하루 종일 경성을 돌며 많은 사람을 보고, 만나고 그들에 대해 여러 생각을 한다. 그러나 구보의 생각은 도시 곳곳에서 살아가는 사람들의 삶에 관한 것이 아니다. 그들의 삶이 가지고 들어온 행복의 의미를 통해 자신의 '고독'과 '행복'의 의미를 찾아 나서는 소설가의 은밀한 내면에 가깝다.

　이에 비해 최인훈의 구보가 찾는 행복은 좀 더 넓은 범위에 걸쳐 있다. 구보가 서울을 돌아다니며 얻으려는 것은 정치적이고 문화적인 현실의 체험에 가깝다. 구보는 일상에 매우 충실하여 목적 없이 돌아다니는 일이 없다. 언제나 해결해야 할 어떤 일을 한다. 그러면서도 사회적인 문제에는 민감히 반응한다. 이런 구보의 태도는 넓은 의미의 행복 찾기에 해당되기는 하지만 행복의 내용이 개인적인 차원에 머물지는 않는다. 개인의 역사와 사회의 역사가 바로 서는 일이 행복과 등치되기 때문이다. 분단 시대를 살아가는 월남한 소설가로서 그의 관심은 동서의 화해와 적십자 회담, 그리고 실미도 사건 등에 이르는 정치 외교적 문제들에 치우쳐 있다. 또 한편으로는 예술을 마음대로 향유할 수 있는 문화적 환경에도 관심을 보인다.

　주인석의 「구보씨」가 갖는 관심은 더 사회적이다. 이 소설에서 우리는 시대에 대한 작가의 민감한 감각을 읽을 수 있다. 현재의 주변을 돌아보고 거기서 얻은 작가의 감상을 드러낸다는 점에서는 앞의 '구보'들과 통하는 면이 있지만 그에게는 역사에 대한 의식적인 자각이 유별나다. 주인석의 「구보씨」에서는 세계와 삶에 대한 태도가 중요한 문제로 부각되는 것이다. 구보에게는 소설가란 자기의, 자기 세대의, 자기 시대의, 역사의, 세계의 도덕과 운명에 대해 생각해야만 하는 존재라는 신념이 깔려 있다. 이전의 구보처럼 소설가로서 소설 내지 소설가의 존재 의미에 대해 탐색할 뿐만 아니라 자신이 살고 있는 시대에 대한 책임감을 통감하고 있는 까닭이다.

전복의 패러디

이번에는 이전 소설의 의미 전복을 목적으로 쓰인 패러디를 살펴보자. 전복은 과거의 가치를 현재의 가치로 새롭게 해석한다는 의미이다. 패러디의 진정한 의미는 고전 텍스트의 가치를 새롭게 해석하는 데 있다기보다 그 가치에 대한 비판과 조롱에 있다고 할 수 있다. 텍스트의 의미나 가치는 시대적 성격을 띠게 마련이고 그런 의미에서 항상 새로운 평가를 요구한다. 패러디는 단순히 작가나 작품 사이의 만남이 아니라 시대와 시대의 만남으로 이해해야 한다. 여기서는 근대 초기 소설에 속하는 『로빈슨 크루소』와 그 패러디 소설들을 살펴보자.

흔히 『로빈슨 크루소』로 알려진 디포의 소설은 "요크의 선원 로빈슨 크루소의 삶과 이상하고 놀라운 모험"이라는 부제를 달고 있다. 주인공 로빈슨 크루소는 부모님의 반대에도 불구하고 항해를 하고픈 욕망에 사로잡혀 있는 인물이다. 그러나 몇 번의 항해는 언제나 고난으로 마무리된다. 첫 번째 항해에서는 바다가 노하여 겨우 살아 돌아오고 두 번째 항해에서는 해적을 만나 노예생활을 하게 된다. 탈출에 성공해서는 브라질에 정착하여 재산을 모으게 되는데 거기서도 크루소는 정착하지 못하고 새로운 항해를 시작한다. 이번에는 폭풍을 만나 모든 선원들이 탈출하고 혼자 배와 함께 무인도에 남게 된다. 그곳에서 크루소는 혼자만의 삶을 시작하게 되는데 자신의 처지를 늘 하나님께 감사하며 성실한 신민으로 살아간다. 섬을 탐색하고 성을 짓는가 하면 농사를 짓고 가축을 기르면서 하루하루 바쁘게 살아간다. 자신의 편리한 삶을 위해 필요한 것을 자연에서 얻으며 스스로 섬의 총독이라 칭하기도 한다.

아무도 없던 섬에 야만인들이 가끔 들리는 것을 알게 된 크루소는 야만인들 사이에서 한 청년을 구해 노예로 삼는다. 그를 만난 날이 금요일이었으므로 그를 '프라이데이'라 부르기로 한다. 그는 노예 '프라이데이'를 개종시켜 기독교도로 만든다. 둘이 생활하게 된 지 얼마 지나지 않아서 한 선교사와 토인이 식인종들의 포로로 섬에 잡혀 온 것을 보고 구해 주게 되는데, 토인은 바로 프라이데이의 아버지였다. 그 후 섬에 상륙한 반란선을 진압하고 선장을 구해 준 것이 계기가 되어 크루소는 무인도 생활 28년 만에 섬을 빠져나오게 된다. 섬에서 벗어난 후에도 크루소는 쉽게 영국에 정착하지 못하고 스페인 등 다른 지역에서 모험을 계속한다. 브라질에서 모은 재산으로 편안한 삶을 살 수 있음에도 불구하고 모험 자체를 즐기는 것이다.

로빈슨 크루소는 대중적으로 크게 인기를 끈 모험소설로 당시 상업이 발달하기 시작하던 영국의 시대정신을 보여주는 작품이다. 항해를 통해 세계 곳곳을 탐험하고 가능한 곳에 식민지를 건설하던 당시 유럽의 팽창 열기가 무인도를 탐험하고 스스로 그곳의 총독임을 자임하는 크루소를 낳았다고 할 수 있다. 거기에 청교도적인 크루소의 성실성 역시 다분히 유럽적인 것으로 보인다. 그는 아무도 없는 섬에 놓이게 된 절망적 상황에도 신에게 기도하고 감사하는 자세를 버리지 않는다. 날짜를 세고 계절을 따지며 거기에 따라 자신이 해야 할 일을 묵묵히 수행한다. 굴을 파서 탄약을 분산 저장하고 자기 집을 성처럼 견고하게 만드는 것으로 부족하여 숲 속에 별장까지 짓는다. 농사는 물론 목축을 통해 식량을 공급하고 꼼꼼하게 일지를 기록하기도 한다.

그런데 로빈슨 크루소에 초점을 맞추면 그가 무엇엔가 강박되어 있는 자유롭지 못한 인간이라는 느낌을 받기도 한다. 인간의 본성을 어떻게 보느냐에 따라 달라지기는 하겠지만 로빈슨 크루소는 자신의 본능을 억제하고 혼자서도 제도화된 규율을 지키며 살아가는 '불쌍한' 사람이다. 사회생활을 통해 또는 사회생활을 위해 만들어낸 인간의 제도를 지키는 그의 모습 속에서 문명을 발견할 수 있는 것과 마찬가지로 노예를 발견하게 되는 것이다. 크루소는 훈련받고 교육받은 문명에서의 생활을 충실히 재현하고 있을 뿐 그의 생각 어디에도 개인이나 자아에 대한 자각이 뚜렷이 보이지는 않는다. 거기에는 신에 대한 독실한 믿음도 중요한 역할을 한다. 그에게서 지성을 발견하기 어렵다는 점도 이러한 인상에 어느 정도 기여한다.

크루소가 의식하고 있지는 않지만 섬에서의 행동은 제국주의의 특성으로 해석될 여지가 많다. 혼자이긴 하지만 로빈슨 크루소는 섬을 탐험하고 정복하겠다는 생각을 가지고 있다. 크루소에게 섬은 개인의 생존을 유지해주고 보호해주는 자연이 아니라 이용하고 소유해야 하는 자연이다. 스스로 섬의 총독임을 자임하고 섬에 대한 자신의 권리를 주장하는 작품 후반의 장면도 침입자를 예상하여 동굴을 파고 성을 쌓는 전반의 장면도 같은 맥락에서 읽을 수 있다. 무엇보다 '야만인'들에 대한 묘사나 프라이데이를 노예로 부리는 장면은 주인공이 영국 사람임을 다시 확인하게 만든다.[2]

소설 『방드르디, 태평양의 끝』은 프랑스 작가 미셸 투르니에가 쓴 『로빈슨 크루소』 뒤집기이다. 방드르디(Vendredi)는 금요일의 프랑스어이다. 미셸 투르니에는 영국 요크 태생의 문명인 '크루소'가 아닌 야만인 '프라이데이'의 관점으로 로빈슨 크루소 이야기를 다시 쓴다. 물론

---

2 종합해 볼 때 로빈슨 크루소는 섬과 공생하지 않고 섬을 타자화한다. 이런 타자화의 논리는 제국주의적이고 남성적이라는 평가를 받는다. 이 소설에 대한 패러디는 이러한 평가에 바탕을 두고 있다.

야만인 '방드르디'는 이 소설의 중간쯤에 등장하므로 소설의 주인공은 여전히 크루소라고 볼 수 있다. 유일한 벗인 개 '텐'과 함께 섬의 정복자였던 문명인 크루소는 야만인 방드르디를 만나 함께 생활하면서 무엇이 행복하고 평화로운 삶인가를 깨달아간다. 원 소설에서처럼 로빈슨이 방드르디를 가르치는 게 아니라 방드르디가 로빈슨의 교사가 되는 것이다. 물론 교육은 직접적인 가르침을 통해서가 아니라 방드르디의 자연스러운 삶을 통해서 이루어진다. 자유로운 시간 사용과 욕망의 발산을 통해 크루소는 비로소 자유로움을 느낀다. 그들은 친구처럼 시간에 얽매이지 않고 하루하루를 기쁘게 살아간다.

이렇게 새로운 섬 생활을 즐기고 있을 때 화이트버드 호라는 영국 배가 섬에 찾아온다. 이제 크루소는 그리운 고향으로 돌아갈 수 있게 되었지만 귀향 여부를 두고 갈등한다. 섬에서 시간마저 초월하여 행복하게 살았던 그에게 문명 세계의 기억이 갑자기 어깨를 짓누르고 크루소는 고통스러워한다. 섬에 더 잘 적응하는 듯 했던 방드르디는 문명인들과 함께 떠나지만 크루소는 홀로 섬에 남는다. 그리고 새로운 인물 죄디(목요일)가 등장하면서 소설은 마무리된다.

원작의 크루소에 비해 『태평양의 끝』에 등장하는 크루소는 고민도 많고 갈등도 많은 상대적으로 현대적인 인물이다. 개인의 욕망을 기도로 쉽게 해소하지도 못하고 기계처럼 부지런하지도 않다. 게으름을 통해 행복을 느끼고 섬을 모두 정복하는 일이 가능하지 않다는 느낌을 갖기도 한다. 이 소설에서 크루소는 타자를 정복하고 경계하던 근대인이 아니라 소박한 행복을 즐길 줄 아는 자연인이다. 방드르디 역시 노예 되기를 원하던 야만인이 아니라 자유로운 삶을 아는 청년이다. 원작의 서사가 갖는 문제를 새로운 서사로 대체하여 비판하고 조소하는 것이 『태평양의 끝』이 패러디를 통해 이루고자 하는 바로 보인다.

　존 쿳시의 소설 『포』 역시 『로빈슨 크루소』의 뒤집기를 시도한다. 이 소설은 섬에서의 생활만을 다룬 앞의 두 작품과 달리 섬에서 나온 이후 서술자 바턴과 크루소의 이야기를 쓰게 되는 포(다니엘 디포우)와의 갈등까지 다루고 있다. 그녀는 브라질에서 영국으로 돌아오는 배를 타고 오던 중 선원들의 폭동을 만나 바다에 표류하게 된다. 다행히 그녀는 크루소가 살고 있는 섬으로 떠내려 온다. 그녀가 본 크루소는 부지런한 근대인이 아니라 희망을 포기한 나약한 사람이다. 바턴은 그의 삶에 간섭하며 변화할 것을 다그치나 번번이 거부당한다. 그녀는 구조되기 전까지 1년 넘게 그 황폐한 섬에서 살아가게 된다. 마침내 그들은 구조되어 영국으로 돌아오지만 크루소는 돌아오는 배 안에서 숨을 거둔다. 영국으로 돌아온 바턴은 프라이데이를 포에게 데려간다. 포는 그들의 모험을 소설로 쓰고 싶어 한다. 그러나 그는 이야기의 흥미를 위해 과장, 상상과 허구적 사건을 도입하려고 노력한다. 그리하여 자신의 이야기에 진실만을 담길 원하는 바턴과 소설적 즐거움을 추구하는 포 사이에서 갈등이 발생한다. 소설가와 사건을 경험한 사람과의 갈등을 통해 이 소설은 크루소의 실제 아니 이야기의 실제에 대해서도 의문을 갖도록 만든다.

　『포』의 중요한 특징은 서술자를 여성으로 설정하여 이전 소설과 다른 관점에서 크루소를 관찰하고 있다는 점이다. 또 포가 쓴 『로빈슨 크루소』가 얼마나 믿을만한 이야기인가를 의심한다는 점도 새롭다. 실제 섬 생활을 경험한 서술자를 내세워 소설 『로빈슨 크루소』의 허구성을 작품으로 비판하고 있다고 보아도 좋다.

모더니즘 이후

사실주의 소설이 주류를 이루던 서구 소설은 양차 대전 사이에 모더니즘이라는 새로운 경향이 등장하면서 큰 변화를 겪는다. 모더니즘의 특징을 한두 가지로 설명할 수는 없겠지만 개인의 심리가 소설의 서사 중심에 놓이게 되었다는 점을 대표적인 현상으로 꼽을 수 있을 것이다. 제임스 조이스, 마르셀 프루스트, 버지니아 울프, 로베르토 무질 등은 모더니즘을 대표하는 작가들이다.

20세기 중반을 넘어서면 모더니즘과 구분되는 새로운 소설 경향이 등장하게 되는데 모더니즘과 마찬가지로 이들의 특징 역시 한두 가지로 정리할 수는 없다. 서사의 변화라는 측면에서 보면 혼성모방과 아포리즘 경향이 가장 두드러진다. 혼성모방은 비판하거나 풍자하려는 의도 없이 기존의 텍스트를 모방하는 방법을 말한다. 패러디처럼 확실한 본보기나 정전의 전복을 기도하는 것이 아니라 서사의 흥미를 위해 우연에 기대어 다양한 텍스트를 원용하는 방법이다. 작은 이야기의 이미지들을 연속해 보여주는 소설은 서사의 완결성이나 현실과의 연관에 크게 관심을 두지 않는다. 당연히 일관된 사건이나 인물의 성격을 찾아내기도 쉽지 않다. 두 경향 모두 현실과 허구의 관계, 경험과 환상의 경계를 새롭게 정의하기 원하며 사실주의 소설, 나아가 모더니즘 소설의 진지함과도 거리를 두려 한다. 이러한 변화는 지금도 계속적으로 진행되고 있다.

여기서 다양한 경향의 소설을 충분히 살펴보기는 어려울 터, 잘 알려진 몇 편의 소설을 살펴보는 것으로 만족하기로 한다. 작품들은 중세를 배경으로 다루고 있고 전통적인 소설에 비해 허구와 현실의 경계를 크게 고려하지 않는다는 공통점이 있다.

『장미의 이름』은 움베르토 에코의 장편소설로 중세 이탈리아 어느 수도원에서 벌어지는 일련의 살인 사건을 다루고 있다. 이 소설은 당시 교황과 황제 사이의 세속권을 둘러싼 다툼, 교황과 프란체스코 수도회 사이의 청빈 논쟁, 제국과 교황에 양다리를 걸치려는 베네딕토 수도회의 입장, 수도원과 도시 사이에 흐르는 갈등을 배경으로 하고 있다. 여러 갈등이 중첩된 수도원의 독특한 분위기와 연쇄살인 사건이라는 중심 서사가 시종 어둡고 무거운 느낌을 만들어낸다.

프란체스코 수도사 버스커빌 출신의 윌리엄과 그를 모시는 수련사 멜크 수도원의 아드소는 황제측과 교황측 사이의 회담 준비를 위해 회담이 열릴 수도원에 도착한다. 그 수도원에서 살인 사건이 벌어져서 원장은 윌리엄에게 이 사건을 풀어달라고 간청한다. 사건을 조사하는 동안에도 몇몇의 수도사들이 사망한다. 윌리엄은 이 살인 사건의 중심에 장서관이 있다고 보고 그곳을 조사하는 한편, 수도사들을 탐문한다. 결국 윌리엄은 여러 자료를 통한 추론으로 장서관의 밀실에 들어갈 방법을 찾아낸다. 장서관의 밀실에는 윌리엄의 예상대로 호르헤 노수도사가 앉아서 기다리고 있었다. 그곳에서 윌리엄과 호르헤는 마지막 논쟁을 펼친다. 장서관의 비밀을 지키려는 호르헤는 비밀을 간직한 채 도서관에 불을 지른다. 그 불은 사흘 동안 타오른다. 기독교 최대의 도서관을 자랑하던 그 수도원은 결국 폐허가 된다. 윌리엄은 사건의 내막을 알게 되지만 수도원이 불타면서 모든 증거들은 공기 중으로 사라지고 만다. 이후 아드소는 멜크 수도원으로 돌아가고 윌리엄은 흑사병 유행기에 사망한다.[3]

---

3 장서관에서는 고전 문서를 필사하는 작업을 하는데 호르헤는 장서관의 금서가 필사

이 소설에는 여러 가지 문학적 지식이 원용되고 있다. 다른 작품에서 사용된 모티프나 인물들이 별 다른 설명 없이 작품에 인용되고 역사를 허구화하고 허구를 역사화하기도 한다. '버스커빌'에서 온 윌리엄 수도사는 탐정 셜록 홈즈를 떠올리게 하고 범인인 장님 수도사의 이름은 도서관장을 지낸 아르헨티나 소설가 호르헤 루이스 보르헤스에서 딴 것이 분명하다. 작가는 중세의 수도원을 배경으로 신학과 고전에 대한 해박한 지식을 펼쳐 보여준다. 소설의 매력은 무엇보다 서사의 흥미에 있으며 중세라는 낯선 풍경을 탐험하는 과정도 독자에게는 매력적으로 느껴진다.

이탈로 칼비노는 '우리의 조상' 삼부작으로 유명한 작가이다. 『반쪼가리 자작』, 『나무 위의 남작』, 『보이지 않는 기사』는 중세를 배경으로 조금은 황당한 인물들의 이야기를 다룬다. 현실성은 떨어지지만 생에 대한 알레고리로 읽을 수 있는 소설들이다. 전쟁터에서 포탄을 맞아 순수하게 악한 반쪽과 순수하게 착한 반쪽으로 분리되어 살아가는 인물이나 아버지와 싸운 후 나무 위에 올라가 한 번도 땅에 발을 딛지 않고 살아가는 인물이 아무렇지도 않은 것처럼 소설 속에 묘사된다.

그의 다른 소설 『보이지 않는 도시들』은 도시에 대한 알레고리적 아포리즘으로 읽을 수 있다. 도시가 갖는 여러 표정들을 아름다운 문체로 묘사한 작품이다. 이 소설은 아포리즘의 연속이면서도 형식적인 줄거리가 있다. 쿠빌라이 칸에게 마르코 폴로가 본 도시 이야기를 들려주는 형식이다. 마르코 폴로는 많은 도시들에 대해 이야기하지만 그 도시들에는 한 번도 가본 적이 없다. 칸 역시 도시들이 실재하지 않는다는

되어 내용이 퍼지는 것을 원치 않는다. 살해당한 수도사들은 독이 묻은 금서를 읽던 필사들이다.

사실을 알고 이야기를 듣는다. 칸은 폴로의 도시 이야기에 만족하지 않고 자신이 상상한 도시들이 실제 있는지를 폴로에게 묻기도 한다. 한 도시에 대한 묘사는 원고지 10매를 넘지 않으며 많은 도시 이야기가 도시와 기억, 도시와 욕망, 도시와 기호들, 도시와 교환, 도시와 이름, 도시와 눈물, 도시와 죽은 자들, 도시와 하늘, 섬세한 도시들, 지속되는 도시들, 숨겨진 도시들 등의 소제목으로 분류되어 있다. 묘사된 어느 장도 도시의 전체 모습을 보여주지는 않는다. 가상의 도시들은 실재 도시의 파편들로 조각나고 흩어져서 실재와 다른 환상처럼 보이기도 한다. 하지만 이들을 엮으면 실재의 도시를 꾸밀 수도 있다. 여러 성격에 의해 도시가 묘사되지만 이 도시들은 하나일 수도 있고 같은 도시의 다른 이름들일 수도 있다. 소설을 읽고 나면 이 소설의 주인공이 쿠빌라이 칸이나 마르코 폴로가 아니라 묘사된 도시들임을 알게 된다.

하이퍼텍스트 소설

미디어가 문학에 미치는 영향은 절대적이다. 종이의 발명이 그랬듯이 컴퓨터의 발명은 문학에도 지대한 영향을 미칠 것이다. 아직 오래되지 않아 전자 매체가 종이 문학을 대신하고 있지는 않지만 새로운 미디어가 점차 영역을 넓혀 가리라는 것에는 틀림이 없다. 휴대 기기의 발달은 전자책이 보편화되는 시대를 열 것이고, 네트워크의 발달은 거기에 어울리는 문학을 만들어낼 것이다. 섣부른 예측은 위험하지만 매체가 문학의 변화를 이끌어온 과거의 사례로 볼 때 멀지 않은 미래에 소설의 내용과 형식은 컴퓨터 또는 인터넷 매체에 어울리는 쪽으로 크게

바뀔 것이다.[4]

하이퍼텍스트 소설은 컴퓨터를 통한 특수한 읽기를 통해 단일한 서사가 아닌 가능한 여러 서사를 함께 체험할 수 있게 쓰인 소설이다. 컴퓨터의 발달과 떼어 생각할 수 없는 하이퍼텍스트 소설은 소설이 하나의 서사 구조를 갖는 것이 아니라 여러 가능한 서사를 통해 완성될 수 있다는 가능성을 보여주고 있다. 하이퍼텍스트 소설을 간단히 설명하면 이렇다. "철수와 영희가 버스를 타기 위해 횡단보도를 건너가다 만났다."라는 문장으로 시작하는 소설이 있다고 하자. 그럼 다음 문장이 이어져야 하는데 여기에서 독자는 두 개 이상의 가능한 문장을 볼 수 있다. 1. 둘은 대화를 나누기 위해 찻집으로 갔다. 2. 둘은 다음에 만날 날을 약속하고 우선은 헤어졌다. 중 하나를 선택하는 것이다. 1을 선택했다고 하면 역시 이어지는 문장을 선택할 수 있다. 1. 찻집 안에서 철수는 애인을 만났다. 2. 찻집 안에서 영희는 예전 헤어진 애인을 만났다. 정도의 문장이 가능할 것이다. 물론 각각의 상황에는 읽을 만한 서사가 전개되어 있어야 한다. 한 두 문장이 아닌 잠깐의 독서가 가능한 분량이 모니터에 제시되어야 한다. 이렇게 이야기를 전개하다 보면 서사는 매우 다양해 질 수 있다. 철수가 주인공이 될 수 있고, 영희가 주인공이 될 수도 있다. 영희는 옛 애인을 만나 불행할 수 있고, 옛 애인을 만나 즐거울 수도 있다.

서사를 끌어가는 방법이 사건의 선택으로만 가능한 것은 아니다. 단어 하나하나를 클릭할 때도 이야기는 범위를 넓혀 갈 수 있다. 즉, 버

---

4 상업적인 목적에 의해 매체의 변화는 새로운 소비를 창출하는 수단이 되기도 한다. 매체의 소비가 증가하면 거기에 어울리는 소프트웨어가 필요한데 문학 역시 소프트웨어로 제공될 가능성이 크다. 이때 문학은 아마 책상에 앉아 진지한 표정으로 읽는 문학과는 다를 것일 지도 모른다.

스나 횡단보도가 다른 텍스트와 링크가 되어 있다면 이야기는 찻집으로 이르기 전에 버스와 관련된 어떤 이야기로 전개될 수 있다. 철수와 영희가 함께 공유하고 있는 횡단보도에 대한 추억으로 이야기가 흐를 수도 있다. 독자들은 단순히 하나의 사건으로 만족하지 않고 가능한 여러 가지 길을 찾아가면서 서사의 즐거움을 느낄 수도 있다. 컴퓨터라는 기계와 이러한 텍스트를 짤 수 있는 소프트웨어가 필요하긴 하겠지만 흥미 있는 시도라고 할 수 있다. 종이 텍스트와는 본질적인 차이를 가지고 있는 하이퍼텍스트 소설이 어떻게 유통되고 대중화될 지는 더 두고 보아야 할 일이다.

전자책은 기본적으로 종이책을 전자 매체를 통해 읽는다는 생각에서 시작되었다. 휴대하기 편리하다는 점이 가장 큰 장점이며 검색과 편집을 할 수 있어 전자책 시장은 점차 확대될 것으로 보인다. 구매의 편리함 역시 빼 놓을 수 없다. 현재까지 전자책 시장은 종이책 시장을 크게 위협하고 있지는 않다. 그러나 사전류와 같이 검색의 편리함이 중요한 분야는 전자책이 종이책을 앞지르고 있다. 휴대와 관리가 편한 전자 매체가 개발된다면 가벼운 소설을 비롯해 종이책의 많은 부분이 사전류의 전철을 밟을 가능성이 크다.

18 해석

소설 읽기의 실제 6
다양한 해석의 즐거움

소설이 주는 감동을 수량으로 측정하기는 어렵다. 한 편의 소설이 다양한 독자들을 고르게 만족시켜 준다는 보장도 없다. 같은 소설을 두고도 감동을 느끼는 사람과 그렇지 못한 사람이 분명히 나누어지는 경우도 있다. 이런 현상은 본질적으로 독자 사이의 '어떤' 차이에서 기인하는 것이다. 그러나 이런 차이를 만들어내는 데는 소설이 가진 다양한 해석 가능성도 어느 정도 작용한다. 이는 소설의 내용이 모호하다는 뜻이 아니라, 결론을 내리지 않고 열어두는 특징을 가지고 있다는 의미이다. 물론 소설을 잘 이해하기 위해 독자들의 사전 지식이 요구되는 경우도 없지는 않다. 형이상학적인 주제를 다룬다든지 상황에 대한 직접적인 경험을 필요로 하는 소설도 있다. 그러나 많은 소설은 보통의 지식과 경험을 가진 대중들을 독자로 상정하고 있다. 특별한 정서와 지식이 있어야만 이해할 수 있는 소설은 생각보다 그리 많지 않다. 주목할 점은 그러한 소설을 해석하는 데 있어서도 독자들 사이에 많은 차이가 있다는 점이다.

이청준의 「눈길」 읽기

이청준의 소설 「눈길」에 대한 다음 감상문을 예로 들어 해석의 차이에 대해 이야기해 보자. 이 글은 C 도시의 S 고등학교 학생이 쓴 글이다.

이 세상에서 누구보다도 가깝고, 자신의 속마음까지도 잘 알아주는 사람이 존재한다면, 그 사람은 바로 자신의 가족일 것이다. 대부분의 사람들, 사회생활에 있어서 엄청난 어려움을 겪고 힘들어하는 사람들에게조차도 가족의 사랑은 희망과 용기를 얻게 해주고 더불어 따뜻한 정까지도 느끼게 해주는데 이러한 일들은 우리의 생활에서 보다 많은 활력소를 주고, 또한 즐거운 마음으로 생활을 할 수 있는 그러한 계기를 제공해 준다. 우리는 이러한 것을 행복으로 여기며 이런 행복을 바탕으로 한 층 더 높은 삶의 행복을 추구하면서 살아가려고 한다. 그런데 이 소설의 주인공인 '나'는 누구나 누리는 행복, 가족 간의 따스한 유대감이나 사랑이 없이 어머니와 자기 자신과의 보이지 않는 벽에 부딪혀서 마음을 열지 못한다.
　　이 소설의 주인공인 '나'는 모처럼 만에 고향집을 찾아 왔지만 고향집에 얽힌 사연이 심사를 괴롭히기 때문에 여러 가지 핑계를 대면서 고향집을 떠나려 한다. 그러한 아들의 행동에 조금의 섭섭한 마음을 가졌지만 그런 마음을 내보이지 않던 노인은 동네에서 이루어지고 있는 지붕개량 사업에 대해 이야기하면서 은연중 우리 집도 고쳐야 한다는 희망을 비추고 있다. 그러나 나는 집 고치는 일을 돕는 것은 모두 노인에 대한 빚을 갚기 위해서 하는 일이라고 생각하면서 자신은 혼자 힘으로 노인의 도움을 받지 않고 지금까지 살아왔다고 생각한다. 그렇기 때문에 마음속으로 '나는 노인에게 빚이 없다'라고 생각하면서 그 상황에서 벗어나려고 애쓴다. 그러한 마음을 노인도 아는지 더 이상 그것에 대해 이야기하지는 않는다. 그런 모습을 안타까워하던 아내는 나에게 핀잔을 주면서 노인을 위로한다는 명목아래 지난날의 이야기를 들춰내기 위해 애를 쓰고 결국 어머니는 17, 8년 전 술버릇이 사나워져 전답과 집까지 팔아먹은 형에 대해서 이야기한다. 나는 그 집에서 마지막 밤을 보냈던 경험을 되살린다. 당시 고등학생이었던 나는 집이 팔렸다는 소식을 듣고 내려왔는데 어머니는 그 사실을 감춘 채 집주인의 허락을 얻어 자기 집인 냥 보이기 위해 옷궤 하나를 두고 아들에게 밥을 해먹이고 잠까지 재워 보냈던 것이다. 아내는 그것으로 그치지 않고 나를 떠나보낼 때의 심경을 캐묻지만 노인은 끝까지 아무 일이 아니라는 듯이 발뺌하고 나 또한 그러한 이야기를 애써 피하려고 한다. 그러나 결국은 노인과 아내가 잠자리에서 나누는 이야기를 듣게 되는데 그 때에 처음으로 자기가 돌아간 뒤의 이야기를 듣게 된다. 노모는 그 날 새벽에 매정한 아들을 멀리까지 배웅하고 하얀 눈길을 밟으며 돌아오면서 눈길에 남아 있는 자신과 아들의 발자국을 보면서 아들에 대한 사랑의 눈물을 흘렸으며, 아들의 발자국마다 눈물을 뿌리며, 아들의 앞길이 잘되길 빌며 돌아왔음을 말해 준다. 그 날밤 이야기를 들은 나는 심한 부끄러움을 느끼고 뜨거운 눈물을 흘린다. 내가 깨어 있는 것을 눈치 챈 아내가 나를 흔들어 깨우고 있음에도 나는 흘러내리는 눈물이 부끄러워 잠이든 척 버틴다.

맨 처음 이 소설을 읽었을 때 주인공이 "내게는 빚이 없다"라는 말을 되풀이하는 것과 어머니를 노인이라고 부르는 장면에서 모자간의 일정한 거리감이 느껴지는 것 같아서 안타까웠다. 그러나 옷궤에 담긴 어머니의 사랑이 이러한 오해를 풀어주는 듯 하고

또한 어머니의 가슴속에 담긴 따뜻한 사랑을 깨닫고 흘린 주인공
의 눈물을 보니 씁쓸했던 마음 한 구석이 밝아옴을 느꼈다.

위 예문은 고등학생이 쓴 글로는 비교적 잘 정리된 편에 속한다.
스토리를 잘 이해하고 있으며, 자신이 느낀 점도 잘 설명하고 있다. 서
술자인 '나'와 어머니, 아내의 상황도 잘 이해하고 있는 듯하다. 소설의
내용을 잘 파악하고 있는 한에서 감상의 내용에 대해 옳고 그름을 따
지기는 어려운 일이다. 다만 같은 사실을 두고도 해석의 방향은 다를
수 있다. 위 학생의 해석을 부정하는 것은 아니지만 다음과 같은 해석
도 가능하다.

우선 이 소설에는 상식으로 이해하기 어려운 몇 가지 상황이 제시
된다. 가장 눈에 띠는 것은 서술자가 자신의 어머니를 '노인'이라고 부
른다는 사실과 자신은 노인에게 '빚'이 없다고 주장한다는 점이다. 비상
식적인 '나'의 태도를 풀어내지 않고는 이 소설의 이해가 어렵다고 할
수 있다. 여기에 대해 위 글의 필자는 서술자가 어머니의 사랑을 이해하
지 못하기 때문에 어리석은 태도를 보인 것으로 보고 있다. 이런 맥락에
서 '나'의 눈물은 깨달음의 눈물이면서 반성의 눈물이 되는 것이다. 작
품 초반에 아들은 어머니의 사랑을 이해하지 못하지만 작품 후반의 아
들은 어머니의 사랑을 깨닫게 된다는 말도 한다. 아들의 변화에 결정적
인 역할을 하는 것이 '눈길'에 대한 어머니의 술회인 셈이다.

그런데 아들이 긍정적으로 변해가는 것으로 보는 이러한 해석은
작품에 나타난 몇 가지 사실들을 미진한 채로 남겨둔다. 결말이 긍정적
으로 마무리 된다고 해서 앞서 말했던 어머니를 노인이라고 부르거나
빚이 없다고 주장하는 아들의 태도가 이해될 수 있는 것인가? 눈길로 어

머니를 홀로 돌려보내던 아들의 마음은 과연 아무렇지도 않았을까? 어머니에게 빚진 것이 없다면 나는 아내와 어머니의 대화를 애초에 막을 수 있었다. 그런데 왜 그렇게 하지 않았을까? 이러한 의문을 해결하는 일이 소설을 내용을 깊이 있게 이해하는 길이 될 것이다.

위 글에서는 '나'가 누구나 누리는 행복, 가족 간의 따스한 유대감이나 사랑을 느끼지 못하고 어머니와 보이지 않는 벽을 두고 있다고 하였다. 그러면 그 벽은 어떻게 해서 생겼는가? 온전하게 가족을 유지할 수 없었던 어린 시절의 아픈 경험 때문이었다고 할 수 있다. 그 벽을 노골적으로 드러내는 인물은 '나'인데, '나'는 인물임과 동시에 소설의 서술자이다. 즉 '나'는 자기 이야기를 스스로 들려주는 인물인 것이다. 그렇다면 독자가 알고 있는 정보는 '나'가 '나'에 대해 말한 내용에 의지하고 있는 셈이 된다. 어머니와 벽이 있다는 느낌이나 유대감이 없다는 생각도 '나'가 전해준 정보에 의지하고 있다. 일부러 서술자가 강조하고 있기에 독자는 그러려니 하고 받아들이게 된 것이다. 실제 대화나 행동을 통해서 '나'의 이런 태도가 드러나는 것은 아니다. 그렇다면 이런 생각을 해볼 수도 있다. 과연 서술자의 말을 순수하게 받아들여야 하는가? 서술자는 일부러 어머니와 자신의 거리를 강조하고 있는 것은 아닌가?

위 글 작품 요약 부분에서 "그 때에 처음으로 자기가 돌아간 뒤의 이야기를 듣게 된다."고 한 해석은 별로 타당성이 없어 보인다. 작품 결말에서 서술자는 아내와 어머니의 대화를 들으면서 그날의 이야기(눈길에 관한)가 나올까 봐 매우 초조해한다. 그 이야기를 꺼내는 일이 자신에게는 치명적이 되기라도 하듯 마음을 졸인다. 고등학생이면 어느 정도 지각이 날 나이이다. 하룻밤 집에서 자고 떠난 서술자는 당시 어머니의 형편에 대해 틀림없이 눈치를 채고 있었을 것이다. 자신은 차를 타고 도시로 떠나지만 어머니는 집으로 돌아가지 못한다는 사실도 알고 있었을 것이다. 눈길을 걷던 그날의 사정은 굳이 어머니의 이야기를 들어야 짐작할 수 있는 상황은 아니었다. 물론 자신이 떠난 뒤의 구체적인 이야기는 처음 들었을 수 있다. 그러나 서술자가 그 날의 사정을 '새로' 알게 되었다고 보기는 어렵다.

이어지는 "나는 흘러내리는 눈물이 부끄러워 잠이든 척 버틴다."는 해석 역시 타당한 면이 있지만 다르게 해석할 여지도 충분히 있다. 자신의 어리석음이나 부족함이 부끄러워 차마 눈을 뜨고 아내와 어머니를 대할 수 없었다는 의미의 해석일 터인데, 여기서 서술자의 감정은 부끄러움 보다는 두려움에 가깝다고 생각할 수 있다. 모르는 사실을 알게 되거나 잘못을 들켜버렸을 때 생기는 감정을 부끄러움이라고 보면, 서술자는 자신이 모르고 있던 것을 새로 알아버린 것이 아니다. 이미 알고 있었지만 가슴 속에 묻어두고 드러내지 말았으면 하고 바라던 사실이 밖으로 드러난 것이다. 서술자는 어머니에게 너무나 많은 빚을 지고 있기에 어떻게 해도 갚을 길이 없다고 생각할 수 있다. 그런 자신을 숨기기 위해 일부러 '노인'이니 '빚이 없다'느니 하는 과장된 용어를 사용했던 것이다. 물론 그 말은 직접 어머니나 아내를 향한 말이 아니었음을 잊어서는 안 된다. 독자들만이 들을 수 있는 말이었다. 서술자는 밝혀지지 않았으면 하는 상처를 누군가 건드리는 것이 두려웠고, 상처가 드러났을 때 감당하지 못할 자신의 감정이 두려웠다. 눈물을 흘리면서, 아내가 자신이 깨어 있다는 것을 알고 있음을 자신도 느끼면서, 깨지 않고 끝까지 버틸 수밖에 없었던 이유는 예전 기억을 공공연하게 되살리는 것이 여전히 두려웠기 때문이다. 어떻게든 이 순간을 넘기려는 마지막 몸부림이라고 할 수 있다.

이렇게 보면 이 소설은 도저히 갚을 수 없는 어머니에 대한 자식의 빚에 대한 이야기가 된다. 위악적이다시피 자신의 정당성을 내세우던 서술자가 오히려 허약한 인물이라는 것도 결말에서 어렵지 않게 확인할 수 있다. 결과적으로 「눈길」은 가족의 의미에 대해서도 깊이 생각하게 하는 소설이다. 깊은 상처를 가지고 있는 가족들은 그 상처를 어떻게 다루는가. 이미 많은 부분이 과거의 일이지만 현재에도 생생하게 남아 있는 아픈 기억이라면 가족들은 그 상처를 건드리려 하지 않을 것이다. 새롭게 들추어내서 치유하고 잊어버리면 좋겠지만 상처가 너무 깊을 때는 그것마저 불가능할 수 있다. 이럴 때는 그저 덮어두는 일이 가장 좋은 방법이 된다. 비록 어른이지만 서술자는 지난날을 건드리고 싶어 하지 않는 인물이다. 이런 아들을 잘 알기에 어머니도 오랫동안 아들을 자극하지 않았다. 그러나 죽음이 얼마 남지 않았다고 생각한 어머니는 상을 치를 번듯한 집이라도 마련하고 싶었다. 이 역시 아들을 위한 일이다. 어머니의 이런 의도를 아는 아들은 또 하나의 '빚'이 될 수 있는 일을 하지 않으려 한다. 어머니의 죽음을 생각하는 일을 피하고 싶어 하는지도 모른다. 사이에 낀 아내만이 아들과 어머니의 이런 미묘한 감정과 고려를 이해하지 못하고 '상식적으로' 행동하는 것이다.[1]

예를 든 학생의 글이 아마도 일반적인 「눈길」의 해석일 것이다. 그 해석이 틀렸다고 말할 근거는 없다. 그러나 그 해석에 전적으로 동의할 이유도 없다. 사실을 잘못 파악하지 않았다면 다양한 해석은 작품을 풍부하게 해주는 중요한 요소가 될 수 있다. 또 한 작품이 하나의 의미로

---

1 그렇다고 아내를 부정적으로 보자는 말은 아니다. 아내는 둘 사이의 이야기를 끌어내는 매우 중요한 역할을 하는 선한 며느리라고 할 수 있다. 단지 이야기의 초점은 아내의 의지나 생각과는 다른 쪽에 있다고 생각하는 것이다.

해석된다는 것도 그리 바람직한 일은 아니다. 하나의 주제를 가진 작품이더라도 다양한 인물과 사건을 통해 여러 가지 해석 가능성을 남겨 두는 것이 일반적이다.

송하춘의 「청량리역」 읽기

두 가지 이야기가 하나의 주제를 이루는 소설로 송하춘의 「청량리역」을 들 수 있다. 이 소설에서 다루는 사건들은 '역(驛)'이라는 공간에서 하루 동안 벌어지는 일들이다. 여러 인물이 들고 남에도 소설의 중심을 이루는 사건은 크게 두 가지이다. 하나는 민순경과 의경들의 대화를 통해 전해지는 최순경에 관련된 이야기이고, 다른 하나는 시어머니를 역에 버려두고 가버린 여인과 그의 가족에 관한 이야기이다.

두 이야기가 드러내고자 하는 주제는 서로 연관이 없는 듯 보인다. 이 둘을 어떻게 연관시키느냐, 어느 이야기에 초점을 맞추고 보느냐에 따라 소설의 주제는 달라진다고 할 수 있다. 평가 역시 달라질 수 있다. 어울리지 않는 이야기를 붙여 놓는데 그치는지, 두 이야기를 긴밀하게 엮어 하나의 이야기가 갖는 의미보다 더 큰 의미를 만들어냈는지가 여기서 결정되기 때문이다.

첫 번째 이야기는 역에서 동초를 서고 있는 의경들에게서 시작하여 민순경과 교대 순경의 입을 통해 밝혀지는 경찰서 내 사건이다. 최경장은 예전에 범인을 수송하는 임무를 맡아 범인을 놓친 적이 있다. 범인을 놓친 것에 대한 처벌은 받았던 것으로 보이는데, 이후 탈출했던 범인이 잡히자 새로운 사실이 밝혀진다. 최경장은 윤락가에 들고 싶다는 범인의 부탁을 들어주었고 그 기회에 범인은 탈출을 할 수 있었던 것이다. 최경장과 함께 수송을 하던 동료도 최경장의 잘못을 상부에 보고한 바 있다. 최경장이 범인을 놓치는 상황은 허무맹랑한 요소조차 가지고 있다. 범인에게 경찰이 여러 가지 편의를 보아 줄 수는 있지만 이 경우는 상식에서 크게 벗어나는 일이기 때문이다. 최경장의 사람됨을 짐작해볼 수 있는 상황이기는 하다.

문래동에서 오랫동안 살아왔다는 가족들의 이야기는 최경장 이야기보다 조금 더 복잡하다. 청량리역에 처음 나타난 가족은 여자와 그의 남편 그리고 시어머니이다. 남편은 기차를 타고 강원도로 떠나고 아내는 시어머니를 역사(驛舍)에 남겨두고 역사를 떠난다. 가정 형편이 어려워 벌이는 현대판 고려장이다. 남편이 강원도로 떠나는 것도 생계와 직결되는 '일' 때문이다. 남편이 떠난 지 오래지 않아 군대에 간 아들이 청량리역에서 기차를 내린다. 내리는 문은 역사를 거치지 않고 광장으로 바로 통하게 되어 있어 아들과 할머니는 만나지 못한다. 외박을 나오면서 동행한 하사관은 아들의 고등학교 동창이다. 며칠 전까지 못되게 굴던 하사관은 그가 동창이라는 사실을 알게 되자 친근한 기색을 내려고 한다. 아들은 어머니가 기다리는 것이 못마땅한데 그의 애인이 근처에서 기다리고 있기 때문이다. 어머니는 아들이 역사 안으로 들어가는 것을 어떻게든 막아야 한다. 거기에는 버리고 나온 할머니가 있기 때문이다. 아들은 어머니를 따돌리고 자기 일을 보러 가고 역사를 다시 찾은 여자는 할머니를 먼발치서 보게 된다. 근처 색시 가게에서 일하는 소녀에 의해 버려진 할머니의 가족이 근처에 있다는 이야기가 전해지자 역 안은 크게 술렁거린다. 그 와중에 사람들은 할머니를 버린 사람에 대한 좋지 않은 말을 하고 그 이야기를 들은 할머니는 약을 먹고 죽게 된다.

버려진 할머니는, 경찰들의 말에 의하면, 시청 복지과로 가야할 '물건'이 었는데 이제 죽었으니 병원으로 가야 할 '물건'이 된 것이다.

이 두 이야기는 사람과 사람의 관계에 대해 생각하게 해준다. 배려 해준 경장에 대한 주변의 배반이나 어머니를 버린 자식의 불효는 당연 히 비난 받을만한 일이다. 그런데 이 소설은 배반이나 불효에 대해 이야 기하려는 것 같지는 않다. 사람과 사람 사이의 관계란 무엇인가를 철학 적으로 묻고 있는 소설도 아니다. 그저 역을 중심으로 벌어지는 일상적 이지도 특별하지도 않은 삶의 모습을 덤덤하게 그리고 있는 소설이다.

가족의 이야기가 상대적으로 뚜렷한 주제를 가지고 있는 것 같기 는 하다. 자식들이 부모를 대하는 태도와 부모가 자식을 대하는 태도가 선명하게 대비되기 때문이다. 마치 기차를 타려 할 때와 기차에서 내릴 때 가는 길이 다르듯이 살아온 사람들과 살아갈 사람들의 길이 다르다 는 것을 보여주는 듯도 하다. 아들이 여인을 따돌린 것과 여인이 할머 니를 버린 것이 크게 다르지 않다는 생각도 든다. 이런 사건에 대한 작 가의 태도는 덤덤하다 못해 무관심하다. 마치 세상이 원래 그렇다는 사 실을 인정하려는 듯.

소설에서 최경장과 여인의 가족 이야기를 아우르는 단어는 '사랑' 이다.

세 의경 가운데, 하나는 이경이었다. 이번에는 하나뿐인 이경 이 그 대열을 이탈하고 있었다.

"도와준 사람을 망쳐놓았으면, 그게 배신 아니고 뭐란 말이 냐?"

"여자를 보면 남자는 이성을 잃는 법이다. 그게 사랑이다."

"사랑이라구? 사랑, 더럽구나."

두 일경이 문득 가던 길을 멈추었다. 역사의 뒤편 철길 쪽에 선가, 기적 같은 것이 울고 있었다. 그것이 착각이 아니기를 바라며 그들은 광장 쪽을 뒤돌아보았다. 한 떼의 청량한 바람이 그 청량리 바닥을 휩쓸고 지나갔다.

위 예문을 보면 사랑이라는 말을 함부로 사용하고 있다는 생각이 든다. 정의 내리기는 어렵지만 함부로 말하는 것도 주저되는 단어가 사랑이다. 의경의 대화를 따르면 배신을 변명해 주는 것이 사랑이다. 그렇기 때문에 사랑은 더럽다. 소설 안에서는 감옥에 갇히기 전에 여자를 생각한 범인의 사랑, 그를 이해하고 잠시 풀어준 최경장의 사랑, 자식들을 위해 약을 먹은 할머니의 사랑, 그리고 할머니를 버리고 아들에게 어쩔 줄 몰라 하는 여인의 사랑이 있다. 이 모두는 사랑임에 분명하지만 모두 '더러운 사랑'이다. 결말에 비추어 보면 「청량리역」은 청량리역이라는 공간을 배경으로 사랑하고 배신하고 그러면서도 아무렇지도 않게 살아가는 장삼이사들의 삶을 인정하고 관용하는 시선으로 그린 소설이 된다.[2]

이렇게 소설의 내용을 정리한다 하더라도 미진한 부분이 많이 남는다. 할머니의 가방에는 약(민순경은 수면제라고 생각했다)이 들어 있었는데 그 약은 누가 넣은 것인지. 최순경은 어떤 마음으로 범인을 윤

---

2 이 소설의 제재에는 충분히 사회적 상상력을 부여할 여지가 많다. 현대판 고려장이나 역 근처에 버젓이 존재하는 윤락 등이 그것이다. 그러나 작가는 이러한 제재를 '더러운 사랑'이라는 말로 아우르면서 살아간다는 것의 의미를 묻는 것으로 처리하고 있다. 각각 절실함을 가지고 힘겹게 하루하루를 보내는 사람들의 풍경을 역을 배경으로 펼쳐 보여주고 있을 뿐이다.

락가에서 풀어주었는지. 또, 군인인 아들이 가진 어머니에 대한 반감은 어디서 오는지 등이 모두 설명되어 있지 않다. 이렇게 작가가 명확하게 설명하지 않은 부분은 독서에 방해가 되기보다 독서를 창조적으로 할 수 있는 기회를 제공한다. 소설을 이해하는데 필요한 중요한 부분은 거의 제시되었다고 볼 때, 나머지들은 독자가 상상력으로 채워야 하는 부분인 것이다. 소설에는 내용 파악 이상을 요구하는 요소들이 들어있게 마련이다. 윤락가에서 심부름을 하는 열두 살 정도의 소녀는 왜 등장했는지도 생각하기에 따라서는 다양한 방향으로 해석될 수 있다. 반복해서 말하지만 소설을 다양하게 해석할 가능성은 작품 자체에 주어져 있기도 하고 독자들에 의해 발견되기도 하는 것이다.

박범신의 『풀잎처럼 눕다』 읽기

일반적으로 독자의 통속적 취미를 만족시켜 주는 소설을 통속소설이라 부른다. 대중적으로 인기를 얻은 소설을 대중소설이라 부르기도 한다. 둘 다 엄격히 사용되는 개념은 아니지만 대중적 요소보다는 통속적 요소를 더 낮게 취급하는 것이 보통이다. 물론 순전히 통속적 요소만을 가지고 있거나 대중적 요소만을 가지고 있는 소설은 없다. 작품에 담긴 다양한 내용들 속에서 두드러지는 요소를 뽑아 평가하는 것이 일반적이다.

대중소설은 대중적 요소를 많이 포함하고 있거나 대중적 성공을 거둔 소설을 이르는 개념인데, 대중이 원하는 시대의 코드를 어떻게 읽어내느냐가 대중소설의 성공 열쇠라 할 수 있다. 시대의 코드에는 통속적인 요소들과 함께 사회 비판적인 요소들이 포함되기도 한다. 사랑 이야기와 같이 인간 감정의 보편성을 건드리면서 이러한 사랑을 불가능하게 하는 폭력적 시대 상황을 비판하는 소설이라면 그 전형적인 예가 될 수 있겠다. 이런 경우 어느 쪽에 관심을 두느냐에 따라 소설에 대한 평가는 극단적으로 달라질 수 있다. 박범신의 소설 『풀잎처럼 눕다』는 좋은 예가 된다.

이 소설의 중요 인물은 도엽과 동오 그리고 은지이다. 세 인물의 성격은 분명하게 유형화되어 있는데, 도엽은 부잣집의 서자로 태어나 서울에서 법대를 다녔지만 이복형과의 불편한 관계로 학업을 계속하지 못하고 어두운 세계에 발을 들여놓게 되는 인물이다. 도엽의 동네 후배인 동오는 등록금이 없어 제대로 고등학교를 마치지 못하고 돈을 벌겠다는 일념으로 세상을 증오하며 살아가는 칼잡이이다. 경찰관의 딸인 은지는 '천성적'으로 따뜻한 마음을 가지고 태어난 여인으로 두 남자를 이해하고 감싸 안으려 노력하는 인물이다. 도시에 올라와 의지할 곳이 없던 도엽은 선배의 이권 다툼에 끼어들게 되고 동오는 그 반대편인 프랑크라는 건달 편에 서게 된다. 도엽과 동오는 양쪽 모두를 피해 잠시 함께 살기도 하지만 동오가 도엽의 선배인 주호를 찌르면서 이야기는 파국으로 치닫는다. 주호와 프랭크 모두 최장군이라는 자에게 배반을 당한 것이 밝혀지자 동오는 최장군을 잡아 인질극을 벌이게 되고 도엽과 은지는 동오를 구하기 위해 스스로 인질이 된다. 어렵게 탈출에 성공한 도엽과 동오는 고향이 보이는 언덕에서 죽음을 맞이하게 된다.

이렇듯 상투적인 스토리로 전개되는 소설이지만 『풀잎처럼 눕다』는 통속이라는 불명예스러운 평가에서는 비교적 자유롭다. 그 이유는 당시 대중들의 동화(同化)를 적절히 추출해 낼 수 있었기 때문인데, 이러한 동화가 발생한 이유는 단지 감각적이고 말초적인 만족을 넘어 작품이 보여주는 현실에 대한 비판과 야유 때문이다. 주인공들의 처지가 갖는 개연성으로 인하여 독자들은 인물들을 악인으로 단죄하기보다 시대가 낳은 희생양으로 평가하게 된다. 희생양에 대한 동정은 동류의식에 바탕을 둔 것인데 동류의식은 발전하여 연대감까지 느끼게 만든다.[3]

작중 인물과 독자들의 이런 연대가 이루어질 수 있었던 데는 1970년대 후반이라는 시대적 조건이 중요하게 작용하였던 것으로 보인다. 일반적으로 인정하고 있듯이 70년대는 개인의 자유나 개성에 대한 인식이 크게 성숙된 시기는 아니었다. 오히려 정상적인 경로를 통한 의식의 구체적 실현이나 이상의 구현이 근본적으로 차단된 시기였다. 근대화의 주류에서 밀려난 주변부의 소외현상은 매우 심각했으며 소외를 이성적으로 풀어낼 어떤 장치도 작동하지 않았다. 따라서 심정적으로 소외를 느끼고 있는 대부분의 사람들은 개인적 감정적인 저항을 시도할 수밖에 없었다. 장발과 미니스커트가 이런 저항의 상징이었듯이 소설 속 인물들이 보여주는 저항과 사랑도 대중들에게는 일종의 대리만족이 될 수 있었다. 낭만적이고 돌발적인 충동만이 이상을 실현하는 유일한 수단이었던 시대였다. 이러한 시대의 독자를 끌어들이기 위해 희생과 사랑이라는 추상적 감상의 전달을 공략 방향으로 삼은 것이 연애소설이었다면 『풀잎처럼 눕다』의 방향은 인간의 열악한 조건, 극한 상황의 제시, 그리고 그를 극복하기 위한 개인의 노력과 좌절을 보여주는 데 있었다고 할 수 있다.

---

3 이러한 평가는 1970년대 발표된 많은 대중 소설에 적용할 수 있다. 『풀잎처럼 눕다』와 유사한 성격의 대중소설로는 『걸어서 하늘까지』나 『갈 수 없는 나라』 등을 꼽을 수 있다.

도엽이나 동오가 표상하는 악이 상대적으로 그렇게 나쁘지 않다는 점도 이 소설이 공감을 얻어내는 이유 중 하나이다. 일반적으로 악인에 대한 판단은 윤리와 법률에 의해서 이루어진다. 이 소설의 인물들은 법률적으로는 물론 윤리적으로도 악한에 속한다. 그런데 윤리적인 문제에 있어 이들을 판단하는 데는 심정적인 기준이 더 개입하게 된다. 이들이 윤리적으로나 법률적으로 조금은 악한인데 비해 법률에서는 자유롭지만 윤리적으로 더욱 악한 인물들이 작품 안에 존재하기 때문이다. 이러한 큰 악이 상징하는 것은 돈 또는 현실의 권력이다. 주인공들도 악한이긴 하지만 이들과 대결하고 있는 사람들 혹은 세상이 이들보다 더욱 악한 것으로 판단될 때 이들의 악은 상대적으로 경미한 것이 될 수 있다. 이 상대화를 규정하는 것은 현실적인 힘의 유무이다. 『풀잎처럼 눕다』는 주호 편과 프랑크 편의 이권 다툼을 서사의 주요 골격으로 하고 있는데 양쪽 모두 '선'하다고는 할 수 없는 사람들의 무리이다. 그러나 이들의 싸움을 이용해 실질적인 이익을 얻고 결국 모두를 배신하게 되는 인물 최장군이 가장 악한 인물로 되면서 주요 인물들의 악은 별것 아닌 것으로 보이게 된다. 최장군으로 상징되는 도시의 욕망과 어둠이 가장 큰 악이다.

이처럼 이 소설의 악은 대상과의 비교를 통해 상대화되기도 하는 악이다. 복잡하고 때로는 폭력적인 도시에서 사는 인간들을 판단하는 데 윤리와 법의 잣대가 절대적이 아닐 수도 있다는 생각과 함께 새로운 기준이 대두되기도 한다. 그 새로운 기준은 인간에 대한 애정이다. 비록 추상적이기는 하지만 사랑, 우정, 희생 등의 인간적 덕목을 어느 정도 갖추고 있느냐가 인물들을 판단하는 진정한 기준이 되는 것이다. 인물이 따뜻한 인간애를 가지고 있다면 객관적으로 정당하지 못한 행위들이 아무 일도 아닌 것처럼 취급되거나, 용서할 수 없는 일들이 가볍게 다루어지기도 한다. 반대로 배신, 몰인정, 물신주의 등은 부정적 덕목이 되는데 이런 부정적 덕목을 소유한 사람들은 다른 무엇으로도 자신의 인격을 보상받지 못한다.

다음 예문은 『풀잎처럼 눕다』에 반복해 등장하는 도시에 대한 이미지이다.

> 틀렸어. 삽을 내던지며 도엽이 외쳤다. 아스팔트 아래에도 죽은 땅 뿐이야. 사람이 건설한 도시지만 이렇게 비대해지고 나면 우리들 사람의 힘만으론 구제할 수 없어. 두고 봐. 도시는 조만간 우리들까지도 야금야금 잡아먹고 말 거야.
>
> 아니라고, 우리를 구제할 수 없는 것은 도시보다 그 절망과 체념 때문이라고 그녀는 소리치고 싶었다. 그러나 생각뿐이었다. 말은 나오지 않았다.
>
> 은지는 혼자 풀을 심었다. 말라죽은 자리에 또 심고 또 심고 하였지만 풀은 살지 못했다. 그녀는 풀잎 하나 살아남지 못하는 도시가 서러워서 꿈 속에서도 실연한 소녀처럼 훌쩍거리고 울었다. 하느님. 도시의 우리에게도 풀잎이 살아남을 수 있도록 알맞은 습도, 신선한 땅, 정결한 햇빛을 주옵소서, 하고 두 손 모으면서. (박범신, 『풀잎처럼 눕다』)

주인공들이 살아가고 적응하려 노력하고 그리고 때로 부정하기도 하는 대상은 도시이다. 도엽이 생각하는 도시는 생명으로 충만한 곳이 아니라 시멘트로 덮여 있어 풀 한 포기 제대로 키울 수 없는 곳이다. 몇 번 반복해 나오지만 도시를 표현하는 단어는 황야이다. 황야는 "풀잎 하나 살아남지 못하는 도시"와 같은 말이고, 풀잎은 연약한 생명 정도를 의미한다. 일부에게는 편안한 집을 제공해주지만 소외된 자들에게는 한 없이 잔인한 곳, 이미 내린 뿌리가 없다면 결코 새로운 뿌리를 내릴 수 없는 곳이 도시이다. 도엽과 동오가 애써 적응해보려 노력했지만 결국 뿌리 내릴 수 없었던 곳이기도 하다. 도엽이 보기에 도시는 희생당한 이 들의 비명 소리만이 들리는 곳이다. 도시에 대한 이런 거부의 심리는 이 들의 악을 정당화해주는 중요한 요소가 되기도 한다.

그런데 도시에 대한 이러한 비판만으로는 독자에게 위안을 주지 못한다. 모순되는 심리이기는 하지만 독자들은 그곳에서도 삶은 계속 되고 또 삶이 계속될만한 가치가 있음을 믿으면서 살고자 한다. 그 믿 음을 받쳐주는 인물이 은지이다. 그는 결코 도시에서 비명만을 듣지 않 는다. 희망의 씨를 심듯이 도시 어딘가에서 자라고 있을 풀잎들을 믿는 것이 은지의 마음이다. 은지는 "도시보다 그 절망과 체념"이 더 문제라 고 주장한다. 적대적이지는 않지만 건너기 어려운 생각의 차이를 느낄 수 있다. 도엽과 동호가 결코 은지와 하나가 될 수 없는 이유가 여기에 있고, 세상에 대한 희망을 완전히 버리지 못하는 이유도 여기에 있다.

도시에 대한 이러한 묘사는 『풀잎처럼 눕다』 곳곳에서 발견할 수 있는데, 주로 주인공들이 괴로움에 처했을 때나 외로움을 느낄 때 그 원 인으로 제시된다. 자신들까지도 야금야금 잡아먹고 말 도시, 절망과 체 념뿐인 도시의 이미지를 강화함과 동시에 그 속에서 살아가는 주인공 들의 곤란한 삶에 대한 독자들의 동의를 이끌어 내는 것이다. 물론 도 시에 대한 이런 이미지들은 구체적인 사건이나 인물들의 고민을 통해 서 자연스럽게 유도되기보다는 작가와 인물의 감정과 인상에 의해 미 리 선언되고 있다는 인상을 준다. 어떤 면에서는 소설 속의 상황이 주

제를 자연스럽게 이끌어내지 못한다는 인상을 주기도 한다. 이런 인상
은 작품의 주제와 표현이 일상생활과 갖는 유비로 해결할 수밖에 없다.